dt

»Das Schlimme für mich ist, daß es von dir so viel gibt, was ich nicht kenne. Und wenn du wegfährst, habe ich nicht die geringste Vorstellung, wohin. In was für einem Haus du wohnst. Du verschwindest in einer Art Schattenwelt.« Einen Sommer lang fährt Anne nach Lichfield. Am Ende des Weges erwartet sie ihr kranker Vater, dessen Gedächtnis schwindet. Seine Angelegenheiten müssen geordnet werden, und wer sollte das tun, wenn nicht Anne und ihr Bruder Graham? Sie erfahren Dinge über ihren Vater, die sie nie wissen wollten. Daß er eine zweite, heimliche Existenz führte, daß er nicht nur der war, den sie kannten, ist ein Schock. Und bei ihren Wochenendfahrten nach Lichfield nimmt Anne nicht mehr immer den geraden Weg, denn da ist David, mit dem sie über alles reden kann ...

Penelope Lively wurde 1933 als Tochter eines englischen Bankangestellten in Kairo geboren und verbrachte dort ihre Kindheit. Seit 1945 lebt sie in England. Sie studierte in Oxford Geschichte. Neben zahlreichen Romanen und Kinderbüchern hat sie Artikel für Zeitungen und Zeitschriften sowie Radio- und TV-Skripts verfaßt. Für ihren Roman ›Moon Tiger‹ (deutsch 1994) erhielt sie 1987 den Booker Prize. Auch der vorliegende, Penelope Livelys erster Roman wurde seinerzeit für den Booker Prize nominiert. Auf deutsch sind bisher außerdem erschienen: ›Kleopatras Schwester‹ (1994), ›Der wilde Garten‹, ›London im Kopf‹ (1995), ›Hinter dem Weizenfeld‹ (1996).

Penelope Lively

Ein Schritt vom Wege

Roman

Deutsch von Sigrid Ruschmeier

Deutscher Taschenbuch Verlag

Von Penelope Lively sind im
Deutschen Taschenbuch Verlag erschienen:
Moon Tiger (11795)
Kleopatras Schwester (11918)
London im Kopf (11981)

Deutsche Erstausgabe
Mai 1997
Deutscher Taschenbuch Verlag GmbH & Co. KG,
München

Titel der englischen Originalausgabe:
›The Road to Lichfield‹ (William Heinemann Ltd., London)

Umschlagkonzept: Balk & Brumshagen
Umschlagbild: Ausschnitt des Gemäldes ›La Marne à l'aube‹ (um 1888)
von Albert Dubois (© AKG, Berlin)
Gesetzt aus der Garamond 9,5/11˙ (Linotron 202)
Satz: IBV Satz- und Datentechnik, Berlin
Druck und Bindung: Presse-Druck, Augsburg
Gedruckt auf säurefreiem, chlorfrei gebleichtem Papier
Printed in Germany · ISBN 3-423-08374-3

I

Anne Linton fuhr durch den Morgen nach Norden. Nach Lichfield. Berkshire ging in Oxfordshire über, Oxfordshire in Warwickshire und Warwickshire in Staffordshire. Am Rand der Windschutzscheibe sammelte sich eine Schicht Insekten; unwirklich lag die Landschaft zu beiden Seiten des Autos im Dunst, die Straße schnitt durch Felder und Dörfer, als gehöre sie einer anderen Dimension an, einer anderen Ordnung der Dinge. Von Zeit zu Zeit tauchten Städte auf Wegweisern auf – Daventry 12, Stratford 8, Birmingham 17. Sie erschienen Anne wie Schauspieler in den Kulissen und die Landschaft wie ein Palimpsest, der andere Zeiten, andere Orte beschwor. Edgehill erinnerte an den Bürgerkrieg, und Tamworth, das unsichtbar zur Rechten lag, hatte etwas Angelsächsisches, soweit sie sich entsann. Auch ihre eigene Vergangenheit winkte frohgemut vom Horizont oder der gegenüberliegenden Seite eines Autobahnkreuzes. Als sie und Don anläßlich ihres Hochzeitstages zu einer Aufführung von ›Viel Lärm um nichts‹ nach Stratford gefahren waren, hatten sie am Ufer des Avon erörtert, ob sie noch ein Kind haben wollten. Und in Oxford – ja, in Oxford war natürlich noch sehr viel mehr passiert. Daran hatte sie am Abend zuvor denken müssen, als sie ihre Reiseroute geplant hatte. Der Straßenführer des Königlichen Automobilclubs schien ein Konglomerat von privaten und öffentlichen Erinnerungen.

»Ich könnte durch Oxford fahren.«

»Bei dem Verkehr«, hatte ihr Mann gesagt, »solltest du das tunlichst unterlassen.«

Und so verlief die Route, für die sie sich entschied, auch hübsch ordentlich links an der Stadt vorbei, brav über Neben- und Umgehungsstraßen. Doch als Oxford, wie eine Fata Morgana in der Sonne schimmernd, auftauchte, gehorchte Anne einer plötzlichen Laune, bog ab und folgte den Schildern zum Stadtzentrum. Und saß dann prompt irgendwo in der Nähe des Bahnhofs im Stau, erinnerte sich an Dons Rat und wunderte sich, daß der Ort nicht mehr Gefühle in ihr auslöste. Obwohl sie sich hier verliebt und irreversible Entscheidungen getroffen hatte, kam er ihr völlig unpersönlich vor. Sie wohnten zwar kaum zwanzig Meilen entfernt, besuchten ihn aber selten und verspürten nie die Neigung, ihn für Wiederbegegnungen mit Kommilitonen anzusteuern oder ihn stolz ihren Kindern zu zeigen. Unschlüssig und konfus angesichts eines ihr unbekannten Systems von Einbahnstraßen, überlegte sie, ob sie auf eine Tasse Kaffee anhalten sollte, und suchte sich in Richtung Leckford Road einen Weg durch die Stadt. Mal sehen, dachte sie, was das bringt.

Als sie in die Straße einbog, befiel sie tatsächlich der Anflug eines Gefühls; ein Überrest an Freude, als ein bestimmtes Fenster in Sicht kam. Früher einmal, da ging sie von dieser Stelle, von diesem Laternenpfahl aus immer langsamer und zog den Weg in die Länge, denn so herrlich es auch war, ihn zu sehen, die Vorfreude darauf, ihn *gleich* zu sehen, mußte bis zum Letzten ausgekostet werden, Schritt für Schritt über diese zauberische Straße mit den öden Backsteinhäusern und mickrigen Ligusterhecken hinausgezögert werden. Und an der Ecke, lange war es her, konnte sie damit rechnen, seine Gestalt im Dufflecoat auf sich zukommen zu sehen, er schob ein Fahrrad, dessen lose Speiche bei jeder Drehung des Rades klackte, es war die Begleitmusik zur Glückseligkeit. Welches Fenster war es? dachte sie verwirrt – das? Oder das? Eine Gardine wurde zurückgezogen, und einen Moment lang starrte sie einem wildfremden jungen Mann in die Augen. Hinter ihr hupte es ungeduldig (keine Parklücken in der Straße, glitzernde Autos Stoßstange an Stoßstange am Bordstein entlang, wie recht Don hatte: Was haben sie mit der Stadt gemacht?), vor ihr lag noch ein weiter Weg nach Lichfield, und es ging schon auf zwölf zu. Sie trat aufs Gaspedal. Schluß damit, egal, was es einmal war.

Eine Stunde später hielt sie wieder an, diesmal aber, weil sie tanken mußte; sie überprüfte die Strecke. Dort, an dem Pünktchen, war sie losgefahren und nun an diesem hier angelangt: auf der Karte bloß eine Handbreit. Von Cuxing nach Lichfield, ungefähr hundert Meilen, gestern abend am Küchentisch flüchtig in Fingerlängen gemessen.

»Vorsichtig geschätzt, triffst du mit der Methode circa zwanzig Meilen daneben. Komm, laß mich mal.«

Und selbstverständlich gibt es ein Gerät, mit dem solche Berechnungen durchgeführt werden, ein kleines Ding mit einem Rädchen daran: Man rollt es über die Karte, und schon zeigt es einem das Gewünschte. »Paß auf«, sagt er. »Gib mir mal ein Stück Papier und die Karte, ich arbeite dir eine Strecke aus.« Und da ist sie, Abschnitt für Abschnitt geplant, und am Ende wird einem die Entfernung präsentiert.

»Danke, Liebling.«

Doch aus irgendeinem Grunde hat sie den Zettel zu Hause liegengelassen, neben dem anderen Zettel, den sie auf dem Küchentisch deponiert hat und der Anweisungen für das Essen (Abendessen f. heute in Kühlschrank, Brötchen f. nachm. im Brotkasten) sowie Ermahnungen enthält (Geld f. Abendessen auf Regal, Anruf heute abend). Spätestens übermorgen ist der Zettel verlegt oder vergessen, und welcher Mann – sei er auch so umsichtig und gut organisiert wie Don – würde seiner Frau Vorwürfe machen, daß sie nicht die vorgeschriebene Strecke gefahren ist, wenn sie von einem Besuch bei ihrem sterbenden Vater zurückkommt.

Lichfield ist nun allerdings die perfekte Verschmelzung von privater und öffentlicher Erinnerung. Lichfield gehört ein für allemal zu Samuel Johnson und ist außerdem der Ort, wo mein Vater seit zwanzig Jahren wohnt – das heißt, er wohnt etwas außerhalb. Samuel Johnson, dachte sie, während sie den Tankwart bezahlte, ohne ihn zu sehen oder zu hören – er mußte erst an die geschlossene Scheibe klopfen, damit sie das Wechselgeld entgegennahm –, Samuel Johnson hat einmal in aller Form von einer sterbenden alten Frau Abschied genommen. Er setzte sich an ihr Bett und betete mit ihr und sagte für immer Lebewohl. Das tun wir heutzutage nicht mehr. Ich habe, dachte sie, nicht die leiseste Ahnung, was ich zu Vater sagen werde, ja, nicht einmal, was er mir sagen kann, wenn überhaupt etwas. Er ist verwirrt, hatte die Heimleiterin gesagt, verwirrt, und es geht leider rapide bergab mit ihm. Und Anne hätte gern gesagt: Aber ich bin es, die verwirrt ist, wer sind Sie, und was machen Sie mit meinem Vater?

Später hatte sie zu Don gesagt: »Das ist typisch. Typisch, da wird er krank, erzählt es niemandem und geht einfach ohne großes Aufhebens in irgend so ein Pflegeheim. Regelt und organisiert alles Notwendige selbst. Wir sind doch erst vor drei Monaten dort gewesen. Da schien es ihm noch vollkommen gutzugehen.«

»Er ist achtzig, vergiß das nicht.«

»Das weiß ich auch.«

»Du klingst, als habe er dir eine Kränkung zugefügt. Vermutlich versucht er, dir Arbeit und Mühe zu ersparen und sich selbst seine Unabhängigkeit zu bewahren.«

Ach, sei doch still, dachte sie, du begreifst überhaupt nichts, und als er nicht lockerließ (»Solltest du nicht besser versuchen, Graham zu erreichen?«), hatte sie ihn angefahren: »Hör zu, überlaß das mir!«, und womöglich wäre ein Streit entbrannt und hätte seinen normalen Verlauf genommen, wenn vernünftige Menschen nicht davon absähen, sich zu einem solchen Zeitpunkt zu streiten beziehungsweise, sich überhaupt groß zu streiten.

Nun hatte sie den Stadtrand von Lichfield erreicht und mußte sich darauf konzentrieren, in einem fremden Vorort das ihr unbekannte Pflegeheim zu finden. Wann hatte ihr Vater es aufgespürt? In welchem kühlen Moment hatte er gesagt, ja, das ist annehmbar, dort gehe ich hin? Vielleicht, dachte sie, als sie es endlich inmitten von Parkanlagen und Kieswegen ausfindig gemacht hatte, massiv, düster, neunzehntes Jahrhundert, vielleicht hat es ihn an eine Schule erinnert. Vielleicht war es sogar mal eine. Er muß viele solcher Anstalten inspiziert haben, als er für das Ministerium dubiose private Einrichtungen begutachten mußte.

Doch nein, als sie das Auto hinter dem Schild, das Besucher fein säuberlich von Angestellten trennte, abgestellt und durch die offene Tür eine schwarzweiß gekachelte Eingangshalle betreten hatte, sah sie, daß das Gebäude in der Vergangenheit eher familiären Zwecken gedient hatte. Es mußte ursprünglich das Heim eines wohlhabenden Viktorianers gewesen sein. Der Marmorfries über dem Kamin war gewiß eine Hinterlassenschaft ganz persönlichen Geschmacks (wenn auch entschieden dem Stil der Zeit entsprechend), das Buntglas-Oberlicht über der Tür mit der plumpen grün-roten Abbildung der Kathedrale war Ausdruck bürgerlichen Stolzes. Ein aufstrebender lokaler Fabrikant vermutlich.

»Wenn Sie bitte hier entlangkommen wollen, Mrs. Linton.«

Durch Linoleumflure trippelte die Schwester vor ihr her und redete munter über das Wetter und Entfernungen.

»Wie geht es ihm?«

»Ach, wissen Sie, sehr auf und ab. Ziemlich verwirrt. Aber er weiß, daß Sie kommen. Er erwartet Sie.«

Als sie eintraten, drehte ihr Vater den Kopf und kniff die Augen zusammen. Er hatte Kissen im Rücken, die ihn zu verschlingen schienen, sie waren so pluderig dick, daß sein mageres Gesicht und sein Körper beinahe darin versanken.

»Wer ist da?«

»Ich bin's, Vater.« Sie beugte sich hinunter, um ihm einen Kuß zu geben, und er sagte skeptisch: »Anne?«

»Ja, Anne.« Wie konnte Krankheit einen Menschen so verändern, daß er buchstäblich geschrumpft schien? Seine Augen waren trübe – wieviel konnte er sehen?

Die Schwester sagte: »Dann laß ich Sie mal mit ihm allein, Mrs. Linton. Bald kommt das Essen. Möchten Sie auch etwas?«

»Ein Kaffee wäre wunderbar.«

»Ich sag' Bescheid.«

Anne zog sich einen Stuhl ans Bett. Jetzt normal und wie immer klingen, am allerwenigsten will er jetzt Getue, Theater (weit weg, in ihrer Kindheit, sagt eine scharfe Stimme: »Das reicht, Anne, kein Theater bitte ...«).

»Liebe Grüße von allen« – ja, ihre Stimme kam laut und überfröhlich heraus –, »Don läßt sich entschuldigen, aber sie haben im Moment ziemlich viel zu tun in der Kanzlei, und er konnte nicht weg. Paul hat ja nun dieses Jahr seine Prüfungen für die Oberstufe, und ich stelle zu meiner Freude fest, daß er sogar ein bißchen arbeitet. Judy nimmt Reitstunden. Ich wollte eigentlich nicht, daß sie überhaupt damit anfängt, aber dort, wo wir wohnen, führt kein Weg daran vorbei ...«

Und er nahm, sah sie, kein Wort auf. Er lächelte und blinzelte wie ein Tauber, der alles nur halb versteht. (Ja, als wir ihn das letzte Mal besucht haben, da hörte er schon viel schlechter, das ist mir aufgefallen.) Also, fang noch mal von vorn an, langsamer, deutlicher; was kann lästiger sein, wenn man alt und krank ist, als daß einen jemand mit einem Wortschwall überschüttet, von dem man nichts versteht, auch wenn es jemand ist, den man liebt. Und ja, jetzt wird es besser, er erinnert sich, wer Judy ist, nun kommen wir doch ein Stück weiter.

Der alte Mann sprach mühsam, begleitet vom trockenen Pfeifen seines Atmens. Auch sie mußte sich anstrengen, um ihm zu folgen. »Wie lange ich was? Bleibe? Also, diesmal bleibe ich zwei Tage, und dann komme ich bald wieder.«

Eine Schwester brachte ein Tablett und stellte es auf dem Nachttisch ab. »So, mein Lieber. Wollen Sie sich ein bißchen weiter aufsetzen?« Zu Anne sagte sie: »Er kommt ganz gut allein zurecht, aber beim Tee braucht er vielleicht ein wenig Hilfe.«

Das Essen war breiartiges Zeug in einer Schüssel. Der alte Mann aß langsam, jeder Löffel stellte ein neues Hindernis dar; er war völlig von dem, was er tat, in Anspruch genommen. Als seine Hand unkontrolliert zitterte und ihm das Essen übers Kinn rann, beugte Anne sich automatisch vor, nahm ihm den Löffel ab und entfernte das Übergekleckerte mit der geschickten, vertrauten Bewegung von damals, als sie ihre Kinder gefüttert hatte. Ihr Vater schien sie überhaupt nicht zu bemerken. Sie setzte sich und trank ihren Kaffee. Immer noch summten ihr die Ohren von der Fahrt; sie war niedergeschlagen und energiegeladen zugleich. Ich muß zum Haus und nachschauen, was dort zu tun ist, bestimmt muß gelüftet werden, vielleicht auch geputzt – ob diese Mrs. Ransome noch kommt? –, ich könnte ihm Blumen aus dem Garten mitbringen.

»Wir wollen dieses Jahr nach Schottland, Vater, in den Ferien. Nur Judy und wir – Paul hat etwas mit einer Gruppe aus der Schule vor.«

»Southwold«, sagte der alte Mann plötzlich ganz deutlich.

»Nicht Southwold, Schottland.«

»Wir sind mit dir in Southwold gewesen, als du klein warst, deine Mutter und ich.«

»Southwold in Suffolk? Ja, ich erinnere mich.«

»Du erinnerst dich?« Das schien ihn zu freuen.

»Du hast mir einen roten Spaten gekauft. Und bei Ebbe rannten die Meeresvögel immer ins Wasser und dann wieder heraus – ich seh sie noch vor mir. Wie sie mit ihren spillerigen Beinchen durch die Gegend flitzen.«

»Das war kurz nach dem Ersten Weltkrieg.«

»Nein, nein, Vater«, lachte sie. »Da war ich ja noch gar nicht geboren. Nun mach mich nicht älter, als ich bin. Es muß so um 1939 gewesen sein – vor dem letzten Krieg, nicht dem davor.«

»Eh?« Er starrte sie benommen an und sagte wieder: »Du erinnerst dich an Southwold?«

Es klopfte an der Tür. »Darf ich reinkommen, Mr. Stanway?«

Ein Mann kam ins Zimmer, sah Anne und zögerte. »Oh, Entschuldigung. Ich wußte nicht, daß Sie schon Besuch haben. Ich komme später wieder.« Der alte Mann schaute angestrengt zu ihm hin und sagte etwas Unhörbares, er versuchte zu lächeln.

Anne sagte: »Nein. Bitte nicht. Ich muß sowieso bald gehen.« Verlegen blickten sie sich an und dann den alten Mann im Bett, der als Vermittler hätte fungieren und sie miteinander bekannt machen können, aber er blinzelte und murmelte nur vor sich hin. Anne sagte: »Ich bin Anne Linton. Seine Tochter.«

»Ach – ja, natürlich. Das hätte ich mir denken können. Ich heiße Fielding, David Fielding. Ihr Vater und ich waren Nachbarn draußen in Starbridge und sind in den letzten ein, zwei Jahren in Kontakt geblieben.«

Plötzlich sagte der alte Mann: »Mr. Fielding leitet die Schule. Er ist der Direktor. Du weißt schon, an der Schule ...« Er verstummte und schaute sie nacheinander hilfesuchend an.

David Fielding sagte: »Der Jungenschule. Ihr Vater hat sich einmal sehr dafür interessiert.«

Sie sagte: »Das glaube ich. Er ist überhaupt nicht gern in Pension gegangen – er konnte sich nie von Schulen fernhalten.« Sie schauten beide wieder zum Bett und lächelten.

Ein gütiges Lächeln, dachte Anne, zumindest meins. Ein gütiges, verständnisvolles Lächeln, als sei er ein Kind. Man sollte nicht über ihn reden, als sei er nicht hier oder zu dumm, um etwas zu verstehen. Und David Fielding schien ihre Gefühle zu teilen, zog einen Stuhl heran und setzte sich ans Bett. Er redete mit ihrem Vater, wartete geduldig seine mühsamen Antworten ab und sprach selbst klar und bedächtig. Anne dachte: Was für ein netter Mann, ich frage mich, warum Vater ihn nie erwähnt hat. Aber er hat immer gern einzelne Berciche seines Lebens vor uns verschlossen gehalten, sogar schon, als Mutter noch lebte. Sie hat sich immer beschwert, daß sie seine Freunde nicht kenne.

Nach einer Weile sagte sie: »Ich glaube, ich gehe jetzt, Vater, ich unterhalte mich noch kurz mit der Heimleiterin. Bis später heute abend.« David Fielding stand auf: »Bitte, ich will nicht stören ...«

»Sie stören doch überhaupt nicht. Ich muß heute noch eine Menge erledigen. Auf Wiedersehen – es war nett, Sie kennenzulernen.«

»Auf Wiedersehen.«

Als sie in dem schmucken Büro der Leiterin saß, das auf gepflegte Rasenflächen und eine riesige Libanonzeder hinausschaute, unter deren Ästen in der ersten Frühlingssonne alte Menschen auf Bänke und Rollstühle verteilt waren, sagte sie: »Was fehlt ihm denn eigentlich?«

Die Leiterin strich mit der Hand ein Krankenblatt glatt, das sie vor sich liegen hatte, und zögerte einen Moment. »Natürlich Parkinson, aber das hat man heutzutage im Griff – da gibt es ein neues Medikament. Sein Herz ist schwach. Und Inkontinenz.« Sie schaute Anne über den Tisch hinweg an. »Letztendlich ist es das Alter. Der Körper baut ab, wissen Sie.«

Einen Moment lang dachte Anne wieder an Southwold, das zum erstenmal seit vielen Jahren wieder für sie lebendig geworden war, und sie sah eben diesen Körper aufrecht in einem zinnfarbenen Meer stehen und sie mit ausgestreckten Armen anspornen, zu ihm hinzuschwimmen. Sie sagte: »Ja, das ist wohl so.« Und dann: »Er scheint sich aber nicht unwohl zu fühlen.«

»Nein, er fühlt sich nicht unwohl. Dafür können wir sorgen. Aber ich fürchte, von nun an wird es immer weiter bergab mit ihm gehen.« Die Leiterin schwieg einen Augenblick und fuhr dann taktvoll fort: »Ich glaube, wenn Sie meinen – wenn Sie wegen seines Hauses Anordnungen treffen wollen und dergleichen, sollten Sie ruhig schon damit anfangen.«

»Er kann nie mehr dorthin zurück? Selbst – selbst wenn man

eine Pflege organisieren würde oder so etwas? Wenn es ihm besserginge?«

»Es tut mir sehr leid, aber soviel besser wird es ihm nie mehr gehen.«

»Das wußte er wohl?« sagte Anne.

»Den Eindruck konnte man haben. Er war bei viel klarerem Verstand – viel klarer –, als er zu uns kam.«

Ganz leise knarrte der Stuhl der Heimleiterin; ob die winzige Veränderung in ihrer Haltung andeuten sollte, daß die Zeit verstrich, andere Patienten warteten, andere Angelegenheiten, um die sie sich kümmern mußte ...? Anne sagte: »Aha, ja. Ich habe vorerst nur daran gedacht, daß ich in dem Haus wohnen werde, wenn ich ihn hier besuchen komme.« Sie erhob sich. »Sie geben mir doch Bescheid, wie es ihm geht?«

Wieder fuhr die Heimleiterin mit der Hand über ihre Papiere. »Selbstverständlich«, sagte sie. »Wir müssen in einem Zeitraum von Monaten denken, von Wochen möglicherweise nur. Obwohl man es sehr schlecht vorhersagen kann. Vielleicht erholt er sich noch einmal – was mich aber überraschen würde. Ihre Besuche wären eine große Hilfe. Einige meiner alten Menschen bekommen überhaupt keinen Besuch, keine Anrufe; das finde ich sehr traurig.« Plötzlich lächelte sie liebenswürdig, und Anne dachte: Sie ist nett, freundlich, gut. Oder bin ich schon so dünnhäutig, daß mir jeder, den ich kennenlerne, nett vorkommt?

Sie ging durch das Gebäude nach draußen zum Parkplatz. Eine Schwester trat heraus, eilte von Bänken zu Rollstühlen, zog hier eine Decke zurecht, schob dort jemanden in die Sonne. Drinnen hatte Anne durch die offene Tür eines Zimmers zwei alte Männer vor einem Fernsehgerät schlafen sehen, auf dem eine Frau munter demonstrierte, wie man einen Kuchen glasiert. Das Heim mußte teuer sein. Wie teuer? Und war ihr Vater noch klar genug bei Verstand gewesen, um sich auszurechnen, ob er es sich leisten konnte? Ich hätte die Heimleiterin fragen sollen, dachte sie, wie dumm, jetzt kann ich nicht zurückgehen. Von dieser neuen Sorge bekam sie Kopfschmerzen. Vielleicht ist ja im Haus etwas, das mir Auskunft gibt. Nein, besser, ich gehe zu seiner Bank und rede mit dem Filialleiter. Verflixt, bei welcher Bank ist er überhaupt?

Sie sagte laut »Midland«, und in dem Moment holte jemand sie von hinten ein. Als sie sah, daß es David Fielding war, sagte sie, etwas peinlich berührt: »Oh, hallo. Ich fürchte, ich bin ein bißchen durcheinander – halte hier Selbstgespräche. Mir ist nur gerade etwas eingefallen, an das ich mich erinnern wollte.«

Zusammen gingen sie zu den geparkten Autos. Er sagte: »Sind Sie von weither gekommen?«

»Aus Berkshire. Nicht sehr weit eigentlich, aber ich bin an langes Fahren nicht gewöhnt – normalerweise fährt mein Mann.«

Sie blieb stehen. Plötzlich fühlte Anne sich wie betäubt vor Müdigkeit und noch etwas – Schock vielleicht –, von sich selbst losgelöst, so daß die Dinge und Geräusche um sie herum vergrößert und verstärkt wurden, aber alle Empfindungen geschwunden waren. Sie stand da, starrte diesen Mann an, der aus unerfindlichen Gründen über das Angeln sprach, und bemerkte, daß er ein schmales Gesicht, leicht ergraute Schläfen, für einen Mann merkwürdig auffallende Wimpern und auf beiden Seiten der Nase einen Abdruck von einer Brille hatte (bestimmt trug er sie zum Lesen). »Ja«, sagte sie. »Aha, ja.« Jemand schob einen Rasenmäher über den Rasen hin und her, und Saatkrähen umschwärmten eine Gruppe Kastanienbäume, der Augenblick verband sich für alle Zeit mit diesen ganz eigenen Hintergrundgeräuschen. Auf der Windschutzscheibe ihres Autos blitzte Sonnenlicht auf, und David Fielding fragte: »Ist Ihnen nicht gut?«

»Was? Doch ja, Verzeihung – ich bin wohl doch ein wenig müde.«

Sie schwiegen. Der Rasenmäher kam näher, wendete und setzte im Schneckentempo zur Rückkehr über den Rasen an. Die Krähen segelten mit dem Wind. Anne fischte in ihrer Tasche nach den Autoschlüsseln, fand sie, blickte darauf hinunter und sagte zu diesem Fremden: »Mein Vater stirbt.«

»Ja«, sagte David Fielding. »Ja, ich fürchte, ja.« Und einen Moment lang legte er die Hand auf ihren Arm, zog sie aber sofort wieder zurück, so daß Anne erst später, zu einer anderen Zeit, seine Berührung spürte, so wie die Erinnerung manchmal realer ist als das Ereignis selbst.

»Hören Sie«, sagte er. »Fehlt Ihnen auch ganz bestimmt nichts? Würden Sie gern irgendwo einen Kaffee oder so trinken?«

»Nein, wirklich, es geht mir gut.« Sie lächelte zum Beweis, und nun kam auch tatsächlich eine neue Welle verborgener Energie zurück. Zur Bank, einkaufen – dort im Haus ist bestimmt nichts zu essen –, dann anfangen, die Dinge zu ordnen. »Wirklich. Es war nur die Fahrt und das alles. Noch einmal, auf Wiedersehen. Und danke schön, daß Sie so liebenswürdig sind, meinen Vater zu besuchen.«

»Er ist mir gegenüber liebenswürdig gewesen, in vielerlei Hinsicht. Er war ein sehr angenehmer Nachbar. Irgendwann bringe ich die Angelrute vorbei.«

»Was?« Aber er stieg schon in sein Auto (nicht sehr neu, ziemlich schmuddelig, die hintere Ablage vollgestopft mit dem, was die liebe Familie so braucht, Papiertaschentücher, Thermoskanne, außerdem ein schiefer Stapel Schulhefte). Angelrute? Er muß mich für sehr unhöflich halten. Und plötzlich spürte sie wieder den Druck seiner Finger auf dem Arm. Sie saß einen Moment still im Fahrersitz, dann ließ sie den Motor an.

Der alte Mr. Stanway saß in die Kissen gelehnt im Bett und überlegte, was für eine Tageszeit es war. Eben noch, das wußte er, waren Leute im Zimmer gewesen und hatten geredet. Eine Frau, dessen war er sich beinahe sicher, war seine Tochter Anne. Den anderen, einen Mann, hatte er erkannt, vermochte ihn aber jetzt nicht mehr zu identifizieren; vielleicht war es ihr Mann. In der Ecke des Fensters zeichnete sich etwas ab, das er nicht recht erkennen konnte. Er kniff die Augen zusammen, starrte angestrengt hin und dachte, daß es womöglich ein Flugzeug sei oder ein sehr großer Vogel. Während er vollauf mit diesem Problem beschäftigt war, legte sich von hinten ein starker Arm um ihn, richtete ihn höher im Kissen auf und gab ihm eine Tasse Tee. Da der Tee nun seine ganze Aufmerksamkeit erforderte, ließ er von der Angelegenheit mit dem Flugzeug oder dem Vogel ab, doch als er trank, fiel ihm auf, daß das Fenster hell war, es also auf jeden Fall Tag sein mußte. Er lächelte in stillem Triumph, und jemand, von dessen Anwesenheit in seinem Zimmer er nichts bemerkt hatte, sagte: »Na, das ist aber schön, daß Sie so munter sind, Mr. Stanway.« Der Tee war heiß, aber nicht süß genug.

Der Filialleiter fragte: »Eine private Krankenversicherung hat er nicht?«

»Nein, ich glaube nicht.«

»Das läßt sich natürlich leicht feststellen. Ich brauche«, fuhr er, einen Hauch verlegen, fort, »eine Bescheinigung des Arztes darüber, daß er nicht mehr ... im Vollbesitz seiner geistigen Kräfte ist, und dann kann ich Ihnen Auskunft über seinen Kontostand geben, Mrs. Linton.«

»Oh, da muß ich ...«

»Nein, ich rufe dort an. Sie haben heute nachmittag sicher eine Menge zu erledigen. Dann schaue ich mir die Zahlen noch einmal an, informiere mich über ein paar Aktienpreise und kann Sie vielleicht morgen mit einer klareren Kenntnis der Dinge anrufen.«

Anne sagte: »Danke schön.« Sie sah, wie der Filialleiter einen ordentlichen schwarzen Kreis um eine Zahl zog, die er auf seinen Block gekritzelt hatte, und dachte, er weiß nicht, wodurch er es dividieren muß. Sie sagte: »Offenbar müssen wir in einem Zeitraum von Monaten, von Wochen möglicherweise, denken.«

»Aha. Ich kann mir aber eigentlich nicht vorstellen, Mrs. Linton, daß es Anlaß zur Besorgnis gibt. Die Rente und die Festgelder müßten vollkommen ausreichen. In jedem Fall werde ich mir alles noch einmal gründlich ansehen.«

Nach Starbridge fuhr sie über ruhige Landstraßen, das ganze Gegenteil der überfüllten Straßen, auf denen sie von Cuxing hergekommen war – zweispurigen Schnellstraßen und kurzen Strecken Autobahn. Zum erstenmal am heutigen Tage sah sie, daß die Landschaft in der Frühlingsluft strahlte, sah den Löwenzahn am Straßenrand, den Schimmer auf einer Wiese, den dichter gewordenen Umriß der Bäume. Schwaches Sonnenlicht färbte die nackte Erde der Felder rot; Schwärme kleiner Vögel stoben beim Näherkommen des Autos aus den Hecken. Vor ihr erstreckte sich die Straße dunkelgrau zwischen grünen Rändern, es herrschte kein Verkehr, an jeder Kurve war die Spur durch eine Reihe weißer Linien in der Mitte klar definiert. Es war, als sei Anne ganz allein auf der Straße, als sei diese nur für sie da. Hinter ihr deutlich im Rückspiegel zu sehen, dabei seltsam verkleinert, lief sie in entgegengesetzter Richtung zurück. Anne fuhr, schaute auf die Straße vor sich und gleichzeitig mit einem Auge in den Spiegel, um dieses doppelte Bild von Vorstoß und Rückzug zu behalten. Sie fuhr an einem Radfahrer vorbei, und die von hinten anonyme, androgyne Erscheinung wurde im Spiegel zu einem flachsblonden Jungen, der, rot vor Anstrengung über den Lenker gebeugt, immer weiter zurückfiel, bis ihn eine Kurve ganz verschluckte. Es hätte Graham sein können, wie er in ihrer gemeinsamen Kindheit zu seinen privaten männlichen, schon exklusiven und leicht anrüchigen Freizeitbeschäftigungen radelte. Mehr hatten Brüder und Schwestern nicht gemeinsam, dachte sie – Zeit und ein Sammelsurium alltäglicher Erinnerungen. Und die Zeit mit Eltern und Bruder wich der Zeit mit Ehemann und Kindern. Orte, die man mit den einen gemeinsam hatte, wurden überlagert von Orten, die man mit den anderen gemeinsam hatte. Dazwischen ein Stück Alleinsein.

Fast nie, dachte sie, fahre ich irgendwo allein hin. Reise ich. Während des Tages ist man allein, auch mal mehrere Tage, sogar Nächte, aber selten bewegt man sich von einem Ort zu einem anderen allein. Ich seit langem nicht mehr; seit wir verheiratet sind. Und als sie diese Straße entlangfuhr, hatte sie das Gefühl, als habe jemand die chronologische Abfolge ihres Lebens durcheinandergebracht, als sei sie wieder die junge Frau, die hier herauffuhr, um ihre Eltern zu besuchen. Der Teil ihres Gesichts, den sie im Rückspiegel sah, das Auge und die Haarsträhne, war schließlich, flüchtig betrachtet, gar nicht so sehr anders als das Gesicht von vor zwanzig Jahren. Aber das Auge von 1955 hatte Don noch nicht gekannt und Paul und Judy auch nicht. Auch nicht Dinge wie diese Wohnsiedlung an der Peripherie des Dorfes oder den Supermarkt, der zwischen Pub und Kirche hingeklotzt war. Sie haben den Ort ruiniert, er war so hübsch, als Mutter und Vater hierherkamen, lauter alte Backstein- und Fachwerkgebäude.

Bis auf das Haus ihres Vaters, das war ein Eindringling aus den zwanziger Jahren. Warum das, Vater, warum nicht ein hübsches altes Cottage? Und er hatte sie als Romantikerin verspottet: Alles gut und schön, aber ich will ein Dach über dem Kopf, das man nicht alle paar Jahre neu abstützen muß.

Das Haus ist häßlich, dachte sie und betrachtete es eine Zeitlang, bevor sie aus dem Auto stieg. Doch er war natürlich wegen des Flusses hierhergezogen, wegen des Angelns, um das Haus ging es gar nicht. Und Mutter mußte es nehmen, wie's kam, glaube ich, aber sie wirkte immer glücklich und zufrieden.

Anne trug ihre Sachen hinein. Als sie in der unangenehm muffig riechenden Küche stand, erschien ihr die bleierne Stille des Hauses kalt und leer ohne die beiden vertrauten Gestalten. Ihre Mutter war nun schon seit zehn Jahren tot; das Bild ihrer schürzenbewehrten Gestalt, die am Spülbecken das Geschirr abwusch, war während dieser Zeitspanne verblaßt – aber sozusagen fixiert, nun war sie für immer jünger als ihr Mann, rüstiger, weder taub noch gebeugt. Sie war nicht nach und nach kleiner geworden, jede Woche, jeden Monat ein bißchen mehr.

Anne lief durchs Haus, riß Fenster auf. Im Gästezimmer, wo sie schlafen wollte, bot sich ihre eigene Vergangenheit in konkreter Gestalt dar: eine Reihe ihrer alten Bücher auf dem Kaminsims, ein verschmähtes Hochzeitsgeschenk (eine Vase) auf dem Fenstersims, ein Paar ihrer Schuhe im Schrank. Sie begann

Bettzeug und Decken zu suchen und zündete das Feuer im Wohnzimmerkamin an. Dann ging sie in den Garten und pflückte die letzten Osterglocken und ein paar blühende Johannisbeerzweige. Und als sie bald darauf bei einer Tasse Tee am Kamin saß, empfand sie ein wenig Genugtuung, daß sie das Haus aus seiner Gleichgültigkeit gerissen hatte. Eben noch, als sie hereingekommen war, hatte es das Gefühl vermittelt, als sei ihr Vater nie hiergewesen, selbst der vertraute Tabakgeruch war von der Feuchtigkeit und der Kälte vertrieben worden. Im Garten waren die Blumenbeete von Unkraut überwuchert, das Gras war lang. Vielleicht würde sie Zeit finden, sich auch darum zu kümmern.

Ganz offensichtlich war Mrs. Ransome dagewesen und hatte saubergemacht und aufgeräumt. Die Küche war blitzblank, alles verderbliche Essen fortgeschafft, der Kühlschrank abgeschaltet. Anne öffnete einen Schrank und dachte: Himmel, ich wußte ja gar nicht, daß er sich für so was begeistert. Die Kollektion von Konserven und Schachteln kam ihr vor wie der Fressalienschatz eines Schuljungen: exotische Suppen, ein kunterbunter Vorrat an Keksen, Pasteten, teuren Marmeladen. Sie mußte an die einfache Hausmannskost ihrer Mutter denken. Der Inhalt dieser Küchenschränke wirkte wie ein verspäteter Protest. Neugierig geworden, stöberte sie weiter und fand, in einem anderen Schrank verstaut und mit einer dicken Staubschicht bedeckt, die Staffordshire-Teller aus dem neunzehnten Jahrhundert, die ihre Mutter über Jahre gesammelt und früher auf der Anrichte arrangiert hatte. Nun stand eine Ansammlung von praktischem Geschirr auf dem Möbelstück. Hatte ihr Vater die Teller nie gemocht? Sie begann sie herauszunehmen, schloß dann, verunsichert durch den vagen Konflikt, auf den sie hindeuteten, den Schrank wieder und fuhr fort, die Küche zu untersuchen. Sie hatte vergessen, Essen für sich zu kaufen, aber das war auch gar nicht nötig. Sie konnte sich von den diversen Konserven ernähren.

Auch das Arbeitszimmer war sauber und aufgeräumt, die vertrauten Haufen Papiere auf dem Schreibtisch waren zu ordentlichen, wenn auch willkürlichen Stapeln geschichtet. Ein paar ungeöffnete Briefe lagen dabei. Zögernd – welches tiefsitzende Tabu verbot einem, in die Privatsphäre seiner Eltern einzudringen? – sah sie sie durch. Etliche Wurfsendungen (weg damit), die Stromrechnung (bezahlen), eine Kurzmitteilung der Telefongesellschaft, die damit drohte, das Telefon abzustellen (schleunigst bezahlen). Etwas Privates in einer unbekannten Handschrift. Das mußte sie mitnehmen und ihm vielleicht laut vorlesen. Eine mehrere Wochen alte Postkarte aus einem italienischen Ferienort von Graham (»Ein paar Tage hier als kleines Extra im Anschluß an einen Filmauftrag, hoffe, daß ich es bald schaffe, Dich zu besuchen ...«). Sie warf einen Blick auf das oberste Blatt auf einem von Mrs. Ransomes Zufallsstapeln und sah, daß es die mehrere Monate alte Mahnung einer Versicherungsgesellschaft war – die Versicherung für das Haus mußte erneuert werden. Darunter lag ein Brief vom Börsenmakler ihres Vaters, der offenbar schon zum zweitenmal um Anweisungen bat. Als sie den Stapel ganz durchging, wurde ihr klar, daß ihr Vater diese Schreiben ignoriert hatte. Seine systematischen roten Häkchen unten am Ende der erledigten Korrespondenz hörten einige Monate zuvor auf. Erschrocken über dieses Indiz für den einsamen Verfall des alten Mannes, setzte sie sich an den Schreibtisch und dachte: Ich muß mich um all das kümmern, vielleicht gibt es noch andere eilige Sachen wie die Versicherung. Wieder empfand sie sich als Eindringling. Aber das ist Unsinn, irgend jemand muß es machen, ich oder

Graham, ja, Graham kann sich gefälligst auch hierherbequemen und seinen Teil übernehmen. Ich muß ihn anrufen, verflixt, und das ganze Gerede über mich ergehen lassen, daß er zur Zeit ziemlich unter Druck steht, es aber irgendwie schon schaffen wird, herzukommen, und mir anhören, wie er versucht, sich zu erinnern, wie alt die Kinder sind und wie Paul heißt. Und im Hintergrund Lärm von Menschen, Reden und Gläserklirren. Aber zu guter Letzt muß der ganze Kram sowieso aufgeräumt werden, da können wir auch gleich jetzt anfangen, zimperlich zu sein hat gar keinen Zweck.

Sie aß etwas und fuhr dann wieder in das Pflegeheim. Ihr Vater war verwirrter als am Morgen und reagierte kaum auf sie. Sie las ihm seinen Brief vor – er war seltsam unpersönlich, von einem früheren Kollegen, der sich über die Wirtschaftslage und Irland ausließ, als entzögen einem Rentnerdasein und Alter das Recht auf private Interessen. Oder war es im Gegenteil der Wille, weiterhin am öffentlichen Leben teilzuhaben? Ihr Vater schlummerte ein, bevor sie den Brief zu Ende gelesen hatte; sie ließ ihn auf seinem Nachttisch liegen.

Als sie in Starbridge ankam, war es immer noch früh am Abend. Das Klingeln des Telefons holte sie aus der Badewanne, sie ging in der Erwartung hin, Dons Stimme zu hören.

»Anne?«

»Graham!«

»Wie steht's?« Seine Stimme, gedämpft durch die Entfernung, klang dünn und nüchtern.

»Nicht allzugut«, erklärte sie. Ihre Antwort stieß auf Schweigen. »Hallo? Bist du noch dran?«

»Ja. Paß auf, ich versuche am Wochenende zu kommen, oder gleich Anfang nächster Woche. Ich kann mich schon irgendwie loseisen.«

»Das würde ich dir auch raten.«

»Ja doch, ich komme. Wie geht's Don?«

»Gut.«

»Und den Kindern? Viel zu lange her, daß ich sie gesehen habe. Judy und äh ...«

»Paul.«

»Werden immer größer, was?«

»Sie sind dreizehn und fünfzehn«, sagte Anne. »Ja, sie werden groß. Das haben Kinder so an sich.«

»Wohl wahr. Du klingst ein bißchen pampig. Stimmt was nicht?«

»Ich bin müde. Sonst nichts.«

»Es mußte doch kommen, Annie, früher oder später – Dad.«

»Ja, ich weiß.«

»Finanziell – ist da alles okay?«

»Ich glaube ja. Der Bankmensch ist sehr hilfsbereit.«

»Wenn nicht, sag mir Bescheid – ich kann jederzeit was beisteuern.«

»Ja, gut.«

Sie legte auf, nahm dann den Hörer wieder zur Hand und wählte ihre eigene Nummer. Während sie darauf wartete, daß Don dranging, stellte sie sich den leeren Flur vor, in dem es klingelte. Er schien weiter von ihr entfernt als nur durch die Strecke nach Lichfield und unerreichbar, als befinde er sich in einer anderen zeitlichen, nicht räumlichen Sphäre. Zur Sicherheit machte sie in Gedanken einen Rundgang, von der Tür zum Fenster und weiter zu dem Druck der Kathedrale von York über der Heizung. Und dann kam Dons Stimme dazwischen, und sie sprachen über ihren Vater und die Pläne für das Wochenende und Annes Fahrt.

»Hat sich der Wagen benommen? Hast du den Blinker nachschauen lassen?«

»Ja. Nein, mach ich noch – ich hab's vergessen. Ich geh jetzt ins Bett, Liebling, ich bin todmüde. Ach, eben hat Graham angerufen.«

»Na, das ist mal eine Überraschung.« – Sie lag im Bett und las ›Wiedersehen mit Brideshead‹; auf dem Vorsatzblatt stand in eckiger Schulmädchenschrift ihr Mädchenname. In der ungewohnten Leere des schmalen Betts, ohne einen warmen Körper neben sich, war ihr kalt. Einst, vor langer Zeit, hatten sich die gemeinsamen Nächte von Stunden der Heimlichkeit in die erstaunliche Wonne der Geborgenheit verwandelt. Und dann nahm man sie, ohne darüber nachzudenken, als selbstverständlich hin. Ich bin es genausowenig gewöhnt, allein zu schlafen wie allein zu reisen, dachte sie. Und trotz ihrer Müdigkeit durchflutete sie eine Welle sexuellen Begehrens, das den ganzen Tag, wurde ihr klar, in ihrem Körper geschlummert hatte und irgendwie von der Berührung dieses Lehrers, der seine Hand in flüchtigem Mitgefühl auf ihren Arm gelegt hatte, wachgerufen worden war. Als sie das Licht ausschaltete und sich umdrehte, um zu schlafen, hörte sie wieder Krähen und Rasenmäher.

Graham Stanway rief die geschiedene Lady an, mit der er an zwei oder drei Nächten die Woche zu schlafen pflegte. »Hör zu«, sagte er, »am Freitag schaff ich es nicht. Es tut mir in der Seele leid, Süße, aber es ist was dazwischengekommen.« Die geschiedene Lady, die ein Ersatzarrangement für solche Eventualitäten in petto hatte, machte ein paar improvisierte Pläne (für sich) und ein paar Geräusche des Bedauerns und Protests (für Graham). Dann sagte sie: »Warum?«

»Meinem Vater in Lichfield geht es nicht gut. Das heißt, ich fürchte sogar, daß er es nicht mehr lange macht.«

Die geschiedene Lady sagte: »O Liebling, wie gräßlich, das tut mir leid. Magst du ihn sehr?«

Graham sagte etwas von wegen immer gut mit ihm zurechtgekommen. Die geschiedene Lady sagte noch einmal, wie gräßlich, und stürzte sich dann in eine ziemlich geschmacklose Geschichte über eine gemeinsame ältere Bekannte, bei der Graham ziemlich viel lachte. Im Verlauf des Skandalberichts ließ sie ganz nebenbei fallen, daß sie kürzlich mit einem gemeinsamen jüngeren Bekannten ausgegangen war. Dann tauschten sie noch einige Bemerkungen der Zuneigung und Vorfreude aus und legten auf. In ihrer Wohnung nahm die geschiedene Lady unmittelbar darauf den Hörer wieder zur Hand. In seiner Wohnung goß sich Graham einen Whisky ein und stellte sich an das vorhanglose Fenster; fünf Stockwerke tiefer blinkten die Rücklichter von Autos in einem Stau und erinnerten ihn unerklärlicherweise an einen Jahrmarkt. Vor langer Zeit einmal war er auf einem Rummel in einem Autoscooter oder etwas Ähnlichem gefahren, und da hatten genau solche roten Lichter geglitzert und dahinter Wasser, so wie jetzt die Themse schwarz hinter dem Embankment glänzte (Graham konnte sich eines äußerst feinen und teuren Ausblicks rühmen). Ärgerlicherweise ließ ihn diese plötzliche Erinnerung nicht mehr los, bis sie sich dann jäh aufklärte. Als er und Anne als Kinder einmal in den Ferien in Southwold gewesen waren, hatte dort auf der Strandpromenade ein solcher Jahrmarkt stattgefunden. Die Lichter, das Meer. Himmel, wie komme ich jetzt darauf? Er war nicht gerade jemand, der viel in Erinnerungen schwelgte. Er trank seinen Whisky aus und ging zu Bett, allein.

2

»Und die monatliche Zahlung an Mrs. Barron«, sagte der Filialleiter am Telefon. »Soll die beibehalten werden?«

Anne sagte: »Mrs. Barron?« Hinter der Stimme des Mannes hörte sie Schreibmaschinengeklapper.

»Mrs. S. Barron in der Ellesmere Road 16 in Gloucester. Zahlbar an die Filiale der Midland Bank in Gloucester.«

»Entschuldigung, im Moment fällt mir überhaupt nicht ein, was das sein könnte...«

»Sie läuft schon lange«, sagte der Filialleiter. Die Schreibmaschine wurde von Papierrascheln übertönt. »Seit – ja, seit er bei uns ein Konto hat. Zehn Pfund im Monat. Im vorletzten Jahr hat er es auf fünfzehn erhöht.«

»Aha«, sagte Anne. »Ich – das muß ich mir anschauen. Können Sie es im Moment erst einmal dabei belassen? Aber wenn Sie so freundlich wären, alle Klubmitgliedsbeiträge und ähnliches zu stornieren.«

Verwirrt legte sie den Hörer auf. Zehn Pfund im Monat – fünfzehn? Von der alles andere als üppigen Pension ihres Vaters? Einen Moment lang überfiel sie die Vorstellung, daß es sich um ein enormes, fortgesetztes Versehen der Bank handelte, aber dann machte sie sich klar, daß ihr Vater so etwas bemerkt hätte. Zehn Pfund konnten nur wohlüberlegte zehn Pfund sein. Ich weiß nicht – wie sonderbar. Ob er sich irgendwann einmal Geld von jemandem geborgt hat? Sicher nicht – Vater doch nicht. Jemand, der für sie gearbeitet hat? Aber sie hatten doch nie jemanden. Ich muß Graham fragen, dachte sie, oder sogar Vater selbst, wenn er ein wenig klarer ist, bevor ich fahre.

Nachdem sie sich entschlossen hatte, ihn nachmittags im Heim zu besuchen und den Vormittag darauf zu verwenden, die Dinge im Haus zu ordnen, ging sie los, um bei Mrs. Ransome im Dorf vorbeizuschauen und ihr für alles zu danken, was sie getan hatte. Möglicherweise schuldeten sie ihr auch noch Geld.

Der Tag war schön, die Landschaft ächzte unter einem kalten Frühlingswind, der durch die schütteren Bäume fegte und die letzten Blätter des Herbstes um Annes Füße wirbeln ließ. Hier zeigte sich die Jahreszeit erst in einem schwachen grünen Schleier über Feldern und Hecken; unten in Berkshire hatten sich schon die ersten runzligen Blätter hervorgewagt. Es was, als bewege man sich um etwa eine Woche in der Zeit zurück, wenn man auf der Karte nach oben fuhr, als behaupteten sich die regionalen Eigenheiten auch im konservativen Beharren auf dem Wetter. Ein und dieselbe Zeitung konnte man überall lesen, aber wenn man die Blumen der letzten Woche noch einmal sehen wollte, mußte man reisen. Und das sollte ich öfter tun, sinnierte Anne, allein, so wie jetzt – man sieht die Dinge anders.

Mrs. Ransome wohnte in einem der zwei Backsteincottages hinter der Post. Sie bot Anne Tee an, drehte ein schnatterndes Radio aus und erkundigte sich zaghaft, ob Mr. Stanway wohl noch einmal nach Hause komme.

»Ich fürchte nein.«

»Das habe ich mir schon gedacht. Mit meiner Mutter war es gegen Ende ganz genauso. Man merkt eben doch, wenn ein Mensch gehen muß. Ist er gut untergebracht?«

»Ich glaube schon«, sagte Anne. Wieder sah sie das Gesicht

ihres Vaters in den Kissen, seltsam entrückt, unerforschlich, bar der vielfältigen Reaktionen anderer Gesichter. Als nehme die Frau den Gedanken auf, sagte sie: »Ach ja, man weiß es nie so genau, wenn sie es selbst nicht mehr sagen können. Es ist wie bei einem kleinen Kind.« Einen Moment lang saßen sie schweigend da und schauten aus dem Fenster, wo Kinder über den Asphalt des Grundschulhofs im Kreis herumrannten und kreischten.

»Ich habe immer gern für ihn gearbeitet, er war nett. Wir haben uns gegenseitig in Ruhe gelassen.« Plötzlich lachte Mrs. Ransome. »Noch einen Tee, Mrs. – äh …? Offen gesagt, ich glaube, ihm ist gar nicht groß aufgefallen, wie das Haus aussah. So werden die Männer, wenn sie allein leben, stimmt's?«

»Wahrscheinlich.«

»Überhaupt, ich kann ihn mir gar nicht als Familienvater vorstellen. Ich war richtig überrascht, als er zum erstenmal von Ihnen und Ihrem Bruder gesprochen hat. Ich dachte immer, er wäre, hm, eher der Typ Junggeselle.« Sie schaute Anne aufmerksam an. »Hoffentlich stört es Sie nicht, wenn ich das sage. Es war nur so, daß er überhaupt keine Fotos oder so was dastehen hatte.«

»Wahrscheinlich sind die alle in Schubladen. Ja, ich weiß, was Sie meinen.«

Es überraschte sie, daß ihr Vater, der doch derartig mit ihrer eigenen Vergangenheit verschmolzen war, auf jemand Fremden völlig anders wirkte – als frei von Bindungen und Pflichten. Ihr fiel ein, wie eins ihrer Kinder, als es noch sehr klein war, von der Schule zurückgekommen war, neugierig zu ihr aufgeschaut und gesagt hatte: »Wenn ich den ganzen Tag weg bin, wo bist du dann, was ist dann mit dir, bist du hier im Haus?« Mrs. Ransomes Bemerkung hatte die gleiche Selbstbezogenheit auch in ihr aufgedeckt, die gleiche Vorstellung, daß diejenigen, die wir am besten kennen, eine Verlängerung unserer selbst sind.

»Also, meiner Meinung nach hat es ihm nichts ausgemacht, allein zu leben. Nicht so wie manchen anderen Leuten.«

»Ja, ich glaube, das stimmt.« Aber Mutter, der hat es etwas ausgemacht – sie fand es furchtbar, daß er soviel weg war. Und dann, daß wir fortgingen. Sie bewahrte unsere Besitztümer auf wie Rettungsanker, immer war sie diejenige, die ans Telefon ging, sie schrieb jede Woche, versuchte – zu angestrengt – über unsere Freunde auf dem laufenden zu bleiben. Anne erinnerte sich daran, was für ein Aufhebens sie um Grahams Freundinnen aus den Cambridger Zeiten gemacht hatte – raffinierte, glamouröse Geschöpfe, die seine Eltern spießig fanden. Und mich – die ernsthafte kleine Schwester – von oben herab behandelten, dachte sie nun.

Zu Mrs. Ransome sagte sie: »Ob wir Ihnen wohl noch Geld schulden – ich würde das gern in Ordnung bringen, wenn Sie mir bitte sagen könnten, wieviel es ist.«

Eigentümlich deplaziert blieb das Geld zwischen den Teetassen liegen. Als Mrs. Ransome Anne zur Tür brachte, sagte sie: »Ich würde ihn ja mal besuchen, aber ich bin nicht so oft in Lichfield, und ich glaube beinahe ... Hm, ich möchte nicht aufdringlich sein.«

»Das ist nett von Ihnen, aber er ist sehr verwirrt – er würde Sie vielleicht gar nicht erkennen. Gestern hatte er sogar Besuch – von einem Mr. ... Mr. Fielding. Er hat früher hier gewohnt.«

»Ja, richtig«, sagte Mrs. Ransome, »in dem Cottage unten nicht weit von Ihrem Vater. Er kam oft auf einen Plausch. Sie sind auch immer zusammen angeln gegangen.« Einen Augenblick schien es, als wolle sie dem noch etwas hinzufügen, dann aber sagte sie lediglich: »Und Mr. Fielding, der war ganz bestimmt froh, daß er Gesellschaft hatte.«

In Berkshire warnte ein Radio Donald Linton vor Behinderungen auf der A 329, wo ein Lastwagen seine Ladung verloren hatte. Danach ging es weiter mit der Musiksendung (eben jener, die Mrs. Ransome nun in Starbridge wieder einschaltete), und Donald bog erst nach rechts und dann nach links ab, womit er die A 329 geschickt umging, denn er war ohnehin schon fünf Minuten zu spät dran. Das Musikprogramm steuerte einen diplomatischen Kurs zwischen leichter und klassischer Musik und spielte jetzt eine Auswahl aus einer amerikanischen Ausstattungsrevue von vor zwanzig Jahren, in die er, erinnerte er sich vage, Anne noch vor ihrer Verlobung eingeladen hatte. In drei Jahren, dachte er, bin ich fünfundvierzig, und dann ist Thwaites garantiert in Rente und ich bin Seniorpartner, mit einem Jahreseinkommen von neun-, zehntausend Pfund. Dann, dachte er, wäre es vielleicht gar nicht dumm, das Haus abzustoßen und etwas zu kaufen, das unter Investitionsgesichtspunkten vernünftiger wäre. Wie das hier zum Beispiel. Er stand im Stau (diesmal nicht vom Radio, das nun zur Ouvertüre der ›Zauberflöte‹ überging, angekündigt) und betrachtete ein elegantes georgianisches Haus mit einem Garten, der sich bis zur Themse hinunter erstreckte. So eins oder vielleicht eins mit einem größeren Grundstück. Anne muß ich natürlich noch ein bißchen bearbeiten, da wir jetzt schon ziemlich lange in demselben Haus wohnen und sie dazu neigt, an den Dingen zu hängen, aber die Vernunft wird schon siegen. Die Ampel schaltete auf grün, und er fuhr weiter. Mal sehen, dachte er, ob Annie mit dem Auto in der Werkstatt war, da muß nur was an einem Kabel gemacht werden, das dauert keine Minute. In Gedanken fuhr er nach Starbridge, um sich einen Überblick zu verschaffen, wie es dort um die Werkstätten bestellt war, glaubte, eine neben dem Pub zu entdecken, und sah überraschenderweise seinen Schwiegervater vor sich, wie er sich vor Jahren in genau diesem Pub umgedreht und ihm einen Drink gereicht hatte. »So, Donald, alles Gute euch beiden. Kein übles Mädchen, meine Tochter, wenn ich das mal selbst sagen darf. Manchmal ein bißchen ernst, aber das macht dir, glaube ich, nichts aus. Paß auf sie auf.« Armer alter Knabe, dachte Don, hoffen wir, daß es sich nicht allzu lange hinzieht.

Sie hatten ihn aus dem Bett in einen Sessel gehoben. Als Anne kam, stopfte eine Schwester Kissen um ihn herum und legte ihm eine Wolldecke über die Schultern. »An und für sich geht's ihm heute gar nicht schlecht, deshalb haben wir ihn für eine Weile aufgesetzt, aber im Kopf ist er leider nicht sehr klar.« Sie beugte sich zu dem alten Mann hinunter und sagte: »Besuch für Sie, mein Lieber, Ihre Tochter.«

Anne setzte sich hin und las die Zeitung. Ihr Vater schwieg, sein Kopf wackelte, seine Hände zupften und tasteten an der Decke auf seinen Knien herum. Einmal murmelte er etwas und lachte ein wenig in sich hinein, aber als sie versuchte, mit ihm zu sprechen, schaute er sie mit leerem Blick an; die meiste Zeit schien er ihre Anwesenheit nicht wahrzunehmen. Als er plötzlich sagte: »Bringen sie mir jetzt Abendessen?«, war sie überrascht.

»Nein, Vater, noch nicht gleich.« Sie zog ihren Stuhl näher heran und legte ihre Hand auf seine. »Wie geht es dir?«

Er knurrte: »Wer ist die Frau dort?«

Sie folgte seinem Blick in die Zimmerecke. »Hier ist niemand außer mir, Vater. Niemand.«

»Eh?« Seine Augen schienen einer Bewegung zu folgen und wieder innezuhalten. »Sag ihr, ich kann mich jetzt nicht mit ihr treffen. Sie kann hier nicht herkommen, das geht nicht.«

»Vater, dort ist niemand, wirklich nicht.« Aber er war schon wieder in sich zurückgekehrt, offenbar in Halbschlaf versunken, sein Atem rasselte.

Als die Schwester wiederkam, erwähnte Anne, daß ihr Vater halluziniere.

»Das tun viele. Ach, sie sehen alles mögliche – Blumen, Schiffe, Menschen. Sie sind nie allein. Manchmal ist es richtig unheimlich – man weiß ja nicht, was in ihren Köpfen vorgeht. So, helfen Sie mir wohl, ihn zurück ins Bett zu heben? Alles klar, Mr. Stanway? Wir legen Sie jetzt nur wieder zurück. Verschränken Sie Ihre Hand unter seinen Knien mit meiner, bitte, und die andere hinter seinem Rücken. Dann hochheben, wenn ich es sage, und mit Schwung herum, wenn Sie seine Beine auf der Höhe des Betts haben.« Sie war ein dünnes, zähes Mädchen von etwa zwanzig, hatte das Haar unter der Haube in einem festen Pferdeschwanz glatt zurückgenommen und trug an der Schürze ein billiges Kruzifix.

Sein Schlafanzug klaffte auf, die Haut darunter war durchscheinend und zart wie die eines Babys. Als sie ihn auf das Bett hoben, roch es nach Ammoniak, und die Schwester sagte: »Momentchen, ich hole ihm nur eine saubere Hose. Halten Sie ihn bitte eine Minute auf der einen Seite.« Sie verrichtete ihre Arbeit mit genau bemessenem Kraftaufwand, kein Handgriff war überflüssig, das beschmutzte Kleidungsstück wurde in einer Abfolge von geübten Bewegungen durch ein frisches ersetzt. Anne, die den alten Mann mit der Hand im Rücken stützte, wandte sich verlegen von den welken, nackten Oberschenkeln und Genitalien ab. Hilflos in den Kissen zusammengesunken, brummelte und grummelte er vor sich hin.

»Da sind Sie gewiß enttäuscht«, sagte die Schwester, »daß er so ist, wo Sie doch extra hergekommen sind.«

Anne sagte: »Gestern wußte er, wer ich bin.«

»Es ist immer ein Auf und Ab mit ihnen. Das ist in der Altenpflege so interessant.«

»Finden Sie es nicht – deprimierend?«

»O nein«, sagte das Mädchen ein wenig geistesabwesend. Sie legte den alten Mann mit der liebevollen Distanz im Bett zurecht, mit der ein Kind eine Puppe einpackt, und er blieb brav und ordentlich in den Kissen liegen, die Hände auf der umgeschlagenen Decke gefaltet. Anne dachte: Wie schrecklich er das fände, wenn er es wüßte.

»Na ja«, fuhr das Mädchen fort. »Am liebsten würde ich in der Psychiatrie arbeiten. Wenn ich Glück habe, kann ich nächstes Jahr mit der Ausbildung anfangen. So – jetzt ist er fürs Abendessen fertig. Bleiben Sie?«

»Nein, ich komme später noch einmal vorbei.«

James Stanway sagte: »Du mußt gehen. Das habe ich dir schon einmal gesagt, Betty, du kannst nicht hierherkommen, das geht nicht.«

Aber sie blieb sitzen und lächelte und sagte nichts. Sie trug das blaugetupfte Kleid, das sie auch in dem Sommer in Lyme getragen hatte, lächelte und strich die Seide über ihren Knien glatt. Nicht, daß ich dich nicht sehen will, mein Liebes, sagte er zu ihr, das weißt du auch, aber du mußt einsehen, es geht nicht, das war immer klar zwischen uns.

Und bald darauf entfernte sie sich auch wirklich, obwohl er nicht sah, wie. Menschen schoben und hievten ihn herum, es war alles sehr eng: Laßt mich in Ruhe, sagte er, laßt mich in Ruhe, doch sie waren viel stärker als er, und nach einer Weile lag er nur noch erschöpft da. Er hörte das Geräusch des Flusses, der über Steine floß.

Anne aß Kekse und Käse am Küchentisch und dachte: Wenn ich mich heute nachmittag ranhalte, kann ich morgen ganz früh wieder weg. Ich muß seinen Schreibtisch durchgehen und schauen, was zu erledigen ist, und noch einmal bei der Bank anrufen. Und wenn noch Zeit bleibt, betätige ich mich ein wenig im Garten. Sie stellte das schmutzige Geschirr ins Spülbecken und ging ins Arbeitszimmer.

Mit den Papieren auf dem Schreibtisch war sie schnell fertig. Noch ein paar unbezahlte Rechnungen, ein nicht beantworteter Brief von ihrem Cousin, ein hitziger Briefwechsel mit den örtlichen Wasserwerken (jetzt würden sie das letzte Wort behalten und sich nicht einmal fragen, warum). Sie ordnete alles in Stapel und machte eine Liste von dem, was getan werden mußte. Als sie jedoch die Schubladen des Schreibtischs öffnete, fand sie sich in einer chaotischen Vergangenheit wieder – vor fünf, drei, zehn Jahren. Briefe, bezahlte Rechnungen, Mitgliedskarten. Die Schriftstücke, die ein Leben erfassen. Wenn, dachte sie, wenn ich eine Fremde wäre, wenn ich Vater nicht kennen würde – was würde mir all das sagen? Es handelt sich um ein Mitglied des Britischen Automobilclubs, einen Hausbesitzer, der die letzte Hypothek vor fünfzehn Jahren abbezahlt hat, Vater zweier Kinder, Ehemann, Abonnenten des ›Times Educational Supplement‹, gelegentlichen Gast in »Trust

House«-Hotels, einen Mann, der sich per Post ausgefallene Lebensmittel bestellte, für den Erhalt des Ländlichen England einsetzte und, als er jünger war, einmal neben einer jungen Frau stand, der vom Wind das Haar ins Gesicht geweht wurde.

Vermutlich Mutter, dachte Anne und legte die Fotografie vor sich auf die Schreibtischunterlage, so um 1940. Wo wir da wohl waren – Graham und ich? Sie müssen irgendwo ohne uns Urlaub gemacht haben. Sie drehte das Bild um und las in der Ecke in der Handschrift ihres Vaters, mit Bleistift geschrieben: »Dorset«.

Den ganzen Nachmittag lang reiste sie mit dem Inhalt der Schubladen und Ordner ihres Vaters durch ihre eigene Mädchenzeit und Kindheit. Fand Fotografien und kindliche Briefe und Schwimmzeugnisse. Das Rezeptbuch ihrer Mutter, ihren eigenen preisgekrönten Aufsatz aus der zehnten Klasse und Grahams Schulzeugnisse (»Stanway gebraucht seinen durchaus vorhandenen Verstand, wenn er es für angebracht hält oder wenn es seinen Zwecken dient.«). Mit dem Gedanken, daß es am Ende doch getan werden mußte und sie genausogut jetzt damit anfangen konnte, begann Anne alles aufzuteilen. Das Wiederentdecken vergessener Orte und Ereignisse lenkte sie ab; die Papierstapel in den Lebensmittelkartons, die sie aus der Speisekammer geholt und mit »A. S.«, »G. S.«, »Vater« und »Wegwerfen?« beschriftet hatte, wuchsen nur langsam. Während das Sonnenlicht durch den Raum wanderte, sich zunächst über den Schreibtisch ergoß, dann über die Glasscheibe des Bücherschranks und die ausgetretenen Muster des Perserteppichs, wanderte Anne von der Kindheit im Krieg zu der Zeit in Oxford und durch die endlosen Schuljahre wieder zurück. Hier waren sie und Don mit starrem Lächeln als Braut und Bräutigam. Aus einem Umschlag glitt noch ein Häufchen Fotografien –

die unwiederbringlichen Gesichter ihrer eigenen Kinder, als sie noch sehr klein waren.

Vor ihrer Heirat hatte sie einmal kurze Zeit in der Handschriftenabteilung eines Museums gearbeitet. Als sie nun auf dem Boden im Arbeitszimmer ihres Vaters saß, schien es ihr, daß dieses wahllos zusammengekommene Archiv von Dokumenten in seinem Schreibtisch ein ähnlich willkürliches Zeugnis vom Leben eines Menschen ablegte wie die wenigen angelsächsischen Verfügungen und mittelalterlichen Steuererklärungen, die wundersamerweise überlebt hatten. Sie erzählten einem Fakten, aber Fakten, die nicht die ganze Wahrheit enthielten. Anne schaute ihre Hochzeitsfotos an und dachte: Mutter sieht bedrückt aus, dabei war sie die einzige, die es rundum genossen hat. Außer vielleicht Graham, der mit diesem Mädchen knutscht, das er überhaupt nicht mitbringen sollte. Und an dem Tag in Poppet Sands hat Paul sich an einer Scherbe den Fuß geschnitten, kurz danach bekam Don seinen neuen Job, und wir sind nach Cuxing gezogen.

Auszusortieren, was ihr und was Graham gehörte und was eventuell weggeworfen werden konnte, war leicht. Den Rest, die persönlichen Dinge ihres Vaters, taxierte sie eher beklommen und dachte: Das muß alles warten, dazu komme ich schon noch. Sie öffnete nur einen Hefter mit Kontoauszügen, weil sie sich wieder an diesen merkwürdigen Dauerauftrag erinnerte, und stellte beim Durchblättern fest, daß die monatlichen Zahlungen tatsächlich, wie der Filialleiter gesagt hatte, lange Jahre zurückreichten. Die Auszüge waren so wild durcheinander, daß sie nicht erkennen konnte, wann die Zahlungen begannen, und den Ordner zur Seite schob. Das läßt mir keine Ruhe, dachte sie, ich muß herausfinden, was es damit auf sich hat.

Der Abend war angebrochen. Im Garten schwatzte eine

Amsel. Anne ging in den Werkzeugschuppen und nahm einen Spaten und eine Forke aus der Reihe Gartengeräte, die samt und sonders ordentlich saubergewischt an ihrem Platz hingen. Sie begann bei den Rosenbeeten, die voller Greiskraut- und Löwenzahnpflänzchen waren; mit der Forke hob sie das Grünzeug aus der lockeren feuchten Erde. Sie arbeitete energisch drauflos und gönnte sich nur ab und zu eine Pause, um das frisch gejätete Beet hinter sich und die Rosen, die winzige, neu gewachsene Fäuste herausstreckten, zu bewundern. Sie waren beschnitten worden. Ihr Vater mußte es im letzten Herbst oder Winter getan haben, vielleicht in dem Wissen, daß er ihre Blüte im nächsten Sommer nicht mehr erleben würde.

Der Garten fiel zu einer Wiese hin ab – holpriges Weideland, auf dem hier und dort Kühe grasten. Es wurde begrenzt von einer Reihe Weiden und Erlen am Flußufer. Ihr Vater war Mitglied eines Vereins, der für diesen Abschnitt Angelrechte besaß, er hatte das Haus wegen seiner Nähe zum Fluß gekauft. Als sie zum Zaun am Ende des Rasens schlenderte, vernahm sie in der Stille des Abends, wie weit entfernt das Wasser um ein Hindernis rauschte. Irgendwo stotterte der Motor eines Traktors und sprang an, dann tuckerte das Fahrzeug außer Hörweite. Zur Rechten, auf der anderen Seite der Weide, kam ein Mann langsam am Flußufer entlang und schlug den Weg quer übers Gras ein.

Sie ging zurück zum Beet und begann einen uralten verholzten Rosenstock mit wenig neuen Trieben auszugraben. Seine Wurzeln reichten allerdings tief in den Boden und trotzten Annes Versuchen, sie herauszuziehen. Sie hatte den Spaten niedergelegt, umklammerte den Stamm mit bloßen Händen und rang mit ihm, als sie mit dem Gefühl, nicht allein zu sein, aufblickte. Der Mann hatte den Zaun am Ende des Gartens erreicht, und als er sich nun darunter hindurchbückte und auf sie zukam, sah sie, daß es David Fielding war. Er trug eine Angelrute und Anglerstiefel.

»Lassen Sie sich durch mich nicht stören. Ich dachte nur, daß ich besser die Angelrute Ihres Vaters zurückbringe, solange Sie noch hier sind.«

Anne sagte: »Mit diesem Strauch werde ich ohnehin nicht fertig.« Sie richtete sich auf und dachte: Davon hat er gestern geredet, von einer Angelrute, Vater muß ihm seine geliehen haben. »Meinem Vater wäre es bestimmt lieber, wenn Sie die Angelrute behielten.«

»Würde sie denn Ihr Mann nicht benutzen wollen? Oder Ihr Bruder?«

»Du lieber Himmel, nein. Sie angeln beide nicht.«

»Es ist auch eine reichlich verrückte Beschäftigung«, sagte er. »Ich fange höchst selten was. Ihr Vater hatte wenigstens immer sein Abendessen sicher – er war ein guter Angler.«

»Aber Flüsse sind schön ...«

»Genau, Flüsse sind schön.« Über Annes gejätetes Beet, dessen braunes Erdreich so sauber und locker wie Kuchenkrümel war, lächelten sie einander an.

»Behalten Sie sie. Von uns hat keiner Verwendung dafür.«

»Na gut, für den Sommer... gern. Es ist eine sehr gute Angelrute, wissen Sie, heute viel wert.« Er schaute auf den arg zugerichteten Rosenstrauch. »Soll ich mal einen Versuch starten?«

»Ach, wenn Sie das tun würden.«

Er konnte ihn nicht bewegen. Anne lachte. »Er kommt mir vor wie die Weltesche – bestimmt hören seine Wurzeln nie auf. Ich muß mal nachsehen, ob irgendwo eine Säge ist.«

»Ach was. Ich habe ein Messer. Damit hacke ich ihn so weit

unten wie möglich ab. Ich kann mir nicht vorstellen, daß er unter der Erde wieder anfängt zu sprießen.«

Er langte in das Loch um die Wurzel, hielt mit der einen Hand den Stamm fest, während er mit der anderen herumstocherte, und als Anne gerade anfing: »Sie haben mich gestern bestimmt für sehr unhöflich gehalten, dabei war ich ...«, riß er plötzlich die Hand hoch.

»Mist! Verzeihung.«

Durch die Erdkruste auf seinem Handballen quoll Blut. Er tastete mit der anderen Hand in der Tasche herum und sagte, plötzlich hilflos wie ein Junge: »Ich habe kein Taschentuch.«

Anne sagte: »Das sieht ganz schön tief aus. Sie kommen besser mit hinein und halten es unter den Wasserhahn.«

Er folgte ihr in die Küche und setzte sich an den Tisch. Sie ließ Wasser ins Waschbecken laufen, stöberte in den Schränken nach Desinfektionsmittel und Watte, und als sie sich zu ihm umdrehte und sagte: »So, lassen Sie mich ...«, sah sie, daß er aschfahl war und schwitzte und den Kopf von dem Daumen abgewandt hatte, von dem Erde und Blut zu Boden tropften.

»Ist Ihnen nicht gut? – Legen Sie den Kopf zwischen die Knie.«

Er beugte sich gehorsam nach vorn, und sie behielt ihre Hand auf seiner Schulter, bis er sich nach etwa einer Minute wieder aufrichtete.

»Wie albern!« Er lächelte sie schwach an. »Wir beide scheinen dazu verdammt zu sein, einander ständig zu fragen, ob uns nicht gut ist.«

Anne sagte: »Sie erinnern mich an Paul. Meinen Sohn. Einmal hat er sich am Strand in den Fuß geschnitten – ich mußte eben noch daran denken –, an einer Glasscherbe oder so etwas, und hat stundenlang nicht hingeschaut, weil er überzeugt war, daß seine Zehen ab waren. Da war er sechs oder sieben. Ging Ihnen das schon immer so mit Blut? Halten Sie ihn über den Ausguß. Schauen Sie nicht hin.«

»Eigentlich immer. Ziemlich blamabel für einen Lehrer, was? Können Sie sich vorstellen, wieviel Blut in einer mittelgroßen Jungenschule durchschnittlich in der Woche vergossen wird?«

»Literweise, nehme ich an. Tut mir leid, ich muß Ihren Ärmel ein bißchen naß machen.« Seine Hand fühlte sich kalt in ihrer an. Vom Angeln bekommt man natürlich kalte Hände. Wenn ihr Vater an Sommerabenden nach Hause kam, hatte er im Spaß immer beide Hände auf ihre Wangen gelegt, um sie sich zu wärmen.

»Und als ich meinen Wehrdienst abgeleistet habe... da habe ich nur so geschlottert beim Anblick der Säbel in der Offiziersmesse.«

»Wie schrecklich. Aber was machen Sie mit den Fischen? Schlagen Sie sie auf den Kopf?«

»Das kann ich komischerweise. Fischblut scheint etwas anderes zu sein.«

»Das ist aber unlogisch. So, jetzt hat es fast aufgehört zu bluten. Können Sie ein paar Minuten daraufdrücken?«

»Nein, dazu bin ich viel zu schwach.«

»O je«, sagte sie. »Dann muß ich das wohl machen.«

Wenn man den Chromhals an einem Mischwasserhahn intensiv anstarrt, wird er zum gebeugten Nacken einer merkwürdigen prähistorischen Kreatur, die ein glänzendes, in die Länge gezogenes Spiegelbild von einem selbst präsentiert. Zwei Menschen, die nebeneinandersitzen, verschmelzen miteinander in formlosem Rosa, Braun und Grün. Glücklicherweise ist das Spiegelbild verzerrt, so daß es etwas Präzises wie einen Gesichtsausdruck, Augen, Mund oder Nase nicht wiederzugeben vermag.

Anne sagte: »So, das dürfte reichen.«

»Wenn Sie meinen.«

»Ich klebe nur noch ein Pflaster darauf, und dann können wir eine Tasse Tee trinken.«

»Das wäre schön.«

Sie saßen einander am Küchentisch gegenüber, schwiegen und sprachen dann beide auf einmal.

»Arbeiten Sie schon lange als Lehrer in Lichfield?«

»In Berkshire, haben Sie gesagt, wohnen Sie?«

Anne sagte: »Ja, in einem Dorf in der Nähe von Reading.«

»Ah, wo die Leute alle zur Arbeit pendeln. Das ist eine Landschaft, mit der ich als eingefleischter Provinzler nicht allzu vertraut bin. Ich bin an Orte gewöhnt, in denen Menschen leben, nicht an solche, von denen aus sie zur Arbeit fahren, obwohl ich nicht weiß, ob man das heutzutage von dieser Gegend noch so ohne weiteres behaupten kann. Birmingham streckt seine Fangarme schon weit aus. Ich bin in Nottingham aufgewachsen.«

»Da bin ich leider nie gewesen.«

»Ich erkenne es heute auch gar nicht mehr wieder. Neue Einkaufszentren, so weit das Auge reicht. Umgehungsstraßen und Überführungen und weiß der Himmel was. Die Stadt ist wahrhaftig während der letzten fünfzig Jahre immer schlimmer vergewaltigt worden. Wußten Sie, daß Nottingham ein Rathaus aus dem siebzehnten Jahrhundert hatte? Das haben sie in den zwanziger Jahren abgerissen.«

»Ich dachte, die Stadt sei einmal wegen ihrer Slums berüchtigt gewesen.«

»O ja, die gab es auch. Wir haben im kleinbürgerlichen Teil

Nottinghams gewohnt, ehrbaren kleinen Straßen, die jetzt langsam alle plattgewalzt werden. Mein Vater hatte ein Lebensmittelgeschäft. Nach dem Studium in Cambridge bin ich dorthin zurückgegangen und habe ungefähr zehn Jahre lang an verschiedenen Schulen unterrichtet, dann in einem Job in Manchester, danach hier.«

Zögernd sagte Anne: »Ich unterrichte auch.«

»Das hat Ihr Vater nie erwähnt. Ich muß aber zugeben, daß er sowieso nicht oft über Sie gesprochen hat.«

»Nur ganz bescheiden – in unserer Gesamtschule, Geschichte bis zur zehnten Klasse. Später einmal würde ich gern mehr machen.«

»Noch eine Historikerin«, sagte David Fielding. »Aber unsereins kommt aus der Mode.«

»Wie meinen Sie das?«

»Der Trend geht gegen uns, haben Sie das noch nicht bemerkt? Heute haben die Menschen keine Zeit mehr für die Vergangenheit. Sie wollen eine Berufsausbildung.«

»Ach was«, sagte sie. »Der Meinung bin ich nicht. Ich habe fast den Eindruck, sie war nie populärer, im wahrsten Sinne des Wortes. Jede Woche sind hinten auf der ›Radio Times‹ ganzseitige Anzeigen für billige Buchclubausgaben von Geschichtsbüchern, am Wochenende schieben sich Millionen Menschen durch Adelssitze; und jedesmal, wenn man den Fernseher anmacht, werden die letzten hundert Jahre unter dem einen oder anderen Aspekt noch einmal verhackstückt.«

»Die Vergangenheit als Unterhaltung.«

»Hm«, sagte sie, »so kann man es natürlich sehen. Aber trotzdem ...«

»Doch wenn es um die Vergangenheit als Lehrstoff geht, da sieht die Sache schon anders aus.«

»Ist sie denn Lehrstoff?« sagte sie. »Sollte sie es sein? Da bin ich mir nie so sicher. Aus der Vergangenheit Lehren ziehen und so weiter und so fort ... Warum soll man aus der Geschichte lernen? Warum nicht einfach etwas *über* sie lernen?«

»Wenn Sie einen Disput anfangen, sehen Sie aus wie Ihr Vater.«

»Wirklich?«

»Und Sie haben genauso eine Art wie er, sich ein Thema vorzunehmen und darin zu verbeißen wie ein Hund in einen Knochen.«

»Tut mir leid«, sagte sie gekränkt. »Ich wollte Sie nicht langweilen. Ich fand es ganz interessant.«

»Sie langweilen mich kein bißchen. Ich wüßte nicht, wann ich mich je weniger gelangweilt hätte.«

»Oh«, sagte sie. »Gut.«

»Reden Sie weiter.«

»Nein, jetzt bin ich fertig. Ich weiß nicht mehr, was ich sagen wollte. Möchten Sie noch Tee?«

»Ja, bitte. Und was tun Sie da unten in Berkshire sonst noch, außer dafür zu sorgen, daß Geschichte nicht zu lehrreich wird? Haben Sie Kinder?«

»Zwei. Einen Jungen und ein Mädchen. Fünfzehn und dreizehn. Und Sie?«

»Zwei Jungen. Ungefähr im gleichen Alter. Aber lassen Sie uns jetzt um Himmels willen nicht über unsere Kinder reden. Davon habe ich von Berufs wegen genug. Elterliche Erfahrungen auszutauschen ist selten ein lohnender Zeitvertreib. Das überläßt man am besten den Pädagogen und Psychologen. Ihr Vater hat es richtig gemacht. Er sprach selten von Ihnen oder Ihrem Bruder – was meines Erachtens keineswegs einen Mangel an Zuneigung bedeutet.«

»Nein, das glaube ich auch nicht. Obwohl er sich aus dem Familienleben eher herausgehalten hat. Komisch, wenn ich seine Papiere durchgehe, bekomme ich immer wieder das Gefühl, daß ich ihn nur teilweise kenne.«

»Vermutlich kennt – sieht – man seine Eltern immer nur in einer Dimension, oder?«

»Ja. Ja, das glaube ich auch.« Dann erzählte sie von ihren Gedanken an diesem Morgen, von dem trügerischen Bild, das aus ein paar Fetzen Papier von einem Leben entsteht.

David sagte: »Wahrscheinlich nicht so zufällig wie ein Museumsarchiv. Er muß ausgesucht haben, was er behalten wollte.«

»Aber mit der gleichen Betonung der wirtschaftlichen Seite.«

»Unter Ausschluß der Leidenschaften?«

»Hm, ja«, sagte sie.

»Werden Ihre Kinder denn eine Schublade mit Liebesbriefen finden?«

»Ich glaube nicht.«

»Da haben Sie's ...«, sagte er. »Aber bestimmt dutzendweise abgelaufene Pässe und alte Versicherungspolicen.« Er schwieg und betrachtete seinen bepflasterten Daumen auf dem graugelben Resopaltisch. Dann fuhr er plötzlich fort: »Warum machen Sie das alles jetzt? Sie könnten es doch noch eine Weile aufschieben.«

»Bis er stirbt?«

David nickte.

»Ich weiß es selbst nicht so genau. Ursprünglich, weil ich mußte – um ein paar Geldangelegenheiten zu klären. Teilweise, weil ich es auf eine eigentümliche Weise will. Es ist ganz untypisch für mich«, fügte sie hinzu. »Ich hasse Aufräumen. Ich bin sehr unordentlich. Mein Mann beschwert sich immer.«

Das überging er. »Der Tod der Eltern – oder eines Elternteils – bedeutet immer einen Wendepunkt, in vieler Hinsicht. Man fühlt sich älter und jünger, beides zugleich.« Er hob die Teekanne, goß ihnen beiden nach und nahm sich Zucker. »Darf ich? Mein Vater ist vor ungefähr fünfzehn Jahren gestorben. Er gehörte zu der Spezies Lebensmittelhändler, die heute nicht mehr existiert – wie die Tante-Emma-Läden –, und ich bin froh, daß er das Zeitalter der Supermärkte nicht mehr erlebt hat, die hätten ihm den Boden unter den Füßen weggezogen. Als er gestorben ist, mußte ich die Kundenkonten auflösen. Es ging um erbärmlich kleine Geldsummen – sie datierten zurück bis in die Zwanziger, wissen Sie, so in dem Stil, Mrs. Soundso schuldet bis Freitag drei Shilling sechs Pence. Und dann der Wust von Papieren, die alle irgendwie damit zu tun haben, was ein Mensch ist, genau das, worüber Sie eben gesprochen haben. Jede Bescheinigung, jedes Zeugnis von mir! Leider mangelte es ihm an der Zurückhaltung Ihres Vaters, was seinen Sprößling betraf. Wenn es um seinen Sohn ging, war er wie der ›Ancient Mariner‹ von Coleridge – beim Klang meines Namens müssen die Nachbarn so klein mit Hut geworden sein.« Er lachte.

»Wahrscheinlich war er stolz auf Sie. Das ist doch kein Verbrechen.«

»Ja und nein. Er fand es prima, einen Jungen an der Universität zu haben – das hatte es in unserer Straße noch nicht gegeben. Aber er war nun mal ein Geschäftsmann aus den Midlands, wenn auch ein sehr kleiner, und fand, daß das Gehalt eines Lehrers nur eine magere Rendite für die ganze Investition in die Ausbildung lieferte.«

»Stimmt ja auch.«

»Wenn Sie es so betrachten.« Plötzlich klang er schroff.

Verlegen sagte Anne: »Das tue ich ja gar nicht. Aber ich weiß, was er meinte. Wenn man so viel ...«

»Natürlich sehen Sie es nicht so. Ich wollte Ihnen nicht über den Mund fahren – tut mir leid. Was macht Ihr Mann?«

»Er ist Anwalt.« Unten in Berkshire, dachte sie, in irgend jemandes Wohnzimmer, auf irgend jemandes Rasen, sagt man an diesem Punkt in freudig anerkennendem Ton: »Ach ja?«, was bedeutet: Aha, nun weiß ich, woran ich bin, wer Sie sind, wie reich, wo Ihre Kinder zur Schule gehen, was für eine Einstellung Sie höchstwahrscheinlich zu den Dingen haben.

David Fielding meinte: »Vernünftig, der Bursche, würde ich sagen.«

Draußen dämmerte es. Auf der Wiese verhüllte ein Nebelschleier die Umrisse der Weiden. Die Forke stand nackt wie ein Galgen da, wo Anne sie aufrecht im Rosenbeet hatte stecken lassen. Durch die Stille donnerte ein Motorrad über die kleine Straße, und David sagte: »Ich gehe jetzt besser.«

An der Tür sagte er: »Ich besuche natürlich Ihren Vater wieder. Wann sind Sie wieder hier oben?«

»In ungefähr zwei Wochen. Es sei denn, die Ärzte meinen, ich sollte vorher kommen.«

»Vielleicht sehen wir uns dann.«

Sie sagte: »Hoffentlich.« Nachdem er weg war, saß sie untätig in der Küche und betrachtete die schmutzigen Teetassen. Als das Telefon klingelte, fuhr sie auf.

Es war Graham. »Anne? Hör zu, ich habe es so eingerichtet, daß ich Freitag kommen kann.«

»Gut.«

»Alles in Ordnung?«

»Mehr oder weniger. Graham – eine Sache... Hatte Vater jemanden, dem er eine Art Unterhalt zahlte? Eine Pension oder so etwas? Diese Kinderfrau, die wir während des Krieges hatten, als Mutter arbeitete – wie hieß sie noch mal?«

»Frag mich was Leichteres.«

»Barron nicht?«

Eine winzige Pause. Graham sagte: »Glaube nicht. Worum geht's?«

»Eigentlich um nichts, nur, daß es hier eine Mrs. Barron gibt, für die er einen Dauerauftrag bei der Bank hat. Fünfzehn Pfund im Monat.«

Eine längere Pause. In einer anderen Leitung schwatzten leise Stimmen. »Hör mal«, sagte Graham, »ich würde mir darüber nicht den Kopf zerbrechen. Belaß es einfach dabei.«

»Meine Güte, wir müssen doch wissen, wer diese Person ist!«

»Nicht unbedingt.« Hatte er das gesagt? Sie hörte ein leises Geräusch, als gähne oder seufze er unten in London. »Kein Grund zur Panik jedenfalls.«

»Ich bin ja auch gar nicht in Panik«, sagte sie erbost.

»Na, dann ist doch alles bestens. Also dann, ich melde mich.«

»Tu das. Bis bald.«

»Bis bald.«

Sie schlief schlecht, fiel aus langen wachen Phasen in unruhigen Schlaf voll turbulenter Träume und Bilder. Sie stand früh mit Kopfschmerzen auf, plante den Tagesablauf voraus, so daß sie im Geist schon wieder zu Haus und mit den Dingen beschäftigt war, die sie dort erwarteten. Es war, als existiere die Länge der Straße dazwischen nicht, als schneide man von einem Schauplatz zum anderen über wie im Film. Sie eilte durchs Haus, schloß Fenster, stopfte ihre Sachen in eine Tasche, überlegte, was sie heute abend zum Essen machen sollte und was sie morgen zu erledigen hatte. Aber als sie bei einer Tasse Kaffee am Küchentisch saß, sah sie wieder David Fieldings Hand mit dem bepflasterten Daumen auf dem grau-gelb gesprenkelten

Resopal. Mit dem geschärften Wahrnehmungsvermögen, das man oft im nachhinein hat, sah sie auch sein über den Ohren graumeliertes Haar, die losen Maschen am Ärmelaufschlag seines Pullovers, den zersprungenen Kopf seiner Pfeife. Sie schrieb »Hackfleisch, Zwiebeln, Karotten, eingelegtes Gemüse« auf den Rücken eines Umschlags – das Abendessen konnte sie auf dem Heimweg besorgen – und dachte: Er muß Vaters Angelrute behalten, das wäre mir lieb, es ist auch bei weitem das Vernünftigste, darüber muß ich noch einmal mit ihm reden, irgendwann.

3

»Volltanken, bitte«, sagte Graham, und der Tankwart legte begehrlich die Hand auf die teure Karosserie des Autos und dachte: Was für eine Verschwendung, der alte Knacker hat so einen Klasseschlitten, verdammt ungerecht so was. Er knallte den Deckel auf die Tanköffnung, schraubte ihn nicht richtig fest, so daß er nach fünf Meilen wahrscheinlich abfallen würde, und kam ans Fenster. »Vierfünfzig, Sir.«

»Ja, so geht's«, sagte Graham, und der Junge dachte einen Moment lang, er verspotte ihn. »Tja, die reinste Halsabschneiderei«, sagte er dann grinsend. »Gute Nacht, Sir.« Aus dem Büro sah er zu, wie sich die Rücklichter des Autos in den Feierabendverkehr einreihten.

Nun hatte Graham zweieinhalb Stunden auf der M 1 vor sich, er drehte an den Radioknöpfen und entschied sich für die Nachrichten. Er glitt durch dämmernde Grafschaften, wurde über dies und das informiert, wechselte die Spur, einigermaßen wohlauf, einigermaßen zufrieden, nicht allzu müde. An den Wochenenden fühlte er sich neuerdings immer häufiger ganz schön marode, was aber nichts weiter zu bedeuten hatte, jedenfalls nichts, was nicht ein kurzer Urlaub wieder in Ordnung bringen würde, wenn es erst einmal Sommer war. In der Gegend von Luton dachte er eine Zeitlang an die geschiedene Lady, mit der er, wenn sonst alles glattlief, die Freitagnächte zu verbringen pflegte. Er hatte das Gefühl, daß es wohl nicht mehr sehr viele dieser Nächte geben würde, aber ob ja oder nein, es scherte ihn herzlich wenig, alles in allem betrachtet. Ich könnte mal eine Ruhepause gebrauchen, ein bißchen Urlaub von alldem. Nächstes Wochenende besuche ich Annie und die Kinder, sollte sowieso mehr Kontakt halten, hab sie seit Monaten nicht gesehen. Gleich kommt Northampton, ich bin gut in der Zeit, jedenfalls bin ich vor acht dort.

Nicht einmal Häuser sind inaktiv: Alles bewegt sich weiter. Als Anne wieder zu Hause war, fühlte sie sich sofort mit Beschlag belegt, ihre Aufmerksamkeit war von all den winzigen, unmittelbar wahrnehmbaren Veränderungen, die die Zeit bewirkt, in Anspruch genommen. Es war nicht mehr Dienstag, sondern Donnerstag: auf dem Flurtisch zwei Briefe, eine Wurfsendung und eine Rechnung, in der Küche das Geschirr im Spülbecken, in einer Ecke ein Haufen Kleider auf dem Boden, in einer Untertasse auf dem Kühlschrank irgend etwas, das ranzig roch. Als ihre Kinder am späten Nachmittag ins Haus platzten, fühlte sie sich von deren Ansprüchen regelrecht erdrückt.

»Am Samstag? Ja, na gut, wenn ich Zeit habe.« Zu Judy, die am Küchentisch hing und Marmeladenbrote hinunterschlang, sagte sie: »Fragst du gar nicht, wie es Großvater geht?«

»Entschuldigung, wie geht es Großvater?«

»Es geht ihm leider nicht sehr gut.« Ihr Ärger schwand und wurde zu Mitleid, als sie das Mädchen plötzlich mit Abstand betrachtete, in dieser Ewigkeit zwischen Kindheit und Frausein schwebend. »Iß nicht soviel Brot, Liebling, es macht so dick.«

»Dick bin ich sowieso schon. Also, was soll's?«

»Du könntest abnehmen. Ich habe auch zugenommen. Wir machen zusammen eine Diät.«

»Pickel habe ich aber trotzdem noch.«

»Wir versuchen noch mal ein anderes Zeug aus der Apotheke.«

Das Mädchen schwieg mißmutig. Anne dachte: Arme Dinger, sie wissen nicht, was sie sind, was von ihnen erwartet wird, eine scheußliche Zeit – was wird über Kindheit, über diesen Teil der Kindheit, für ein Unsinn geredet.

Sie sagte: »Ich habe mir bei Großvater alle möglichen alten Fotos angeschaut, von dir und Paul, als ihr klein wart – ich wollte sie eigentlich mitbringen, du hättest sie bestimmt lustig gefunden.«

»Hmmm ...«

»Von Poppet Sands. Erinnerst du dich an die Ferien in Poppet Sands?«

»Nicht so richtig. Mum?«

»Ja?«

»Kann ich fünfundzwanzig Pence haben, um Susie ein Geburtstagsgeschenk zu kaufen?«

»Ja, gut«, sagte Anne. Noch nicht einmal die Erinnerung stützt sie – die Krücke haben sie noch nicht. Sie ging zum Küchenfenster und betrachtete die neuen grünen Blätter der Lupinen, die, seit sie weggefahren war, sichtbare zwei, drei Zentimeter in die Höhe geschossen waren, die bunten Primeln und die Krokusse, deren Grün nun wirr über die zerfledderten Blüten sproß. Die Rosen hatten alle Blätter, an den Kastanienbäumen tauchten die ersten Ansätze von Kerzen auf, der Rasen war so lang, daß man ihn mähen konnte: Nächste Woche würden die Schulferien beginnen.

Paul steckte den Kopf zur Tür herein und sagte: »Sandra Butterfield ist da. Sag nicht, ich hätte dich nicht gewarnt.« Anne wandte sich vom Garten ab, baute sich am Spülbecken in

Verteidigungsstellung auf und dachte: Nein, ich biete ihr keinen Tee an, sonst bleibt sie wieder mindestens eine Stunde, dabei habe ich tausend Dinge zu erledigen. Sie beobachtete, wie Sandra am Fenster vorbeihuschte, den Kopf über eine Handvoll Papiere gebeugt, die sie im Gehen durchblätterte. Was ist es diesmal? Die Liberalen, Oxfam, das christliche Hilfswerk? Anne ging die Tür öffnen.

»Meine Liebe, ich darf nicht lange bleiben – ich muß den ganzen Kram zur Bewahrung des Ländlichen England an den Mann bringen –, ich wollte nur schnell mit dir oder Don ein Wort über die Verkehrsaktionsgruppe wechseln. Die Sache ist nämlich die ...«

Anne sagte: »Komm doch in die Küche.«

Mit dem Eifer eines mittelalterlichen Klerikers bei der Ketzerverfolgung war Sandra Butterfield ständig auf der Jagd nach der guten Sache. Ihre mollige kleine Gestalt verströmte Energie und Empörung. Von ihr und ihren Anhängern angetrieben, hatte sich das schmucke Dorf in Berkshire im Lauf der Jahre zum Liberalismus bekehrt, die Umwelt gehegt und gepflegt, die drohende Autobahn bekämpft, den Kirchturm restauriert. Da das Einkommen ihres Gatten sie der Notwendigkeit, einen Beruf auszuüben, enthob, suchte sie Berufungen. Sie besaß eine stämmige, nimmermüde Konstitution und erinnerte Anne immer an eine Korngarben bindende Bauersfrau auf einem Gemälde des neunzehnten Jahrhunderts. In ein großes modernes Haus in dieser friedlichen Pendlergegend verpflanzt, schoß sie nun mit der ziellosen Energie einer Aufziehpuppe im Zickzack durch die Weltgeschichte. Eine hübschere Frau hätte sich auf Ehebruch verlegt, Sandra aber, in Wollpullover und Tweedkostüm, ließ sich nun an Annes Küchentisch nieder, breitete Papiere und Umschläge aus und setzte ein großes rotes Kugelschreiberhäkchen hinter einen Punkt auf einer Liste: »Lintons für Verkehrsinitiative rekrutieren«, stand da.

»Es geht darum«, sagte Sandra, »daß die Verkehrsdichte im letzten Jahr um hundertundzwanzig Prozent zugenommen hat. Was? Na ja, das ist natürlich nicht absolut exakt, aber wir haben vor der Schule jetzt dreimal Stichproben gemacht, und sie ist definitiv höher. Die Kieslaster donnern nur so durch – und zwar mit weit über sechzig Stundenkilometern – ich meine, die jungen Mütter mit den Kinderwagen müssen die Straße praktisch rennend überqueren, wenn sie Leib und Leben nicht gefährden wollen. Wir finden also, als erstes sollten wir eine Protestveranstaltung organisieren – um Aufmerksamkeit zu erregen, die Stimmung ein bißchen anzuheizen, du weißt schon – und ein Artikelchen im lokalen Käseblatt und so weiter, und dann ...«

Sie ist älter geworden, dachte Anne. Komisch, jahrein, jahraus sieht man Menschen ständig, höchstens einen oder zwei Monate nicht, und man merkt es nicht. Als wir hierherzogen, war Sandra eine junge Mutter. Ich auch. Damals war sie sogar ein bißchen sexy. Graham hat sie mal nach irgendeiner Kinderfete beschwipst gemacht, aus Jux – noch jahrelang hat sie nach ihm gefragt, er muß ihr den Po getätschelt haben oder so was. Das würde er jetzt nicht mehr tun – Grahams Mädchen werden jünger, nicht älter.

»Und dann wollte ich noch mit dir darüber reden, was wir in Sachen Splatt's Cottage unternehmen.«

»Splatt's Cottage?«

»Meine Liebe, es soll abgerissen werden. Hast du es nicht gehört? Von irgendeinem widerwärtigen Spekulanten.«

Anne sagte: »Oh, nein, wie schrecklich.«

Als sie vor zehn Jahren ins Dorf gezogen waren, hatte sie

nach seinen Ursprüngen geforscht. Sie hatte den Namen im ›Lexikon englischer Ortsnamen‹ nachgeschaut (»Cuxing, Brk., ›Das Volk von Cuc oder Cuca.‹ *Cuc* oder *Cuca* = Kurzf. v. Namen in *Cwic-* ...«), war von ihrem edwardianischen Backsteinhaus aus auf der Suche nach etwas losgezogen, das das Dorf enger an Zeit und Region band und aussagekräftiger war als die Neubauten, die sich von der Kirche und der High Street aus breitmachten. Auch in der Kirche fand sie Erinnerungen und Informationen (»Norm. Urspr., spätgot. WTurm, restl. Geb. 1880 von W. Young ...«). Das Kriegerdenkmal brachte große Ereignisse in den kleinen Ort. Hier und dort erinnerten die Namen der Straßen und Felder an die archaischen Funktionen – Hürdenweg, Ziegelei. Doch an sichtbarer Vergangenheit gab es wenig. Eine Reihe georgianischer Backsteincottages war von jungen Paaren, die nach Reading oder London pendelten, instand gesetzt worden, blaßgelbe Haustüren wechselten sich mit rostroten und nilgrünen ab, darüber schimmerten diskret schmiedeeiserne Laternen. In der High Street schoben sich noch überhängende Fachwerkfassaden über die großen Schaufenster von Boots und MacFisheries. Neben den öffentlichen Toiletten stand, hinter ein Eisengeländer geklemmt, das alte Marktkreuz aus vernarbtem Stein, die Umrisse waren bis zur Unkenntlichkeit verwittert. Am anderen Ende der Swan Lane hockte Splatt's Cottage grämlich hinter einer großzügig angelegten Siedlung von Doppelhäusern und klammerte sich an sein bedrohtes Schattenleben. Seine eingeschlagenen Fenster waren mit Brettern vernagelt, das Reet rutschte vom Dach, die Wände waren mit Fußballslogans vollgeschmiert. Es war ein Krummspannen-Bauernhaus, angeblich aus dem fünfzehnten Jahrhundert.

»Aber das können sie doch nicht machen!«

»Sie können und sie werden«, sagte Sandra. »Verlaß dich drauf. Offenbar steht es nicht unter Denkmalschutz, und nun hat Pym's – die Baufirma, du weißt – es von dem alten Mr. Taylor samt angrenzendem Land gekauft, und sie haben eine Baugenehmigung für fünf Bungalows. Wir fühlen uns alle völlig überrumpelt. Wir hätten natürlich spitzkriegen müssen, was lief, aber man kann ja seine Augen und Ohren nicht überall haben.« Sie seufzte bühnenreif.

»Eigentlich komisch, daß es nicht schon längst jemand gekauft und instand gesetzt hat.«

»Na ja, es würde natürlich eine Stange Geld kosten, was draus zu machen. Aber jetzt geht es darum, daß wir nicht einfach danebenstehen und zusehen dürfen, wie es abgerissen wird. Also, bei den Pickerings war am Wochenende jemand zu Besuch, der sich mit so was auskennt, und er sagte, es ist ungefähr achthundert Jahre alt.«

»Ich glaube nicht, daß es so alt ist«, sagte Anne. »Ich bin immer davon ausgegangen, daß es aus dem fünfzehnten Jahrhundert stammt.«

»Na, einerlei, fest steht, daß es wahnsinnig alt ist und unter allen Umständen erhalten werden muß. Deshalb müssen wir noch eine Bürgerinitiative gründen, und ich habe überlegt – ich stecke im Moment bis zum Hals in dem Verkehrskram –, ich habe also überlegt, ob du das nicht übernehmen könntest.« Beinahe vorwurfsvoll schaute sie über den Tisch. »Ich finde, du bist genau die Richtige dafür, wo du doch Geschichte unterrichtest und so. Ich meine, dir liegt die Vergangenheit doch wirklich am Herzen, oder? Und außerdem hast du ein Auto, also kannst du leicht durch die Gegend sausen und die Leute dafür interessieren.«

»Ja, schon ...«

»Du arbeitest nur Teilzeit, oder?«

»Ja.«

»Hach, wie ich dich beneide. Ich hätte so gern einen Beruf erlernt, aber die ganzen Prüfungen und so hätte ich nie geschafft. Du hast wirklich wahnsinniges Glück gehabt, daß du für all das Zeit hattest. Gut, dann überlasse ich dir Splatt's Cottage.« Sie sammelte ihre Umschläge ein. »Am besten schaust du erst mal, was die Baufirma im Schilde führt.«

Anne dachte: Worauf habe ich mich da nun wieder eingelassen? Sie ging nach oben, um ein Bad zu nehmen, und sah aus dem Schlafzimmerfenster Sandras plumpe Gestalt weiter unten auf der Straße stehen, sie redete auf jemanden ein, und der spätnachmittägliche Fußgängerstrom von Schulkindern und Einkaufenden teilte sich um sie. Beim Gemüsehändler standen dicke, farbenprächtige Narzissen- und Tulpensträuße auf dem Bürgersteig; Ford Marinas und Cortinas brachten Ehemänner von der Arbeit nach Hause. Anne zog sich aus, dachte über Splatt's Cottage nach und erinnerte sich an ein Ritual, als Judy klein war. Sie mußte das Kind immer hochheben, damit es durch die trüben Fensterscheiben spähen konnte, auf der Suche nach weiß der Himmel welchen geheimen Phantasiegebilden in den leeren Räumen, die von Rowdys und wildernden Katzen geschändet worden waren. Sandra hat recht, dachte sie, wahrscheinlich hat sie recht, und ich muß wohl was tun – aber ich wünschte, sie hätte mich nicht so festgenagelt, gerade jetzt, in diesem Frühling, wo Vater krank ist und überhaupt. Ich werde den ganzen Sommer hin- und herfahren müssen, viel mehr sollte ich mir nicht aufhalsen.

Lichfield erstand vor ihrem inneren Auge; ihr Vater inmitten der weißen Krankenhauskissen, das leere Haus, die Sonnenstrahlen, die durch sein Arbeitszimmer wanderten, die widerspenstige Rose, die während der langen Jahre ihres Wachstums ihre Wurzeln tief in die Erde getrieben hatte. Und all diese Bilder wurden begleitet von etwas, das ihr vorkam wie ein höchst unerklärliches, höchst perverses Gefühl des Wohlbehagens, eine undefinierbare Vorfreude, wie man sie in der Kindheit empfand, wenn Weihnachten, Geburtstage, eine Überraschung bevorstanden.

»Wie war es in Harlow?«

»Wie immer.«

Einmal im Monat besuchte Don die Firma in Harlow, für die er als Rechtsberater fungierte.

»Das war alles?«

»Das war absolut alles.« Was bedeutete, ich habe keine Lust, darüber zu reden, es würde dich auch nicht interessieren. Versöhnlich lächelte er sie über die Zeitung hinweg an.

Anne sagte: »Am Dienstag bin ich durch Oxford gefahren.«

»Das war doch völlig unnötig. Was ich dir auch gesagt hatte. Die Umgehungsstraße führt drum herum.«

»Ich weiß. Ich hatte nur so eine plötzliche Anwandlung. Ich bin durch die Leckford Road gefahren, an deinem Zimmer vorbei.«

»Was war das für eine Bruchbude.«

»Du findest es wahrscheinlich sentimental«, sagte sie, »dort vorbeizufahren.«

»Nein, aber es wäre einfacher gewesen, auf der Umgehungsstraße zu bleiben. Heutzutage ist der Verkehr in Oxford ein einziges Chaos.«

»Ich rede nicht vom Verkehr. Willst du gar nicht wissen, wie die Leckford Road jetzt aussieht?«

»Wie sieht die Leckford Road jetzt aus?«

»Im großen und ganzen noch genauso. Sie war ziemlich gleichgültig.«

»Sollten Orte nicht genau das sein?« sagte Don.

»Ja, doch.«

Nebenan, im Kinderzimmer, quäkte der Fernseher, brach in Applaus aus, quäkte wieder. Die Uhr im Korridor surrte ihr Vorspiel zum Stundenschlag. Don sagte: »Ich guck mir mal eben die Nachrichten an.«

»In den nächsten Monaten werde ich wohl häufiger zwischen Lichfield und Cuxing hin- und herfahren müssen.«

»Ja, kann ich mir vorstellen.«

»Nicht nur, um Vater zu besuchen, ich muß auch alles mögliche im Haus aufräumen und sortieren.«

»Natürlich«, sagte Don. Er ging ins Nachbarzimmer.

Später im Bett legte er die Hand auf ihre Hüfte. »Annie?«

»Ja«, sagte sie. »Ja, das wär schön.«

Sie besuchte Splatt's Cottage. Die angrenzende Neubausiedlung hatte einen Architekturpreis gewonnen. Um die Konturen des Grundstücks auszunutzen, waren die Häuser geschickt in Stufen angeordnet, die schon vorhandenen Bäume (eine Kastanie, eine Gruppe Silberbirken) in die Anlage integriert worden, und wie sie sich über den geschorenen Rasenflächen und mit Platten ausgelegten Wegen erhoben, sahen sie gepflegter und anmutiger als gewöhnliche Bäume aus. Bonanzaräder und Dreiräder lehnten an Wänden und Türen, ein Baby jammerte in einem eleganten schwarzen Kinderwagen, hier wohnten jungverheiratete Paare, Sandras Mütter, die vor den bösen Lastwagen beschützt werden mußten. Vor einem Haus war die alte

Dorfpumpe bewahrt und auf einer kleinen Raseninsel geschmackvoll zur Schau gestellt worden, losgelöst von jeder praktischen Funktion, eher wie eine Skulptur in einer Freiluftausstellung.

Unmittelbar neben den Häusern verbarg sich Splatt's Cottage hinter seiner Weißdornhecke und sah im Vergleich schäbig aus, nicht wie ein reizendes altes Haus, sondern ungehörig alt, vielleicht sogar ein wenig obszön, seine geduckte, in sich zusammengesunkene Gestalt erinnerte an einen frühen flämischen oder deutschen Holzschnitt, bei dem man an frevelhaftes Treiben denken mußte, mittelalterliche Lasterhaftigkeiten. Und wie zur Bestätigung wurde der Graben vor dem Garten verunziert durch zerknülltes Toilettenpapier und den bleichen ausgerollten Schlauch eines Kondoms. Anne stieß das nur noch an einer Angel baumelnde Tor auf und ging über den Steinweg zur Haustür.

Sie war verschlossen, aber durch das zerbrochene Fenster daneben sah Anne, daß Leute im Cottage gewesen waren. Auf dem Boden lagen eine Bierdose und ein paar alte Zeitungen. Anne wanderte außen herum und untersuchte die Konstruktion, soweit sie sich äußerlich in der Wölbung der Krummspannen zeigte, den Querbalken, der Ziegelsteinfüllung im Fischgrätmuster, die überputzt war, indes hier und dort, wo der Mörtel in Brocken abfiel, sichtbar wurde. Da muß ich mich aber auf den Hosenboden setzen, dachte sie, mir ein Buch über Fachwerkhäuser besorgen und versuchen, etwas über dieses Haus herauszufinden, wie alt es wirklich ist und so weiter. Man kann nicht etwas erfolgreich schützen, wenn man nicht weiß, was man eigentlich schützt.

Die Hintertür stand weit offen. In der Küche deuteten frische Spuren auf vorübergehende Benutzung: ein Lager aus Zeitungen und zusammengepreßten Pappkartons in der Ecke, eine leere Zigarettenschachtel, noch mehr Bierdosen, Gekritzel an einer Wand – Leeds United OK? –, von den Wänden, wo die Lampenhalterungen weggerissen waren, herunterhängende Kabel.

Wie lange war es her, daß hier jemand gewohnt hatte? Sie ging durch die kleinen Zimmer, versuchte aus Gegenständen Informationen zu gewinnen. In der Küche befanden sich ein viereckiger steinerner Ausguß, ein Holzabtropfbrett und ein eiserner Küchenherd. Kein Badezimmer, nur draußen ein Waschhaus und ein Klo. Dekorative kleine viktorianische Kamine in den Schlafzimmern. In einem der Räume oben war ein gerillter Glaslampenschirm aus den Zwanzigern der mutwilligen Zerstörung entkommen. Wenn hier die Vergangenheit in Ehren gehalten worden war, dann aus dem Gebot der Armut heraus, nicht dem des guten Geschmacks.

Und noch früher? Ich habe keine Ahnung von dergleichen, dachte Anne, diese Balken könnten jedes Alter haben. Sie klopfte an die Wand über dem gemauerten Kamin im Wohnzimmer und meinte ein hohles Geräusch zu hören. Ein offener Kamin? Kaminecken daneben? Die Ausbuchtung neben der Hintertür war gewiß ein zugemauerter Brotbackofen. Und war das Erdgeschoß immer schon ein solches Labyrinth winziger Räume gewesen? Einstmals doch eher ein einziger großer offener Raum – waren diese Häuser ursprünglich nicht so angelegt? Schon eigenartig – man nimmt einen Baum, hackt ihn entzwei und baut ein Haus daraus, und dann kommen Jahrhunderte später Leute daher und stopfen es mit eisernen Küchenherden »Made in Birmingham« und Glaslampenschirmen von Woolworth voll. Und irgendwann im Laufe der Zeit verändert sich ulkigerweise die Einstellung der Menschen zur

Vergangenheit, und es wird unmoralisch, das Ding abzureißen.

Die Innenwände schlugen von der Feuchtigkeit Blasen. Es roch nach Katzen. Als sie die Tür hinter sich schloß, den schwachen Riegel vorlegte (als ob das jemanden draußenhielte), versuchte sie, die Zuneigung wiederzubeleben, die sie einmal für das Haus empfunden hatte. Es gelang ihr nicht. Als sie vor zehn Jahren nach Cuxing gezogen waren, hatte sie mit den Kindern immer Nachmittagsspaziergänge hierher unternommen. Da waren sie drei und fünf. Und als Anne nun über diesen Weg ging, spürte sie wieder, wie Judys und Pauls kleine Hände nach ihren griffen, wenn sie von ihren Geheimexpeditionen zum Graben, zum Gatter an der Wiese, den arthritischen Ästen der Weide an der Ecke zurückgerannt kamen. Als Anne vorher an den neuen Häusern vorbeigegangen war, hatte sie sich sogar dabei ertappt, daß sie automatisch nachschaute, ob der Graben mit Wasser gefüllt war und möglicherweise eine Gefahr für Kinder darstellte. Aber damals hatten die Häuser noch nicht existiert: Dort, wo sie jetzt standen, war eine Kuhweide gewesen. Der Graben war nun trockengelegt und harmlos, nichts weiter als ein düsteres Bett für Nesseln und Sauerampfer. Damals hatte Splatt's Cottage völlig anders auf sie gewirkt, wie ein etwas mysteriöser Ort, der lockende Höhepunkt eines Spaziergangs (im Rückblick Sommerspaziergänge, aber gewiß mußte es doch auch kalte, nasse Wintertage gegeben haben, und warum waren die Kinder in der Erinnerung nie quengelig oder lustlos?), ein Hexenhäuschen im Wald. Ja, das mußte der Reiz für die kleine Judy gewesen sein, wenn sie hochgehalten wurde, um ihre kindlichen Phantasien in diese düsteren Räume zu projizieren; es war ein Lebkuchenhaus, ein Zauberort.

Aber mir gefiel es ja auch, dachte Anne, damals hatte es eine besondere Bedeutung für mich, obwohl es genauso heruntergekommen, genauso schäbig wie heute war. Ich weiß eigentlich gar nicht mehr, warum, wenn ich auch einsehe, daß Sandra vollkommen recht hat, man kann nicht einfach zusehen, wie es abgerissen wird, es muß das älteste Gebäude im Dorf sein.

Und als sie an den neuen Häusern entlang zurückging (die jungen Mütter, in Hosen oder Hängerkleidchen, sammelten ihre Kinder vor der Grundschule ein), kam sie zu dem Schluß, daß sie es waren, die Neuankömmlinge aus Ziegeln und Fertigbauteilen, die das Cottage als profanen Eindringling erscheinen ließen, während es doch einmal im Einklang mit seiner Umgebung von Wiese und Kühen, Wasser und Weiden gestanden hatte. Und genau das, dachte sie, passiert natürlich auch – die Gegenwart ändert die Vergangenheit, wohl wahr. Aber das ist noch lange kein Grund dafür, Splatt's Cottage abzureißen. Sie fand einen Umschlag in der Tasche und kritzelte auf die Rückseite die Namen derer, an deren hehre Gefühle sie zu seinen Gunsten appellieren konnte: die alte Miss Standish, die Pickerings, den emeritierten Professor.

Sie erzählte Don von ihrem Ausflug, und provoziert von seiner leicht spöttischen Reaktion ertappte sie sich dabei, wie sie Sandras Worte wiederholte – ihr liege eben die Vergangenheit am Herzen. Es klang lächerlich pompös, und sie wurde noch gereizter. Aber schau, sagte sie, man kann sich doch nicht einfach im Sessel zurücklehnen und nichts tun, oder? Und hatte das Gefühl, daß hinter Dons Schulterzucken und seiner Gleichgültigkeit (seiner Trägheit, sagte sie sich) der Verdacht lag, daß sie nun selbst eine von diesen Frauen wurde. Und als sie begann, sich zu wehren, geriet sie vollends ins Schleudern.

»Du engagierst dich nie für etwas. Ich meine, nie für irgendwas, das dich etwas kostet.«

»Kostet?«

»Emotional etwas kostet. Ach, ich meine ja gar nicht, daß alle durch die Gegend rennen und sich für jede x-beliebige gute Sache einsetzen sollen wie Sandra. Aber manchmal muß man sich doch einfach mit etwas identifizieren.«

»Und du identifizierst dich mit Splatt's Cottage?«

»Nein, natürlich nicht. Doch, ja, auf eine dumme Art schon. Na gut, daß einem die Vergangenheit am Herzen liegt, ist ein alberner Spruch, aber trotzdem ist genau das der Punkt. Ich finde das Haus ja gar nicht besonders schön – gestern hatte es sogar etwas richtig Abstoßendes –, aber letztendlich ist es ein sehr altes Gebäude, und davon gibt's in Cuxing nicht viele. Es steht für etwas.«

Don sagte: »Du erwartest wahrhaftig viel von der unbelebten Welt.« Und lächelte sein katzenhaftes beschwichtigendes Lächeln. Ende der Diskussion. Nur daß es natürlich gar keine Diskussion gegeben hatte. Noch nie, dachte sie, noch nie haben wir einen handfesten Krach gehabt, denn zu so etwas läßt Don sich einfach nicht herab. Ganz früh in ihrer Jugend, in der Zeit vor Don, hatte sie einmal einen Geliebten gehabt, mit dem sie sich leidenschaftlich gestritten hatte. Achtzehn und neunzehn Jahre alt, hatten sie sich ins und aus dem Bett gebrüllt, durch Trennungen und Versöhnungen. Als sie dann mit Don verheiratet war, hatte sie das alles sehr kindisch gefunden. Erwachsene Menschen, hatte sie sich damals selbstgefällig gesagt, benehmen sich rücksichtsvoll und beherrscht.

»Das«, sagte sie nun, »klingt mir sehr weit hergeholt, ehrlich gesagt. Ich tue doch nichts weiter als ein bißchen von meiner Zeit für etwas zu verwenden, das es vielleicht wert ist.«

Graham rief an, um zu berichten, daß er in Lichfield gewesen sei und gern am Wochenende nach Cuxing käme. »Wird Zeit, daß ich eure Sprößlinge mal wieder in Augenschein nehme. Aber keinen Staatsempfang, bitte.«

»Daran hatte ich auch gar nicht gedacht«, sagte Anne. »Und außerdem mußt du am Samstag mit zu einer extrem langweiligen Party im Dorf.« Mit plötzlich aufwallender Herzlichkeit sagte sie: »War nicht so gemeint – ich freue mich darauf, dich zu sehen.«

Paul sagte: »Ich meine, was ist Onkel Graham eigentlich? Also, Dad arbeitet als Anwalt, andere Leute sind Ingenieure.«

»Gute Frage«, sagte Don.

»Anscheinend hat er immer haufenweise Geld.«

»Dein Onkel«, sagte Don, »ist ein Medienmensch.«

»Ich weiß, daß er fürs Fernsehen arbeitet. Aber was genau? Ich meine, man sieht seinen Namen nach irgendwas, aber es flutscht so schnell vorbei, daß man gar nicht mitkriegt, was er gemacht hat.«

Anne sagte: »Er ist Produzent. Er schlägt Sendungen vor und organisiert sie. Plant sie überhaupt erst mal und stellt dann Schauspieler und andere Leute ein und beaufsichtigt alles.«

»Glaubst du, daß er die Goodies kennt?«

»Keine Ahnung. Aber solche Sachen macht er sowieso nicht. Er macht Fernsehserien oder ernsthafte Schauspiele.«

»Aha, kulturell wertvoll?«

»Mehr oder weniger«, sagte Anne.

»Schade. Mann, wenn man einen Onkel hätte, der die Goodies kennt, das wär' echt was.«

Natürlich kam er am Samstag zu spät zum Lunch, in einem Sportwagen, den Anne grotesk fand; wieder spürte sie einen ärgerlichen Stich, wie früher, wenn er nach Hause kam, immer im unpassenden Moment, immer im Besitz von etwas Neuem (Kleidung, Auto, Mädchen), das er sich ganz offensichtlich nicht leisten konnte.

»Mein Gott, du kriegst ja einen Bauch!«

»Wenn dein Mann nicht hier wäre, würde ich jetzt einen Kommentar zu deinen grauen Haaren vom Stapel lassen. Wie geht's dir, Don?«

Aber er war in Hochform, darauf aus zu gefallen, plauderte mit den Kindern, erzählte Witze, die selbst Dons uralte Abneigung gegen seinen Schwager zum Schmelzen brachten. Er war ein Mensch, der äußerst ambivalente Gefühle in ihr hervorrufen konnte, das war immer so gewesen; in ihrer Kindheit hatte Anne zwischen bitterem Haß und leidenschaftlicher Anhänglichkeit hin- und hergeschwankt. Mit den gleichen Gefühlen in abgeschwächter Form sah sie nun zu, wie er nach dem Essen das Geschirr spülte und herumalberte, als sei ihm dieses verblüffende Ritual völlig fremd, und sich mit Paul herumboxte wie ein Schuljunge. Sie warf einen bösen Blick hinter ihn auf das Auto, das wie eine Kröte in der Auffahrt hockte.

»Was für ein grauenhaftes Auto!«

»Schon gut, schon gut. Ludenschüssel hießen sie in unserer Jugend.« Er zwinkerte Paul zu.

»Na, das sind wir ja wohl nicht mehr, was?« sagte sie. »Jung.«

»O Annie, mach halblang. Was hat sie denn?« fragte er die Kinder. »Mimt sie immer die Frühvergreiste?« Sie waren fasziniert von ihm, und Judy wurde jedesmal knallrot, wenn er in ihre Nähe kam.

Nach dem Lunch ging er mit Anne einkaufen.

»Hat Vater dich erkannt?« fragte sie.

»Schwer zu sagen. Mal ja, mal nein, glaube ich.«

»Ich habe angefangen, die Sachen im Haus zu sortieren, Papiere und so. Deinen ganzen Kram lege ich in einen Karton.«

»Ich weiß. Ich hab's gesehen. Aber das kann doch sicher noch eine Weile warten, oder?«

»Ich mußte mich um ein paar Rechnungen und Briefe kümmern und dann – ach, ich weiß nicht, ich hatte einfach das Gefühl, ich müßte es tun, und dabei bin ich immer wieder auf Dinge gestoßen, die ich ganz vergessen hatte, Zeug von vor Jahren. Ich weiß gar nicht, was ich damit anstellen soll.«

»Schmeiß es weg«, sagte Graham. »Das Pflegeheim scheint übrigens nicht so übel zu sein, wenn man mal von den sauertöpfischen Schwestern absieht, aber ich fürchte, die bemerkt Vater sowieso nicht mehr, der arme alte Kerl. Ist es teuer?«

»Ziemlich, aber ich bin mit dem Bankmenschen alles durchgegangen – es müßte gehen. Da fällt mir ein – wer um alles in der Welt, meinst du, ist diese Mrs. Barron? Du weißt schon – die, von der ich dir am Telefon erzählt habe.«

Sie waren an der Ecke High Street angelangt. Sie wandte sich zu ihm um, und er sagte: »Wo gehen wir jetzt hin – da rüber? Gut.« Und nahm sie am Arm, führte sie über die Fahrbahn, lotste sie zwischen den Lastwagen hindurch. Komisch, dachte sie. Das macht Don nie, hat er auch nie gemacht, das muß einer der grundsätzlichen Unterschiede zwischen Männern sein, die einen tun's, die anderen nicht. Als sie den Bürgersteig erreichten, mußte sie beinahe kichern: »He – was soll das? Da muß doch jeder denken, daß ich eins von deinen Mädchen bin.«

»Kritisch wie eh und je. Aber mal ernsthaft, Annie – es ist gut, dich zu sehen.«

»Dann komm häufiger.«

»Du weißt ja, wie's ist. Immer in der Tretmühle.«

»Hmmm ... Diese Mrs. Barron, Graham ...?«

»Ach ja. Paß auf, Annie, mach' dir keine Gedanken. Das nächste Mal, wenn ich hinfahre, schaue ich es mir an.«

»Aber es ist doch sinnlos, wenn wir beide alles doppelt machen.«

»Kann sein. Und was ist das für eine Party heute abend? 'ne ordentliche Sause?«

»Nichts für dich, kann ich mir vorstellen, es sei denn, du hast was übrig für Hausfrauen aus Berkshire.«

»Wenn ich in der Hinsicht ausreichend darbe, kann ich mich für fast alles erwärmen.«

»Besten Dank. Und wehe, du benimmst dich daneben.«

»Schon gut, Tantchen.«

Später, eingezwängt in der Ecke von irgend jemandes Wohnzimmer (Drucke von alten Landkarten der Grafschaft an den Wänden, Kollektion viktorianischer Souvenirbecher in einem Vitrinenschränkchen), beobachtete sie ihn; er stand am anderen Ende des Zimmers und hatte ihr den Rücken zugekehrt. Der war, sah sie, leicht, ganz leicht gebeugt, und durch sein kaum merklich dünner werdendes Haar schimmerte rosa die Kopfhaut. Sie empfand plötzlich Mitleid. Auch er. Selbst Graham. »Ja«, sagte sie zu dem Mann, der mit ihr redete (sie erinnerte sich vage, daß er in irgendeiner Weise etwas mit der Kommunalverwaltung zu tun hatte). »Ja, wir fahren dieses Jahr vielleicht nach Schottland.«

Als Graham vierundzwanzig war und ich zwei Jahre jünger, passierte diese gräßliche Geschichte mit dem schwangeren Mädchen. Ich habe nie erfahren, wie sie hieß. Das, hatte er gesagt, tat nichts zur Sache, darum ging es nicht. Worum es aber sehr wohl ging, war die Kohle, das Bargeld, ohne das nichts lief. Tatsächlich schuldet er mir nicht einmal mehr die fünfundzwanzig Pfund (die gesamten Ersparnisse von meinem Postsparbuch bis auf fünf Pfund), denn er hat sie mir wahrhaftig und sehr zu meiner Überraschung zurückgezahlt. Wo er die restlichen fünfundsiebzig herhatte oder ob er die zurückgezahlt hat, werde ich nie erfahren.

»... sage ich meiner Frau, daß sie Ihnen den Namen dieses Ortes in den Trossachs gibt.«

Und bis zum heutigen Tage haben wir das Thema nie wieder erwähnt, obwohl es sich natürlich in uns beiden abgelagert hat wie ein Sediment in einem Teich. Aus dem einen oder anderen Grunde habe ich es auch Don nie erzählt. Warum? Don hätte nicht einmal etwas gegen eine Abtreibung einzuwenden gehabt, er hat eigentlich gegen gar nichts etwas einzuwenden, außer unnötigem Getue, Scherereien, Ansprüchen. Angenommen, dachte sie, angenommen, *ich* wäre schwanger geworden an dem Wochenende in Broadway, bevor wir uns verlobten? Das wären allemal Scherereien gewesen, denen hätte sich selbst Don nicht heimlich, still und leise entziehen können. Aber ich wurde natürlich nicht schwanger, wir hatten mehr Glück.

»Entschuldigung«, sagte sie, »hier ist so ein Lärm ... Glenelg, haben Sie gesagt?«

Oder wir waren vorsichtiger. Don war immer überaus vorsichtig; er wußte besser Bescheid über meine Periode als ich. In so einen Schlamassel wäre er nie geraten. Graham sah es natürlich gar nicht als Schlamassel an, nur als kleines Mißgeschick. Mir tat das Mädchen leid, das Mädchen, dessen Namen ich nie erfahren habe. Ich habe mich damals gefragt, ob sie ihn liebte. Ich dachte damals sehr viel über Liebe nach.

»... der Straße an der Westküste entlang kann ich Sie nur warnen.«

»Entschuldigung«, sagte sie. »Mein Bruder gibt mir Zeichen.«

Allerdings sehr verstohlene, versuchte mal, ihren Blick aufzufangen, hob mal eine Augenbraue. Er hat den pensionierten General am Hals, das behagt ihm sicher nicht. Und Sandra macht die Runde. Ob sie Graham schon erspäht hat?

»Anne, meine Liebe, ganz rasch ein Wort ... Ich habe erfahren, daß der Mensch in der Kommunalverwaltung, an den wir uns wegen Splatt's Cottage halten müssen, ein Mr. Jewkes ist. Offenbar ist er durchaus aufgeklärt und bereit zuzuhören, wenn wir also triftige Gründe präsentieren, können wir ihn auf unsere Seite bringen.«

»Ja, ich verstehe. Gestern war ich da – beim Cottage. Es ist in einem üblen Zustand, was?«

»Ich würde ja selbst zu dem Mann gehen, aber im Moment habe ich wirklich keine Sekunde Zeit. Ist das dort drüben dein Bruder?«

»Ja. Sandra, meinst du, man sollte *jedes* alte Gebäude erhalten?«

»Du liebe Güte, man hat schließlich eine Verantwortung für zukünftige Generationen.«

»Ja, natürlich. Aber wenn man es übertreibt, wird die Situation vielleicht ...«

»Ich dachte«, sagte Sandra, »du seist fürs Bewahren.«

»Bis zu einem gewissen Grad. Ja, natürlich bin ich das. Aber wenn du Alter an sich als Tugend betrachtest – wenn man die Vergangenheit nur um ihrer selbst willen für sakrosankt erklärt ...«

»Ihre Schwester«, sagte Sandra, »benutzt die allerschrecklichsten Fremdwörter. Das kommt wahrscheinlich von der ganzen Bildung – sehr verwirrend für biedere Mädchen wie mich.«

»Bieder?« sagte Graham. »Was für ein absoluter Unsinn. Ich hole Ihnen noch einen Drink. Annie?«

»Wir haben uns einmal auf irgend so einem grauenhaften Kinderfest kennengelernt. Sie erinnern sich sicher nicht mehr.«

»Aber natürlich erinnere ich mich. Trinken Sie roten oder weißen?«

Du Lügner. Und deinen Gesichtsausdruck könnte man beinahe – und wird es in zehn Jahren – als lüsternes Grinsen bezeichnen. Sandras ist affektiert.

»Was ist denn so lustig, Anne?«

Sie bahnte sich einen Weg zum Fenster, blieb dort stehen und schaute über den Rasen, der sich bis zu der wohlgepflegten Uferböschung der Themse hinunter erstreckte. Das Haus hier muß teuer sein, soviel Gelände am Fluß. In Abständen waren Boote vertäut, schmuck und knallbunt wie Spielzeug, kleine Kähne mit Außenbordmotoren und hier und da ein gewissenhaft restaurierter alter Schleppkahn mit traditionellen Farben und Mustern. Die Seitenwände waren mit Rosen und Ansichten von Burgen bemalt. Anne erinnerte sich, daß sie mit den Kindern einmal ein Binnenschiffahrtsmuseum besucht hatte, wo dieser verschwundenen Lebensweise ein liebevolles Andenken bewahrt wurde, mit Töpfen und Pfannen und Tellern und verblaßten Sepiafotografien von kohlegeschwärzten Flußschiffern. Auf dem Freizeitfluß dort unten tauchte nun ein Mädchen aus der Bootskajüte auf. In Jeans und Pullover blieb sie im Frühlingssonnenschein stehen, eine mit Rosengirlanden bemalte Kanne in der einen Hand, ein Transistorradio in der anderen.

»Denkst du an Bootsferien?« fragte Don, der neben Anne auftauchte.

Sie hakte sich bei ihm unter, fühlte sich leicht beschwipst. »Nur über meine Leiche. Sollen wir gehen? Wo ist Graham?«

»Irgendwo da hinten. Aber ein schönes Haus.«

»Schon möglich.« Sie hatte vergessen, wer ihr Gastgeber war. Jemand, den sie kaum kannte, jemand, den Don von der Arbeit kannte.

»Wir könnten überlegen, ob wir in so ein Haus ziehen, wenn ich Thwaites' Posten übernehme.«

»Warum?« Sie starrte ihn überrascht an.

»Ein größerer Garten. Ruhiger. Eine gute Investition.«

»Oh«, sagte sie. »Aber ich mag unser Haus, wir wohnen schon so lange darin, warum sollen wir ausziehen? Die ganze Plackerei«, fügte sie listig hinzu, »der ganze Aufwand.«

»Okay«, sagte er. »War ja nur ein Gedanke.« Aber wenn sie nicht ein ganz klein wenig betrunken gewesen wäre (und nun nach Graham geschaut hätte), hätte sie gemerkt, daß das nicht stimmte, daß er nicht nachgegeben, sondern die Sache nur aufgeschoben hatte.

»Gut«, sagte sie, als sie, immer noch bei ihm untergehakt, Blickkontakt mit Graham hergestellt und an der Tür den Gastgeber erspäht hatte. »Gut, dann können wir ja gehen.«

Beschwingt und in bester Laune, die vom Alkohol und der vereinten Front gegen die Leute herrührte, mit denen sie auf der Party geredet hatten, fuhren sie nach Hause.

»Was für ein Haufen! Tut mir leid, daß wir das über dich gebracht haben, Graham.«

»Nicht der Rede wert – jede Minute ein Lacher, kann ich dir versichern. Der alte Haudegen war ganz nach meinem Geschmack.«

»Ah«, sagte Don, »der General. Das ist auch einer von meinen Favoriten. Aber immer erst hinterher.«

»Halt mal eben eine Minute, Anne, ja?«

Sie beobachteten, wie er im White Hart verschwand. Anne sagte: »Meine Güte, muß er so nötig, daß er nicht mal warten kann, bis wir zu Hause sind?« Sie wurde unruhig, nervös, um ein Haar wäre sie hinter ihm hergerannt wie eine Ehefrau auf der Jagd nach ihrem aushäusigen Gatten; plötzlich legte sie die Hand auf Dons Oberschenkel. »Nanu«, sagte er, »was ist los mit dir? Da ist Graham doch schon wieder.«

»Oh«, sagte sie. »Schau her, er hat was zu trinken geholt, wie lieb von ihm. Noch dazu Champagner, na so was!«

Sie warf einen Blick auf Don, um zu sehen, wie er reagierte. Früher einmal hätte ihn das auf die Palme gebracht, soweit ihn überhaupt etwas auf die Palme bringen konnte. Als sie jung waren, hatte ihn Grahams üppiger Lebensstil geärgert – Grahams scheinbarer Reichtum, wie er mit Geld um sich warf, das er gar nicht besaß. »Von der Mentalität her ist er ein Schotte, dein Typ«, hatte Graham gesagt, als Don und sie sich verlobt hatten. »Du wirst nie erleben, daß er einen Drink spendiert, wenn er nicht an der Reihe ist. Sieh dich vor, Annie – kennst du den Spruch nicht?« Und sie in ihrer Naivität hatte gesagt, nein, was für einen Spruch, und Graham hatte diese Stammtischweisheit über den Zusammenhang zwischen Knauserigkeit und sexueller Verklemmtheit angebracht. Sie war auf ihn losgegangen (mit vollem Recht, dachte sie nun empört), und sie war noch einmal auf ihn losgegangen, als er sich über Dons Bausparvertrag mokiert hatte – seinen vorehelichen Bausparvertrag. Das ist sehr vernünftig, hatte sie gesagt, und dich geht es einen feuchten Kehricht an. O ja, sagte Graham, und ob es vernünftig ist, viel zu vernünftig, Herr im Himmel! Und hatte weitergelacht. Und natürlich hatten er und Don sich nie verstanden, sie stritten sich zwar nicht offen (weil man sich mit Graham, dachte sie nun überrascht, genausowenig auseinandersetzen kann wie mit Don, auch er weicht aus, schlüpft aus dem Zimmer, wechselt das Thema, nur daß er normalerweise dabei lacht), aber sie gingen einander aus dem Weg oder tauschten höchstens Gemeinplätze aus. Doch wie viele Schwäger kriegen es besser hin? überlegte sie. Es ist doch in jedem Fall eine unmögliche Beziehung – von keiner Seite erwünscht, dabei ohne die rivalisierende Liebe für den Menschen dazwischen, die den (wie auch immer gearteten) Versuch, miteinander auszukommen, zwischen Kindern und Schwiegereltern unvermeidbar macht. Von einem Bruder wird man nicht gerade geliebt. Aber man hat einander gern, doch, doch.

Graham bestand darauf, daß die Kinder auch Champagner bekamen. Sie wurden beide ein wenig aufgedreht, Paul mimte den Erfahrenen, gab an, Judy glühte, nippte an ihrem Glas wie ein mißtrauisches Vögelchen und wurde schließlich schläfrig. Graham spielte den Alleinunterhalter. (Er ist der professionelle Gast, dachte Anne, der Junggeselle, der für sein Abendessen singt, wahrscheinlich macht er das häufig.) Er erzählte immer anzüglichere Geschichten; plötzlich alarmiert, brachte sie die Kinder nach oben, und als sie zurückkam, spürte sie eine Spannung zwischen den Männern. Graham sagte: »Don ist der Meinung, ich verderbe euren Nachwuchs.«

»So stark würde ich es nicht ausdrücken«, sagte Don.

»Vergiß nicht, daß Judy erst dreizehn ist – solches Erwachsenengerede ist verwirrend.« Sie schüttelte ein Kissen auf, setzte sich auf den Boden am Kamin, suchte nach einer Ablenkung und dachte: Ich will keinen Streit, bisher war es ein schöner Abend. Und als sei Graham der gleichen Meinung, begann er mit Don über die Inflation zu reden. Ein gutes, ungefährliches Thema, dachte sie, wie das Wetter, der Regen, der Gerechte und Ungerechte trifft, und da gibt's nichts daran herumzudeuteln. Gott sei gedankt für den Verlauf der Geschichte. Wie viele Familienfeiern, die auf der Kippe standen, waren damals in Starbridge durch das Zurückgreifen auf derlei Themen gerettet worden? Wir alle mißbilligen – mißbilligten – den Kalten Krieg, die H-Bombe, den Wohnungsmangel, die Luftverschmutzung, abgepacktes Brot, seichte Unterhaltungsmusik. Aber rührt um Himmels willen nicht an all die Dinge, durch die Menschen sich definieren. Sie erinnerte sich an eine Freundin, die behauptete, die Meinungsdifferenzen mit ihren Eltern seien bis zu dem Ausmaß gediehen, daß sie einmal ein ganzes Weihnachtsfest damit hätten verbringen müssen, über neue Rosenzüchtungen zu reden. Aber warum bargen Diskussionen mit Eltern so viele potentielle Gefahren, wo doch solche mit Freunden das Elixier des Lebens waren? Harmonie zwischen Verwandten, dachte sie, beruht auf Ausweichmanövern – dem geschickten Umschiffen all der bösen Themen, die den glatten Verlauf eines Essens, eines Ausflugs, dreier Weihnachtstage zunichte machen könnten. In stillschweigender Übereinkunft aller Beteiligten müssen sie um des schönen Scheins willen unterdrückt oder (wenn es keiner mehr aushalten kann) so ins Feld geführt werden, daß alle ihre Selbstachtung wahren können. In Starbridge hätte man diese Themen geradezu an die Küchenwand schreiben können: moderne Kunst (ausgenommen Lowry und Augustus John), Geburtenkontrolle (wenn Mutter dabei war), phonetische Schreibweise, Aneurin Bevan, D. H. Lawrence, Kunstdünger, die Flußaufsichtsbehörde über den Trent, die Kathedrale von Coventry.

»Weißt du noch«, sagte sie plötzlich, »wie wir mal nach Coventry gefahren sind? Kurz nachdem die Kathedrale erbaut worden war – an einem Weihnachten?«

»Als ihr, du und Dad, euch über Buntglasfenster und so gestritten habt? Ich wußte überhaupt nicht, wozu die ganze Aufregung.«

»Geschmackssache.«

»Darüber läßt sich nicht streiten«, sagte Graham und gähnte. Don sagte, er sehe besser mal nach der Heizung, und ging hinaus.

»Finde ich schon. Aber das lohnt jetzt auch keinen Streit.« Sie grinsten sich an. Draußen in der Küche klapperte Don mit den Kohlenschütten.

Anne sagte: »Du solltest heiraten.«

»Wieso denn das, um Himmels willen?«

»Ach, ich weiß nicht. Aus verschiedenen Gründen.«

»Damit sich jemand um mich kümmert, wenn ich alt und grau bin?«

»Zum Beispiel.«

»Himmel!« sagte Graham, »soweit ist es noch nicht mit mir.« Das Glas in der Hand, ließ er sich in den Sessel fallen und beobachtete, wie Don am Fenster vorbei zum Kohlenschuppen ging. »Wie hat's denn bei dir geklappt, Annie?«

»Wie hat was geklappt?«

»Zwanzig Jahre mit dem alten Don.«

»Siebzehn, wenn ich bitten darf. Gut. Sehr gut.«

»Ach, was du nicht sagst. Eins will ich dir aber sagen, ich fand damals, daß er es ziemlich gut getroffen hat.«

»Sei kein Blödmann. Ich war überhaupt nicht dein Typ.«

»Klar – du warst ja auch durch zuviel Bildung verdorben. Ich liebe die Frauen rein und unverdorben. Trotzdem fand ich, daß Don einen guten Fang gemacht hatte.«

»Hmm. Tja, ich frage mich, wie du heute, nach zwanzig Jahren neuer Universitätsgründungen, solche unverdorbenen Frauen findest. Selbst in deinem zwielichtigen Milieu.«

»Ich muß zugeben, es wird schwieriger. Sie werden natürlich auch reifer. Wie du, wenn ich das sagen darf – du bist reifer geworden. Nicht mehr so eine Prinzipienreiterin. Weniger geneigt, den Fehdehandschuh aufzunehmen.«

»Vielen herzlichen Dank«, sagte Anne böse. Was ist mit Splatt's Cottage, wollte sie sagen, dachte aber dann: Nein, damit fang ich jetzt nicht an, es ist schon spät, und es ist mir auch egal. Und genau das meint Graham natürlich.

»Ich übrigens auch«, fuhr er fort. »Um dir die Mühe zu ersparen, es auszusprechen. Ehrlich gesagt, in letzter Zeit fühle ich mich immer ziemlich schnell kaputt. Darf ich?« Er deutete auf die Whiskyflasche.

»Nur zu.«

»Es ist schon ein bißchen entnervend, wenn man sich bei einer Skriptbesprechung oder so am Tisch umschaut und feststellt, daß man der Älteste ist. Oder mit einem Regisseur arbeitet, der so jung ist, daß er der eigene Sohn sein könnte.« Er trat ein Holzscheit zurück ins Feuer. »Es spielt natürlich keine Rolle. Man fühlt sich nur – langsam merkt man's. Und dann kriege ich immer wieder solche verdammten Magenschmerzen.«

»Das solltest du mal nachsehen lassen.«

»Zu Befehl. Irgendwann.«

»Hm«, sagte sie, »ich mag dich auch lieber ein bißchen reifer. Aber dieses groteske Auto ... Gut, daß Vater das nicht miterlebt. Dabei fällt mir ein, Graham – diese Mrs. Barron. Also, ich muß mir wirklich über das Bankkonto Klarheit verschaffen.«

Graham stellte sein Glas ab. Dann schob er es in dem feuchten Kreis herum, den es auf dem Tisch hinterlassen hatte. In der Küche rumpelte Koks in den Heizkessel. Graham nahm ein Taschentuch aus der Tasche und wischte den nassen Fleck und den Boden des Glases ab. Er steckte das Taschentuch weg, setzte das Glas wieder ab und sagte: »Ja. Also, es ist so... weißt du, Anne, ich habe immer gedacht, du ahntest was.«

»Ahnte was?« Wieder Koksgerumpel. Vereinzeltes Prasseln von danebenfallenden Stücken.

»Hm, offenbar nicht. Schau, Annie, das wird dir jetzt nicht gefallen, aber Tatsache ist, daß Dad lange Jahre eine Lady in der Hinterhand hatte. In Gloucester oder irgend so einer Stadt.«

Klappernd schloß sich der Deckel des Heizkessels. Don wusch sich die Hände.

Anne sagte: »Du willst mir doch nicht ... du kannst mir doch nicht erzählen wollen, daß er eine Geliebte hatte.«

»Ach, Annie, benimm dich mal deinem Alter entsprechend. Weißt du, so was kommt vor.«

Don steckte den Kopf zur Tür herein und sagte: »Ich stelle eben das Auto weg. Hast du die Schlüssel dringelassen?«

»Was?«

»Die Schlüssel. Die Autoschlüssel.«

»Ach – ja, sie stecken.«

Nach einer Weile sagte sie: »Du *wußtest* es. Seit wann?«

»Nicht so genau. Ich habe es damals eigentlich eher zufällig mitgekriegt – vor Jahren, ich weiß es jetzt wirklich nicht mehr –, und habe es ad acta gelegt als eins der Dinge, die das Leben so mit sich bringt.«

»Wußte Vater, daß du es wußtest?«

»Ich glaube nicht.«

»Und diese Mrs. Barron ...?«

»Ach du lieber Gott, nein«, sagte Graham, »sie ist auch gar

nicht diejenige, welche. Sie ist vor einiger Zeit gestorben. Sogar vor Mutter. Das ist ihre Tochter.«

»Was!«

»Nein, nicht *seine* Tochter. Herrgott, nein. Hat nichts mit uns zu tun. Die Tochter hatte sie schon.«

Draußen fiel das Scheinwerferlicht über die Einfahrt, ergoß sich über das Fenster, verschwand. »Na«, sagte Anne, »zumindest dafür muß man dankbar sein. Wenigstens etwas bleibt, wie es war. Es gibt nur uns beide.«

»Ich weiß, daß das ein ganz schöner Schock ist. Ehrlich gesagt, ich hatte es auch fast vergessen. Als es mir zum erstenmal klar wurde, lange her, war ich ziemlich überrascht – es war so untypisch für Dad –, aber so was passiert. Es ging mich – uns – nichts an, habe ich gedacht. Da hält man sich besser raus. Mum hat es nie erfahren, das kann ich dir versichern.«

»Gut.«

»Du willst doch nicht – du sagst doch nichts zu Dad?«

»Graham, wofür hältst du mich?«

»Es macht ihn schließlich nicht zu einem anderen Menschen. Er ist trotzdem derselbe, den du immer gekannt hast.«

Seit vierzig Jahren, wenn man die ersten drei, vier Jahre mitzählen kann. Ein Mensch, der einem in einem grauen, schaumgesprenkelten Meer an der Küste von Suffolk das Schwimmen beibrachte; der, wenn er zufrieden war, summte, aber falsch; der bei gekochten Eiern das spitze Ende zuerst aß; der konservativ oder gelegentlich liberal wählte, gewöhnlich um elf im Bett lag, ganze Passagen Wordsworth rezitieren konnte, seine Forellenfliegen selbst band, in einer Reihe von Ausschüssen saß und, wie es jetzt schien, fähig war, zwei Frauen gleichzeitig zu lieben. Kann man das? dachte sie. Gibt es das?

»Nicht ganz«, sagte sie. »Nein, Graham, nicht ganz.«

»Mist«, sagte Graham. »Schade, daß du es erfahren mußtest. Es wäre einfacher gewesen, wenn nicht.«

»Viel einfacher.« Draußen knirschten Dons Schritte am Fenster entlang.

»Vergiß es.«

»Oh, *Graham* ...« Sie nahm ihm das Glas ab und goß ihm noch einmal ein. Dann sich. »Bis zu einem bestimmten Grad kennt man Menschen, weiß, wie sie reagieren, welche Einstellung sie haben, in gewissem Maße sogar, was man von ihnen erwarten kann – das erfährt man teils durch Beobachtung, teils durch das, was man *über* sie weiß, sowohl darüber, was sie gewesen sind, als auch, was sie sind. Wo sie herkommen. Was sie erlebt haben. Aber wenn man plötzlich feststellt, daß ein großes Stück Information fehlt – daß man nie erfahren hat, daß sie Krebs oder ihre Mutter ermordet oder ihr halbes Leben in einer Anstalt verbracht haben –, angesichts dessen revidiert man seine Sicht der Dinge dann ein wenig. Nein, man revidiert sie nicht, das eigentlich nicht. Alles verschiebt sich nur ganz leicht, nichts kann mehr genauso sein wie vorher.«

»Das ist mir ein bißchen zu hoch, Annie. Aber du hast wahrscheinlich recht.«

Don kam herein. »Womit hat sie recht?«

»Ich habe gesagt, Graham sollte heiraten.«

»Und ich habe gesagt, ich weiß besser, was für mich gut ist.«

Wie leicht, sich zu verbünden, zu verschwören, jemanden auszuschließen. Ach, dachte sie, ich werde irgendwann mit Don darüber reden, natürlich werde ich das, aber bevor ich mit jemand anderem darüber reden kann, muß ich mir erst selbst darüber klarwerden. Ich weiß ja noch nicht einmal, was *ich* davon halte. Sie stand auf und sammelte die Gläser ein.

»So, ich geh ins Bett. Du kannst morgen früh aufstehen, wann du willst, Graham.«

Sie lag wach, lauschte, wie das Haus um sie herum zur Ruhe kam; ein letztes Türenschließen, das Rauschen eines Toilettenspülkastens, träges Knacken von Holz und Metall, das sich zusammenzog. Sie verschränkte die Hände hinter dem Kopf, starrte in die Dunkelheit des Zimmers und begann mit der allmählichen Neubewertung der Vergangenheit, wanderte hin und her durch die Jahre, ohne auf die zeitliche Abfolge zu achten, stöberte durch einen Wirrwarr von Geschehnissen und Ereignissen. Das, was ich zu kennen glaubte, war anders. Viele Dinge waren nicht, was sie zu sein schienen.

4

Don stand auf, um seinem Schwager ein Bier zu holen, und dachte, daß Graham der einzige Mensch war, den er beinahe einmal geschlagen hätte, aber selbst damals nur beinahe, und es war auch schon lange her. Er konnte sich nicht mehr an den Anlaß erinnern, nur an das Gefühl, und zwar deshalb, weil er es so selten empfand. Während seines Wehrdienstes mußte er unter einem erstaunlich scharfen Leutnant Bajonettübungen absolvieren: mit unverhohlenem Genuß hatte sich der Mann auf Säcke gestürzt und die Klinge in deren Eingeweiden herumgedreht. Einer nach dem anderen hatte der Zug es ihm nachtun müssen, Achtzehn- und Neunzehnjährige boten verblüffende schauspielerische Kräfte auf, um nur ja nicht negativ aufzufallen und heruntergeputzt zu werden. Dons Vorstellung war am allerwenigsten überzeugend gewesen. »Also gut«, hatte der Leutnant, mit seiner Geduld am Ende, gesagt. »Denk an ein Arschloch, das du haßt. Alles klar? Und jetzt auf ihn mit Gebrüll!« Und Don hatte gedacht: Aber ich hasse niemanden, was meint er, was soll das für eine Hilfe sein? Doch einmal hatte er überlegt, wie schön es wäre, Graham zu schlagen, und als er ihn jetzt so ansah, wie er in Army-Jacke und Jeans neben Anne saß (warum zum Teufel mußten sich die Leute in dieser Branche immer anziehen wie für eine Runde Guerillakrieg?), da hing das Gefühl von damals einen Moment lang gespenstisch im Raum.

»Ein Bier?«

»Ja, bitte.«

Teilweise lag es daran, daß Graham immer Annes schlimmste Seite zum Vorschein brachte. Entweder stritten sie sich wie die Besenbinder, oder sie waren in irgendeine geheimnisvolle Verschwörung verwickelt. Jedenfalls hatte es damals zu Beginn ihrer Ehe immer so gewirkt. Heutzutage kam Graham ja nur noch alle Jubeljahre einmal. Statt dessen bombardierte er die Kinder zu Weihnachten mit viel zu üppigen Schecks und Anne mit irgendwelchen seltsamen Geschenken. Einmal einem Nachthemd. Einem lächerlichen, durchsichtigen Nachthemd. Sie trug es nie, angeblich, weil es zu kalt war. Man schenkt doch seiner Schwester kein Nachthemd, hatte Don gedacht. Er hatte selbst keine Schwestern und fühlte sich da auf unsicherem Terrain. Bei Ehefrauen kannte man sich aus, bei Kindern, Kolleginnen, Sekretärinnen, Menschen, mit denen man in der einen oder anderen Weise zu tun hatte. Bei Schwestern nicht. Er bestellte ein Lager und zwei Glas Bitter und bemerkte, daß sie das Pub aufgemotzt hatten, Neonbeleuchtung, schmiedeeiserne Geländer und ein Dickicht von Topfpflanzen im Kamin. Er trug die Getränke zu Anne und Graham hinüber, und als er sich setzte, hörte er Anne sagen: »... es war immer so hübsch, Steinfußboden und Bänke mit hohen Rückenlehnen wie Kirchenbänke. Ein richtiges Pub.« Da sieht man's wieder, dachte er, es verändert sich alles immer nur zum Schlechten ... Und dann schaltete er ab; saß einfach da mit einem leichten Lächeln, als gehöre er ganz normal zur Runde, in Wirklichkeit nahm er kein Wort auf, sondern beschäftigte sich innerlich mit ein paar Kanzleiproblemen. Es war ein sehr praktisches Talent, ohne das Vaterschaft und bisweilen auch Ehe ziemlich unerträglich gewesen wären. Er hatte keine Ahnung, ob andere Leute das auch taten, es war ihm auch egal. Er saß da, dachte über Sadler gegen Baines nach und sah Anne und Graham wie Goldfische die Münder öffnen und schließen.

Judy sagte: »Warum rufst du denn bei den Pickerings an? Ich dachte, mit Mrs. Pickering hättest du nicht soviel am Hut.«

»Ach, nur wegen Splatt's Cottage. Hab ich ja eigentlich auch nicht, aber ...« Anne zuckte mit den Schultern, aber, dachte sie, im Dienst der guten Sache müssen wir alle leiden, oder ähnlicher Nonsens.

»Was ist denn mit Splatt's Cottage? Meinst du das da hinten hinter der neuen Siedlung?«

»Ja – wo wir immer spazieren waren, als du klein warst. Vielleicht wird es abgerissen – wir versuchen es zu retten. Erinnerst du dich, wie man dich immer hochheben mußte, damit du durch die Fenster schauen konntest? Was hast du eigentlich gedacht, was drin wäre?«

»Aale.«

»Aale? Warum das, um Himmels willen?«

»Weil Paul und ich einmal in dem Graben einen Aal gesehen hatten, und ich dachte, er wäre aus dem Haus gekommen. Ich dachte, es wäre voll davon, und sie kämen raus in die Gräben. Ich habe es immer gehaßt, dorthinzugehen.«

»Aber du hast nie ein Wort gesagt.«

»Ich glaube, es war so schrecklich, daß ich nicht mal darüber reden konnte. Und du hättest vielleicht sowieso nicht auf mich gehört.«

»So herzlos kann ich doch nicht gewesen sein.«

»Prima, daß es abgerissen wird«, sagte Judy. »Warum willst du es verhindern?«

»Von wegen prima«, sagte Anne ärgerlich. »Alte Häuser sollte man nicht einfach so zerstören, das ist Vandalismus ...« Sie begann zu dozieren und sah, daß sich der Blick des Mädchens verschleierte, unaufmerksam wurde, sie drückte mit den Fingern ein Dellenmuster in den ausgerollten Teig auf dem Tisch. »Judy, laß die Finger davon – sie sind schmutzig.«

»Was wird das?«

»Speckkuchen. Für morgen, wenn ich nicht da bin.«

»Wo willst du denn hin?«

»Nach Lichfield. Hast du überhaupt ein Wort von dem gehört, was ich erzählt habe – über Splatt's Cottage und ähnliche Häuser?«

»Mum meint«, sagte Paul und ließ plötzlich von seiner innigen Beschäftigung mit dem Transistorradio ab, »daß es schick ist, alte Sachen zu mögen.«

»Das meine ich ganz und gar nicht.«

»Antike Möbel und Häuser mit Balken an allen Ecken und Enden und Oldtimer. Und alte Landkarten. Todschick. Damit beweist man seinen guten Geschmack.«

Er saß am Tisch, zerlegte aus irgendeinem Grunde das Radio in seine Bestandteile, das Haar hing ihm ins Gesicht, gnädigerweise über den Pickel, der wie ein Leuchtfeuer über seinem rechten Auge glühte. Er sah ihr nicht ähnlich, auch seinem Vater nicht sehr, ein schlaksiger dunkler Junge, doch als sie ihn nun anschaute, erblickte sie einen unheimlichen Moment lang ihr eigenes Spiegelbild, wie es die meisten Menschen, wenn auch vielleicht nur ein- oder zweimal im Leben, in einem Kind sehen, als erblicke man sich selbst in einem Stadium der Spaltung. Das da bin ich, aber ich bin es auch nicht.

»Ich persönlich«, sagte er, »mag neue Sachen lieber. Die moderne Welt von heute, du verstehst?« Er lugte in die Innereien des Radios und sagte: »Aha! Die Sonne bringt es an den Tag.«

»Bis zu einem gewissen Grade«, sagte Anne, »geht es uns allen so. Aber man darf auch nicht unkritisch sein, man muß sich die Häuser und Dinge oder was immer ansehen und fragen, ob ...«

»Mum«, sagte Paul, »ich verkohle dich doch nur. Diese Teigreste brauchst du sicher nicht mehr? Vielen Dank. Bis später ...«

Erst langweilig, dann lächerlich. Am Anfang, dachte sie, fegte Mehl vom Tisch und wusch sich die Hände unterm Wasserhahn, da sind die Eltern einfach allmächtige Präsenzen; unveränderliche, heroische Persönlichkeiten, über jede Analyse oder Kritik erhaben. Sie *sind* einfach, anders sind sie gar nicht vorstellbar. Erst später erfolgt die Reduktion auf allgemeingültige Proportionen; man findet auf einmal, sie sind streng, uneinsichtig, unberechenbar (oder zu berechenbar), doof oder spöttisch und sollten andere Kleider tragen oder einen anderen Beruf ausüben, ihre Freunde sind spießig oder verrückt und ihr Geschmack abartig. Alle Menschen werden in dem Maße verkleinert, wie ihre Kinder erwachsen werden. Sie trocknete sich die Hände ab, schaute aus dem Fenster auf die durchscheinenden Blätter der Kastanie (man konnte förmlich zusehen, wie sie sich in der Sonne entfalteten), und erinnerte sich an den Tag, an dem sie entdeckt hatte, daß der Vater ihrer besten Freundin offenbar absolut nichts dagegen hatte, daß man die Treppe hinunterhopste. Und man durfte auf seine Blumenbeete treten. Und bald darauf hatte sie bemerkt, daß die Mutter der Nachbarsfamilie hübsch war. Danach besaßen ihre Eltern, wie alle Eltern, Mängel.

»Es tut mir leid«, sagte sie zu Judy, »wegen der Aale. Ich hatte ja keine Ahnung, daß du Angst hattest.«

»Schon gut«, sagte Judy huldvoll. »Warum fährst du wieder nach Lichfield?«

»Um Großvater zu besuchen.«

»Bist du zum Schulfest zurück?«

»Wahrscheinlich.«

Zu spät, dachte sie, viel zu spät. Damit meinte sie nicht das Schulfest, sondern all die Fehler und Mißverständnisse, Aale, barschen Worte, das strafende Schweigen und die Vergehen an der schrecklichen kindlichen Verletzlichkeit. Besessen von den Warnungen und Ratschlägen in den Büchern über Kinderpsychologie, hatte eine ihrer Freundinnen ihren Kindern unablässig ihre Handlungsweise erklärt. »Solange sie wissen, warum man das tut, was man tut, und warum man sich verhält, wie man sich verhält, kann doch nichts schiefgehen«, hatte sie immer mit leichter Verzweiflung in der Stimme gesagt. »Oder, Anne?« Gelangweilt wuselten ihnen die Kinder um die Füße. Und hatten am Ende wahrscheinlich das Verhalten ihrer Mutter als den ihr eigenen Mangel verarbeitet, wie solche Mängel eben verdaut und zum Schluß so vertraut werden, daß man gar nicht auf sie verzichten könnte. Wie Mutters Entscheidungsunfähigkeit; Vaters stattliches Aufgebot an Dingen, die er nicht leiden konnte. Zum Schluß hätte es einen völlig aus der Fassung gebracht, wenn Mutter sich ohne weiteres hätte entscheiden können, ob sie morgens oder nachmittags einkaufen sollte, oder wenn Vater plötzlich Bewunderung für Picasso kundgetan hätte. Letztendlich will man Beständigkeit und nicht Vollkommenheit von den Menschen. Verrat ist, wenn man feststellt, daß sie etwas tun, was man nicht erwartet. Nur das.

Am nächsten Tag fuhr sie wieder nach Norden, durch kaleidoskopartig wechselndes Wetter. Die Landschaft glühte im Sonnenlicht oder lag trübe unter bleiernen Wolken. Wo es gerade nicht regnete, schillerte die nasse Straße wie ein Spiegelbild des Himmels. Die pure Schönheit des Ganzen lenkte sie ab, entrückte sie dem Zweck der Fahrt, so daß es ihr manchmal schien, als sei sie einzig und allein aus dem Grunde unterwegs, um sich wie jetzt über glänzende Straßen zu bewegen, zwischen Städten und Dörfern, die nur als Namen auf Schildern existierten. Wieder boten sich Orte, die sie nie besucht hatte – Warwick, Tamworth, Stafford –, als sagenumwoben und bedeutungsvoll dar, abgetrennt von der realen Welt der Eigenheimsiedlungen und Supermärkte. Die eckigen Kirchtürme und Turmspitzen loderten auf, wenn die Sonne sie traf. Immer wieder wurde Annes Aufmerksamkeit von dem Alter der Gebäude gefesselt; Fachwerk und zartfarbener Backstein schienen die Landschaft zu dominieren. Und diese hatte eine zusätzliche Dimension angenommen, mit dem Frühling dehnte sie sich aus, die flachen Felder verwandelten sich durch das Grün in üppige Reliefs; Anne fuhr unwillkürlich langsamer, um die Form eines Baumes zu betrachten, das Funkeln von Blumen am Straßenrand. Mit Bedauern erreichte sie den Stadtrand von Lichfield und schlängelte sich durch die Straßen zum Pflegeheim.

Ihr Vater lag nicht im Bett, sondern saß in einem Sessel, hatte Kissen hinter dem Rücken und eine Decke über den Knien. Der Teppich war aufgerollt, und um ihn herum schrubbte eine Frau auf allen vieren energisch den Boden; sie hielt nur kurz inne, um Anne »Guten Morgen« zu sagen und Staublappen und Reinigungsmittel vom Stuhl zu nehmen. Als sie ihre Sachen eingesammelt hatte und gegangen war, wirkte das Zimmer ohne ihre muntere Gegenwart sehr still und leer. Auch das Kommen und

Gehen im Heim, die Schritte und Stimmen jenseits der geschlossenen Tür schienen mit dem tadellos sauberen Zimmer und der gebeugten Gestalt im Sessel nichts zu tun haben zu wollen. Anne fragte sich, wie weit ihr Vater sich all dessen bewußt war. Sie sagte: »Bist du hier gut versorgt, Vater?«, mußte es aber viele Male wiederholen, bevor er die Frage aufgenommen hatte, und auch dann murmelte er nur etwas, das sie nicht verstand. Schweigend saßen sie beieinander, Anne las die Zeitung und machte eine Einkaufsliste. Von Zeit zu Zeit schaute sie zu dem alten Mann hinüber, betrachtete ihn aufmerksam, mit einer Art Schuldgefühl. Sein Kopf wackelte, aus seinen Augen kroch Feuchtigkeit, es schien unrecht, ihn so zu beobachten, wo er kaum wußte, daß man da war, als spioniere man ihn aus in seiner Senilität. Einmal stand sie auf, zog die von seinen Knien rutschende Decke zurecht und hielt einen Moment lang seine Hand. Seine Finger umklammerten ihre.

Als sie sich nachmittags wieder ins Aufräumen und Ordnen stürzte, war sie froh, daß sie aktiv sein konnte. Graham, stellte sie fest, hatte nichts getan. Von seiner kurzen Anwesenheit zeugten nur zwei leere Bierdosen auf der Anrichte in der Küche und ein Aschenbecher voller Kippen; sie vermittelten ihr ein sonderbar anheimelndes Gefühl. Er hatte im Arbeitszimmer kaum etwas angerührt; die Papiere auf dem Schreibtisch lagen exakt so, wie sie sie hinterlassen hatte. Der Pappkarton, in dem sie die für ihn persönlich relevanten Dinge deponiert hatte, befand sich ebenfalls in seinem ursprünglichen Zustand. Nur ein zuoberst liegendes Schulzeugnis war aufgenommen und dann achtlos neben den Karton geworfen worden; der Stapel darunter war unangetastet. Ein solcher Mangel an Neugierde war ihr unbegreiflich. Die nächsten Stunden ging sie Ordner mit Briefen und Papieren ihres Vaters durch, Kopien dienstlicher Korrespondenzen über Schulen und Ausbildungsprojekte. Die kraftvolle, elegante Sprache schien von jemand ganz anderem zu stammen als dem Mann, den sie gerade im Heim zurückgelassen hatte. Ihr wurde klar, daß er sehr gut in seinem Beruf gewesen war, gleichzeitig fiel ihr auf, daß sie zuvor kaum je darüber nachgedacht hatte.

Als die Sonne gegen sieben Uhr schräg durchs Fenster fiel, hatte sie die Ordner in Überprüfte und Nichtüberprüfte sortiert sowie etikettiert, je nachdem, ob sie glaubte, sie könnten vernichtet werden oder nicht. Sie ging nach oben, zog eine alte Hose und einen warmen Pullover an und band sich ein Tuch um den Kopf. Sie blieb vor dem Spiegel stehen, schaute sich an und griff nach einem Lippenstift, besann sich dann aber anders. Sie kämmte sich und überlegte, ob der Pony, den sie trug (und zwar, Himmel! seit sie sechzehn oder siebzehn war), zu jugendlich wirkte. Ansonsten variierte ihre Haarlänge jedes Jahr um ein paar Zentimeter, je nach Laune. Der dunkelbraune Pony, in dem sich jetzt die Furchen des Kamms zeigten, war genau wie vor zwanzig Jahren. Die grauen Haare, auf die Graham angespielt hatte, existierten nicht. Na ja, dachte sie, irgendwann, nächstes Jahr vielleicht, müssen wir die Sache mal überprüfen, die Pony-Frage angehen. Alles zu seiner Zeit.

In der Kammer fand sie ein Paar alte Gummistiefel von ihrer Mutter und zog sie an. Dann lief sie durch den Garten, blieb kurz stehen, um das Beet zu inspizieren, das sie vor zwei Wochen gejätet hatte. Es war wieder mit Unkrautsprößlingen übersät, und die Rosen hatten jetzt alle Blätter. Hier oben mußte es geregnet haben. Sie bückte sich unter dem Zaun am Ende des Rasens hindurch und ging quer über die Wiese.

Vor ihr stoben Kiebitze aus dem Gras, wie zurückschwappende schwarzweiße Wellen hoben sie sich von dem Grün ab.

Der Abendhimmel war von einem tiefen, sprühenden Blau, hatte am Horizont einen orangefarbenen Streifen und war leer bis auf die Mondsichel, die wie eine Feder über dem Telegrafenmast am Straßenrand hing. Das Haus ihres Vaters stand am Rand des Dorfes, es war das letzte in einer Reihe reizloser Vorkriegsgebäude; strengere Bebauungsgesetze hatten deren weiterer Ausdehnung Einhalt geboten. Dennoch wirkte das angrenzende Land ein wenig heruntergekommen, verschandelt von den Wellblechschuppen und -scheunen, die in die Ecke eines Feldes oder auf den Buckel eines Weges gesetzt waren. Telegrafen- und Strommastenreihen durchschnitten die weite braune Fläche eines gepflügten Ackers, die grünen Furchen der Winterweizenfelder. Die Silhouette des Dorfes war ein Gewirr von Fernsehantennen und Leitungen, die Dach mit Dach verbanden, Masten mit Masten. Nur der Kirchturm zeigte einen klaren, sauberen Umriß. Die ebene Landschaft löschte das Gefühl für Entfernungen weitgehend aus. Schwer zu glauben, daß die Hügel von Derbyshire gar nicht weit weg lagen.

Am Fluß herrschte eine natürlichere, weniger menschengemachte Atmosphäre. Hier vermochte Anne, den Reiz, den dieser Ort für ihren Vater dreißig oder vierzig Jahre lang besessen hatte, nachzuvollziehen. Es war ein Forellengewässer, der Fluß wand sich zwischen Ufern hindurch, die an manchen Stellen steil anstiegen und von Weiden und Erlen gekrönt waren und an anderen zu Kieselsteinstränden abfielen. Lange Strecken floß das Wasser flach und klar, der schon mit den ersten weißen Blüten gesprenkelte Flußhahnenfuß sproß üppig bis dicht unter die Oberfläche. An anderen Stellen verlangsamte sich die Strömung, und es entstand ein dunkler stiller Teich. Als Anne an einem dieser Teiche stehenblieb, wo der Fluß eine Biegung machte und sich hinter der Uferböschung außer Sichtweite schlängelte, sah sie einen Fisch springen, die explodierenden Kreise wurden von der sinkenden Sonne vergoldet. Anne spähte ins Wasser, suchte Fische, sah aber nur ihr eigenes Gesicht, das von den kräuseligen Wellen gespalten und gebrochen wurde.

Sie begann am Ufer entlangzulaufen. Hier war sie oft mit Don spazierengegangen, wenn sie am Wochenende ihre Eltern besucht hatten. Die Kinder hatten – erfolglos – mit gebogenen Nadeln als Haken geangelt, in dem eisigen Wasser herumgeplantscht und waren auf algenbewachsenen Steinen von einem Ufer zum anderen balanciert. Unsichtbar hinter einer Biegung, an einem ungestörten Abschnitt, ging ihr Vater der ernsthaften Beschäftigung mit dem Fluß nach, seine stämmige Gestalt, bis zur Taille in Anglerstiefeln und mit dem Handwerkszeug des Anglers beladen, wurde vom Wasser zweigeteilt, die Leine zischte durch die Luft.

Dort drüben, das hätte er sein können. Sie sah jemanden auf einem Kiesstreifen stehen. Natürlich hatte sie nicht wissen können, daß er hier sein würde, und wäre aller Wahrscheinlichkeit nach sowieso zum Fluß gegangen – es ist Zufall, bloßer Zufall, sagte sie sich, und sonst nichts.

David Fielding rief: »Hallo!« Er begann seine Schnur einzurollen, wieder beschwor das vertraute Geräusch andere Zeiten, einen anderen Menschen herauf.

Sie ging zu ihm und sagte: »Hallo. Lassen Sie sich durch mich nicht stören.«

»Sie stören mich gar nicht. Ich wollte ohnehin gerade Schluß machen. Es ist noch so früh im Jahr, da kann man nicht viel erwarten. Ich wußte gar nicht, daß Sie wieder hier sind. Wie geht es Ihrem Vater? Leider habe ich es diese Woche nicht geschafft, ihn zu besuchen.«

»Weitgehend unverändert. Nein, das stimmt nicht ganz. Ein bißchen schlechter. Ich kann schon einen Unterschied zum letzten Mal feststellen. Es ist, als ob – als ob er jedesmal ein wenig undeutlicher würde. Langsam verschwände.«

David nickte. Als er mit der Rolle hantierte, sah sie eine dünne rote Narbe auf seinem Daumen und sagte: »Was macht Ihre Verletzung?«

»Gut verheilt, dank Ihrer Fürsorge.« Er kramte in einem Segeltuchbeutel. »Meine Thermosflasche reicht, glaube ich, für zwei Tassen. Nur Tee – leider. Ihr Vater hätte einen Flachmann mit Kognak dabei, wenn ich mich recht erinnere.«

»Danke.«

Sie standen am Flußufer und betrachteten das Wasser. David sagte: »Eine Wasseramsel – schauen Sie.«

»Wo?«

»Dort – auf dem Stein.« Einen kurzen Augenblick ruhte seine Hand auf ihrem Rücken zwischen den Schulterblättern und drehte sie in die entsprechende Richtung; sie spürte sie noch wie einen Phantomdruck, als er sie weggenommen hatte.

»Oh, ja – auf der Insel.«

Der Fluß teilte sich um einen kleinen rasenbewachsenen Buckel, schuf eine Szenerie aus Miniaturstromschnellen, das Wasser schäumte weiß über die Kiesel und staute sich an einem vorstehenden Stein. Die Wasseramsel wippte und flog flußaufwärts weg. Sie tranken den heißen, süßen Tee (Männertee, dachte Anne, Frauen machen Tee nie so stark, den hat er selbst gekocht). Unvermittelt fragte sie: »Warum sind Flüsse so faszinierend?«

»Für mich deshalb, weil alles mögliche drin sein könnte. Da – da springt wieder einer. Typisch, immer dann, wenn man zusammengepackt hat.«

»Ach, meine Gedanken waren viel verworrener«, sagte sie, »über die Kontinuität eines Ortes und dergleichen.« Sie drehte sich um, wollte ihn anschauen, wurde aber von der sinkenden Sonne geblendet, so daß sie nur sein Haar sah, das von einem Lichtkranz umrahmt wurde, sein Gesicht war im Schatten. Plötzlich sagte er: »Wollen wir im Dorfpub etwas essen?«

»Ja, gern, das wäre schön.« Als sie über die Wiese gingen, dachte sie: Wartet zu Hause nicht sein Abendessen auf ihn? Seine Frau?

Sie erreichten die Straße und kamen am Rand des Dorfes an einem uralten, verlassenen Haus vorbei, das Anne an Splatt's Cottage erinnerte. Sie erzählte David von ihrem Engagement für dessen Erhalt und ihre zwiespältigen Gefühle dabei. Er sagte: »Hier oben sind wir nicht so pingelig, da hätte sich längst jemand mit der Planierraupe drangemacht, und niemand hätte auch nur ein Wort darüber verloren.«

»Das finde ich auch wieder nicht gut, doch ich frage mich ... ach, egal. Als Judy klein war, hat es immer eine gräßliche Faszination auf sie ausgeübt. Offenbar dachte sie, es wären Aale drin.«

»Freudianisch, vermutlich.«

»Was, um Himmels willen, meinen Sie?«

»Hm, Aale sind eine sexuelle Phantasievorstellung, oder? Jedenfalls in Träumen. Wie alt war sie?«

»Ach, sehr klein – drei oder so. Nein, nein, ich glaube, es waren völlig normale Aale. Sie sagt, einmal sei einer in einem Graben dort gewesen.«

»Ich dachte, dergleichen sei nie völlig normal. So, da sind wir – es ist eher einfach und bodenständig, fürchte ich.«

»Es ist hübsch. Vater ist hier immer hingegangen.«

Während er zum Tresen ging, setzte Anne sich auf eine

Wandbank am Kamin. Sie zupfte trockene Grashalme von ihrer Hose, warf sie ins Feuer, sah zu, wie sie sich kräuselten und Funken sprühten, und ein erstaunliches Wohlbehagen durchflutete sie. Ich bin extrem glücklich, dachte sie, und das eigentlich völlig grundlos. Und als David mit dem Bier und den Tellern mit Essen vor ihr stand, merkte sie, daß sie ihn so strahlend anlachte, daß es bestimmt affektiert oder lächerlich aussah. Sie setzten die Teller auf dem zu niedrigen Tisch ab und aßen.

»Ordnen Sie immer noch die Vergangenheit?«

»Eigentlich ja. Es wird seine Zeit dauern. Vater hat offenbar nie etwas weggeworfen.«

Er trank von seinem Bier und schaute sie über den Krug hinweg an. »Warum fühlen Sie sich so getrieben, Ordnung zu schaffen? Ist Ihr ganzes Leben so aufgeräumt? Keine geheimnisvollen Ecken?«

»Ich fürchte, nein.« Wirklich nicht, dachte sie. Kaum Heimlichkeiten, außer einem Strafzettel für falsches Parken, von dem ich nie jemandem erzählt habe, schon gar nicht Don, weil ich so wütend war. Untreu bin ich ihm nur in Gedanken gewesen, er mir vermutlich auch, also gilt es nicht. »Ach, ich habe schon Dinge getan, für die ich mich schäme«, sagte sie. »Dinge, von denen ich lieber niemandem erzählen möchte.«

»Mir machen eher die Dinge Kummer, die ich nicht getan habe. Die unerfüllten Träume. Kompromisse. All die feigen Momente.«

»Für allzu feige hätte ich Sie ja nicht gehalten.«

Beinahe aggressiv erwiderte er: »Bin ich aber.« Und fing an, über etwas anderes zu reden. Sie merkte, daß der Eindruck von Ruhe und Besonnenheit, den er erweckte, eine gewisse Rastlosigkeit verbarg, unterdrückte Energien, die in viele Richtungen geleitet wurden – die Arbeit, das Engagement bei lokalen Aktivitäten, hier ein Vorsitz und dort einer. Wie Sandra? dachte sie. Und dann: nein, überhaupt nicht wie Sandra.

»Und?« sagte er. »Wie finden Sie es, das Leben in der Provinz?«

»Ich lebe ja selbst in der Provinz.«

»Blödsinn. Die Grafschaften um London sind etwas ganz anderes.«

»Na hören Sie«, sagte sie und merkte, daß er sie auf den Arm nahm. Sie lachten, und er holte noch etwas zu trinken.

Als er zurückkam, sagte er: »Und wie lange werden Sie für diese Neuordnung der Vergangenheit brauchen?«

»Ewigkeiten.« Sie nahm einen Schluck Bier. »Um ehrlich zu sein, ich wünschte, ich hätte gar nicht erst damit angefangen.«

»Warum?«

»Ich bin auf etwas gestoßen, von dem ich nichts wußte. Mein Vater hatte eine Geliebte, offenbar viele Jahre lang. Mein Bruder wußte es. Ich hatte keine Ahnung.«

David Fielding sagte: »Wie merkwürdig. Das überrascht mich aber sehr.«

Warum habe ich ihm das erzählt, dachte sie, habe ich zuviel getrunken? Aber sie hatte einen ganz klaren Kopf und es mit voller Absicht gesagt.

Er sagte: »Wäre es Ihnen lieber, wenn Sie es nicht erfahren hätten?«

»Ich weiß nicht. Auf gewisse Weise fühle ich mich betrogen, weil ich so lange nichts davon wußte.«

»Betrogen von Ihrem Vater?«

Einen Moment schwieg sie. »Nein, ich glaube, so kann man es nicht sagen.«

»Vermutlich wollte er Ihnen die Peinlichkeit ersparen. Oder Kummer.«

»Graham – mein Bruder – behauptet, es ändere nichts an dem Menschen, der er war. Dem Menschen, den man gekannt hat. Er meint wahrscheinlich den Menschen in seiner Gesamtheit.«

»Eine eher naive Sichtweise, vielleicht?«

»Das habe ich auch gedacht.«

»Macht es Ihnen sehr zu schaffen?«

»Ja, schon. Aber vor allem verwirrt es mich.«

»Das verstehe ich gut.«

»Das Komische ist«, sagte sie, »daß ich gern mit dieser Frau sprechen möchte.«

»Das könnte irritierend sein.«

»Ich weiß.«

»Wo wohnt sie?«

»In Gloucester.«

»Wenn Sie wollen, bringe ich Sie hin«, sagte er wie nebenbei und schaute sie nicht an.

»Das ist sehr liebenswürdig. Danke schön.«

Ja, dachte sie, es ist liebenswürdig, und ich fände es wunderschön. Das hätte sie ihm gern begeisterter gesagt, aber in der kurzen Pause war schon Befangenheit zwischen ihnen entstanden: David Fielding spielte mit seinem Teller herum und fing dann, offenbar erleichtert, den Blick eines Bekannten am Tresen auf. Der Mann, ein Ortsansässiger, gesellte sich für ein paar Minuten zu ihnen und redete gutgelaunt über lokale Angelegenheiten, ungefährliche, unaufregende Nebensächlichkeiten. Er kannte Annes Vater (»Allerdings nicht gut, nur vom Grüßen«) und erkundigte sich nach ihm. Als er wieder weg war, sagte Anne: »Ich muß auch zurück.«

Sie gingen durch das jetzt dunkle Dorf. David sagte: »Ich habe Ihren Bruder einmal kurz kennengelernt, ich glaube, letztes Jahr. Ein fröhlicher Zeitgenosse.«

»Ja. Wir sind uns nicht sehr ähnlich.«

»Sie kommen mir aber auch nicht vor, als ob Sie immer Trübsal blasen.«

Sie lächelte. »Gut.«

»Um die Wahrheit zu sagen, ich fand, es war nicht ganz meine Welt. Fernsehen, stimmt's?«

»Ja, er ist Produzent.« Er mochte ihn nicht, dachte sie, und David sagte: »Ich würde wahrscheinlich nicht so ohne weiteres mit ihm zurechtkommen.«

Sie spürte, daß er sie anschaute, vielleicht damit rechnete, sie beleidigt zu haben. Jetzt plagten ihn Gewissensbisse, wie sie typisch sind für Menschen, die immer ehrlich sagen müssen, was sie denken oder fühlen. »So übel ist er gar nicht. Wahrscheinlich ein wenig egoistisch. Aber er ist ja nicht verheiratet, da spielt es keine große Rolle. Er hat niemanden, dem gegenüber er egoistisch sein kann.« Sie lachte, versuchte, ihm seine Verlegenheit zu nehmen, aber er sagte nichts, und sie gingen schweigend weiter.

Vor dem Haus blieben sie stehen und sprachen dann beide auf einmal. »Kommen Sie doch noch einen Moment mit hinein, ich glaube, ich finde sogar noch ein bißchen Kaffee ...« – »Also, ich sollte Sie nicht aufhalten, sagen Sie mir Bescheid, wenn ...«

Im dunklen Flur klingelte das Telefon. Anne hielt inne und fischte die Schlüssel aus ihrer Tasche.

Rasch sagte David: »Danke – danke für den Abend. Und denken Sie an Gloucester.«

»Ja, tu ich. Und danke Ihnen.« Von dem Lärm des Telefons hineingedrängt, drehte sie sich an der Tür noch einmal um und sah, wie er wegging. Sie nahm den Hörer ab und sagte wieder »Ja?«. Die offene Haustür bildete einen Rahmen um die Sichel des Mondes, die jetzt hoch über den Dächern leuchtete.

»Anne? Wo warst du denn, um Himmels willen?«

»Nur zum Essen. Tut mir leid, Liebling. Ich habe im Pub gegessen. Alles in Ordnung?« Die Straße war leer. Mit dem rechten Fuß schob sie die Tür zu.

»Es gibt Ärger wegen einer Bluse. Ich geb dir Judy.«

In der Ferne sagte Judys nörgelige Stimme: »Mum, ich kann meine saubere Schulbluse nirgendwo finden ...«

»Herrgott, Judy – ich habe dir doch gesagt, in der obersten Schublade deines ...« In der matten Glasscheibe der Tür war der Mond nun eine Linie von zersplittertem Licht; in Cuxing stand er zu dieser Abendzeit links über der Eibe vor dem Haus gegenüber. »... gib jetzt Dad das Telefon. Und ab mit dir ins Bett. Don?«

Als sie bald darauf selbst zu Bett ging, öffnete sie ihr Fenster und bildete sich ein, sie könne den Fluß hinter der Wiese rauschen hören. Oder war es zu weit, und das Geräusch wiederholte sich nur in ihrem Kopf, als Echo von früher am Abend? Sie lag lange wach, in einem Zustand geschärften Bewußtseins, Bilder und Gesprächsfetzen zogen ihr durch den Kopf.

Donnerstag, dachte David Fielding ... Donnerstag, das heißt, nachmittags Konferenz und dann die Jungen für die Oxbridge-Zulassungsprüfungen und nach der Schule die Eltern von Kevin Grant, und ich weiß überhaupt nicht, was ich ihnen sagen soll. Donnerstag also volles Programm, dachte er. Und nach Donnerstag kommt Freitag, das bedeutet, Bewerbungsgespräche mit den Kandidaten für die Chemiestelle und abends die Jahreshauptversammlung der Musikgesellschaft, womit der

Freitag auch abgehakt wäre. Und dann kommt Samstag, und dann kommt Sonntag. Und dann Montag, wieder Oxbridge-Vorbereitung, und die 8 D, in der es ein, zwei Probleme gibt, und abends der Geschichtsclub. Er ging zum Fuß der Treppe und rief nach oben: »Heute abend bin ich zum Essen da.« Zurück kam eine Stimme, die die Information bestätigte, und er ging in die Garage und stieg ins Auto. Ich teile mein Leben in Donnerstage und Freitage und Montage und Dienstage ein, dachte er, worüber ich mich eigentlich nicht beklagen kann, alles in allem betrachtet. Wie Mutter gesagt hätte, es ist immer gut zu wissen, woran man ist. Ich weiß in der Tat, woran ich bin.

Die Midlands, dachte er in der Konferenz, sind eine ulkige Gegend. Ulkige Gegenden. Hier bin ich zum Beispiel, und dort drüben sitzt George Barnes, und vermutlich sind wir ungefähr im selben Jahr nur wenige Kilometer voneinander entfernt geboren, und dem ungeübten Auge erscheinen wir bestimmt als mehr oder weniger vom selben Schlag. Wir sprechen beide mit einem sogenannten gebildeten Akzent, der dennoch, und vermutlich sehr zu Georges Ärger, unsere Herkunft verrät. Ich spreche zum Beispiel »punch« mit langem »U« aus, wie Dr. Johnson angeblich auch. Bei George weiß ich es nicht, soweit ich mich erinnere, habe ich nie gehört, daß er das Wort benutzte, aber ich und die meisten Leute hier aus der Gegend wissen nach drei oder vier Sätzen, daß er aus Leicestershire kommt. Es ist auch nicht bloß eine Frage der Aussprache, diese feine Differenz, die ein Uneingeweihter kaum bemerkt: George wäre gern woanders, er ist hier, weil er, offen gesagt, nicht besonders gut ist und nie den ersehnten Job in einer kleineren Public School oder einer größeren staatlichen Schule ergattert hat. Ich bin hier, weil ich es will, aus Gründen, die ich nur schwer definieren kann, besonders mir selbst gegenüber.

Und nun, wenn wir nicht noch eine Stunde hier sitzen wollen, muß ich George zum Schweigen bringen. Er weiß, und ich weiß, und wir alle wissen, daß man nur sehr wenig, wenn überhaupt etwas, an den Verzögerungen bei dem neuen naturwissenschaftlichen Trakt ändern kann. David räusperte sich und schickte sich an, George Barnes zum Schweigen zu bringen.

Würden Sie gern, sagte David zwei Stunden später zu den Oxbridge-Kandidaten, würden Sie gern einen Aufsatz zu dem Thema »Was versteht man unter historischer Methode?« schreiben? Etwas in der Richtung?

Der Geschichtskurs bedachte die Angelegenheit ohne große Begeisterung. Paul Craxton fand das Thema zu allgemein. Er sagte, er habe das Gefühl, er müsse den Dingen mehr auf den Grund gehen.

»Warum wollen Sie Geschichte studieren, Paul?«

Paul Craxton zog sich aus der Affäre, indem er die Ansicht vertrat, wir alle verstünden unsere eigene Gesellschaft besser, wenn wir mehr über die Vergangenheit wüßten. »Ich meine«, sagte er, »man kann doch irgendwie gesellschaftliche Probleme besser bewerten und die Dinge besser interpretieren, wenn man weiß, was davor passiert ist. Und die Vergangenheit kann uns Aufschlüsse über die Zukunft geben, nicht wahr? Wenn man sich ein wenig in der Geschichte auskennt, weiß man besser, woran man ist«, sagte er, »finden Sie nicht? Aber so etwas sagt man wohl besser nicht in einem Bewerbungsgespräch, jedenfalls nicht, daß man nicht weiß, woran man ist.« Die anderen lachten. »Wenn ich eins kriege«, sagte er, »aber das passiert sowieso nicht.«

David sagte: »Hm ...« Er sah Paul Craxton an und dachte an Paul Craxtons Vater, mit dem er vor zwei Wochen fast eine halbe Stunde verbracht hatte. Paul Craxtons Vater war Verkaufsleiter in einer Maschinenbaufirma und machte sich Sorgen um Pauls berufliche Zukunft, später, nach der Universität. Er wußte, woher heutzutage in der Industrie der Wind wehte, und eins war klar, man konnte mit einem Uni-Abschluß in der Tasche genauso schnell arbeitslos werden wie ohne. Ein akademischer Grad, Mr. Fielding, zieht einfach nicht mehr so wie vor fünfzehn, zwanzig Jahren. Wohlgemerkt, es war nur so ein Gedanke, aber er hatte überlegt, ob Paul nicht genauso gut dabei führe, wenn er es jetzt gut sein ließe und sofort anfangen würde zu arbeiten. Er hatte von einer freien Stelle gehört und es mit seiner Frau durchgesprochen, und sie machten sich natürlich ihre Gedanken.

Während David ihm zuhörte, hatte er an seinen eigenen Vater denken müssen und dann gesagt: »Was meint denn Paul dazu?« Und was Paul dazu meinte, zeigte sich jetzt in der Tatsache, daß er an einem Donnerstagnachmittag trotzdem hier war und sagte, er würde in dieser Woche am liebsten noch einmal ein paar alte Prüfungsaufgaben durcharbeiten. Er habe keinen blassen Dunst, sagte er, vom Aufstieg des Bürgertums. »Und keiner von uns«, sagte Tim Langdale, »hat sich groß mit dem ganzen Wirtschaftskram der Tudorzeit beschäftigt.«

David sagte: »Ich finde trotzdem, daß Sie einen Aufsatz über ein Thema schreiben sollten, wie ich es vorgeschlagen habe.« Lesen Sie Butterfield, sagte er, und Marc Bloch. Und E. H. Carr können Sie sich auch mal ansehen. Und wenn wir schon dabei sind, Marx. Überlegen Sie es sich, sagte er; wenn Sie wirklich entschlossen sind, drei Jahre darauf zu verwenden, die Vergangenheit zu studieren, können Sie sich genausogut vergewissern, warum Sie es tun. Dann wissen Sie nämlich, woran Sie sind. Der Kurs lachte und notierte Verfasser und Titel.

»So ...«, sagte David zu den Eltern von Kevin Grant. »Nehmen Sie doch bitte Platz.« Er wußte nicht mehr, ob er sie schon einmal getroffen hatte. Sie ziehen ihre Stühle so dicht nebeneinander, als wollten sie eine geschlossene Front bilden, dachte David. Die Frau war schick gekleidet, sorgfältig geschminkt und kam frisch vom Friseur, aber ihr Blick glitt an ihm vorbei, wich seinem aus. Er versuchte die Atmosphäre zu entkrampfen.

»Ich freue mich, daß Sie gekommen sind«, sagte er, »ich wollte ...«

Der Mann stützte die Hände auf die Knie und beugte sich ein wenig vor. »Eins«, unterbrach er ihn, »möchten wir von Anfang an klarstellen. Wir nehmen ihn nicht von der Schule. Das steht fest.« Seine Frau nickte. »Und weil er nur Bewährung bekommen hat, können Sie uns, wie's scheint, auch nicht dazu zwingen. Das habe ich überprüft – das heißt, mein Anwalt hat's überprüft.« Er sah David herausfordernd an, und David dachte konsterniert: Was zum Teufel ist denn hier los, was denken sich die Leute nur?

Er sagte: »Das steht doch gar nicht zur Debatte, Mr. Grant. Wir wollen nicht, daß Kevin die Schule verläßt. Wir wollen nur – wie Sie vermutlich auch – das Unsere dazu beitragen, daß er sich in Zukunft aus solchem Ärger heraushält.«

Der Mann sagte: »Die meisten Jugendlichen haben doch irgendwann mal ein bißchen Ärger.«

»Mr. Grant«, sagte David, »nicht viele erscheinen dreimal innerhalb eines Jahres vor einem Jugendgericht. Ist Ihnen klar, daß er, wenn es noch einmal passiert, wahrscheinlich keine Bewährung mehr bekommt? Soweit ich weiß, haben er und seine Freunde einen Schaden von mehreren hundert Pfund angerichtet.«

»Sie fordern ja auch geradezu dazu auf«, sagte die Frau plötzlich. »Lassen das alles nachts unbewacht. Was erwarten die denn? Jungen in dem Alter sind doch immer ein bißchen übermütig. Das müßten Sie doch wissen, Mr. Fielding.«

Woraufhin David erwiderte: »Ja, das weiß ich. Und was ›die‹ erwarten, Mrs. Grant, ist, daß die Leute öffentliches Eigentum genauso rücksichtsvoll wie ihr eigenes behandeln. Erlauben Sie Kevin, Ihr Haus auseinanderzunehmen?«

»Das ist etwas anderes.«

»Der Meinung bin ich nicht.«

Sie saßen da und starrten sich feindselig an. Oh, verflucht, dachte David, auf so etwas war ich wirklich nicht gefaßt.

»Ich persönlich«, sagte der Mann, »bin der Ansicht, daß man die Jungs ein bißchen an der langen Leine laufen lassen sollte. Sie müssen ihre Freiheit haben. Damit will ich keineswegs sagen, daß ich gutheiße, was Kevin getan hat, gar nicht, aber Fakt ist, daß er alt genug ist und wir nicht mehr ständig auf ihn aufpassen können, meine Frau und ich.«

»Heutzutage kann man sich immer nur bis zu einem gewissen Grade einmischen, nicht wahr?« sagte Mrs. Grant. »Ich meine, so ist es doch mit den jungen Leuten.« Mit rosig manikürten Fingern glättete sie ihren Rock über den Knien. »Man kann sich den Zeiten nicht entgegenstemmen, Mr. Fielding, oder?«

David sagte: »Sie erstaunen mich.« Er erhob sich und ging zum Fenster. Auf dem Besucherparkplatz stand ein einsames Auto. Er sagte: »Ist das Ihr Wagen?«

»Steht er im Weg? Ich fahre ihn weg.«

»Nein«, sagte David. »Er steht nicht im Weg.« Er schaute über den Parkplatz zum Sportplatz, wo Jungen wild durcheinanderrannten, einschließlich vermutlich Kevin Grants, Alter vierzehn, dessen Eltern ein teures neues Auto ihr eigen nannten und bereitwillig dem Wandel der Zeiten Respekt zollten. Hinter dem Sportplatz erhob sich die Kathedrale. Daneben, von Dächern verdeckt, befand sich Samuel Johnsons Geburtshaus. Die Schulen von Lichfield waren auf die eine oder andere Weise immer für die Bedürfnisse der Lichfielder Kaufmannssöhne dagewesen, schon vor Samuel Johnsons Zeit. David wandte sich wieder Mr. Grant zu (dessen Beruf in Kevins Akte mit »Geschäftsführer« angegeben war) und hörte ihn sagen, jetzt sollten sie Mr. Fielding nicht noch mehr von seiner Zeit stehlen, nun, da sie alle wüßten, wo sie stünden. David sah zu, wie Mr. und Mrs. Grant das Zimmer verließen, blieb etliche Minuten allein sitzen und dachte nicht an sie, sondern hörte das Geräusch des Flusses, der draußen in Starbridge über die Steine floß.

5

Sandra sagte: »Dein Bruder sah richtig gut aus, fand ich. Ich dachte, er würde sich nicht an mich erinnern, aber wir haben uns sehr nett unterhalten, äußerst interessant, über ein Fernsehspiel über Nordirland, das er produziert. Er ist offenbar ein sehr engagierter Mensch, ich meine, er nimmt die Dinge ja wirklich ernst.«

»Das würde ich so grundsätzlich nicht behaupten.«

»Na ja, er ist dein Bruder, du mußt es wissen. Aber Leute wie ihn könnten wir hier wahrhaftig mehr gebrauchen. Ich gehe mit in die Bücherei, ich möchte, daß sie den Zettel über die Verkehrsinitiative aufhängen. Kommt er oft?«

»Nein, so oft nicht.«

»Schade. Aber hör mal, Anne, schaffst du wirklich in einer Woche so viele Bücher? Beneidenswert. Ich wünschte, ich hätte mehr Zeit zum Lesen. Ach, da fällt mir ein, dein Buch über alte Bauernhäuser und so habe ich immer noch.«

»Das von M. W. Barley. Fandest du es interessant?«

»Hm, um ehrlich zu sein, ich bin nie dazu gekommen, es richtig durchzulesen. Ich habe ein bißchen reingeschaut.«

»Da ist ein langer Abschnitt über Krummspannenhäuser wie Splatt's Cottage drin. Wie die innere Aufteilung sich ändert – zuerst gab es nur einen einzigen Raum, und dann wurde oft am einen Ende eine Küche angebaut und dann oben Zimmer ausgebaut und so weiter. Und Außenkamine.«

»Ja, ja«, sagte Sandra vage, »ich glaube, das habe ich kurz angelesen. Egal, ich muß es dir zurückgeben.« Sie ging weg, und Anne konnte durch die Bücherregale sehen, wie sie ihren Zettel auf der Pinnwand der Bücherei in eine günstige Position brachte. Als sie wiederkam, warf sie einen neugierigen Blick auf die Bücher in Annes Einkaufskorb.

»Du hast ja auch sicher haufenweise Zeit in den Ferien. Warum Gloucestershire?«

»Ach, ich wollte mir mal die Kathedrale von Gloucester anschauen.«

»Die in Lincoln finde ich so toll. Das ist die mit diesen Figuren an der Fassade, stimmt's?«

»Nein, das ist die in Wells.«

»Ach ja, natürlich. Anne, ich wollte dich schon die ganze Zeit nach deinem Vater fragen. Wie geht es ihm?«

»So lala.«

Sie gingen zusammen die High Street entlang. Offenbar hatte Sandra im vorletzten Jahr mit James' Vater Schreckliches durchgemacht, endlose Besuche in einem Krankenhaus am allernördlichsten Rand Londons, und dann hatte sie ja auch ihre eigene Mutter jahrelang im Haus gehabt, die wirklich kaum noch in der Lage gewesen war, irgend etwas ohne Hilfe zu tun. »Du hast also mein ganzes Mitgefühl, ich weiß, wie's ist.«

»Ich glaube, wenn einer Mitgefühl braucht, dann ist es mein Vater«, sagte Anne.

»Aber man kümmert sich doch sicher gut um ihn.«

»O ja, das schon.«

»So«, sagte Sandra, »hier muß ich dich leider verlassen.« Sie blieb am Rand des Zebrastreifens stehen. »Übrigens, hast du schon die Pickerings mobilisiert, wegen Splatt's Cottage? Und warst du beim Bauamt?«

»Nein, da gehe ich morgen hin.«

Bei Dewhurst's kaufte Anne zwei Schweinekoteletts fürs Abendessen. Paul war mit seinen Klassenkameraden zelten. Judy verbrachte ein paar Tage bei einer Freundin. Als sie später in der Küche beim Essen saßen, sagte sie zu Don: »Wir könnten am Wochenende wegfahren. Ja, warum nicht? Seit Gott weiß wie langer Zeit sind wir das erstemal wieder allein.«

»Wohin?«

»Ach, ich weiß nicht. Irgendwohin. In die Cotswolds. Weißt du noch, Broadway? Wir könnten spazierengehen und uns was anschauen. In einem hübschen Hotel übernachten. Warum nicht? Ach, bitte.«

»Warum ausgerechnet jetzt?«

»Einfach so. Es wäre doch schön. Soll ich irgendwo anrufen, uns ein Zimmer reservieren?«

»Von mir aus«, sagte er. »Wenn du gern willst.«

An den grünen Ausläufern der Berkshire Downs entlang fuhren sie nach Westen. Weißt du noch, sagte Anne, wie wir vor Jahren da hochgegangen sind, nach irgendeiner Tanzveranstaltung, als wir uns noch nicht sehr lange kannten? Wir haben in Oxford einen Bus genommen und in einem Pub zu Mittag gegessen, vor dem draußen Tische standen. Und da war ein Hund, der Steine apportierte. Erinnerst du dich? Und Don sagte, an den Hund, um ehrlich zu sein, nicht. Und ein bißchen später, sagte sie, in den Semesterferien, haben wir uns an einem Wochenende in London getroffen und zum erstenmal miteinander geschlafen. Ja, sagte Don, in diesem schäbigen Hotel in Kensington. Das war überhaupt nicht schäbig, sagte sie, ich seh es vor mir, überhaupt nicht schäbig, sondern wunderbar, etwas ganz Besonderes. Na ja, sagte er, wie auch immer, ganz gut, daß du es vor dir siehst, denn es steht nicht mehr. Abgerissen, wegen eines neuen Wohnblocks, habe ich neulich gesehen. Wirklich, sagte sie, wirklich? Das wußte ich ja gar nicht. Du hast es mir gar nicht erzählt.

»Du bist so unruhig«, sagte er. »Wozu die Eile? Ich hätte gern noch ein Bier getrunken.«

»Aber wir wollen Hailes Abbey anschauen. Und Belas Knap.«

»Ach so«, sagte er. »Na gut. Fahr du, ich mache ein Nickerchen.«

Gloucestershire und das Tal von Evesham wurden von Hügeln beherrscht, die Malvern Hills erhoben sich graublau in der Ferne, Kalksteindörfer glühten in der strahlenden Sonne. Hier gingen mehrere Grafschaften ineinander über; die Berge von Wales lagen wie Wolken am Horizont. Vom Tal aus stiegen Anne und Don über ein Feld voller Schlüsselblumen nach oben; es war so steil, daß sie aufhörten zu reden. Oben auf der Ebene sagte Don: »Und was ist das nun?«

»Liebling, das habe ich dir doch gesagt. Ein Begräbnishügel. Aus der Jungsteinzeit.«

»Schöne Aussicht, muß ich zugeben.«

Das Hügelgrab lag inmitten von Grünkohlfeldern, sein Alter und seine Funktion wurden auf einer vom Amt für Denkmalpflege aufgestellten Tafel erläutert. Don blieb davor stehen und las, was darauf stand, sein Haar flatterte im Wind. Anne kletterte auf den Grashügel, lehnte sich gegen den Wind und sah hinunter ins Tal. Da unten ist Winchcombe, wo wir heute nacht schlafen; Cuxing befindet sich irgendwo rechts außer Sichtweite, meilenweit entfernt; der Lake District, wo Paul jetzt in seinem Zelt sitzt, ist genau nördlich von hier, vom Tal aus gerade hoch und immer weiter und weiter. Und Lichfield, dachte sie, Lichfield liegt auch in dieser Richtung, mehr zur Rechten, die Straße nach Lichfield ist gar nicht so weit entfernt, im Nordosten, da hinten.

»Komm doch auch hier hoch«, sagte sie. »Man kann meilenweit sehen.«

Er stellte sich neben sie. Sie hakte sich bei ihm ein. »Freust du dich nicht, daß wir hier sind?«

»Doch. Gute Idee. Wir sollten irgendwann mal mit den Kindern hierherfahren.«

»Nein, das sollten wir nicht. Jetzt sind wir an der Reihe.«

»Stimmt auch wieder. Wie heißt das Dorf da unten?«

»Winchcombe, da übernachten wir. Ist dir klar, daß wir auf einem Familienmausoleum stehen?«

»Sieht ganz danach aus.«

»Man kann sich nicht ansatzweise vorstellen, was die Menschen empfunden haben, wenn sie damals hier hochwanderten und ihre Leute mit Töpfen und Broschen und Gott weiß was begruben.«

»Ach«, sagte Don. »Auch eine Art Rückversicherung. Eine Investition in die Zukunft. Durchaus vernünftig.«

»Unsinn. Nichts als Hokuspokus. Aberglaube. Wie jede Religion. Geld hinterlassen, damit Messen für die eigene Seele gelesen werden, Lebensmittel mit den Toten begraben – das ist alles gleich verrückt. Das Leben nach dem Tod kann man nicht planen, selbst wenn man glaubt, daß es das gibt.«

»Aber du hältst doch auch nichts davon, das Leben vor dem Tod zu planen.«

»Nein«, sagte sie ärgerlich.

»Das ist auch eine Art Aberglaube.«

»Wieso denn das?«

»Hm«, sagte Don. »Du verweigerst dich damit den Dingen, die passieren können. Wenn man keine Vorkehrungen trifft, passiert auch nichts.«

»Jetzt redest du wie ein Versicherungsagent.«

»Kann sein.«

»Ich glaube ja nur«, sagte sie, »daß man sich keine Möglichkeit verbauen sollte. Wußtest du, daß Sandra und James schon das Haus gekauft haben, in dem sie wohnen wollen, wenn James in Rente geht? Das ist in fünfundzwanzig Jahren! Stell dir vor, du entscheidest jetzt schon, wo du in fünfundzwanzig Jahren lebst.«

»Ich wüßte lieber«, sagte Don, »wo ich den Rest des Nachmittags verbringe. Was hast du denn noch für uns in petto? Heute hast du ja die Planung in die Hand genommen.«

Habe ich dir, sagte sie, als sie das Auto den Hügel hinunter zur Hailes Abbey steuerte, habe ich dir von dem Mann erzählt, bei dem ich gestern war? Wegen Splatt's Cottage? Es ist nicht ganz so verlaufen, wie ich erwartet habe. Ich blicke überhaupt nicht mehr durch.

Man hatte sie am Telefon von Stimme zu Stimme weitergereicht, von Büro zu Büro, im Hintergrund ratterten Schreibmaschinen, und Absätze klapperten laut hallend über den Boden. Da müssen Sie mit unserem Baureferat sprechen; für das Gebiet ist Mr. Hanson zuständig; wissen Sie die Antragsnummer? »Ich glaube, ich sollte mich an einen Mr. Jewkes wenden«, sagte Anne. Und endlich war Mr. Jewkes am Apparat und sagte, es sei vielleicht am besten, wenn sie die Sache persönlich besprechen würden. Ja, sagte er, er sei über Splatt's Cottage informiert.

Sie saßen einander in einem Büro gegenüber, dessen Wände mit Karten der Grafschaft bepflastert waren. Manche zeigten die Bevölkerungsdichte, andere die Verteilung der Industriestandorte; Karten von Stadt und Land und Straßen- und Eisenbahnnetzen. Berkshire wurde analysiert und zerteilt, seine Zukunft geplant, für noch ungeborene Kinder wurden Schulen entworfen, Wohnbebauungsgebiete für Paare ausgewiesen, die sich noch nicht einmal kannten. Inmitten dieser Vorausplanungen saß Mr. Jewkes hinter seinem Schreibtisch, ein liebenswürdig interessierter Mann, der, dachte Anne, eher wie ein altmodischer Arzt als ein Planungsbeamter wirkte. Er sagte: »Sie wissen, es steht nicht unter Denkmalschutz.«

»Ja, das ist uns klar. Wir sind aber dennoch der Ansicht, daß der Antrag nie hätte bewilligt werden dürfen – daß es ein Gebäude von historischer Bedeutung ist und um jeden Preis erhalten werden sollte.«

Worauf Mr. Jewkes freundlich sagte: »Als der Antrag gestellt wurde, habe ich mich selbstverständlich eingehend informiert.«

Sie hatte jemand Rücksichtsloseren erwartet, jemand, der wie der liebe Gott persönlich Verfügungen traf und mit einem Federstrich Landschaften veränderte. Er war zu einem Kartenschrank gegangen und mit einem Plan zurückgekommen. »Es ist selbstredend auf der Katasterkarte von 1875 vermerkt«, sagte er. »Der im Maßstab 1 : 5000. Recht interessant – wenn Sie einmal schauen wollen, Mrs. Linton: Hier auf dem Grundriß gibt es ein paar Nebengebäude, die inzwischen verschwunden sind. Als ich dort war, habe ich jedenfalls keine Spur davon gesehen.«

»Splatt's Cottage« stand, in gestochener Schreibschrift, über die Felder gedruckt. Der Graben schlängelte sich darum herum. Wie ein Aal, dachte Anne.

Und ärgerlich stellte sie fest, daß Mr. Jewkes sich gewissenhafter mit der Materie vertraut gemacht hatte als sie, Sandra und Mary Pickering in ihrem flüchtigen Versuch, ein paar Fakten über das Haus zu eruieren. Was die Substanz angeht, sagte Mr. Jewkes, ist es sehr angeknackst, wirklich sehr angeknackst. Schwamm, Holzwurm, was das Herz begehrt. Ich habe einen Experten gebeten, es sich sorgfältig anzusehen, und sein Bericht ist ziemlich niederschmetternd. Eine Restaurierung würde seiner Meinung nach astronomische Summen verschlingen – vorausgesetzt, der gegenwärtige Besitzer findet überhaupt einen Käufer. Wenn Sie möchten, zeige ich Ihnen seinen Bericht, Mrs. Linton, sagte Mr. Jewkes.

Anne sagte: »Nein, das glaube ich Ihnen auch so. Aber selbst wenn – selbst wenn, solche Gebäude sind durchaus schon gerettet worden. Ich meine«, fuhr sie streng fort, »Krummspannenhäuser aus dem frühen fünfzehnten Jahrhundert findet man nicht gerade wie Sand am Meer.«

»Ganz recht«, sagte Mr. Jewkes und sah sie über seine goldgerahmten Brillengläser hinweg an. »Der Gedanke ist mir auch schon gekommen.« Anne fühlte sich zurechtgewiesen und schaute unbehaglich weg. »Seltsamerweise«, fuhr Mr. Jewkes fort, »wird es im Pevsner nicht erwähnt, im Gegensatz zur Alten Mühle, die ich immer eher uninteressant fand. – Wie dem auch sei: Ich kann Ihnen versichern, Mrs. Linton, daß wir lange und intensiv darüber nachgedacht haben. Und dann müssen wir natürlich auch den Nutzen bedenken, den die Allgemeinheit von den dort geplanten Bungalows hat. Den dringenden Bedarf nach dieser Art Wohnungen für alte Leute.«

»Aber Sie wissen doch gar nicht, ob sie auch wirklich an alte Leute gehen.«

»Oh«, sagte Mr. Jewkes. »Ich glaube, Ihnen ist nicht ganz klar ... Haben Sie die Zusagen in dem Antrag nicht gesehen?«

Anne sagte: »Nein.« Sie spürte, wie Zweifel sie beschlichen, wie die frühen Symptome einer Erkältung.

»Dann lassen Sie mich rasch erklären. Die Bauherren möchten eine Anzahl entsprechend ausgestatteter Bungalows für ältere Mitbürger errichten. Sie wollen den Preis niedrig halten und garantieren das Vorkaufsrecht für Ortsansässige – also Menschen, die in Cuxing geboren worden sind. Mr. Pym ist ja selbst aus Cuxing.«

Sandra würde jetzt sagen, das ist ein abgekartetes Spiel, dachte Anne. »Das klingt ja sehr altruistisch«, sagte sie.

»Und Bauherren«, sagte Mr. Jewkes, »zeichnen sich im allgemeinen nicht durch Altruismus aus. Ich kann mir vorstellen, daß Sie das meinen, Mrs. Linton. Durchaus. Aber ungeachtet aller ehrenden Gefühle mußte Mr. Pym auch damit rechnen, daß wir ihm andernfalls die Baugenehmigung nicht erteilt hätten. Ich glaube, man könnte es als Projekt bezeichnen, bei dem die Verkäufer profitieren – wenn auch keineswegs in dem Maße, in dem es möglich wäre –, und das Dorf gleichzeitig dringend benötigten Wohnraum für seine älteren Mitbürger gewinnt. Sie sehen also, es war eine Frage der Güterabwägung. Was brauchen wir dringender – ein Gebäude von, zugegeben, historischem Interesse, jedoch mit einer sehr unsicheren Zukunft, oder Wohnraum für alte Menschen?«

Spiel, Satz und Sieg, dachte Anne. Steif sagte sie: »Ich verstehe, was Sie meinen. Ich muß es mit den Mitgliedern der Initiative besprechen.«

»Selbstverständlich«, sagte Mr. Jewkes. Er erhob sich und streckte ihr die Hand entgegen. »Und wenn Sie noch einmal vorbeikommen möchten, stehe ich Ihnen natürlich jederzeit zur Verfügung. Die Entscheidung war nicht einfach, das kann ich Ihnen versichern, Mrs. Linton, aber Entscheidungen müssen getroffen werden. Nichts steht still.«

Und ich bin bisher noch nicht einmal dazugekommen, sagte sie jetzt zu Don, mit den anderen darüber zu sprechen. Ich muß allerdings sagen, ich für meinen Teil bin mir der Sache jetzt nicht mehr so sicher. Ich komme mir ein bißchen dumm vor, sagte sie. Ich wünschte, ich hätte mich da nicht hineindrängen lassen.

Auch Hailes Abbey glühte im Sonnenlicht. Sie wanderten durchs Mittelschiff, die Seitenschiffe, die mutmaßliche Stätte des Altars, das Gerippe der Kreuzgänge, das Refektorium, die Krypta: das Ganze auf einer Rasenfläche, die vom Rasenmäher in akkurate Streifen unterteilt war; die baufälligen Stellen waren mit frischem Mörtel oder diskret mit Eisenträgern versehen. Hailes Abbey, oder was davon übrig war, war jedenfalls für die nächsten hundert Jahre gewappnet. Don sagte, wenn sie nichts dagegen habe, reiche es ihm fürs erste an Sehenswürdigkeiten. Er setzte sich auf der halb abgetragenen Wand des ehemaligen Speisesaals der Mönche in die Sonne und begann das Kreuzworträtsel der ›Times‹ zu lösen. Im Museum ging Anne von einer Glasvitrine zur anderen, beugte sich über Kalksteinbrocken, auf denen sich die wilden Kreaturen mittelalterlicher Phantasien tummelten, und unzählige Kachelfragmente, deren Farben von fünf Jahrhunderten ausgelöscht waren. Als sie wieder herauskam, sah sie Don immer noch auf demselben Platz sitzen, aber die Sonne war untergegangen, und der Stein glühte nicht mehr golden, sondern war grau. Plötzlich fühlte sie sich niedergeschlagen und mußte daran denken, wie die Stimmung ihrer Mutter immer mit dem Wetter geschwankt hatte und wie sie sich als Kind darüber geärgert hatte. O jemine, hatte ihre Mutter oft gesagt, was für ein Tag, es gießt in Strömen, macht dir das nicht zu schaffen? Und Anne hatte dann jedesmal behauptet, daß es von innen, nicht von außen komme, wie man sich fühle. Und das Wetter beeinflußt mich auch jetzt noch nicht, dachte sie, also besteht überhaupt kein Grund, daß der heutige Tag von ein paar schwarzen Wolken verdorben werden sollte. »Kommst du?« sagte sie. »Wir wollten doch auch noch zur Kirche.«

Sie betrachteten die Wandgemälde. »Ich kann nichts erkennen«, sagte Don. »Was soll das sein?«

»Der heilige Christophorus. Schau, da ist sein Stab, das sind seine Beine, und die kringeligen Linien sind das Wasser, das er durchschreitet. Er soll einen nämlich vor dem ›jähen Tod‹ schützen, wie dreimal auf Holz klopfen. Deshalb ist er in so vielen Kirchen abgebildet – wenn man ihn sah, konnte einem den Rest des Tages nichts mehr passieren.«

»Wenn das so ist«, sagte Don, »können wir uns ja nun getrost den Gefahren der A 46 stellen.«

Laß das blöde Kreuzworträtsel, sagte sie in der Hotelbar, rede mit mir. Hat es dir heute gefallen? Wir sollten das öfter machen. Und Don faltete die Zeitung zusammen (aber mit der richtigen Seite nach oben, für später) und sagte, ja, sehr gut, das sollten wir wirklich, wie ist es denn diesen Sommer? Wir fahren nach Schottland, nicht wahr?

Ach, Schottland, sagte sie, das habe ich nicht gemeint, das ist etwas anderes. Schottland, das sind die obligatorischen zwei Wochen Urlaub, damit wir im Herbst etwas haben, worüber wir mit den Leuten reden können. Ich meinte Tage wie heute, nur für uns, nur für dich und mich.

Was ist los, Annie? sagte er, du bist plötzlich so heftig. Was ist in dich gefahren? Nichts, sagte sie. Gar nichts. Alles und nichts. Nur keine Panik, wie Graham sagen würde. Komm, werfen wir mal einen Blick auf die Speisekarte, ich will was für mein Geld, vier Gänge, wenn ich bitten darf. Mit allen Schikanen. Krabbencocktail und Ente mit Orangenschnitzen drauf.

Als sie zu Hause ankamen, klingelte im Innern des leeren, dunklen Hauses das Telefon. Während sie auf der Türschwelle nach ihren Schlüsseln angelte, dachte sie nacheinander in heller Aufregung: O Gott, Paul, ein Unfall ... Und dann: Judy, Mrs. Shapton ruft wegen Judy an. Und schließlich: Vater, das Pflegeheim, diese Heimleiterin.

Aber es war nichts dergleichen, nur Farrer, der Direktor der Gesamtschule, der fragte, ob sie in dieser Woche einmal vorbeikommen könne, wenn es nicht zu ungelegen sei, nur um einiges zu besprechen.

»Ja«, sagte sie, wenig begeistert. »Ja, natürlich. Am Mittwoch. Gut.« Und legte den Hörer auf und dachte, Donnerstag fahre ich nach Lichfield. Donnerstag oder Freitag.

»Wer war's?«

»Farrer. Er möchte mich sprechen. Bestimmt wegen der neuen Stundenpläne. Stört es dich, wenn ich gleich ins Bett gehe? Ich bin völlig erledigt – die viele frische Luft.«

Sie waren meilenweit durch einen kristallklaren Tag gewandert; von den Hügelkuppen aus war jede Einzelheit der Landschaft gestochen scharf sichtbar: die Form der Bäume, die welligen Furchen auf den gepflügten Feldern, der Rauch aus den Schornsteinen, Lichtreflexe von Auto- oder Fensterscheiben. Und dann war der Tag am späten Nachmittag in nebligem Dunst ausgeklungen und das Sonnenlicht in großen Bahnen und Säulen durch goldene Wolken geströmt, so daß es schien, als sollten ein William-Blake-Gott oder zumindest ein paar Engel auf Gloucestershire herniedersteigen. Don und Anne waren getrennt voneinander gelaufen, waren nur zusammengekommen, um sich über die Uhrzeit oder die Richtung zu verständigen. Anne stapfte über Felder, kletterte Hügel hoch, überquerte Wege und fühlte sich allein. Don folgte ein Dutzend Schritte hinter ihr. Sie dachte an gar nichts, außer daß sie körperlich gern sehr müde werden wollte, und als er irgendwann vorschlug, umzukehren, sagte sie, geh du, wenn du willst, wir treffen uns später, es dauert ja noch eine Ewigkeit, bis es dunkel wird. Und hatte mehrere Minuten lang gar nicht daran gedacht, sich nach ihm umzuschauen, war aber auch nicht überrascht gewesen, als sie sah, daß er ihr, die Hände in den Taschen, immer noch folgte. Tut mir leid, sagte sie, als sie wieder am Auto waren, du hättest nicht mitlaufen müssen, ich hatte nur gerade das Bedürfnis nach einem ordentlichen Spaziergang, und er hatte mit den Schultern gezuckt, was vermutlich bedeutete: Warum auch nicht? Mir ist es gleich.

Die Bürgerinitiative zum Erhalt von Splatt's Cottage (»Der Name ist schrecklich umständlich«, sagte Sandra. »Wir brauchen einen flotteren. Hat jemand eine Idee?«) traf sich bei den Pickerings. Es wäre doch nett, hatte Mary Pickering gesagt, jetzt, wo wir endlich die Maurer los sind, dachten wir, vielleicht nach dem Abendessen, wenn es allen paßt, und dann können wir es formlos und gemütlich bei einem guten Tropfen besprechen, denn eigentlich hasse ich Versammlungen und Sitzungen, Sie nicht?

»Sie malt, mußt du wissen«, sagte Sandra, als sie den Renault in die Pickeringsche Einfahrt steuerte. »Und er lehrt am Polytechnikum. Design oder Grafik oder irgend so was. Heißt das so? Du kennst dich doch mit diesen Sachen aus, Anne.«

»Ach ja?«

»Er ist im übrigen nicht so leicht einzuordnen, du weißt, was ich meine?« Das Auto wurde langsamer, grub sich in den neuaufgeschütteten Kies. Sie stiegen aus und wateten zur Haustür. Sandra fuhr fort: »Sie haben wirklich was aus diesem Haus gemacht.«

Die Bürgerinitiative saß auf niedrigen langen Sofas und riesigen Patchworkkissen und trank Bowle mit Borretsch und Zitronenmelisse aus dem Garten. Die alte Miss Standish war offenbar viel zu früh gekommen, nippte vorsichtig an ihrem Glas und beäugte Mary Pickerings langes gemustertes Kleid und Sandalen.

»Tolle Batik«, sagte Sandra. »Das haben Sie wohl selbst gemacht, Mary? Beneidenswert – toll, für so etwas Zeit zu haben. So beruhigend.«

Esse, Blasebalg und Amboß, einst *raison d'être* des Hauses, waren geschickt in die Einrichtung des Wohnzimmers integriert. Der Blasebalg, instand gesetzt und von einer verborgenen Lichtquelle dahinter sanft beleuchtet, sah aus wie eine umstrittene Skulptur. Der Amboß war auf Hochglanz poliert und stand vor einem Hintergrund üppig wuchernder Zimmerpflanzen. Die Esse selbst bildete die eine Wand, ihre schiefen Winkel wurden von Einbauregalen und Schränken ausgeglichen, die Hochglanztaschenbücher, Keramikgegenstände und Arrangements getrockneter Blätter und Blumen beherbergten. Eine Treppe mit offenen Stufen führte zu dem Stockwerk darüber. Die an den restaurierten Deckenbalken befestigten Strahler waren auf eine weiße Wand gerichtet, die von alten landwirtschaftlichen Geräten geziert wurde – Scheren für die Schafschur, Sichel, Dreschflegel und Sense.

»Also ehrlich«, sagte Sandra, »was für eine klasse Idee.«

»Das sind so tolle Formen, finden Sie nicht auch?« sagte Mary Pickering. »Wunderbar klare Linien.« Sie wies auf den alten Brotbackofen hin, der mit einer Glasfront versehen worden war und nun als Schaukasten für einige erlesene Stücke Porzellan diente.

Sandra war immer noch bei den Landwirtschaftsgeräten und sagte: »Also, wofür ist das wohl gewesen?« Alle schauten auf ein neben der Tür befestigtes Stück Eisen.

»Leider«, sagte Brian Pickering, »kann ich es Ihnen nicht einmal genau sagen. Wir haben es in Wales aufgelesen. Aber sehr hübsch, nicht wahr?«

»Es ist ein Setzholz«, sagte Miss Standish plötzlich, »zum Säen. Um das Loch für die Samen zu machen, wissen Sie. Ein Mann oder ein Junge lief vor dem Säer die Reihen entlang und drückte es in die Erde.«

»Wirklich?« murmelte Mary Pickering. »Das wußte ich gar nicht.«

Mit neuem Mut fuhr Miss Standish fort: »Ich weiß es, weil ich mich natürlich aus meiner Kindheit daran erinnere. Damals machte man das nämlich noch so, und auf den Feldern waren Pferde, keine Traktoren. Ich sehe es vor mir«, sagte sie, »als wäre man immer noch dabei. Albern, nicht wahr, wie solche Dinge haftenbleiben ...« Sie verstummte.

»Ja«, sagte Sandra. »Faszinierend. Sollen wir anfangen?« Sie blätterte in den Papieren auf ihren Knien. Brian Pickering ging herum und goß allen nach. Er hatte einen Bart, trug Jeans und ein kariertes Hemd. »Noch einen Schluck?« sagte er zu Anne, beugte sich über sie, und sie nickte und wurde irgendwie an Graham erinnert. Ein gedämpfter, gesetzterer Graham, dachte sie, so wie Graham hätte werden können, wenn er das eine getan und das andere gelassen hätte und Mädchen wie Mary Pikkering attraktiv fände statt der Mädchen, die er nun mal mag. Brian Pickering hockte sich im Schneidersitz auf eins der Patchworkkissen und lächelte sie mit einem nassen, rosafarbenen Lächeln aus den Tiefen seines Barts heraus an. Wie eine Seeanemone in Seetang, dachte sie, unschön, und schreckte auf, als sie merkte, daß Sandra sie ins Visier nahm.

»Der Standpunkt des Bauamts«, sagte Sandra. »Ich glaube, darüber wolltest du uns berichten, Anne, nicht wahr?«

»Ja«, sagte Anne, schwieg einen Moment und dachte: Ich muß aufpassen, das wird heikel, im Grunde weiß ich nicht, wie ich es formulieren soll. Sie sah wieder Mr. Jewkes vor sich, der, umgeben von seinen Landkarten und Vorausplanungen, von Amts wegen die Zukunft Berkshires entwarf.

»Es ist«, sagte sie, »nicht ganz so einfach, wie wir dachten. Es handelt sich nicht nur um den simplen Antrag eines Bauspekulanten. Der Mann hat offenbar eine Baugenehmigung für eine Gruppe Bungalows für alte Menschen beantragt, und sie haben vor, den Preis niedrig zu halten und Leuten aus Cuxing das Vorkaufsrecht einzuräumen.«

Sandra sagte: »Ha, das hören wir doch nicht zum erstenmal.«

»Bungalows«, sagte Mary Pickering. »Grauenhaft. Ich

meine, die anderen neuen Häuser sehen wenigstens hübsch aus.« Ihr Mann nickte.

»Ich hatte aber den Eindruck«, sagte Anne, »daß dieser Mr. Jewkes sich sehr eingehend mit der Sache befaßt hat. Eigentlich war er nicht der böse Bube, den ich erwartet hatte.« Sie lächelte, aber sonst niemand. »Und ehrlich gesagt, kam ich mir ein bißchen dumm vor. Zum einen, weil ich mir den Bauantrag nicht richtig angeschaut hatte – so daß er mir natürlich einen Schritt voraus war –, und dann ...«, sie geriet ins Schwanken, »und dann, muß ich zugeben, leuchteten mir seine Argumente durchaus ein. Ich meine, im Dorf *besteht* dringender Bedarf nach Wohnraum für alte Menschen. Nach Wohnraum überhaupt. Und anscheinend ist das Cottage in erbärmlichem Zustand – er hat es untersuchen lassen, und offenbar ist es fast unmöglich, es in Ordnung zu bringen, zu restaurieren.«

Stille. Dann sagte Sandra: »Ich wünschte, ich hätte mir den Knaben selbst vorgeknöpft.« Sie schaute Anne nicht an. »Das Problem ist eben, daß ich in letzter Zeit wieder völlig überlastet bin.«

Der emeritierte Professor, der bisher geschwiegen hatte, sagte: »Da scheint mir einiges nicht ganz mit rechten Dingen zuzugehen. Erstens, welche Garantie besteht, daß die Bungalows tatsächlich den bedürftigen alten Mitbürgern von Cuxing überlassen werden?«

»Genau«, sagte Sandra.

»Was heißt das, es besteht die Absicht, den Preis niedrig zu halten? Wie niedrig? Und was, wenn sich zu dem Preis keine Interessenten finden? Und zweitens, worauf Mrs. Pickering schon hingewiesen hat, gibt es wichtige ästhetische und Umweltüberlegungen. Jede Bebauung dort überschreitet die gegenwärtigen Grenzen des Dorfes – ob das gewissermaßen die

Speerspitze ist? Der nächste Schritt ist dann die Zersiedelung der Landschaft bis hin nach Barton.«

Anne sagte: »Nein, ich glaube nicht ... Ich hatte schon den Eindruck, daß es sich um einen Einzelfall handelt. Daß sie sich gründlich damit auseinandergesetzt und Pro und Kontra abgewogen haben, daß sie nicht in der Weise unverantwortlich gehandelt haben, wie wir uns das, glaube ich, vorgestellt haben ...« Sie zögerte.

»Nun«, sagte der Professor trocken, »dieser Beamte muß ein sehr überzeugender Bursche sein. Es hat ja ganz den Anschein, als habe er Sie schon für sich eingenommen, Mrs. Linton.«

»Keineswegs«, sagte Anne ärgerlich. »Ich bin immer noch der Meinung, es spricht einiges für den Erhalt des Cottage, aber vielleicht haben wir uns doch ein bißchen rasch da hineingestürzt und versäumt, es von allen Seiten zu betrachten.«

Brian Pickering stand auf und machte wieder eine Runde mit dem Krug. Zurück auf seinem Kissen, die Hände hinter dem Kopf verschränkt, sagte er: »Also, ich persönlich fände es katastrophal, wenn die Gegend dort von Bungalows verschandelt würde. Und eigentlich wären die alten Leute mit Wohnungen in Reading auch viel besser bedient, näher an den Geschäften und dem Krankenhaus und so weiter.«

Mary Pickering sagte: »Ja, es geht völlig an den Bedürfnissen der Menschen vorbei.«

»Offen gesagt«, meinte Sandra, »da ist was faul. Ich mache dir keinen Vorwurf, Anne, daß du dich hast austricksen lassen – ich weiß, wie einen diese Leute überrumpeln können, aber man muß seinen Standpunkt vertreten. Ich gehe jede Wette ein, daß dieser Bauherr uns an der Nase herumführt – garantiert steckt er mit deinem Mr. Soundso unter einer Decke. So was kommt immer wieder vor, aber man darf sich einfach nicht von der Hauptsache ablenken lassen, und die ist, ein schönes altes Gebäude zu retten. Also, wollen wir zusehen, wie Splatt's Cottage dem Erdboden gleichgemacht wird, oder nicht?«

Lebhaftes Gemurmel. »Das zu verhindern sind wir hier«, sagte der Professor. Er hielt sein Glas hoch. »Ja, bitte – äh, Brian –, gerne noch einen Schluck.«

Anne dachte: O Gott, wär ich bloß nicht hergekommen. Da saß sie und schaute sich das Pickeringsche Arrangement rostender Werkzeuge an, von denen einige, wie sie nun sah, abgeschmirgelt und aufpoliert wie der Amboß waren. Die Sense, auf die der Strahler gerichtet war, schimmerte in jungfräulichem Glanz und erinnerte Anne an ein riesiges viktorianisches Ölgemälde von Chronos, der genau ein solches Gerät durch ein Feld von, ja, fliehenden Menschen schwenkte. Wo um alles in der Welt hatte es gehangen? In der Schule – richtig, erinnerte sie sich mit Genugtuung, in der Schule, im Speisesaal. Jeden Tag saß man dort bei Kartoffeln und zerkochtem Kohl und genoß den Anblick.

»Hör mal, Anne«, sagte Sandra. »Wenn du bei deiner Ansicht bleibst, willst du dann vielleicht lieber als Vorsitzende zurücktreten? Ich meine, es ist ein bißchen vertrackt, wenn du nicht hundertprozentig überzeugt bist.«

»Ja, das ist wohl besser«, sagte Anne.

»Vielleicht würde Mrs. Linton lieber ganz aus der Bürgerinitiative ausscheiden«, sagte der Professor.

Du lieber Gott, dachte sie amüsiert, jetzt rotten sie sich gegen mich zusammen. Und als sie ihre Gefühle überprüfte, stellte sie fest, daß sie gar keine hatte, der Hauch Ärger von vorhin war erloschen, verpufft in der tröstlichen, behaglichen Atmosphäre des Pickeringschen Wohnzimmers. Die alte Bahnhofsuhr an der Wand zeigte neun. Montagabend, dachte sie, Dienstag, Mittwoch. Dann Donnerstag.

»Blödsinn«, sagte Sandra. »Verzeihung, ich wollte nicht unhöflich sein. Anne ist selbstverständlich auf unserer Seite, stimmt's, Anne? Natürlich unterstützt sie uns, aber wenn wir eine richtige, harte Kampagne wollen, müssen wir auch ein Stück weit aggressiv sein. Ich bin also der Meinung, daß wir folgendermaßen verfahren …«

Anne saß friedlich schweigend da, als der Professor, nach obligatorischem Zögern seinerseits, zu ihrem Nachfolger erkoren wurde. Dann diskutierte man verschiedene taktische Vorgehensweisen, entwarf Briefe, stellte einen Zeit- und Aktionsplan auf. Mary Pickering verließ unauffällig den Raum und kam mit einem großen Teller Pizza zurück. Sie reichte ihn herum, lächelte dabei ihr warmes, immer gleiches Lächeln. Jeder bekam seine Portion, wie von der Pizza.

Sie brachen auf. Sandra stieg ins Auto, nicht ohne der sich schließenden Pickeringschen Haustür »Danke für den wahnsinnig netten Abend!« zuzurufen, und warf Anne einen Seitenblick zu.

»Ich hoffe, du bist nicht gekränkt oder so. Er scheint ein ganz tüchtiger Bursche zu sein, der Herr Professor.«

»Absolut«, sagte Anne, »und absolut nicht. Gekränkt, meine ich.«

»Gut. Im übrigen kann ich mir vorstellen, daß du sowieso schon dein Päckchen zu tragen hast, mit deinem Vater und alldem.« Von einem plötzlichen Gedanken erfaßt, schaltete sie krachend in einen anderen Gang und bog in die Straße ein. »Hör mal, meinst du, dein Bruder könnte uns ein bißchen Sendezeit im Fernsehen beschaffen? Eventuell ein Interview, wie schrecklich das alles ist. So was in der Art?«

Anne sagte: »Das bezweifle ich. Er hat mit ganz anderen Dingen zu tun.«

»Ach, schade.« Sandra schwieg eine Minute und konzentrierte sich darauf, in der Kette roter Lichter vor ihnen ein Stück weiterzurücken. Dann sagte sie: »Die Pickerings sind wahnsinnig interessant, findest du nicht?«

»Ach ja? Ich kenne sie, glaube ich, nicht gut genug.«

»Er ist – hm, er ist irgendwie faszinierend, was? Mir gefallen diese Künstlertypen. Ach, übrigens, war das Wochenende schön?«

»Mhm. Sehr schön.«

»Es muß toll sein, wenn man einfach mal so rausfahren kann. Am Wochenende krieg ich James einfach nicht aus dem Garten. So, hier setz ich dich ab, ja?«

Die Gesamtschule war vor fünfzehn Jahren als Realschule gebaut worden. Nun, da ihre Funktion neu definiert war, wurde sie ständig Erweiterungen und Ausbauten unterworfen. Die Fahrzeuge der Baufirmen hatten die Erde auf dem Parkplatz zu Schlamm umgepflügt. Als Anne sich einen Weg hindurchbahnte, dachte sie wieder an Mr. Jewkes und fragte sich, welcher seiner Federstriche das neue Sprachlabor genehmigt und die Grenzen des Sportplatzes über den Weg bis zum Rand der Neubausiedlung vorgeschoben hatte. Und wußten die Voraussagen an seiner Wand schon in ungefährer Größenordnung, wie viele Kinder in zehn Jahren aus diesen Glastüren herausströmen würden? Vermutlich ja, oder sie gaben es zumindest an. Was für eine eigenartige Beschäftigung, dachte sie, Zahlenmaterial für das bereitzustellen, was noch gar nicht geschehen ist.

Sie ging durch die leeren Flure zum Zimmer des Direktors und klopfte an die Tür. Als sie eintrat, sah sie zu ihrer Überraschung, daß er allein war.

»Entschuldigung ... Hab' ich das richtig verstanden, ich dachte, heute sei eine Konferenz?«

Farrer sagte: »Nein, Anne – nur Sie. Tut mir leid – ich habe mich nicht klar ausgedrückt.«

Heutzutage sprachen sich alle nur mit dem Vornamen an – selbst Teilzeitmitarbeiter wie sie, die nur ein paar Stunden die Woche gaben. Farrer war neu. Vor drei Monaten war er von einer großen Londoner Gesamtschule als Nachfolger des pensionierten Direktors gekommen. Anne hatte bisher kaum mit ihm zu tun gehabt, angeblich war er eine große Nummer im Bildungswesen, voll neuer Ideen, sehr radikal.

»Setzen Sie sich«, sagte er. »Also, ich möchte eigentlich direkt zur Sache kommen. Wie Sie sicher gehört haben, verändern wir einiges in der Schule. Frei herausgesagt, ich mußte den Lehrplan mal ordentlich ausmisten. Er hält den heutigen Anforderungen nicht mehr stand. Viel zu viele alte Zöpfe.«

Er saß auf der Schreibtischkante und schaute an ihr vorbei aus dem Fenster. Dann nahm er eine Schachtel Zigaretten aus der Tasche, hielt sie ihr hin und zündete sich selbst eine an. »Ich gebe natürlich nicht meinem Vorgänger die Schuld«, fuhr er fort, »jedenfalls nicht ausschließlich. Man gerät nur allzuleicht aus den Hauptströmungen pädagogischen Denkens – verliert den Überblick über die Neuerungen. Aber es muß eine Menge getan werden – dieser Lehrplan steckt voller veralteter Konzepte, und die Schüler müssen die Möglichkeit erhalten, sich an ein paar neuen Aufgaben zu erproben. Tatsache ist«, sagte er, »daß Geschichte eins der Fächer ist, die ich überdenken mußte. Wir werden es für die Mittelstufe abschaffen, was bedeutet, daß ich Ihnen leider Ihre fünf Stunden in Zukunft nicht mehr anbieten kann, es sei denn, Sie möchten etwas anderes unterrichten.«

Anne sagte: »Geschichte ist ein veraltetes Konzept?«

»So ist es. Das heißt, zumindest so, wie Geschichte bisher unterrichtet worden ist. Als erzählte Geschichte. Tatsache ist, Anne, daß die Wirkung dieser Art von Unterricht auf Kinder erstaunlich wenig bekannt ist. Haben Sie mal in den Halliday-Bericht geschaut?«

»Nein.«

»Hm, das sollten Sie tun. Da sind höchst interessante Forschungsergebnisse drin, die recht stichhaltig beweisen, daß Kinder unter fünfzehn für einen chronologischen Ansatz in der Geschichte noch nicht reif sind. Und trotzdem stellen wir uns hin und bringen ihnen Geschichte als Abfolge von Ereignissen bei, eins nach dem anderen.«

»Aber so ist es doch. Eins passiert nach dem anderen.«

»Ja, aber das ist von der Konzeption her sehr anspruchsvoll, Anne. In der Mittelstufe sind sie einfach noch nicht so weit.«

Anne sagte. »Da bin ich ganz und gar anderer Meinung.«

Er stellte einen Fuß auf den Schreibtisch, schlang die Arme um das Knie und schaute sie darüber hinweg an, als sehe er sie zum erstenmal.

»Wirklich?«

»Aber gewiß doch. Meiner Ansicht nach können Kinder von zehn oder elf sehr wohl begreifen, daß die Angelsachsen vor den Wikingern kommen und die wiederum vor den Normannen. Und ich wüßte nicht, wie ich sonst Geschichte unterrichten sollte.«

Farrer sagte: »O je.« Er stand vom Schreibtisch auf, ging darum herum und setzte sich dahinter. Er blätterte eine Akte auf, die er vor sich liegen hatte, und schaute kurz hinein.

»Sie haben einen Hochschulabschluß, wie ich sehe.«

Anne sagte nichts.

»Aber kein Pädagogikexamen. Haben Sie schon einmal in die Richtung gedacht? Ein Fortbildungsstudium oder so?«

Anne sagte: »Was soll an Stelle von Geschichte unterrichtet werden?«

»Soziologie. Und es gibt das neue Fach Sozialwissenschaften, bei dem einige von uns ein wenig mitgeplant haben. Das wird eine sehr reizvolle Option.«

»Keine Option.«

»Wie bitte?«

»Keine Wahlmöglichkeit, wenn es keine Alternative gibt. Keine Geschichte.«

Farrer schloß die Akte und trommelte mit den Fingern auf deren blauen Deckel. Sie sah, daß »Linton, Ms. A.« darauf stand.

»Sehen Sie, Anne, es tut mir wirklich sehr leid. Ich weiß, wie Sie sich fühlen. Aber so ist es nun einmal. Die Zeiten ändern sich. Sie sind Historikerin, Sie würden das als erste zugeben« – versuchte er sie lächelnd zu überzeugen –, »und gerade das Bildungssystem muß sich dem Wandel anpassen. Mit der Zeit gehen. Wir müssen immer wieder überdenken, was die jungen Leute brauchen. Was relevant ist.« Er stand auf, kam um den Schreibtisch herum und streckte ihr die Hand entgegen. »Und ich muß ja nicht besonders betonen, daß es nichts Persönliches ist. Ihre Arbeit hier wird hochgeschätzt. Und ich habe nicht den geringsten Zweifel, daß Sie in Berkshire ganz leicht etwas anderes finden. In der Lehrerausbildung. An einer der Privatschulen.«

»Etwas Relevanteres?«

»Genau.«

Sie verließ ihn und ging in den Sonnenschein hinaus, wo gelbe Bulldozer fleißig damit beschäftigt waren, noch ein paar Hektar der Grafschaft Berkshire für eine sinnvolle und produktive Zukunft umzuwühlen.

Sie sagte zu Don: »Geschichte ist ein veraltetes Konzept.«

»Ah ja?«

»Offensichtlich.«

»Was machst du nun? Dieser Direktor hat recht, du findest leicht etwas anderes.«

»Ich glaube, die Mühe spar' ich mir«, sagte sie. »Ehrlich gesagt. Ich glaube, die Mühe mache ich mir nicht. Vielleicht muß ich auch mal einiges überdenken. Zum Beispiel Geschichte. Und übrigens, ich fahre morgen nach Lichfield, hatte ich dir das gesagt?«

6

James Stanway träumte, er spiele Fußball. Seine nackten Knie schmerzten von der Kälte; er rannte auf einem Fußballfeld hin und her. Er rutschte aus und spürte samtweichen Schlamm und Gras unter seinen Händen. Als er aufstand und sich die Hände an der Trikothose abwischte, waren alle anderen Spieler weg, und er befand sich in einem Klassenzimmer und schaute auf eine Tafel, auf der in Kreide die Konjugation eines französischen Verbs geschrieben stand; er betrachtete seinen Handrükken und hörte zu, wie der Direktor seine Personalprobleme darlegte. »Durchaus«, sagte er, »durchaus. Meiner Ansicht nach spricht alles für wenigstens eine zusätzliche Teilzeitkraft – da können Sie mit meiner Unterstützung rechnen.« Vor dem Fenster lärmten Kinder. Rastlosigkeit ergriff ihn; Arbeit, dachte er, ich muß arbeiten, es gibt unendlich viel zu tun.

Er erwachte und wußte, daß dies hier die Wirklichkeit war, so unwahrscheinlich es auch schien, dieses Bett und dieser Raum, die er ohne Brille nur verschwommen wahrnahm, und diese Hände, diese knotigen Hände mit den hervortretenden Adern, die vor ihm in eine Schüssel mit Wasser gehalten wurden. Alte Hände.

Andere Hände, schmale, geschickte, seiften seine ein, nahmen sie aus der Waschschüssel, trockneten sie ab und legten sie auf die Decke, auf jede Seite eine. Er sagte: »Ich brauche meine Brille«, und eine freundliche junge, weibliche Stimme sagte: »Heute sind Sie aber gut dabei, Mr. Stanway, das ist schön. Wie ist's, setzen Sie sich nachher ein bißchen in den Sessel?« Die Brille traf auf seiner Nase ein, und der Raum wurde ein wenig deutlicher, wenn auch nicht sehr. Er lag da und dachte an einen Freund aus der Studienzeit, an dessen Namen er sich nicht erinnerte, der aber, das wußte er, in Dorset wohnte und kupferrotes Haar hatte. Ich bin krank, dachte er und versuchte, das dem Mädchen mitzuteilen, das sich emsig an den trüben Rändern seines Blickfeldes hin und her bewegte. Er rief: Ich bin krank! Aber sie lächelte und zog sein Kissen glatt und redete von einer Tasse Tee. Wo bin ich? sagte er, doch sie fütterte ihn mit einem Löffel und ging dann zur Tür, wo sie stehenblieb und mit jemand anderem redete. James Stanway beobachtete, wie sich am Fußende des Bettes etwas Schattenhaftes bildete und dann wieder seine Form veränderte. Es ärgerte ihn, daß er nicht erkennen konnte, was es war. Ein Baum? Wolken? »Meine Brille«, sagte er, »ich brauche meine Brille.«

»Er war sehr orientiert vorhin«, sagte die Schwester. »Aber jetzt ist er leider wieder ein wenig wirr. Er wird wohl wenig Reaktion zeigen. Hatten Sie eine angenehme Fahrt hierher?«

Anne schaute über sie hinweg zu dem alten Mann, der in die Kissen gestützt dalag und blinzelte und murmelte. »Ja, sehr gut, danke. Dann hat sich sein Zustand nicht verändert?«

Das Mädchen sagte: »Eigentlich nicht, nicht nennenswert.« Sie warf noch einmal einen Blick auf das Bett und sagte: »Ich ziehe die Gardine vor, ich glaube, das Licht stört ihn. Irgendwas bekümmert ihn heute morgen, aber er kann nicht sagen, was, der Ärmste.« Sie zupfte an der Gardine und kam zurück zum Bett. »So, besser jetzt, Mr. Stanway? Alles klar für eine Weile, Mrs. Linton? Ich schau nachher wieder vorbei und mache ihn fertig.«

Anne setzte sich hin und betrachtete ihren Vater, ließ die Spannung der Fahrt von sich gleiten. Sie war früh losgefahren und erst noch im Haus gewesen, bevor sie ins Heim gekommen war. Es hat sich etwas verändert, dachte sie, er ist doch anders als vorletzte Woche. Es war schwer festzumachen. Es war, als sei er undeutlicher geworden. Der Euphemismus, der das Sterben als »Von-uns-Gehen« bezeichnete, kam ihr in den Sinn. Ihr Vater schien sich auf dem Rückzug zu befinden, von nichts und niemandem außer seinem eigenen Willen angetrieben. Sie stand auf, nahm seine Hand, und da drehte er den Kopf zu ihr und sagte ganz klar: »Anne?« Erfreut zog sie den Stuhl näher zum Bett und redete mit ihm über die Kinder, über seine Rosenbeete, die sie heute abend wieder jäten würde, über das Wochenende in den Cotswolds. Sie holte den Stoß Fotografien aus dem Umschlag und die beiden Alben, die ihre Mutter angelegt hatte. Das zweite endete 1965, im Jahr ihres Todes, nach dem letzten Foto kam ein Dutzend leerer Blätter.

»Ich dachte, du schaust dir vielleicht gern ein paar Fotos an, Vater.« Sie stellte das Album vor ihm auf und wendete die Seiten um. »Kannst du so sehen?«

Er sagte etwas über seine Brille, das sie nicht verstand, und sie setzte sie ihm richtig auf. »Du liebe Güte, die sind ja uralt, das war mir nicht klar. Das müssen du und Mutter in den Flitterwochen sein. In Cornwall, stimmt's?«

Und aus den bräunlichen Aufnahmen von Mevagissey und St. Ives erstanden ein, zwei Seiten später Graham, der mit großen Augen in einem hohen schwarzen Kinderwagen saß, und kurz darauf sie, in einem Tuch in den Armen ihrer Mutter, dann, wie sie im Jahr des Münchner Abkommens an einem Strand eine Sandburg baute und 1941 mit einer Gasmaske herumstolzierte. »Schau«, sagte sie, Seiten umblätternd, »an die erinnere ich mich, und, genau, an das Haus auch, das hatten wir doch in diesem Sommer, wie hieß die Hündin, Vater, weißt du noch, die überfahren worden ist?« Ihr Vater starrte auf die Bilder und murmelte ab und zu etwas. Ein-, zweimal tastete er nach ihrer Hand, als wolle er sie davon abhalten, weiterzublättern.

Sie und Graham wuchsen und warfen ihre Häute ab, verwandelten sich von einer Seite zur nächsten, vom Kleinkind zum Kind, vom Jugendlichen zum jungen Erwachsenen. Don erschien, stand auf dem Rasen des Hauses in Putney, kniff die Augen in der Sonne von 1956 zusammen; hinter den Kulissen lagen, unerwähnt, Suez und Ungarn. Die Ehe. Wieder eingewickelte Bündel. Auf der letzten Seite stand ihre Mutter, zwei Monate vor ihrem Tod, an einem Torpfosten im Lake District, trat gegenüber der Landschaft zurück, wie die Figur, die in einem romantischen Gemälde vor dem Bergpanorama postiert wird. »Der Saddleback, Vater?« sagte sie. »Ist das der Saddleback? Oder der Skiddaw?« Und ihr Vater blinzelte und hustete. Sie wischte ein Speichelrinnsal aus seinem Mundwinkel.

Das Problem dabei ist, sagte sie zu ihm, daß Fotos soviel auslassen. Fast alles. Wie zum Beispiel deine Lady, deren Namen ich noch nicht weiß und die hinter diesen Bildern eine gewichtige Rolle gespielt haben muß, von der es darauf aber keine Spur gibt. Man kann sie nur einfügen, wenn man Bescheid weiß, genau wie Suez und Ungarn. Langsam merke ich, wie wenig die Vergangenheit festzumachen ist. Es stimmt nicht, was Farrer behauptet, daß die Vorstellung von chronologischer Abfolge schwer zu begreifen ist. Schwierig wird es durch die Schatten, die die Dinge werfen. Erst geschah dies und dann das und dann jenes. Aber wenn man den Blick nur darauf richtet, läßt man eine ganze zusätzliche Dimension außer acht und landet zum Schluß bei etwas, das keineswegs die Wahrheit ist, sondern höchstens ein Teil der Wahrheit.

Auf dem Foto, auf dem wir alle vor der Kirche in Starbridge vor uns hin grinsen, wußtest du zum Beispiel nicht, daß ich die ganze Sache eine Woche vorher beinahe abgeblasen hätte. Und dann in Panik geriet und es nicht schaffte. Ich war mit Don eine Straße entlanggegangen, eine Straße in London, und da blühten gerade die Linden – ich kann sie jetzt riechen –, und ich dachte: Ich bin gar nicht sicher, ob ich ihn heiraten will, nicht absolut, hundertprozentig sicher. Ich mag ihn und liebe ihn vermutlich auch, aber manchmal finde ich ihn auch ganz schön nervtötend. Und dann habe ich dieses Gefühl beiseite geschoben, und wir haben geheiratet und leben seitdem, glaube ich, insgesamt, im großen und ganzen, durchaus glücklich und in Frieden. Heutzutage reden wir nicht mehr sehr viel miteinander.

Hast du mit Mutter geredet?

Die Schwester kam herein und sagte: »Oh, Familienfotos, das ist aber eine hübsche Idee.« Sie betrachtete die aufgeschlagene Seite. »Sehen die Kleider nicht ulkig aus? Und es ist gar nicht einmal so lange her, was, 1961? Helfen Sie mir, meine Liebe, ihn hochzuheben?«

In dem fest zupackenden Griff Annes und der Schwester tastete der alte Mann kraftlos nach dem Album, das von seinem Schoß glitt.

»An dem offenen Fenster«, stand auf dem Zettel auf der Matte, »habe ich gemerkt, daß Sie wieder hier sind. Letzte Woche war ich ein paar Minuten bei Ihrem Vater. Leider hat er mich nicht erkannt. Ich schaue heute abend noch mal vorbei, vielleicht haben Sie Lust, etwas trinken zu gehen.«

Es war ein Blatt aus einem Schulheft, zuerst viermal gefaltet und dann noch einmal quer, wie die Zettelchen, dachte sie, die von Hand zu Hand unter den Tischen in der Schule weitergegeben wurden. Sie las ihn und las ihn wieder, machte sich einen Kaffee und las ihn noch einmal. Vor dem Fenster sang ein Rotkehlchen mit durchdringender Süße; das Frühlingsgras leuchtete von einem Ende des Gartens zum anderen; die Sonne auf ihrem Rücken war so warm wie die Berührung einer Hand.

Sie ging nach oben und badete, lag da und lächelte die gelb verputzte Badezimmerdecke ihres Vaters an.

David sagte: »Ich dachte, wir könnten uns ein bißchen weiter hinauswagen. Das Plough in Yoxley ist nicht übel. Was meinen Sie?«

Ein verschleierter goldener Mond, in den zwei Wochen rund und voll geworden, ging über dem gegenüberliegenden Haus auf. »Ich war«, fuhr er fort, »seit ich Sie zuletzt gesehen habe, überhaupt nicht angeln, es gab zuviel zu tun, aber jetzt in den Ferien werde ich vielleicht eher dazu kommen ...« Während er ins Auto stieg, redete er, ohne sie anzusehen, hantierte mit den Schlüsseln, ließ den Motor an, bog zu schnell in die Straße ein und bremste scharf, als die Scheinwerfer eines anderen Autos um die Ecke kamen. »Verzeihung.«

Man kann nicht zu einem Mann, den man kaum kennt, sagen, ganz ruhig. Und so gern man es auch möchte, man kann ihm genausowenig die Hand beschwichtigend (oder sonstwie) auf den Oberschenkel legen. Anne sagte: »Wie war Ihre Woche?«

»Zwei Wochen. Zwei Wochen und zwei Tage, um genau zu sein ...«

Das weiß ich auch.

»... so lala. Der übliche Trott. Nein, nicht ganz. Ich habe mit den Eltern eines unserer Jungen gesprochen, die mich ziemlich in Erstaunen versetzt haben – ich erzähle es Ihnen gleich. Und Mary hatte einen Unfall mit unserem Auto. Das hier gehört einem Freund.«

Mary. Mary heißt sie. »Sie ist hoffentlich nicht verletzt?«

»Nein. Und Sie, was ist mit Ihnen – für Sie ist der Unterricht auch erst mal vorbei, oder?«

»Allerdings! Ich bin rausgeschmissen worden. Wußten Sie, daß Geschichte als Ereignisgeschichte schwer zu begreifen ist? Zu schwierig für Fünfzehnjährige?«

»Nein. Erzählen Sie.«

Als sie im Plough in Yoxley saß – David wartete mit dem Rücken zu ihr am Tresen darauf, bedient zu werden –, sah sie sich die Drucke an der Wand an. Es handelte sich um eine Reihe von Szenen, die wirkten, als gehörten sie zusammen, wie die einzelnen Bilder in einem Comic – eine Postkutsche hielt vor einem Dickensschen Wirtshaus, frühviktorianische Landedelleute jagten über ein Feld, ihre Standesgenossen zechten an einem reichgedeckten Tisch. Sie wandte sich um und merkte, daß er sie quer durch den Raum beobachtete.

Er brachte die Getränke und sagte: »Solche Typen habe ich auch schon erlebt. Normalerweise bei Kongressen. Die bringen's noch weit, fürchte ich.«

»O je, meinen Sie?«

»Wahrscheinlich. Im Bildungsbereich ist das bei Leuten, die

Theorien aushecken, oft der Fall. Selbst wenn die Theorien abgrundtief schlecht sind. Ich gebe Ihnen einen Job. Kommen Sie hierher, ziehen Sie nach Staffordshire.«

»Wie gern ich das täte«, sagte sie, »wenn ich könnte.« Und dann rasch, um ein drohendes Schweigen abzuwehren: »Sie wollten mir von diesen Eltern erzählen ...«

Als sie gegen Ende des Abends zur Toilette ging, sah sie unversehens ihr Gesicht seitlich im Spiegel, das Bild wurde von einem Spiegel an der gegenüberliegenden Wand zurückgeworfen, und sie sah eine Frau, die nicht (dachte sie) wie vierzig aussah. Sie lächelte, suchte in ihrer Handtasche nach dem Kamm, für einen Moment eine Fremde oder eine Freundin, die sie lange nicht gesehen und fast vergessen hatte. Sie sieht nett aus, dachte Anne – ich sehe nett aus. Sogar ziemlich hübsch. Ihre Reaktion überraschte sie; sie war nie eitel gewesen. Ihr Aussehen hatte sie nie sonderlich interessiert; mit großer Erleichterung hatte sie nach der Pubertät die intensive Beschäftigung mit dem eigenen Körper aufgegeben. Komisch, nach all den Jahren der Nichtbeachtung damit belohnt zu werden, wirklich ganz hübsch auszusehen, gewiß nicht schlechter als viele Frauen, die eine Menge Zeit und Energie auf die Pflege ihres Äußeren verwendet hatten. Sie kämmte sich, wusch sich die Hände, betrachtete noch einmal ihr Gesicht im Spiegel und mußte daran denken, wie ihre Mutter immer hartnäckig behauptet hatte, daß gutes Aussehen und der entsprechende Seelenzustand zusammenhingen. »Du kannst nicht an was Schönes denken und häßlich aussehen – was ein Mensch denkt, ist ihm ins Gesicht geschrieben.« Das ist natürlich Humbug, vollkommener Humbug. Nur diesmal nicht. Deshalb darf ich nicht weiter so aussehen wie jetzt. Ich kann mich ja, sagte sie zu ihrem Gesicht im Spiegel, ich kann mich ja gewaltig täuschen. Von Grund auf täuschen. Vielleicht befinde ich mich in einem fürchterlichen und höchst peinlichen Irrtum, darum und aus vielen, vielen anderen Gründen darf ich nicht so aussehen. Sie ging zurück in den Schankraum und versuchte, ihrem Gesicht einen völlig normalen Ausdruck zu verleihen.

David dachte: Geld habe ich nie nachgetrauert, ich bin kein Mensch, der mit Reichtum umgehen könnte, Besitz bedeutet mir nicht viel. Ich finde eine Menge Befriedigung in meiner Arbeit und habe große Freude an meinen Söhnen. Anderen Dingen habe ich mich angepaßt. Bis jetzt habe ich immer geglaubt, daß ich eigentlich ganz gut weggekommen bin. Ich hätte mich nie für einen unzufriedenen Menschen gehalten.

Er stand abrupt auf, als Anne zurückkam, und sagte: »Sollen wir gehen?« Auf dem Weg zum Auto hielt er sich von ihr fern. Beim Einsteigen sagte sie: »Ist der Schaden an Ihrem Auto groß?«

»Man kann es reparieren.« Er ließ den Motor an und sagte, als sie vom Parkplatz fuhren: »Wahrscheinlich verliert meine Frau den Führerschein. Sie hatte zuviel getrunken.«

Ein langes Schweigen entstand. Anne sagte: »Das tut mir leid.«

»Ich war nicht dabei. Sie war nicht auf einer Party oder irgend so einer Belustigung. Sie geht selten zu Parties. Ab und zu trinkt sie schlicht und einfach zuviel. Das ist nun schon seit geraumer Zeit so.«

Eine halbe Meile lang fuhren sie schweigend durch Staffordshire. Dann sagte David: »Sie ist keine Alkoholikerin. Das Problem, wenn es denn das rechte Wort dafür ist, hält sich in Grenzen. Und nun lassen Sie uns über etwas Fröhlicheres sprechen.

Wie läuft Ihre Kampagne zur Pflege der Vergangenheit? Ihres verfallenen Bauernhauses?«

»Ach das«, sagte sie, »das ist alles ein einziges Kuddelmuddel.«

Er hörte sich die Geschichte an und lachte ein-, zweimal in der Dunkelheit in sich hinein. »Es klingt ja, als sei Berkshire eine ganz spezielle Gegend. Obwohl es solche Leute hier oben bestimmt auch gibt. Ich bewege mich nur nicht in solchen Kreisen. Also überlassen Sie Splatt's Cottage seinem Schicksal?«

»Ich weiß nicht«, sagte sie, »ich weiß es wirklich nicht.« Sie waren zurück am Haus. Die Hand an der Tür, sagte sie: »Vielen Dank, David, es war ein wunderschöner ...«

»Können wir uns morgen in Lichfield zum Lunch treffen?«

»Ja. Ja, sehr gern.«

»Nachdem Sie Ihren Vater besucht haben.«

»Ja«, sagte sie. »Das wäre sehr schön.«

»Ja«, sagte er. »Gut. Also, dann seh ich Sie morgen.«

»Wo?«

»Oh – ja, wo? Irgendwo zentral. An der Kathedrale? Nein, sagen wir, am Marktplatz.«

»Vor Johnsons Haus?«

»Ja. Johnsons Haus wäre gut.«

»Gegen halb eins?«

»Gegen halb eins«, sagte er.

Er fuhr nach Hause, stellte das Auto seines Freundes in die Garage, hob das achtlos in die Einfahrt geworfene Fahrrad seines Sohnes auf und lehnte es an die Wand. Er ging ins Haus und hörte, wie oben Badewasser einlief. »Ich bin da«, rief er, und durch das Wasserrauschen rief eine Stimme zurück: »Ja, ich hab's gehört.« Er öffnete die Tür zum Zimmer seines jüngeren Sohnes und betrachtete einen Moment lang die zusammengerollte Gestalt unter der Bettdecke. Sein älterer Sohn kam aus der Toilette und sagte: »Hallo, Dad.« Er antwortete: »Hallo, du« und ging in sein Zimmer. Er zog sich aus, legte sich ins Bett und starrte das Fenster an. Die Badezimmertür öffnete und schloß sich, dann eine andere Tür. Er knipste das Licht aus.

Nach Pauls Geburt hatte Anne geweint. Sie hatte die Decke des Krankenhauskreißsaals angeheult, und Paul in dem Gitterbett neben ihr hatte mitgeheult. Don, der nach nicht richtig weitergeleiteten Benachrichtigungen zu spät aus dem Büro gekommen war, war ganz entsetzt über sie beide. Er sagte: »Was ist denn los?« zu Anne und starrte Paul skeptisch an. »Nichts, es ist bloß alles so plötzlich vorbei. Und ich bin so erleichtert.« Vorsichtig tätschelte er das Baby und sagte: »Erleichtert, worüber?« »Erleichtert, daß es keine zwei Köpfe hat oder so was.« Don sagte: »Das war eigentlich auch nicht zu erwarten.« Er saß unbehaglich auf dem Stuhl neben dem Bett und nahm ihre Hand. »Also, es gibt überhaupt keinen Grund zu weinen«, sagte er, »hör' auf, Annie.«

Ein Baby, ein kleines Baby aus Fleisch und Blut, schien etwas so Normales nach der ganzen Zeit zu sein, in der sie überlegt hatte, ob sie heiraten sollte, und dann geheiratet hatte und dann verheiratet war. Und aus alldem entstand dies. Runzlig und wütend lag Paul im Bettchen, wie eine Schmetterlingspuppe, deren Zukunft sich unvorhersagbar vor ihr auftat. Vielleicht wurde er erwachsen, vielleicht nicht, vielleicht starb er als Säugling, oder die Welt hörte auf zu existieren, während er noch ein Kind war. Sie hatte nicht Angst wegen ihm, sondern um ihn. Und Don sagte: »Um Himmels willen, Anne, du wirst schon sehen, es wird alles gut.« Und fünfzehn Jahre später mußte sie zugeben, er hatte recht. Paul lebte und war gesund und zeigte keinerlei Anzeichen, daß er die alles zum Guten oder Bösen umwälzende Urgewalt war, wie sie es sich damals vorgestellt hatte. Er war einfach da und eine Welt ohne ihn undenkbar.

Daran dachte sie, als sie sich nun anzog und aus dem Fenster auf den Garten schaute. Eines der Rosenbeete war spärlicher mit Unkraut bewachsen – Zeugnis ihrer Bemühungen von einigen Wochen zuvor. Auf den anderen hatten Greiskraut und Quecken die Oberhand gewonnen. Sie dachte an David Fieldings Sohn, der ungefähr zur gleichen Zeit geboren worden war wie Paul, und die Frau, die ihn zur Welt gebracht hatte. Die gelegentlich zuviel trank. Sie ging in die Küche hinunter und machte Kaffee. Hinter dem Fenster leuchtete der Frühlingstag. Erstaunen ergriff sie angesichts des Fortschreitens der Jahreszeiten, angesichts des bruchlosen Übergangs von einem Zustand in den anderen, angesichts des ständigen Wandels, in dem wir leben, seiner Schönheit. Die Weiden auf dem Feld waren die reinsten Farbexplosionen; die ganze Landschaft eine einzige Verheißung. Ist es immer so, fragte sie sich, herrscht immer diese Atmosphäre, die erfüllt ist von dem, was kommt? Als sie da saß und in den Garten blickte, erinnerte sie sich, daß sie als Kind immer mit aller Macht einen Augenblick des Glücks festhalten wollte, ihn anhalten, für immer darin verweilen wollte. Sie dachte: Jetzt mache ich etwas, das auf den ersten Blick lächerlich ist. Ich pflanze etwas in den Garten, für den Sommer. Sie nahm ihre Geldbörse und ging ins Dorf, um zu sehen, was es gab.

Auch in ihrem ersten Haus in dem Londoner Vorort, in dem Paul geboren worden war, hatte sie Blumen gepflanzt. *Sie* war stolz auf das Haus gewesen, nicht Don. Für ihn war es ein Notbehelf, eine Übergangslösung, das zu dem Zeitpunkt Bestmögliche. Ich will aber gar kein schickes georgianisches Haus in Kensington, hatte sie gesagt. Ich mag das hier, es ist wunderschön, genau richtig. Und sie hatte seine häßlichen Dreißiger-Jahre-Erkerfenster gewienert und winzige Pflänzchen in den langen schmalen Garten gesetzt. Paul und die Pflanzen wuchsen gemeinsam. Don hatte in einer großen Londoner Anwaltskanzlei als Juniorpartner gearbeitet. Das war auch ein Notbehelf. Irgendwo, gar nicht so weit entfernt, das wußte sie, winkte die Partnerschaft in einer etablierten Kanzlei in der Provinz, und zu gegebener Zeit (nach dem Sommer in Poppet Sands, als Paul sechs oder sieben war) war sie gekommen. Und ein wenig traurig hatte Anne die Pflanzen – inzwischen, je nach den Gesetzmäßigkeiten ihrer Art, taillenhoch oder auch Wände und Pfade überwuchernd – und das geliebte Haus verlassen und war nach Cuxing gezogen, das heißt, gezogen worden. Was ist los? sagte Don, das hier ist ein viel schöneres Haus, Himmel, Annie, es hat anderthalbmal soviel gekostet, und du wolltest doch immer auf dem Land leben. Wieder hatte sie Neues gepflanzt, jetzt aber, fiel ihr auf, schon lange nicht mehr. Jetzt sah sie den Dingen beim Wachsen zu – sah zu ihrer Überraschung, daß die Kletterrose, die sie kurz nach ihrer Ankunft in Cuxing gesetzt hatte, bis zur Dachrinne reichte, daß die Schmetterlingssträucher alt und verholzt waren und ganz zurückgeschnitten werden mußten, daß der Steingarten ein Dickicht war und die Steine völlig verschwunden.

In der kleinen Post gab es Samen zu kaufen. Aus den Londoner Vorortzeiten versuchte sie sich zu erinnern, was man draußen im Freien pflanzte, und entschied sich für Jungfer im Grünen, Ringelblumen und etwas, das Lavatera hieß und auf der Tüte grellbunt prangte. Sie ging am Friedhof vorbei; ein alter Mann schob einen Handrasenmäher zwischen den Grabsteinen hindurch, und in den Bäumen dahinter riefen die Saatkrähen aus ihren Nestern. Sie blieb stehen und hörte zu, und der alte Mann hielt bei seiner Arbeit inne, richtete sich auf und sah sie. Er sagte: »Morgen. Mal ein schöner.« Und sie sagte: »Ja, wunderschön, was?« Er sah die Tütchen in ihrer Hand. »Schön, wenn man sich auf was freuen kann. Der Boden ist aber noch ein bißchen kalt.« »Ach ja?« fragte sie besorgt, »meinen Sie, es ist zu früh?« »Nein«, sagte er, »nein – ein bißchen mehr Sonne, mehr brauchen wir nicht. Säen Sie sie ruhig aus, die werden was.«

Zurück im Haus suchte sie sich Forke und Rechen und ging hinaus, um ein Beet herzurichten. Unten zwischen Rasen und Weide lag ein Stück Land, auf dem ihr Vater Gemüse gezogen hatte – Salat und Karotten, ein paar Reihen Spinat. Sie hob die welken Pflanzen vom letzten Jahr heraus, grub das Beet um und zog das Unkraut heraus. Hinter ihr im Feld stießen die Kiebitze in einem fort ihre klagenden Laute aus; wenn Anne hin und wieder von der Arbeit aufschaute, sah sie sie in ihren Balzritualen vom Himmel stürzen, in Spiralen zum Gras hinuntertaumeln wie Flugzeuge im Sturzflug. Unsichtbar plätscherte der Fluß an einer flachen Stelle über Steine.

Als sie das Beet vorbereitet hatte, verstreute sie die Samen willkürlich darauf, dann rechte sie Erde darüber. Ihr fiel auf, daß sie eine eigenartige Mischung ausgewählt hatte, die Blumen paßten gar nicht zusammen: Ihr Garten wurde wahrscheinlich fröhlich und stillos wie der Garten eines Kindes. Sie brach ein paar Ästchen von der Hecke, schob sie wie Fahnenstangen durch die Samentütchen und steckte sie in die Erde. Als sie sich dazu hinkniete, kam ihr wieder eine Erinnerung an die Ferien in Southwold in den Kopf, wie sie als Kind im feuchten Sand gekauert, eine Burg gebaut und ihr Vater die Flagge für die Zinnen aus einem Stück Treibholz und dem grünen Papier einer auseinandergefalteten Woodbine-Schachtel gebastelt hatte. Sie sah das Gesicht ihres Vaters vor sich, die seitlich im Mund stekkende Pfeife, den Rauch, der von dem scharfen Wind East Anglias weggerissen wurde. Ein Stück weiter saß ihre Mutter auf einer Decke und strickte. Graham stand am Wasserrand, mit nacktem, dürrem Oberkörper und Shorts, die ihm bis zum Knie reichten. Es war der Sommer des Münchner Abkommens. Vor ihnen, noch in den Kulissen, lagen der Krieg, der Wechsel ihres Vaters ins Ministerium, die Evakuierung der restlichen Familie nach Wales. Und ebenso in den Kulissen, nahm sie an, in gar nicht so weiter Ferne, war Mrs. X, mit der ihr Vater um 1940 an einem windigen Tag in Dorset gestanden hatte, der das Haar ins Gesicht flog und ihre Identität verbarg; erst wenn man Bescheid wußte und genauer hinschaute, sah man, daß es weder Mutters Gestalt noch ihre Haltung waren, sondern die einer Fremden.

Einen Augenblick lang blieb Anne stehen und bewunderte die wohlbestellte braune Oberfläche ihres Saatbeets. Wie erstaunlich, daß nun in dem namenlos schlummernden Beet die all diesen Samen innewohnende Energie steckte. »Blütezeit Juli – August«, stand auf den Tüten. Die Samen bestätigten, daß der Juli, der Sommer, andere Zeiten unvermeidlich kommen würden.

Als sie den Parkplatz verließ, stand er vor Samuel Johnsons Geburtshaus, schaute aber nicht in ihre Richtung. (So hatte Don, vor unvordenklich langer Zeit unter der Uhr in Paddington gewartet. Nein, nein – überhaupt nicht so.) Sie ging an dem schmucken bronzenen Boswell auf seinem Steinsockel vorbei und an Johnson in Denkerpose. Durch einen vor- und zurücksetzenden Lastwagen von David getrennt, versuchte sie, diesen Ausdruck aus ihrem Gesicht verschwinden zu lassen, der sich wirklich nicht gehörte, und als der Lastwagen wegfuhr, wandte David ihr von der anderen Straßenseite das Gesicht zu; als er sie nun endlich sah, spiegelte sein Ausdruck ihren.

Kein fürchterlicher Irrtum. Wahr, so wahr.

Er sagte: »Ich weiß überhaupt nicht, wo ich Sie hinführen soll.«

»Mir ist alles recht.«

Als sie, umgeben von Reisevertretern, auf den glänzenden roten Kunststoffbezügen einer Lichfielder Gaststätte saßen, »Ploughman's Lunch« oder Sandwiches (Schinken, Käse, Roastbeef) zur Auswahl, die Musikbox »Außer Betrieb« in der Ecke, sagte er: »Sie fahren sicher gleich zurück.«

»Ja. Jetzt. Bald. Ich habe gesagt, daß ich zum Abendessen zurück bin.«

»Das habe ich befürchtet«, sagte er.

»Ich komme wieder.«

»Ja. Dann muß ich mich damit begnügen.«

Sie gingen um die Kathedrale herum, und Anne sagte: »Im Vergleich zu anderen Kathedralen ist sie nicht so schön.«

»Ich glaube, nein. Drinnen schöner als außen.«

»Mir gefällt die in Norwich am besten. Dann Canterbury. Dann, glaube ich, Durham. Nein, vielleicht das Münster in York.«

»Die Kathedrale von Gloucester soll sehr schön sein.«

»Die habe ich nie gesehen.«

»Wir fahren zusammen hin.«

»Ja. Ja, bestimmt.«

Entengeschwader patrouillierten auf dem Wasser neben dem

Parkplatz, in ihrem Kielwasser teilte sich die Oberfläche in Rhombenmuster. David sagte: »Ich will nicht, daß Sie fahren. Wie lange brauchen Sie?«

»Normalerweise drei Stunden. Noch fünf Minuten, und dann muß ich los.«

Sie setzten sich auf eine Bank und wurden von den Enten einer genauen Begutachtung unterzogen. Er griff nach ihrer Hand und hielt sie fest, und Anne schaute die Enten, das Wasser und den roten Sandstein an und dachte: Ich habe völlig unrecht, diese Kathedrale ist im Gegenteil wunderschön und stellt Norwich ein für allemal in den Schatten.

»Jetzt muß ich wirklich fahren«, sagte sie. »Schauen Sie, es ist schon fast vier.«

Sie fuhr aus Lichfield hinaus in den Regen. Riesige apokalyptische Regenbogen spannten sich über die Landschaft. Sturmwind peitschte gegen die Windschutzscheibe. Schneller als sonst fuhr sie von der A 446 auf die A 452, dann zur A 41 und zur A 423. Die Straße rollte hinter ihr weg, nahm Lichfield mit sich, Coleshill, Kenilworth, Banbury. Anne blieb in Lichfield auf der Bank sitzen, vor ihr quakten die Enten auf dem bewegten Wasser, in dem sich Bäume und roter Sandstein spiegelten, während jemand anderes, ein geschickter Roboter, der gut mit Blinkern und Gaspedal umgehen konnte, das Auto nach Cuxing fuhr, es in die Garage stellte, Mantel und Reisetasche herausholte und ins Haus ging.

»Keiner von uns hat ja geahnt, daß sie sich so beeilen würden«, sagte Sandra. »Ich meine, wir wußten natürlich, daß die Zeit gegen uns arbeitet, aber niemand hat doch geglaubt, daß sie so schnell mit ihren Bulldozern ankommen würden. Die

Wiese ist praktisch schon eine Baustelle. Fehlt dir was, Anne?«

»Nein, absolut nichts, danke.«

»Ich dachte nur gerade, du sähst ein bißchen mitgenommen aus. Aber egal, Professor Sidey hat sich höchst effizient als Detektiv betätigt; er meint, sie reißen das Cottage nach Pfingsten ab – er hat die Bauarbeiter ein bißchen ausgehorcht. Da rücken wir dann an.«

»Anrücken?«

»Wir tun was. Das heißt, wir denken an eine Demonstration. Immer unter der Voraussetzung, daß passivere Methoden nichts nützen und wir es nicht schaffen, daß die Baugenehmigung widerrufen wird.«

»Ach so.«

»Ich dachte nur, du wolltest es wissen. Du wirkst ein bißchen abwesend, muß ich schon sagen.«

»Tut mir leid, Sandra. Ich habe nicht besonders gut geschlafen.«

»Ach, wie dumm. Wir geben also allen schon mal Vorwarnung, daß sie unter Umständen im Nullkommanichts antreten müssen – ich meine, man wird uns ja nicht vorher informieren. Wir verteilen jetzt schon Flugblätter, und Brian Pickering macht ein paar Transparente und so fertig.«

»Wollt ihr euch vor die Planierraupen setzen?«

Argwöhnisch sagte Sandra: »Hör mal, das ist nicht zum Lachen. Und ich geh davon aus, daß du auch dabei bist. Du bist doch noch in der Bürgerinitiative, oder?«

Anne dachte: Ich habe keine Ahnung, wann Pfingsten ist. Ich weiß eigentlich nicht, wann überhaupt irgend etwas ist, außer der nächsten Woche. Tut mir leid, tut mir leid – ich bin verliebt, weißt du, das nimmt all meine Zeit in Anspruch.

»Ich muß schon sagen, die Pickerings sind wirklich ein

Glücksfall«, sagte Sandra, »und Professor Sidey auch. Natürlich ist die alte Miss Standish ein bißchen eine Belastung, aber man will sie ja nicht vor den Kopf stoßen.«

Sie sagte zu Don: »Hast du Donnerstag abend angerufen?«

»Nein, warum?«

»Weil ich ein bißchen rausgegangen bin – ich dachte, vielleicht hätte ich dich verpaßt.«

»Du weißt doch, daß drei Minuten nach Lichfield jetzt fünfzehn Pence kosten«, sagte Don. »Sinnlos anzurufen, wenn es nichts Besonderes gibt.«

Wohl wahr.

»Na gut«, sagte sie. »Ich wollte ja nur wissen, ob wir uns verpaßt haben.«

Als die Kinder klein waren, erinnerte sie sich, forderten sie einen immer zu einem unmöglichen Kunststück heraus, bei dem man eine Hand über den Kopf halten und in einer Richtung im Kreis drehen und die andere vor dem Bauch in die entgegengesetzte Richtung kreisen lassen mußte. Es klappte nie: Das Gehirn rebellierte. Aber das Gehirn – oder was immer diese Dinge steuert – tut nichts, um die Koexistenz von Gefühlen zu verhindern. Wie ist es möglich, in schneller Abfolge, oder sogar gleichzeitig, Freude und Schuld zu empfinden? Mit einer seit der Kindheit kaum erlebten Intensität.

Das heißt, seit ungefähr 1956, was erstere, und sogar noch länger nicht mehr, was letztere betrifft.

Einst ging man in dem vollen Bewußtsein, daß es verboten war, in Vaters Arbeitszimmer und machte sich an den Papieren auf dem Schreibtisch zu schaffen. (Aha! Das damalige Tabu ist der Grund für das unbehagliche Gefühl, von dem das Aussortieren nun begleitet ist.) Und warf das Tintenfaß um (»Quink«, blau-schwarz). In einem entsetzlichen Moment, der Magen krampfte sich einem zusammen, kippte es um, und blauschwarze Tinte ergoß sich in breitem Strom über Schreibtischauflage, Papiere, Schreibtisch, Boden ... Und man floh angstvoll, verbarg sich am äußersten Ende des Gartens und wartete.

Wartete worauf? Vergeltung? Oder Seelenfrieden?

Seitdem hat man Schuld immer nur sehr sporadisch empfunden. Gelegentlich versäumte man mütterliche oder hausfrauliche Pflichten; schluderte wegen Kopfschmerzen oder Langeweile im Unterricht; ließ sich (minderschwere) Unzulänglichkeiten in Freundschaft oder Beziehung zuschulden kommen. Das Gefühl in seinem vollen heißblütigen Stadium war beinahe vergessen.

Und das andere, die Freude: Die lose Speiche an einem Fahrrad; die Leckford Road; ein Hotel in Kensington (jetzt offenbar abgerissen). Schatten nur. Echos. Historische Belege für das, was war. Wie auch Paul und Judy in einer Art Belege sind.

»Schinken?« sagte sie zu Paul. »Champignons? Brot, in der Pfanne geröstet? Frühstück mit allem Drum und Dran?«

»Ja, bitte. Was ist los? Ich dachte, großes Frühstück gäb's nur sonntags.«

»Ich bin in Spendierlaune.«

»Mir recht. Ich dachte, ich wäre ausgeschimpft worden oder so was.«

»Ausgeschimpft?«

»Mum«, sagte er, »das hast du immer gemacht, als wir klein waren und du uns verdroschen oder angebrüllt hattest. Dann warst du immer noch stundenlang hinterher besonders lieb.

Um es wiedergutzumachen, schätze ich. Kann ich auch ein Ei haben?«

»Ist das wirklich wahr?«

Und draußen vor dem Küchenfenster ist der Frühling eine Woche weiter und noch jubelnder grün, und der Gemüsegartenpfad führt zu der Straße, die ihrerseits auf die Dorfstraße führt, von der aus man die A 423 und dann die A 41 und die A 452 und die A 446 erreicht.

David Fielding saß neben dem Bett des alten Mr. Stanway und sagte: Ich liebe Ihre Tochter, das ist das Problem. Ich weiß wirklich nicht, wie es passiert ist, sagte er, es ist nicht gerade ein Zustand, mit dem ich vertraut bin. Jedenfalls seit undenklich langer Zeit nicht mehr, vielleicht nie gewesen bin.

Ich bin emotional gestört wie einige der Kinder, mit denen ich es zu tun hatte.

James Stanway sah, wie der Schatten am Fuß seines Bettes bebte und sich ausbreitete und einen zweiten Schatten ausspie, der über ihm schwebte und sich dann an seiner Seite niederließ. Er drehte den Kopf, um ihn besser zu erkennen, und die Stimme eines Mannes fragte ihn, wie es ihm ginge.

»Mir geht es nicht gut«, sagte er. »Mir geht es gar nicht gut.« Aber der Schatten schwieg, und er vergaß ihn bald darauf. Er trieb von diesem undeutlichen Ort zu einem anderen, wo seine Frau neben einem Tor vor einem Berg stand, und dann an andere, wo ihm kleine Kinder Sand auf die Füße schaufelten.

7

In einer Südlondoner Schulaula, die von der Fernsehgesellschaft für die Proben gemietet worden war, saß Graham auf dem Rand der Bühne und sah zu, wie der Aufnahmeleiter die Begrenzung des Sets mit Kreide umriß. Am anderen Ende des Raumes trudelten die Schauspieler ein, nahmen einander in Augenschein und holten sich Kaffee aus dem Automaten. Das neue Mädchen, fiel ihm auf, war klein, fröhlich und blond. Er glitt von der Bühne herunter, ging durch die Aula, blieb stehen, um einen Kamerawinkel zu überprüfen, und sagte zu dem Mädchen: »Hallo – ich glaube, wir kennen uns noch nicht. Ich bin Graham Stanway.« Und sie drehte sich um und lächelte (schon das beflissene, schauspielerinnenhafte Lächeln, und dabei erst neunzehn), aber weder lang genug noch intensiv genug. »Alles okay?« sagte er. »Melden Sie sich, wenn nicht.« Und in dem Moment kam seine Assistentin Jenny und sagte über den Skripthalter hinweg, daß jemand am Telefon sei, weitergeleitet vom Studio. Er trabte durch einen Wald von leeren Kleiderhaken in den Garderoben und fand ein Telefon, dessen Hörer danebenlag und aus dem die Stimme seiner Schwester sagte: »Was um alles in der Welt machst du in einer Jungenschule?« »Wir arbeiten an solchen Orten«, sagte er. »Man hat mir eine neue Serie aufgehalst, acht Folgen, ein historisches Thema, die pure Action. Stimmt was nicht, Annie? Dad?« »Nein, ihm geht es unverändert. Ich wollte dir nur sagen, daß ich morgen nach Lichfield fahre, das ist alles.« »Gut«, sagte er. »Du bist ein liebes Mädchen, Annie. Geht das denn, all das Hin- und Herfahren, mit den Kindern und überhaupt?« »Halb so schlimm«, sagte sie, »ich schaffe es.« »Und Don, gewöhnt der sich dran?« »Don gewöhnt sich dran, ja. Du mußt uns bald mal wieder besuchen.« »Klar«, sagte er. »Mach ich. Jetzt muß ich aber los, Mädchen. Sag mir Bescheid, wie's dem alten Herrn geht. Ciao dann.«

Er ging durch die Kleiderhaken zurück und sah, wie das neue Mädchen mit dem Hauptdarsteller seinen Kaffee teilte. »So«, sagte er. »Fangen wir an, was? Seid ihr alle soweit? Die Schloßszene, Jenny, okay?« Sein Magen tat schon weh, und dabei lag noch ein Achtstundentag vor ihm.

Mir ist noch nie zuvor aufgefallen, dachte Anne, daß Kühltürme schön sein können. Oder daß es Vorgärten in unendlich vielen Variationen gibt. Oder daß Wolken, die sich am Horizont auftürmen, die Formen von Burgen und Kathedralen annehmen. Wenn Felder im späten April immer diese Farbe haben, dann ist mir das bisher entgangen. Und ich habe meines Wissens noch nie eingeklemmt zwischen zwei vibrierenden Lastwagen in einem Verkehrsstau gesessen und ›Die Hochzeit des Figaro‹ gesummt (oder es zumindest versucht). Ganz gewiß habe ich nicht gewußt, daß einem Straßen, die man seit Jahren kennt, im Verlauf von drei Wochen geradezu heilig werden können.

Sie hielt vor dem Haus ihres Vaters, stieg aus dem Auto und öffnete die Tür. Der braune, an ihren Vater adressierte Umschlag auf der Matte kam von der Post, sicher eine Bestätigung, daß sie die Telefonrechnung beglichen hatte. Sie ging in die Küche, und als sie da stand und die Osterglocken betrachtete, die sie in der Vorwoche gepflückt hatte und die nun verwelkt waren, klingelte das Telefon im Flur.

»Hallo«, sagte er. »Sie sind da. Wann sind Sie angekommen? Ich wußte es nicht – ich habe es schon mal versucht. Ich dachte, vielleicht ...«

»Wo sind Sie?«

»Ich bin in Lichfield. Ich könnte sofort nach Starbridge kommen«, sagte er. »Soll ich?«

Sie sagte: »Man kann die Kiebitze auf der Wiese hören. Da habe ich das Bett bald zwanzig Jahre lang benutzt und es nie gemerkt.« Sie nahm seine Hand, die über ihrer Brust lag, und fuhr mit dem Finger über die gewölbte Narbe an seinem Daumen. »Schon abgeheilt, der Schnitt, was? Als es passierte, hätte ich nie gedacht ... ich hätte mir das hier nie einen Moment lang träumen lassen. Du?«

»Doch, ehrlich gesagt, ich habe an kaum etwas anderes gedacht.«

»Ach, ich lüge – ich konnte es nur nicht glauben, das war's. Ich dachte, ich – sei ein bißchen aus dem Gleichgewicht geraten. In Cuxing habe ich immer das Gefühl, daß ich mir dich nur einbilde. Ich hatte Angst, wenn ich hierher zurückkomme, stelle ich fest, daß du nie real gewesen bist.«

»Ich bin ganz und gar real«, sagte er. »Schau. Fühl.«

»Ich habe es schon gefühlt. Es war wunderschön.«

Und merkwürdig. Etwas zu tun, was an sich so völlig vertraut ist, unter und auf und neben einem anderen nackten Körper zu liegen und Dinge zu tun, die man tausendmal getan hat, und sie nun neu und fremd finden. Dazuliegen und die Oberschenkel um unbekannte Oberschenkel zu schlingen (zu diesem Zeitpunkt die Kiebitze nicht zu hören), freudig involviert zu sein und gleichzeitig das Geschehen distanziert und erstaunt zu beobachten.

David sagte: »Nicht *war*. Es ist noch nicht zu Ende.«

»Es ist zwei Uhr, und wir haben nicht mal zu Mittag gegessen. Soll ich runtergehen und ein Omelett machen?«

»Vielleicht später. Jetzt nicht.«

»Ich habe so etwas noch nie getan«, sagte sie. »Nur damit du's weißt.«

»Für jemanden, der so unerfahren ist, bist du aber sehr kompetent.«

»Verulk mich nicht. Du weißt genau, was ich meine.«

»Du meinst, daß du nicht die Angewohnheit hast, mit jedem x-beliebigen ins Bett zu gehen. Ich auch nicht, Anne.«

Zu dieser Zeit würde man in Cuxing die Küche aufräumen und sich dann mit Zeitung und Zigarette eine Weile hinsetzen. Aber man ist tausend Meilen von dort entfernt, in jeder Hinsicht, und jetzt sogar unsicher, ob es überhaupt existiert.

»Mehr?« sagte sie. »Noch einmal? O David ...«

»Dreh dich um, ich kann dich nicht sehen. Ich habe dir doch gesagt, daß ich an nichts anderes gedacht habe. Was hast du erwartet?«

Angeblich intensivieren Drogen die Wahrnehmung der materiellen Welt. Da kenne ich mich nicht aus, dachte sie, aber ich weiß, was sonst noch die Wahrnehmung intensiviert. Ich wußte es heute morgen, als ich hier herauffuhr, und ich weiß es jetzt, da ich über diese ganz gewöhnliche Wiese laufe, über die ich schon unzählige Male gelaufen bin.

Am Flußufer schaute sie hinunter ins Wasser und sah Bäume

und Büsche sich überdeutlich darin widerspiegeln, jede Einzelheit vollkommen, auch ihres und Davids Spiegelbild, perspektivisch verkürzt und schwach zitternd. Sie sah das Glitzern seiner Uhr, als das Sonnenlicht sie traf, darunter trieben Pflanzenbänder, und sein Gesicht, durch das die Rinde eines Zweiges im Wasser schimmerte, und seine Augen, die sie anschauten.

»Das Schlimme für mich ist«, sagte er, »daß es von dir soviel gibt, was ich nicht kenne. Jahre und Jahre.«

»Also hör mal – so alt bin ich ja nun nicht.«

»Ich meine, wie du genau weißt, daß ich mich damit abfinden muß, daß ich praktisch von nichts, was du je erlebt hast, etwas weiß. Wie sahst du aus, als du achtzehn warst?«

»Wie jetzt, nur noch mehr.«

»Und das andere ist: Wenn du wegfährst, habe ich nicht die geringste Vorstellung, wo du hinfährst. In was für einem Haus du wohnst. Du gehst in eine Art Schattenwelt. Du verschwindest.«

»Ich fahre in einen eher langweiligen Teil Berkshires in ein eher häßliches edwardianisches Haus.«

»Mit Leuten drin, die dich immer gekannt haben.«

Sie sagte: »Laß uns nicht darüber sprechen. Jetzt nicht.« Und warf einen Stein hoch durch die Luft ins Wasser; die Spiegelbilder lösten sich in konzentrische Kreise auf.

»Zeig ein bißchen Respekt vor den Fischen«, sagte David. »Dein Vater wäre entsetzt.«

»Könnten wir wohl bald wieder ins Haus gehen?«

Sie fuhren zusammen zum Pflegeheim, aber David wartete draußen im Auto, während sie eine gute halbe Stunde bei dem alten Mann saß. Als sie über den Parkplatz zurückging, sah sie

Davids Umriß im Fahrersitz, er hatte den Kopf über ein Buch gebeugt; sie ging langsam, dehnte die fünfzig Meter Asphalt aus.

Beim Losfahren sagte er: »Wie geht es ihm?«

»Ich glaube, ein wenig schlechter. Ich habe mit der Leiterin gesprochen. Offenbar sagt der Arzt, es sei keine nennenswerte Veränderung eingetreten, aber mir ist er anders vorgekommen. Sie meinen weiterhin, es könnte sogar noch Monate dauern.«

»Ich habe zu Hause angerufen und gesagt, ich komme erst spät – sehr spät.«

»Dann haben wir den ganzen Abend?«

»Ja.«

Eingekeilt im Feierabendverkehr, steckten sie mitten in Lichfield fest. Die Kathedrale, von der Sonne beschienen, prunkte und funkelte über den Häusern. David sagte: »Tom war am Telefon, was schade war. Ich habe ihn in meinem ganzen Leben noch nicht hintergangen.«

»Wäre es besser, wenn es ...?«

»Wenn es Mary gewesen wäre? Ja. Soll ich erklären, warum, oder nicht?«

»Nein, ich glaube, eher nicht.«

»Dann tu ich es auch nicht. Jedenfalls nicht jetzt. Weil ich auch von deinem Mann nichts hören will. Ich will auch nicht an ihn denken – obwohl ich es tue.«

»Es gäbe auch gar nichts zu erzählen. Und wenn doch, würde ich es nicht, weil ich mich auch so schon schrecklich genug fühle. Das heißt, ich fühle mich schrecklich und unglaublich glücklich zur gleichen Zeit, falls so etwas möglich ist. Und es scheint möglich zu sein.«

»Offenbar«, sagte David, »haben wir beide ein ziemlich behütetes Leben gelebt.«

»Morgen – heute – nachmittag muß ich nach Hause, weil ich mit Judy am Donnerstagmorgen zum Zahnarzt muß.«

»Das habe ich befürchtet. Und dann?«

»Und dann komme ich nächste Woche wieder.«

»Dann muß ich mich wohl damit zufriedengeben. Obwohl ich vorläufig nicht sehe, wie ich es überstehen soll. Zieh die Decke nicht hoch. Bleib so. Wenn dir kalt ist, mußt du das leider aushalten.«

Sie lag allein im Bett, hörte den Kiebitzen zu und sagte zu David, der irgendwo anders war – vielleicht fuhr er immer noch über leere nächtliche Straßen oder ging in sein fremdes, unvorstellbares Haus: Ich bin verwundert, wenn ich Zeit habe, überhaupt irgendwas zu sein. Ich bin wie jemand mit einer Amnesie, sowohl von der Vergangenheit als auch von der Zukunft abgekoppelt. Jedenfalls reicht die Zukunft nicht weiter als bis um zwölf Uhr heute mittag, wenn ich dich in Lichfield wiedersehe, und die Vergangenheit, der ich immer soviel Aufmerksamkeit geschenkt habe, ist geschrumpft auf Judy und ihren Zahnarzttermin und die Straße zurück nach Cuxing, die ich nehmen muß, komme, was wolle.

»*Was* hat Judy gemacht?«

»Ach, Mum, reg dich ab, du brauchst nicht gleich an die Decke zu gehen! Sie hat sich bloß die Hand an einem Stück Stacheldraht aufgerissen, und zufällig kam gerade Sandra Butterfield mit irgendwelchem Zeug für dich vorbei und hat es mitgekriegt und gesagt, sie fährt lieber mit ihr zum Arzt, damit sie eine Tetanusspritze kriegt, weil die Sprechstunde vielleicht schon vorbei ist, wenn du zurückkommst. Kein Grund zum Ausflippen. Meine Güte, sie ist ja nicht *tot*! Da kommen sie übrigens. Mensch, Mum, du zitterst ja am ganzen Körper. Was ist denn bloß los? Du siehst doch, dem dummen Ding geht's bestens.«

Eine Minute lang stand sie im Flur, sank in sich zusammen. Nur die Gläubigen erwartet natürlich Vergeltung; wir übrigen wissen, daß es im wirklichen Leben nicht so ist – die Bösen bleiben ungeschoren, und die Reichen erben das Himmelreich.

»Ach Sandra«, sagte sie, »vielen, vielen Dank – Paul hat mir gerade alles erklärt – ich wollte früher zurück sein, aber ich bin aufgehalten worden, ich bin dir ja so dankbar, Judy, was um alles in der Welt hast du gemacht, war es an dem alten Zaun unten ...«

»Ich hatte natürlich keine Ahnung, wann sie das letzte Mal gegen Wundstarrkrampf geimpft worden ist«, sagte Sandra und ließ sich am Küchentisch niederplumpsen. »Und sie wußte es selbst auch nicht, aber Dr. G. hat in ihrer Karte nachgeschaut, und es war fällig – sogar überfällig, Anne –, also war es nicht umsonst. Du siehst aber ganz schön fertig aus – die Hin- und Herfahrerei tut dir keineswegs gut. Muß das denn sein? Ich meine, kriegt er es überhaupt mit, der arme alte Kerl? Ich muß sagen, wenn ich Don wäre, würde ich mich auf die Hinterbeine stellen, aber Don nimmt ja alles sehr gelassen, was? Also James würde mir die Hölle heißmachen, das kann ich dir sagen – er kann es nicht leiden, wenn ich so durch die Gegend schwirre (nicht, daß du durch die Gegend schwirrst, Anne, das weiß ich natürlich), was nach zwanzig Jahren Ehe und in unserem Alter ein wenig albern ist, aber so geht's.« Sie lachte selbstzufrieden in sich hinein. »Ich sollte mich geschmeichelt fühlen. Weißt du, daß er mich letztes Jahr sogar mit auf eine Geschäftsreise nach Italien geschleift hat, mitten in der Autobahnkampagne?«

»Wohin nach Italien?«

»Ach, irgendwo an die Seen im Norden. Es war todlangweilig, das kann ich dir sagen, ich mußte die ganze Zeit daran denken, was ich hier alles hätte erledigen müssen. Wo wir dabei sind – deshalb bin ich vorhin eigentlich vorbeigekommen, zum Glück, muß man sagen. Übernächste Woche ist der Tag X.«

»Tag X?«

»Die Demonstration wegen Splatt's Cottage. Hugh Sidey hat sich ein wenig umgehört, und es sieht so aus, als ob die Bauarbeiter dann anrücken. Du bist doch hoffentlich da.«

»Hm, es hängt ein wenig davon ab, ob ...«

»Ich gehe davon aus, daß du kommst«, sagte Sandra streng. »Wenn wir überhaupt irgendwas ausrichten wollen, müssen wir mit geballter Macht dort antreten. Ich habe dir eins von Marys Transparenten mitgebracht. Sie sind wirklich sehr schön geworden.«

Das Transparent wurde auf dem Küchentisch entrollt. Auf grobem, teuer aussehendem Leinenstoff waren in scharlachroter Wolle Buchstaben gestickt: RETTET SPLATT'S COTTAGE.

»Dann hab ich noch das hier«, sagte Sandra, »wenn du das lieber möchtest. Hübsch, nicht? Also, wenn alles vorbei ist, möchte ich sie gern behalten. Sie sehen bestimmt gut auf einer Küchenwand oder so aus.«

Auf dem zweiten Transparent aus schokoladenbraunem Leinengewebe prangte in weißen Wollbuchstaben: UNS LIEGT DIE VERGANGENHEIT AM HERZEN. IHNEN AUCH?

Anne sagte: »Ich glaube, ich möchte das andere, Sandra.«

Paul kam in die Küche, starrte die Transparente und dann

Sandra an, schlug sich die Hand vor den Mund und ging wieder hinaus.

»Die Kinder müssen natürlich auch mit. Dafür müssen wir sorgen«, sagte Sandra. »Ich habe schon mit Judy gesprochen.«

»Was hat sie gesagt?«

»Nicht viel. Meine kommen alle. Ich nehme sie an dem Tag aus der Schule.«

»Und was mache ich mit dem Transparent?«

»Du steckst eine Bambusstange durch die Enden«, instruierte Sandra sie, »wo Mary diese Schlaufen gemacht hat, und besorgst dir jemanden, der es auf der anderen Seite trägt. Paul oder Judy. Oder sogar Don. So, ich muß sausen – da kommt Don, ihr habt sicher jede Menge zu bereden, wenn du seit Donnerstag weg warst. Bis bald.«

Als Don in die Küche kam und das Banner sah, sagte er: »Das war Sandra, nehme ich an.«

»Das war Sandra. Hallo, Liebling.«

»Hallo. Solange du nicht erwartest, daß ich das trage.«

»Nein, Don, das erwartet niemand. Wo gehst du hin?«

»Ich will nur schnell die Nachrichten sehen. Weißt du, wo die Zeitung ist?«

»Leider nicht. Du hättest mir einen Kuß geben können.«

»Anne, man könnte meinen, du wärst einen Monat weggewesen ... So!«

»Schon besser.«

»Wie geht es deinem Vater?«

»Im großen und ganzen unverändert.«

»Gut, ich würde nur gern die Nachrichten sehen.«

Durch die offene Tür sah sie ihn am Flurtisch stehenbleiben und etwas zur Hand nehmen. »Die ist von dir.«

»Ach ja. Stimmt.«

Er schaute sie verdutzt an. »Hast du die gestern geschickt?«

»Ja.«

»Aber du wußtest doch, daß du heute zurück sein würdest.«

»Ja, aber ich... ich weiß nicht – ich wollte es einfach. Tut mir leid«, sagte sie schroff. »Ich fand eben, es wäre eine schöne Idee.«

»Danke«, sagte Don. Er schaute die Karte noch einmal an. »Die Kathedrale in Lichfield. Na, wie oft sind wir da wohl drin rumgelaufen! Nicht sehr aufregend, wenn ich mich recht erinnere.«

»Nein, ich glaube nicht.«

»Können wir ein bißchen früher essen? Ich habe einen Haufen Arbeit mitgebracht, mit der ich gern ein Stück weiterkommen möchte.«

Sie schälte am Küchenbecken Kartoffeln und dachte: Don hat sich nie viel aus Kathedralen gemacht, zumindest nicht daraus, sie mit dem Führer in der Hand Meter für Meter abzuklappern – keineswegs ungewöhnlich, viele Leute haben nichts dafür übrig.

Die Kartoffelschalen entrollten sich und fielen durch ihre Finger. Sie starrte in den Garten hinaus (die Lupinen waren nun dreißig Zentimeter hoch, die Krokusblätter hingen welk im Gras, am Tor leuchtete ein gelber Forsythienbusch) und dachte an eine Begebenheit vom Anfang ihrer Ehe. Da hatte sie eine Kirche besichtigt und deren charakteristische Merkmale Don, den sie an ihrer Seite glaubte, erklärt, aber als sie sich umdrehte, blickte sie in das perplexe Gesicht eines Fremden, und Don war nirgendwo zu sehen (später fand sie ihn friedlich rauchend im Kreuzgang). Er bemerkte – anscheinend – ihren Ärger nicht, und nach einer Weile zwang sie sich, nicht mehr böse zu sein, weil Ferien waren und Ferien nicht durch Dinge verdorben werden durften, die nun wirklich nicht wichtig waren.

Und so bilden sich Gewohnheiten heraus, gute und schlechte.

Vater, dachte sie, Vater war da ganz anders. Er liebte gründliche Besichtigungen, und, ja, jetzt, wo ich daran denke, steigt ein Bild auf: Da sitzt Mutter in Bodiam Castle oder sonstwo geduldig auf einer Mauer und wartet, daß er fertig ist, und schaut auf die Uhr, verstohlen, falls er sie sieht. Und instinktiv denke ich: Arme Mutter. Warum?

Wenn man nun in Starbridge am Küchentisch säße, sähe man durch die obere rechte Fensterscheibe denselben Mond – abgemagert in der Woche, die man nicht auf ihn geachtet hat – auf der Reihe Erlen am Ende der Wiese ruhen.

David Fielding sagte zu seinem Sohn Tom: »Hör mal, ich weiß nicht genau, ob ich es schaffe, nächste Woche mit dir zu zelten.«

»Wir hatten es aber ausgemacht. In den Osterferien, hast du gesagt. Du hast es versprochen.«

»Ich weiß«, sagte er beklommen, »ich weiß, daß ich es versprochen habe. Wir fahren ja auch noch. Nur nicht nächste Woche. Macht es dir sehr viel aus?«

»Ach, ich glaube nicht. Warum kannst du nicht?«

»Weil – ach, weil ich ein paar Sitzungen habe, bei denen ich schlecht fehlen kann.«

»Kann ich dann mit dir angeln gehen?«

»Aber sicher. Auf jeden Fall.«

»Ma hat gesagt, daß sie heute abend nicht da ist und du die Pastete im Kühlschrank essen kannst.«

»Gut.«

Ich verabscheue das, dachte er, ich verabscheue es mehr als alles, was ich je getan habe. Tom. Tom und Alan, bisher war nichts wichtiger als sie. Er sagte zu Tom: »Komm, wir gehen eine Runde spazieren. Ich habe die Aufsätze satt.«

»Tut mir leid, Dad – ich habe John gesagt, daß ich vorbeikomme.«

»Okay. Dann muß ich mir selbst Gesellschaft leisten.«

Tom, dachte er, wird in zwei Jahren achtzehn und steht dann vor all den Wahlmöglichkeiten, die darüber entscheiden, wie sein Leben verlaufen wird, und ich kann ihm nur bis zu einem gewissen Grad helfen. Natürlich können wir uns die Universitätsprospekte vornehmen und das Für und Wider dieser oder jener Uni, dieses Studiums oder jener Fächerkombination abwägen, und er wird auch auf mich hören, weil er ein vernünftiger Bursche ist und anerkennt, daß ich über solche Dinge ein wenig Bescheid weiß. Aber zu allem übrigen kann ich wenig sagen, und er würde vermutlich auch weniger zuhören. Wir müssen alle unsere eigenen Fehler machen, wie meine Mutter zu sagen pflegte; wie man sich bettet, so liegt man. Jeder gräbt sich sein eigenes Grab. Aber mit achtzehn – oder dreiundzwanzig – kann man sich nicht vorstellen, daß einem die Entscheidungen, die man jetzt trifft, für den Rest des Lebens wie Mühlsteine am Hals hängen. Und mit zweiundvierzig empfindet man es als besondere Tücke des Schicksals, daß man (wie die meisten Menschen) zu einem Zeitpunkt in seinem Leben mit diesen Entscheidungen konfrontiert war, als man am wenigsten gerüstet war, sie zu treffen.

Sie nicht vernünftig zu treffen, sondern gut.

Sie aus anderen denn aus Gründen der Feigheit zu fällen, aus der Furcht, einen Menschen zu verletzen oder zu enttäuschen, oder nur, um den Erwartungen zu entsprechen. Ein Mann, der auf der Straße stolpert, macht sich keine Gedanken um den Tod, sondern darum, daß er sich lächerlich macht. Ich habe Mary geheiratet, weil es mehr Scherereien verursacht hätte, sie nicht zu heiraten, und man die Hoffnung ja auch nie aufgeben sollte.

Aus gutem Grunde und weil sie wache, intelligente Jungen sind, werden mich meine Söhne also nicht in solchen Dingen um Rat fragen, und ich werde ihn auch nicht offerieren.

Wenn ich gläubig wäre, könnte ich beten.

Ich könnte ihnen erzählen, daß sie vielleicht Glück gehabt haben, hier zu sein, wenn man bedenkt, daß ihre Mutter ein paar Monate – Wochen? – nach unserer Hochzeit unter mir sagte: »Weißt du, ich sag's dir lieber jetzt, als daß ich weiterhin so tue, als ob: Ich mach mir nicht allzuviel aus Sex.«

Ich könnte ihnen erzählen, daß man sich an mehr gewöhnt, als ich jemals für möglich gehalten hätte. Und zweifellos würden sie – da sie intelligent sind – sagen, aber warum, Dad, warum weitermachen? und ich würde wieder sagen müssen: wahrscheinlich nur aus Gründen der Feigheit, manche verständlich, andere weniger.

Ein solches Gespräch werden wir natürlich nie führen.

David ging in den Red Lion und sagte: »Ein Bier, bitte, George.« Er setzte sich an den Kamin, und der Wirt legte noch ein Scheit nach und sagte: »Wärmer heute. Wird wohl das letztemal sein, daß ich den anzünde. Nächste Woche brauchen wir bloß noch eine Topfpflanze reinzustellen. Sie haben Ferien, was, Mr. Fielding?«

»Ja.«

»Pläne?«

»Ein bißchen Angeln vielleicht.«

Bis ungefähr neun Uhr blieb er, wie häufig, im Pub, ging dann nach Hause, aß die Pastete aus dem Kühlschrank und schaute sich mit seinen Söhnen in vertrautem Schweigen einen Fernsehfilm an.

In der Woche darauf rief Graham Anne an und sagte, wenn es nicht ungelegen sei, würde er wohl nächstes Wochenende vorbeikommen. »Oho!« sagte sie. »Was verschafft uns neuerdings die Ehre? Was ist mit deinen vielen Ladies?« Und Graham, schlecht zu verstehen aus einer Telefonzelle und – dem Geräusch nach zu urteilen – von Preßluftbohrern belagert, sagte, daß die ihm im Moment herzlich einerlei seien. »Ja wunderbar«, sagte sie. »Dann sehen wir dich hier. Bis dahin bin ich bestimmt auch wieder in Lichfield gewesen.«

James Stanway erwachte aus, wie ihm schien, tagelangem Schlaf und sagte zu dem Mädchen mit der weißen Schürze an seinem Bett: »Wie lange liege ich denn schon auf der Nase?« Zuerst verstand er ihre Antwort nicht, aber dann beugte sie sich dichter zu ihm herunter, und er begriff, daß sie sich freute, daß er heute so gut beieinander sei und ob er wohl zum Abendessen ein leckeres Stück Fisch möchte. »Ach, wissen Sie«, sagte er, »ich glaube, jetzt, wo ich wieder bei Kräften bin, sollte ich wohl besser nach Hause gehen, meine Frau ist nicht gern lange allein.« Er wartete, daß jemand in der Angelegenheit etwas unternahm, aber als er sich wieder im Zimmer umschaute, war das Mädchen weg, und als er sich das nächste Mal wieder der Gegenwart eines Menschen an seinem Bett bewußt wurde, war es jemand ganz anderes: Betty trug den Seidenschal, den er ihr einmal zu Weihnachten geschenkt hatte, und redete über die Oper, eine Vorliebe, die er mittlerweile teilte. »Na gut«, sagte er, »ich beuge mich deinem überlegenen Urteil, aber trotzdem bin ich nicht überzeugt, daß ›Carmen‹ ein wichtiges Werk ist. Und was ist mit Verdi? Was meinen wir zu Verdi?«

8

»Im Kühlschrank ist eine Quiche«, sagte sie zu Paul, »für morgen mittag. Und zum Abendessen Eintopf, der braucht eine gute halbe Stunde im Backofen, und für Freitagabend Käsekuchen und eine Schokoladenmousse und eine Sauce Bolognese – nur die Spaghetti müßt ihr selbst kochen – und jede Menge Käse. Ach, und ich habe die Pizza gebacken, die du so gern magst – die brauchst du nur ein paar Minuten in den heißen Ofen zu schieben. Glaubst du, ihr kommt zurecht?«

»Na ja, wir werden wahrscheinlich mit Mühe und Not überleben.«

»Und erinnere Dad, daß der Zwiebelkuchen für ihn ist, er macht sich nichts aus Spaghetti.«

»Alles klar.«

»Und Crumpets sind auch noch da.«

»Mum?«

»Ja?«

»Hat jemand Geburtstag?«

»Ich will ja nur sicher sein, daß genug da ist«, sagte sie. »Und morgen abend rufe ich an, sag es auch Dad.«

Die Straße nach Lichfield entfaltet sich nun in Etappen, jeder Abschnitt ist erkundet und vertraut, es wäre unmöglich, die Strecke zu verfehlen, obwohl die Versuchung groß ist, hier oder dort abzubiegen und mit einer Seitenstraße oder einem Umweg zu experimentieren. Nun möchte man die Fahrt verlängern. Man möchte die Vorfreude voll auskosten, an Lieblingsstellen langsamer fahren, ein-, zweimal sogar anhalten und die Ankunft noch ein wenig hinauszögern, denn das Denken daran, die Spannung sind fast so schön wie das Ereignis selbst. Von der A 423 zur A 41 zur A 452 ... Von diesen ebenen weiten Feldern hin zu jenen Pappelreihen, die die Straße zu einem weit entfernten Punkt leiten, hin zu einem Fabrikschornstein, der seine Rauchspiralen in den klaren blauen Frühlingstag entsendet.

Im Pflegeheim lag ihr Vater mit geschlossenen Augen im Bett. Er atmete in langen, röchelnden Zügen, als existiere sein Körper allein zu diesem Zweck. Es schien ein Fehlen von Bewußtsein zu sein, das weit über Schlaf hinausging, und als Anne sich ängstlich über ihn beugte, kam die Heimleiterin dazu und sagte, ja, das sei ein Koma, aber er werde vermutlich wieder herauskommen und befinde sich in keiner unmittelbaren Gefahr. »Damit müssen wir rechnen«, sagte sie, »vor allem, weil er zuletzt besonders kräftig und klar gewesen ist. Ich wünschte, ich hätte gewußt, daß Sie kommen, Mrs. Linton, dann hätte ich Ihnen vorgeschlagen, es ein paar Tage aufzuschieben. Zu schade.« Sie legte Anne einen Moment die Hand auf den Arm. »Da haben Sie die Reise ganz umsonst gemacht – aber hoffen wir, daß Sie beim nächsten Mal mehr Glück haben.« Anne ging durch die Gartenanlagen zum Parkplatz und dachte: Wenn es möglich gewesen wäre, ich glaube, ich hätte Vater erzählt, was mir passiert ist.

Da der Besuch im Heim kurz gewesen war und sie noch ungefähr eine Stunde Zeit hatte, machte sie sich in Starbridge daran, noch einmal seine Papiere durchzugehen. Nun war sie weniger zimperlich, leerte Schachteln auf dem Boden aus, sortierte rasch den Inhalt und füllte einen Lebensmittelkarton mit dem, was sie wegwerfen wollte: Broschüren, Sitzungsprotokolle, Gutachten über dieses und jenes. Wie wenig wußte ich darüber, dachte sie, wie er sein Leben verbracht hat – daß er 1958 in Köln an einer Konferenz europäischer Erziehungswissenschaftler teilgenommen hat, daß er Mitglied in einem Ausschuß zur Neufassung der Lehrpläne für die Mittelstufe war und sogar einmal einen langen Leserbrief zum Thema Fremdsprachenunterricht in der Grundschule an die ›Times‹ geschrieben hat. Was mich betrifft – betraf –, existierte er, um mein Vater zu sein, und nun muß ich feststellen, daß das überhaupt nicht der Fall war, das heißt, nur zu einem kleinen Teil.

In einer Schachtel fand sie ein Bündel Briefe von ihrer Mutter, zögerte, schob das Gummiband wieder darum und legte sie zurück in die Schachtel. Es gab auch Briefe von ihr selbst, die sie interessiert las (»Ich heirate Don Linton – ich kenne ihn jetzt schon ewig lange, zwei Jahre mit Unterbrechungen, und ich weiß, wir …«, »Judy hat einen Zahn gekriegt und schreit Tag und Nacht«, »Paul ist der Engel Gabriel im Weihnachtsspiel in der Schule«), und von Graham, die sie ebenfalls las. Darüber hinaus fand sie nur noch ein paar Briefe jüngeren Datums von Freunden oder früheren Kollegen ihres Vaters. Anne dachte: Was immer er von ihr bewahrt hat, hat er im Kopf bewahrt, nirgendwo anders, er besitzt nichts außer dieser einen Fotografie, und das wohl eher zufällig. So viele Jahre von etwas, das schließlich ganz alltäglich und vertraut geworden sein muß, und kein Fetzen Papier, der es überliefert.

Sie hörte, wie Davids Auto draußen vorfuhr, blieb wartend auf dem abgetretenen Perserteppich sitzen und rief durch die offene Haustür: »Ich bin hier.«

»Ich bin noch nie dortgewesen«, sagte David, »aber ich habe gehört, es soll ganz gut sein, und wir können uns nicht ewig am Küchentisch deines Vaters von Omeletts ernähren. Es gehört einem Russen namens Joe.«

Das Restaurant war schlecht beleuchtet und nachlässig mit Chiantiflaschen dekoriert, die bündelweise in drapierten Fischernetzen baumelten. An den Wänden prangten Fotografien von Ringern, die mit drohender Miene in den Raum stierten. Allem Anschein nach hatten sie mit Joes Vergangenheit zu tun. Er selbst schlurfte in gestreifter langer Schürze von Tisch zu Tisch; der Stift, mit dem er die Bestellungen aufschrieb, verschwand fast in seinen riesigen Pranken. Joe sprach mit dem gemächlichen Akzent von Staffordshire; nur der Schnitt der Augen in seinem breiten Gesicht deutete auf seine Herkunft hin. Das Essen war überraschend gut. Sie saßen lange dabei, bis sich das Restaurant schließlich leerte und sie allein mit Joe waren, der mißmutig an der schrankgroßen Bar trank. Als er mit der Rechnung kam, sagte Anne: »Kochen Sie selbst?«

»War es nicht gut?«

»Doch, es war wunderbar. Wirklich sehr lecker.«

David sagte: »Wo kommen Sie her?«

»Woher?«

»Ursprünglich. Ich meine, in Europa.«

»Aus Lettland. Ich komme aus Lettland.« Und unvermittelt fing der Mann von seiner Kindheit an zu erzählen, gab einen kunterbunten Bericht über Ereignisse, inklusive Fluchten, Reisen, Ankünften, hier und dort an namenlosen Orten in namenlosen Ländern verbrachten Zeitspannen. »Meine Eltern waren Bauern«, sagte er. »Bauersleute. Reiche Leute – ziemlich wohlhabend. Wir hatten ein großes Bauernhaus, Felder drumherum – Getreide, ein bißchen Vieh. Sehr schön – ein wunderschöner Ort, sehr gutes Land.«

Anne sagte: »Sind Sie je wieder dort gewesen?«

»Nein, nein.«

»Wann sind Sie weggegangen?« sagte David. »Während des Krieges? Da müssen Sie noch ein Kind gewesen sein.«

»War ich auch. Sieben, acht ... Neunzehnhundertvierundvierzig.«

Als sie ins Auto stieg, sagte Anne: »Wie merkwürdig, so jemand zu sein. Eine Kindheit zu haben, die in jeder Hinsicht zu weit entfernt ist, als daß man sie noch einmal aufsuchen kann, an die sich auch keiner erinnert, den man kennt. Von der eigenen Vergangenheit abgeschnitten zu sein.«

»Wahrhaftig, das war er. Er hat sich nämlich, glaube ich, auch geirrt.«

»Geirrt? Wie das?«

»Hm – soweit ich weiß, war Lettland neunzehnhundertvierundvierzig ein Teil der Sowjetunion, und es ist unwahrscheinlich, daß seine Eltern zu dieser Zeit noch wohlhabende Bauern waren. Sie hätten längst kollektiviert worden sein müssen.«

»Aha.«

Nach ein paar Augenblicken sagte sie: »Hat er es dann wohl nur erfunden?«

»Vermutlich nicht. Nur ein bißchen verzerrt.«

»Was wir ja wohl alle tun. Wir bewahren die Dinge weniger, als daß wir sie verzerren.«

Ein Lette mittleren Alters, der schon lange in Staffordshire ansässig ist, erinnert sich an ein Bauernhaus, das es womöglich nie gab; ich kannte meinen Vater nur in einer Dimension; in Cuxing sind Menschen bereit, alles mögliche anzustellen, um andere Menschen daran zu hindern, ein Gebäude abzureißen, das nie zuvor eine solche Wertschätzung erfahren haben kann. Vergnügt legte sie die Hand auf Davids Knie und sagte: »Was für ein wunderschöner Abend.«

»Wahrhaftig ...«

Unten in Cuxing aß Donald Linton, von seiner Frau durch die Straße nach Lichfield und etliches andere getrennt, am Küchentisch Eintopf, danach Obstsalat und eine Portion Käse. Nur flüchtig interessiert schaute er sich einen Dokumentarfilm über Nordirland an (das ihm weit entfernt schien und nicht sonderlich am Herzen lag). Während der Sendung überlegte er kurz, ob er Anne anrufen sollte, als ihm aber einfiel, wieviel ein Gespräch nach Lichfield kostete, entschied er sich dagegen. Als eine halbe Stunde später sie ihn anrief, wurde er etwas ungnädig und hielt das Gespräch kurz. Er ging zum Fernseher zurück und sah sich die Nachrichten an. Eine Meldung über den Zusammenbruch einer Versicherungsgesellschaft erinnerte ihn daran, daß er eine zusätzliche Versicherung abschließen wollte, und veranlaßte ihn, seine Police zu überprüfen. Er las das Kleingedruckte sorgfältig und füllte ein Formular aus, das ihn hinsichtlich Beschäftigung, Stand etc. ruckzuck zusammenfaßte. Ein wenig überrascht stellte er fest, daß er nur noch dreiundzwanzig Arbeitsjahre vor sich hatte – irgendwie hätte man angenommen, daß es mehr waren. Aber dies – das Anwachsen der gehabten Zeit und das Schrumpfen der verbleibenden Zeit – war schließlich allen Menschen gemeinsam und deshalb eigentlich kein persönliches Problem. Er unterschrieb das Versicherungsformular und ging zu Bett.

David sagte: »Der Mann im Restaurant hat mich an einen Freund erinnert, an einen Polen, und zwar insofern, als er jemand mit einer undurchdringlichen – ja beinahe unvorstellbaren – Vergangenheit ist. Dieser Mann geriet als Jugendlicher in die Kriegswirren, verlor seine gesamte Familie, kämpfte gegen die Deutschen – da ging ich noch zur Schule –, wurde nach dem Krieg durch aller Herren Länder getrieben und blieb schließlich hier hängen. Auf eine merkwürdige Weise vermittelt er mir ein Gefühl der Unzulänglichkeit. Als mangele es mir an persönlicher Erfahrung. Als müßte ich mich entschuldigen.«

»Aber das grenzt ja an Masochismus. Sich schuldig zu fühlen, weil man nicht gelitten hat.«

»Wohl wahr. Trotzdem ertappe ich mich ihm gegenüber immer bei einer gewissen Ehrerbietigkeit, als wisse er durch das, was er durchgemacht hat, viel mehr als ich.«

»Das Gefühl hatte ich auch immer bei meinem Bruder, nur weil er zwei Jahre älter war.«

»Jetzt auch noch?«

»O Gott, nein!«

»Ich könnte heute nacht hierbleiben«, sagte er. »Ich habe es zu Hause so geregelt, daß es kein Problem wäre. Wenn du es möchtest.«

»Möchte?« sagte sie. »Möchte ...«

»Es dauert nicht lange«, sagte sie. »Wirklich nicht. Zehn Tage. Die übersteht man. Das weiß ich nun. Am Montag gibt es irgendeine lächerliche Aktion mit dem Cottage, von dem ich dir erzählt habe – sie wollen es abreißen, jedenfalls versuchen. Wenn ich dich das nächste Mal sehe, habe ich garantiert einiges zu berichten.«

»Jetzt schlaf«, sagte er. »Was für ein unruhiger Mensch du bist. Du redest die ganze Nacht. Schau mal, wie spät es ist – nach drei.«

»Eine wunderbare Zeit. Seit Jahren habe ich drei Uhr morgens nicht mehr so genossen.«

»Ich auch nicht«, sagte er. »Wenn überhaupt je.«

»Halb zehn«, sagte Sandra am Telefon. »Keine Minute später. Ach, und ich würde eine Thermosflasche oder so was mitbringen.«

»Eine Thermosflasche?«

»Ja, es könnte vielleicht länger dauern. Also dann bis morgen früh.«

Die Wiese hinter Splatt's Cottage war in Rechtecke unterteilt, in regelmäßigen Abständen waren Gräben durchgezogen. Am anderen Ende stand mitten in einer senffarbenen Schlamm- und Wasserwüste ein Bulldozer. Am Rand des Wegs war eine Zementmischmaschine abgestellt und im Graben ein Berg verschieden großer Rohre aufgestapelt. In einem grünen Bauwagen neben dem Gatter zur Wiese tranken drei Männer friedlich Tee aus Bechern und beäugten die Bürgerinitiative zur Erhaltung von Splatt's Cottage und deren Sympathisanten.

Anne sagte: »Sind das diejenigen, welche?«

»Das wissen wir nicht genau«, sagte Sandra. »Ah, da ist Hugh Sidey. Hallo!«

»Noch nichts los?« fragte der Professor.

»Bisher nicht.«

»Dann beziehen wir am besten Wartestellung und sehen, was passiert.«

Ein Transparent hatten sie in die Hecke gesteckt, das andere über die Vorderseite des Pickeringschen Fiat drapiert. Die Gruppe, die nun auf fünfundzwanzig bis dreißig Personen angewachsen war, nahm an den Grasrändern und vor dem Eingang zum Cottage Aufstellung. Man schwatzte.

Anne sagte zu Professor Sidey: »Dann haben Sie wohl formalen Protest bei der Behörde eingereicht. Tut mir leid, daß ich an dem letzten Treffen nicht teilnehmen konnte.«

»Jawohl, haben wir. Allerdings wäre es sicher effektiver gewesen, wenn wir es gemacht hätten, bevor die Baugenehmigung erteilt wurde. So haben wir, wie erwartet, eine reichlich schwammige Antwort bekommen – vage Zusicherungen über die äußere Erscheinung und zukünftige Verwendung der Bungalows. Die wiederum mit äußerster Skepsis zu betrachten sind. Aha, da ist, wenn mich nicht alles täuscht, unser Mr. Pym.«

»Der Bauunternehmer?«

»Der Übeltäter. Oder einer davon.« Der Professor eilte von dannen, um sich mit Sandra zu beraten. Was war wohl sein Fachgebiet gewesen? überlegte Anne. Geschichte? Vermutlich nicht, alles in allem bedacht.

Der Bauunternehmer hatte sein Auto am Ende des Weges abgestellt und kam nun mit energischen Schritten auf die Gruppe zu. Er wirkte völlig gelassen. Als er an ihnen vorüberging, sagte er: »Guten Morgen«, woraufhin ein, zwei Leute ebenfalls »Guten Morgen« murmelten und dann verlegen wegschauten. Er ging über die Wiese in Richtung der Arbeiter, die mit Teetrinken fertig waren und an dem Bulldozer herumbastelten.

»Hm ...«, sagte Sandra.

Der Bulldozer setzte sich in Bewegung und begann die Böschung am anderen Ende der Wiese abzutragen. Ins Gespräch mit einem der Arbeiter vertieft, wanderte Mr. Pym zwischen den Absperrbändern und Gräben hin und her, von Zeit zu Zeit blickte er in die Papiere in seiner Hand. Mary Pickering kam zu Anne und sagte: »Also, man würde doch meinen, daß sie mehr als eins von den gelben Ungetümen brauchen, um ein Haus abzureißen.« Sie trug eine mit kunstvollen Applikationen verzierte Jeans und einen handgestrickten dicken Pullover.

»Ja, ich glaube auch.«

»Ich hoffe doch sehr, daß wir nicht ganz umsonst hier sind.«

Die kleinen Kinder, die mit einigen Mitgliedern der Gruppe gekommen waren, spielten fröhlich in einem Haufen Bausand neben der Zementmischmaschine. Eine Mutter sagte ängstlich: »Hoffentlich ist das nicht schlimm. Timmy, wirf nicht so damit herum, es gehört uns nicht.«

Mr. Pym begab sich in den Bauwagen, durch die offene Tür sah man, wie er einen großen Plan studierte. Der Bulldozer war immer noch an der Böschung zugange, und die beiden anderen Arbeiter hoben weiter entfernt einen Graben aus. Sandra fragte: »Will jemand einen Kaffee?«

Es war nach zehn. Eine Frau hatte sich schon mit den entschuldigenden Worten, sie müsse bis elf in Reading sein, abgesetzt. Ihrem entschwindenden Rücken sagte Sandra hinterher: »Das kratzt uns nicht. Mit solchen Leuten können wir sowieso nichts anfangen. Wer ist denn das?«

»Ach«, sagte Brian Pickering, »das ist der Fotograf von der Lokalzeitung in Reading. Ich habe dort angerufen und ihnen nahegelegt, jemanden vorbeizuschicken.«

Der Fotograf stieg aus dem Auto und kam auf sie zu.

»Hören Sie«, sagte Sandra, »ich würde noch ein bißchen warten. Bis jetzt ist nämlich noch nichts passiert. Sie kriegen viel bessere Bilder, wenn die erst mal loslegen.«

Der Fotograf sagte skeptisch »Ja« und warf einen Blick auf seine Uhr. »Das Problem ist, ich habe um halb elf einen Termin in Wallingford. Könnten Sie sich wohl hier aufstellen, mit dem Cottage im Hintergrund? Und mit den Transparenten – ja, so ist es gut. Noch eins – vielen Dank.«

»Schade«, sagte Sandra, als er wegfuhr. »Na ja, immer noch besser als gar nichts.« Dann drehte sie sich um und sah zu der Wiese hinüber, wo Mr. Pym den Bauwagen verließ und im Gehen den Arbeitern etwas zurief. Er überquerte die Wiese und kam über den Weg Richtung Cottage.

»Jetzt holt er wahrscheinlich Verstärkung«, sagte der Professor.

Brian Pickering sagte: »Na, hoffentlich, ich muß um zwölf im College sein.«

Als Mr. Pym auf gleicher Höhe mit ihnen war, blieb er stehen und musterte die Gruppe Menschen, die sich über die Straße verteilten. Er wirkte eher neugierig als besorgt. Der Professor sagte: »Guten Morgen, Mr. Pym.«

»Einen schönen guten Morgen, Sir. Ich glaube, wir kennen uns noch nicht?«

»Mein Name ist Sidey«, sagte der Professor kurz angebunden. »Nein, ich glaube nicht.«

»Dann sind Sie neu in Cuxing?«

»Das könnte man so sagen.«

»Professor Sidey«, sagte Sandra, »hat letzten Herbst das alte Mühlenhaus gekauft.«

»Auch Ihnen guten Morgen, Mrs. Butterfield. Ja, ich erinnere mich an die alte Mühle, wie sie noch in Gebrauch war. Das ist 'ne Weile her. Ich kann mir vorstellen, Sir, daß Sie da ganz schön was dran machen mußten. Das Gebäude war ja nie zum Wohnen gedacht, und heute hat man alles gern ein bißchen komfortabel.«

»Was wir Ihnen gern sagen möchten, Mr. Pym ...«, begann der Professor, aber Mr. Pym redete schon weiter.

»... wenn ich's mir recht überlege, dann kann ich mich an mehr Dinge in Cuxing von vor dreißig, vierzig Jahren erinnern, als sonst jemand im Dorf – mehr als jemand hier von Ihnen, schätze ich.« Er bedachte das Grüpplein mit einem liebenswürdigen Blick. »Sie, Mrs. Butterfield, wohnen hier seit wieviel? – neun, zehn Jahren? Und hier sind eine Menge Gesichter, die ich überhaupt nicht kenne. Das Dorf hat allerhand Veränderungen erlebt, aber, ja, so geht's.«

»Es besteht jedoch absolut keine Notwendigkeit, daß es so weit geht ...«, fing Sandra an.

»... und ich glaube, man kann schon sagen, daß wir alten Cuxinger Neuankömmlinge durchaus willkommen heißen. Damen wie Mrs. Butterfield hier haben 'ne Menge getan, um uns auf Trab zu bringen« – er grinste Sandra an –, »und die meisten Veränderungen, die ich erlebt hab, waren zum Besseren. Nehmen Sie nur meinen Großvater – ich erinnere mich, daß er kein fließendes Wasser hatte, weder warm noch kalt, und die Toilette hinten im ...«

»Mag sein«, sagte der Professor. »Aber ...«

»Mr. Pym«, sagte Sandra laut, »Ihnen muß doch sonnenklar sein, warum wir hier sind. Haben Sie die Absicht, das Cottage heute abzureißen?«

Mr. Pyms gutmütiger Blick schweifte über sie hinweg zu Splatt's Cottage. »Das alte Cottage. Eine Schande, daß man es so hat herunterkommen lassen, nicht? Meine Großeltern hatten es wunderhübsch – das heißt, von außen betrachtet –, mit Rosen über der Tür und einem schönen Garten.«

Sandra sagte: »Ich wußte ja gar nicht, daß Ihre Großeltern in Splatt's Cottage gewohnt haben, Mr. Pym. Da finde ich es, ehrlich gestanden, um so merkwürdiger, daß ...«

»Ach, ich weiß nicht«, sagte der Bauherr nachdenklich, »ich weiß nicht ... Natürlich ist es schade, daß es verschwinden muß – ich weiß noch, wie ich als Junge in dem Graben dort gespielt habe, damals war er viel sauberer, und es waren kleine Fische, Stichlinge und was sonst noch, drin.«

Brian Pickering sagte: »Wir sind hier, damit es nicht verschwindet.«

Mr. Pym ignorierte dies und fuhr fort: »Meine Großeltern sind natürlich schon vor dem Krieg ausgezogen, sobald sie eins von den neuen Häusern bekommen konnten, die der Kreis gebaut hat, und dann hat Mr. Taylor es gekauft, der oben in der Hall wohnt. Ich glaube, er wollte es für einen seiner Angestellten haben, aber daraus wurde nie etwas, und nun wohnt seit bald vierzig Jahren niemand mehr darin. Schon irgendwie komisch, daß es zu guter Letzt gewissermaßen zurück in die Familie kommt.«

»Das ist alles ein wenig irrelevant«, sagte der Professor. »Gehen wir richtig in der Annahme, daß Sie vorhaben, den Abriß heute durchzuführen?«

»Heute?« sagte Mr. Pym. »O nein, nicht heute. Wie um alles in der Welt kommen Sie denn darauf, Sir? Nein, das habe ich einer Abrißfirma übertragen, und ich könnte Ihnen jetzt nicht einmal genau sagen, wie die plant. Möchten Sie, daß ich Sie auf dem laufenden halte?«

Durch die Gruppe, die sich mittlerweile neugierig um Mr.

Pym geschart hatte, ging ein Murmeln. Brian Pickering sagte: »Herrgott, was für eine Pleite.«

»Nein, vielen Dank«, sagte der Professor kalt. »Ich muß schon sagen, Ihre Einstellung ...«

»Sie sollten sich schämen, Mr. Pym«, rief Sandra mit schriller Stimme. Entschlossen baute sie sich vor dem Cottagetor auf, die Thermosflasche ragte aus ihrer Anoraktasche. »Da sind Sie eifrig dabei, das älteste Haus im Dorf zu zerstören – eins der ältesten – und haben nicht die geringsten Skrupel, soweit ich sehe. Meinen Sie nicht, Sie schulden der Vergangenheit ein wenig Respekt?«

»Hört, hört«, sagte der Professor.

»Wenn ich Sie wäre, Mrs. Butterfield, würde ich mich bei dem Weg da vorsehen«, sagte Mr. Pym. »Da ist eine fiese alte Senkgrube, die aufgeschüttet werden muß. Die ist seit Anno Tobak da. Oh ... ich hätte es eher sagen sollen. Haben Sie sich weh getan?«

Sandra rappelte sich auf und sagte: »Nein, nein. Wie ich gerade gesagt habe, man hat das Gefühl, daß das Dorf verraten wird ... von seinen eigenen ...« Sie verstummte.

»Hören Sie«, sagte der Professor, »ist Ihnen auch wirklich nichts passiert? Ich fürchte, Sie sind ganz schön hart aufgeschlagen.«

Mary Pickering nahm Sandra am Ellenbogen und sagte: »Ich fahr' Sie nach Hause.«

»Wirklich nicht nötig«, sagte Sandra.

»Ich sorge dafür, daß sich jemand um die Senkgrube kümmert«, sagte Mr. Pym. »Hoffentlich haben Sie sich nichts getan, Mrs. Butterfield. So, ich muß gehen.« Er wandte sich an den Professor. »War nett, Sie kennenzulernen. Ein bißchen frisches Blut in Cuxing kann nicht schaden, heutzutage – man will ja weiß Gott nicht, daß das Dorf hinter den neuen Entwicklungen zurückbleibt.« Er warf einen jovialen Blick in die Runde, wünschte »allerseits guten Morgen« und ging zu seinem Auto.

Ringsum Schweigen.

»Einer der Männer auf der Baustelle«, sagte der Professor dann, »hatte mir die todsichere Information gegeben, daß geplant war, es heute abzureißen. Ich vermute, daß wir absichtlich in die Irre geführt worden sind.«

»Genau«, sagte Brian Pickering. »Er ist ein ganz übler Bursche, das liegt auf der Hand.«

Die Demonstranten gingen langsam den Weg hinauf. Die Kinder bekam man nur unter Schwierigkeiten von dem Sandhaufen weg.

Anne sagte: »Hast du dir auch wirklich nichts getan, Sandra?«

»Nein, wirklich nicht. So was Dummes. Aber ich glaube, ich geh doch besser und lege meinen Fuß ein bißchen hoch. Kann ich jemanden mitnehmen? Wir haben jedenfalls unseren Standpunkt klargemacht, finde ich«, sagte sie entschlossen, »egal, was nun passiert.«

»O ja«, sagte Mary Pickering, »das war es wert.«

Jemand sagte: »Kommen wir denn nicht wieder her, wenn diese Abrißfirma anfängt?«

»Ich schlage vor, diese Frage auf einer Sitzung zu diskutieren«, sagte der Professor. »Wir müssen sicher das eine oder andere überdenken.« Er ging mit Sandra zu ihrem Auto und redete dabei lebhaft auf sie ein.

Anne folgte der Gruppe den Weg entlang. Die neuen Häuser, deren Fenster in der Sonne glitzerten, standen inmitten viereckiger grüner Rasenflächen. Dahinter hörte man den Bulldozer über das Gelände rumpeln. Und dazwischen hockte

Splatt's Cottage unergründlich und geheimnisvoll hinter seiner Hecke. Sie blickte in den Graben und dachte: Ich hätte diesen Bauunternehmer fragen sollen, ob außer den Stichlingen auch Aale drin waren, jetzt werde ich es nie erfahren. Sie ging in Richtung Cuxing, vorbei an dem Haus, in dem Pauls einstmals bester Freund wohnte, dann an dem, wo Judy als kleines Kind immer Angst vor einem hinter dem Gartentor tobenden Hund gehabt hatte, und an einem weiteren Haus, das Don einmal hatte kaufen wollen. David begleitete sie – immer wieder erstanden sein Gesicht, sein Gang, seine Stimme vor diesem vertrauten Hintergrund, den er sich nicht vorstellen konnte.

Am Wochenende kam Graham und war, fand sie, gedämpfter Stimmung. Er erzählte wenig und ohne große Begeisterung von seiner Arbeit und war ein passiverer Gast als sonst. Er verbrachte viel Zeit mit Paul, half ihm, irgend etwas an der Stereoanlage zusammenzubasteln, und sagte danach: »Schön, wenn man so einen Jungen wie euren hat.«

»Du meinst doch immer, die Leute wären verrückt, sich Kinder aufzubürden.«

»Vielleicht habe ich unrecht.«

Er schien es zufrieden, im Sessel zu liegen, Zeitungen durchzublättern und am Kamin zu dösen. Am Sonntagnachmittag nahm sie ihn trotz seines Protests mit zu einem Spaziergang in die Hügel.

»He, ich dachte, ich sei hier, um mich auszuruhen, Annie. Mir fällt auf, daß Don verschont bleibt.«

»Don hat sich nie viel aus Spazierengehen gemacht.«

Um sie herum breiteten sich die riesigen, fahlbraunen oder schon zaghaft grünen Felder aus. Zwischen Büschen, aus denen kleine Vögel in Scharen aufstoben, folgten sie einem kalkigen Reitpfad. Über ihnen war der Himmel voller Lerchen.

»Das ist vielleicht gar nicht schlecht«, sagte Graham. »Tut mir wahrscheinlich gut. Ich bin wegen meiner Magenschmerzen zum Arzt gegangen.«

»Und hast du irgendwas, Graham?«

»Er meint, nein. Hat mir gesagt, ich soll abnehmen.«

Als sie sah, wie er mit todernstem, finsterem Gesicht die eingetrockneten Matschrillen entlangtrottete, mußte sie sich das Lachen verbeißen.

»Du solltest Urlaub machen – irgendwo hinfahren.«

»Genau das tue ich vielleicht.«

Sie sagte: »Ich habe überlegt, ob ich diese Mrs. Barron mal aufsuche.«

»Wozu denn das?«

»Ich weiß nicht. Ich glaube, ich will einfach nur eine Art Kontakt herstellen. Schließlich waren wir auf unheimliche Weise unser ganzes Leben lang miteinander verbunden, ohne daß wir uns je kennengelernt haben.«

»Komische Art von Verbindung.«

»Du sagst es. Aber ich meine, sie hat doch einen Teil von Vater gekannt, der uns verborgen war.«

»Du willst mit ihr über Vater reden?«

»Ich weiß nicht so recht.«

Nun folgten sie dem Pfad über einen Hügelkamm; Berkshire breitete sich unter ihnen in diesigem Sonnenlicht aus; in der Ferne erhoben sich die Türme des Kraftwerks von Didcot wie die einer Kathedrale.

Sie sagte: »Meinst du, sie waren unglücklich miteinander, Mutter und Vater?«

»Schwer zu sagen, was? Es sah eigentlich nicht so aus.«

»Nein.«

»Also ...«, sagte Graham. »Wenn es ein Drehbuch für ein Stück wäre und man erführe, daß einer jahrelang was nebenher laufen hatte, na, dann wäre man mitten drin in dem üblichen Eheknatsch, Unterdrücken, Verdrängen und was weiß ich. Aber das hier ist das wirkliche Leben, und inzwischen denke ich, das ist etwas ganz anderes. Manchmal bin ich verflixt dankbar für die Regeln des Dramas. Bei einer vernünftig aufgebauten dramatischen Situation und einem guten Drehbuchschreiber, der sein Geschäft versteht, was Figuren, Motive und so weiter anbelangt, weiß man, woran man ist. Doch hier, muß ich zugeben, tappe ich im dunkeln. Nein, ich glaube eigentlich nicht, daß sie unglücklich miteinander waren, auch nicht im entferntesten.«

»Warum hast du es mir nie erzählt?«

»Ehrlich, Annie, es ist mir nie in den Sinn gekommen. Und soweit ich sehe, war das auch gut. Du regst dich ja ganz schön darüber auf.«

»Ich rege mich eigentlich nicht auf. Ich bin nur verwirrt.«

Sie blieben an einem Gatter stehen und lehnten sich daran. »Er muß doch immer befürchtet haben, daß Mutter es herausfindet«, sagte Anne. »Und Vater war nie ein risikofreudiger Mensch, denke ich zumindest. Trotzdem hat er es riskiert. Es ist alles sehr rätselhaft. Ich habe Freitag im Heim angerufen – es geht ihm immer noch mehr oder weniger gleich. Bisher kein solches Koma mehr. Einmal war er schon wieder aus dem Bett.«

In der Ferne kroch ein Traktor über ein Feld, und aus der hellen weiten, umgepflügten Fläche flogen plötzlich Kiebitze auf, ihre Schreie klangen laut durch die Stille.

»Anne?«

»Was? Entschuldige.«

»Ich habe gefragt, ob es dir auch wirklich nicht zuviel wird, immer hin- und herzufahren?«

»Nein.«

»Wir könnten uns etwas mehr abwechseln. Im Moment habe ich nicht so viel um die Ohren.«

»Nein, nein, es geht, ehrlich.«

»Du hast natürlich«, sagte Graham, »nette Gesellschaft da oben, diesen Lehrer.«

»Was, zum Teufel, meinst du?« fuhr sie ihn an.

»Nichts. War nur ein Witz. Himmel, Annie, du schaust genauso drein wie mit sechzehn, wenn ich dich verarscht habe.«

Schweigen. »Zigarette?«

Sie schüttelte den Kopf.

»Nur ein kleiner Scherz am Rande, ich schwör's dir. Ich weiß nicht, wie ich darauf kam – irgendwas an der Art, wie er nach dir gefragt hat, als ich Dad einmal besuchte und er dort aufkreuzte. Tut mir leid, Anne – da habe ich voll ins Fettnäpfchen getreten, was?«

»Ist schon gut.«

»Komm«, sagte er, »nimm's leicht. Viel Glück. Amüsier dich und zieh nicht so ein Gesicht. Das kommt schließlich in den besten Familien vor. Tut dir gut. Verdammt – ich habe kaum noch Streichhölzer. Du hast wahrscheinlich auch keine, was?« Als er sich umdrehte und sie ansah, hielt er inne.

»Leider nein.«

»Hör mal, Annie – es tut mir leid. Ich habe es wirklich nur im Spaß gesagt. War nicht so witzig, das seh ich.«

»Macht nichts.«

Sie standen nebeneinander, die Ellenbogen auf das Gatter gestützt; von Westen nach Osten zog ein Flugzeug einen dünnen weißen Streifen über den Himmel. »Sollen wir gehen?« sagte sie. »Hier führt ein Weg durch, den wir nehmen können.« Eine Weile lang liefen sie schweigend nebeneinander her.

»Ich muß sagen, irgendwie überraschst du mich, Annie.«

»Warum?« sagte sie, plötzlich gereizt. »Ich bin jünger als du. Obwohl es auch für mich ein kleiner Schock ist. Es ist ein Vorgang, den ich ziemlich vergessen hatte. Dir passiert das sicher ständig.«

»Um der Wahrheit die Ehre zu geben: nein.«

»Was ist dann mit deinen ganzen Ladies?«

»Das sind bloß Ladies«, sagte er. »Wenn du das meinst, was ich vermute ... damit bin ich heutzutage auch nicht mehr so vertraut. Schon lange nicht mehr.«

»Oh, Graham ...«

»Und jetzt? Was wirst du tun?«

»Ich habe nicht die leiseste Ahnung«, sagte sie. »Laß uns nicht mehr darüber reden. Vergiß es, Graham – und das meine ich ernst. Schau – wenn wir über das Feld dort gehen, kommen wir im Dorf raus und können dir ein paar Streichhölzer besorgen.«

Als ich vierzehn war, dachte sie, habe ich dich ein ganzes Jahr lang gehaßt, außer an den feiertagsbedingten Waffenstillständen zu Weihnachten und den Geburtstagen, und die waren ziemlich wacklig. Zuerst hast du mich verarscht, wie du es nennst, weil ich einen Busen bekam, und dann, weil er deiner Meinung nach zu klein war. Du hast meinen BH vorn aus dem Fenster gehängt, wo ihn, bevor ich ihn reinholen konnte, der Junge von gegenüber sah, den ich nicht anschauen konnte, ohne daß mir akuter Herzstillstand drohte. Du hast deine

Freunde mit nach Hause gebracht und mit ihnen unverständliche, aber irgendwie schmutzige Bemerkungen gemacht, über die ich aus Angst, naiv zu wirken, gekichert habe. Du hast mir monströse Streiche gespielt, meine Platten geborgt und sie mir zerkratzt oder gar nicht zurückgegeben, mich erwischt, wie ich mir die Achselhöhlen mit Vaters Rasierer rasiert habe, und es ihm gepetzt, mich »Dickerchen« genannt und mir alle meine Wünsche und Sehnsüchte madig gemacht. So ist es mir jedenfalls damals vorgekommen. Aber du hättest bestimmt eine andere Geschichte zu erzählen.

Und nun, aus keinem mir ersichtlichen Grund außer dem, daß zwanzig Jahre verstrichen sind, mag ich dich immer lieber und werde gegenüber all den Dingen, über die ich oft so wütend war, toleranter. Du kriegst einen Bauch, deine Haare werden dünn, und ich glaube, du bist einsam, was mir einen äußerst eigentümlichen und verwirrenden Schmerz bereitet. Du tust mir leid. Und wenn einem Menschen leid tun, fühlt man sich schuldig, weil es einem selbst anders geht als ihnen. Ich bin nicht selbstgerecht, ich fühle mich schuldig.

9

»Aber du hast gestern selbst gemeint, daß er kaum merkt, was um ihn herum vorgeht. Dann spielt es doch keine Rolle, ob du vor oder nach dem Wochenende hinfährst.«

»Ich habe im Heim gesagt, ich würde Freitag kommen.«

»Dann ruf an, daß du nicht kannst.«

»Na gut«, sagte sie. »Gut, wenn du darauf bestehst. Aber es gibt nichts, was ich weniger gern täte, als zu den Thwaites' zum Essen zu gehen. Warum muß es unbedingt dieser Tag sein?«

»Es kommen auch noch andere Leute.«

»Jim Thwaites ist ein Langweiler. Ein selbstgefälliger Langweiler.«

»Darf ich dich daran erinnern, daß er mein Partner ist?«

»Schön für dich.«

Don nahm seine Aktentasche und ging aus dem Zimmer. An der Tür drehte er sich um und sagte: »Dann kann ich Jim also sagen, wir kommen?«

»Von mir aus.«

Wir haben uns gestritten, dachte sie. Liebe Güte. Wann ist das zum letztenmal passiert? Tut mir leid, sagte sie zu Dons entschwindendem Rücken, tut mir leid, es war unvernünftig von mir, und du hast ganz recht, mein Vater ist außerstande, Freitag von Montag, ja überhaupt einen Tag vom anderen zu unterscheiden.

Sie stand im Flur, schaute das Telefon an, und als sie sich

umdrehte, sah sie, daß Paul an der Küchentür lehnte und sie beobachtete.

»Himmel! Hast du mich erschreckt. Was willst du?«

»Nichts. Warum nimmst du dauernd den Hörer ab und legst dann wieder auf?«

»Tu ich gar nicht. Ich habe nur die Nummer von jemandem vergessen. Solltest du nicht lieber los zur Schule?«

»Ich bin ja schon auf dem Weg. Reg dich nicht künstlich auf, Mum.«

Sie bekam die Nummer von der Auskunft, lief zehn Minuten zwischen Flur und Küche hin und her und wählte dann. Eine sekretärinnenhafte Stimme sagte kühl: »Der Direktor ist zur Zeit nicht da. Wie war der Name, bitte?« »Können Sie ihm ausrichten, daß Mrs. Linton angerufen hat und leider vor nächstem Montag nicht in Lichfield sein kann.« »Mrs. Linden?« »Linton.« »Soll er Sie zurückrufen, Mrs. Linton?« »Nein«, sagte Anne und geriet in Panik. »Nein, das ist nicht nötig.« Als sie den Hörer auflegte, merkte sie, daß sie zitterte.

Fünf Minuten später ging sie wieder zum Telefon. »Don?« »Ja?« »Entschuldige, ist es ungelegen?« »Mein nächster Klient kann jede Sekunde reinkommen. Was gibt's, Anne?« »Es tut mir leid wegen eben. Mit den Thwaites'. Es ist wirklich ganz egal, wenn ich erst am Montag nach Lichfield fahre.«

Dons Stimme kam gedämpft, er redete mit jemand anderem. »Lassen Sie die Akte draußen, Mandy ich brauche sie ohnehin gleich.« Zu ihr gewandt und wieder deutlich, fuhr er fort: »Ja, gut. Jim sagt, um halb acht. Sonst noch was?« »Nein, nichts. Wann bist du heute zurück?« »Wie üblich, warum?« »Hm, ich dachte, wir könnten vielleicht was trinken gehen oder so – wenn der Abend schön ist.« »Wie du willst«, sagte er. »Mal sehen. Ich muß noch ein paar Sachen durcharbeiten.« »Don …« »Anne, ich bin ziemlich in Druck. Bis nachher.«

»Ja«, sagte sie. »Bis heute abend.«

Es war Mai. Vor zwei Monaten noch hatte man die Straße und Häuser gegenüber durch die dürre Hecke gesehen, nun war der Garten von dichtem Grün umgeben. Man mußte nur zwei Monate, das An- und Abschwellen zweier Monde, das Wachstum von viel Gras und Blättern und etwa neunhundert Meilen auf dem Kilometerzähler des Autos abziehen, und man war wieder im März, mit nichts Beunruhigenderem in Aussicht als die eine oder andere Entscheidung wegen Pauls Schule und ob er sich diesen Sommer für die Prüfungen anmelden sollte oder nicht. Vater war anscheinend munter und gesund in Starbridge; man war sich im großen und ganzen klar über den eigenen Standpunkt, was eine Reihe von Dingen betraf, einschließlich dessen, in welchem Ausmaß die Menschen in jeder Hinsicht von der Vergangenheit aufrechterhalten und gestützt werden; es gab nichts, was man besonders wollte, und nichts, was man besonders bedauerte.

Später ging sie ins Gästezimmer und begann Schränke auszuräumen. Judy kam, streckte sich auf dem Bett aus und beobachtete sie; der knappe Schuluniformrock bedeckte kaum ihre Oberschenkel, die Enden der aufgebundenen Krawatte hatte sie in die Bluse gestopft. Anne sagte: »Warum ziehst du die schrecklichen Sachen nicht aus? Schau mal, hier ist eine Bluse, die ich nie trage – die ist doch hübsch – möchtest du sie haben?«

»Nein, danke.«

»Warum nicht? Sie würde dir passen – du bist fast so groß wie ich. Probier sie an. Liebling, leg die Füße nicht auf die Bettdecke.«

»Warum willst du das ganze Zeug wegschmeißen? Du räumst doch sonst nie auf – ich wette, du hast den Schrank seit Jahren nicht aufgemacht. Kommt jemand zu Besuch?«

»Nein. Nein, ich habe nur gedacht, ich mach ein bißchen Ordnung.« Und ich muß etwas zu tun haben, nicht grübeln oder mich erinnern oder mit der Tatsache konfrontieren, daß es vom heutigen Dienstag bis zum Montag nächster Woche noch fünf Tage sind. »Komm«, sagte sie. »Hilf mir, den ganzen Kram runter in die Mülltonne zu tragen, und dann backe ich einen schrecklich komplizierten Kuchen. Willst du mir helfen? Das hast du doch immer so gern gemacht. Aber zieh dir was anderes an – du mußt die Schulklamotten nicht zu Hause tragen.«

»Lohnt sich nicht«, sagte Judy. »Wozu denn?«

Don las die Akte Styles gegen Jackson Construction Co. und dachte (während er sich die ein, zwei kniffligen Punkte merkte, die in dem Fall zu beachten waren), daß Anne in letzter Zeit ein bißchen schwierig war. Ihm kamen ihre Fahrten nach Lichfield eigentlich gar nicht so ungelegen, und er erkannte auch an, daß sie wichtig für Anne waren, wodurch die Situation heute abend reichlich irritierend geworden war. Man gewann ja beinahe den Eindruck, daß sie hören *wollte*, sie solle seltener fahren oder gar nicht – wie sie da im Pub saß, offenbar den Tränen nahe. Meine Güte, Anne, hatte er ganz vernünftig gesagt, mir ist es wirklich egal, ich habe zur Zeit sowieso schrecklich viel zu tun. Laß uns gehen – ich muß zurück.

Es schien nicht der geeignete Moment zu sein, über das Haus in Wallingford zu reden, von dem er gehört hatte, mit dem Garten, der bis zum Fluß ging. Es mochte seine Zeit dauern, ihr den Gedanken an Umzug schmackhaft zu machen, ganz zu schweigen davon, sie dafür zu begeistern. Man sollte vermutlich dankbar sein (und war es ja auch), nicht mit einer Frau verheiratet zu sein, die auf großem Fuß leben wollte und Ansprüche stellte wie teure Urlaubsreisen oder Möbel. Ach, dachte er, ich krieg sie schon noch dazu, mit ein bißchen Zeit und Taktgefühl.

Im Wohnzimmer der Thwaites' lagen auf dem glänzenden Parkett hier und dort tiefrote und preußischblaue Perserteppiche, die in der Mitte ein wenig abgetreten waren. Dreißiger-Jahre-Sofas und -Sessel, alle mit einem antiken Beistelltischchen für Glas, Tasse oder Aschenbecher, waren am Rande des Raums verankert. Anne stellte vorsichtig ihren Sherry ab und hörte Joan Thwaites zu, die ihr von den reitsportlichen Triumphen ihrer Enkelin erzählte, den zwei Wochen, die sie in Griechenland verbracht hatten, und den bevorstehenden Kommunalwahlen. Ja, sagte sie, wirklich? Nein, das habe ich ja noch gar nicht gehört; nein, ich glaube, ihn kenne ich nicht. Von der Dame des Hauses wieder freigegeben (die sich nun erhob, um Neuankommende zu begrüßen und im Zimmer zu verteilen, vorzugsweise an Kamin und Fenster), betrachtete Anne den Leader über dem Kaminsims, ohne ihn zu sehen, und registrierte, daß die Lalique-Schale auf dem Tisch neben ihr einen winzigen Sprung am Rand hatte, ohne es richtig wahrzunehmen. Sie nippte wieder an ihrem Sherry und reiste nach Lichfield und zurück, wandte sich mit aufmerksamem Lächeln an ihren Nachbarn zur Rechten, verfaßte, während er sprach, einen todtraurigen Abschiedsbrief, zerriß ihn und ließ sich vom Wohnzimmer ins Eßzimmer befördern und auf einem der acht (unechten) Chippendalestühle plazieren, schräg gegenüber von Don, dem es nun anheimfiel, neben Joan Thwaites zu sitzen.

Sie aß eine vorzügliche kalte Consommé und erfuhr von Jim Thwaites, wie das Wetter auf dem Peloponnes im April und wie geldgierig die griechischen Hoteliers waren. Die Frau gegenüber (in den Sechzigern, betont munter und lebhaft) sagte: »Wie ich dich beneide, Jim, ich habe es schon seit über fünf Jahren nicht mehr geschafft, nach Griechenland zu fahren.«

»Nun ja«, sagte er, »als klassisch Gebildeter bin ich natürlich vernarrt in das Land. Ich glaube, ich war zum erstenmal als Anfangssemester dort, das war – du liebes bißchen, ungefähr 1935. Kennen Sie Griechenland gut, Anne?«

»Nein, gar nicht.«

»Ach, meine Liebe«, sagte die Frau, »da haben Sie noch viel Schönes vor sich.« Sie nahm eine Gabel, arrangierte Lachs und Salat auf ihrem Teller und lächelte Anne liebenswürdig an.

»Sie hätten so viel davon«, sagte Jim Thwaites. »Wir müssen zusehen, daß Don bald mit Ihnen hinfährt. Anne unterrichtet nämlich Geschichte. An – an der Gesamtschule, war's nicht so?«

»Also, das muß ja sehr interessant sein.«

Anne sagte: »Ich habe unterrichtet. Ich habe meine Arbeit verloren.«

»Nein, so was«, sagte Jim. »Aber vermutlich finden Sie doch ganz leicht etwas anderes? – Sybil hier, sie schreibt.«

Die Frau senkte den Kopf bescheiden über den Teller.

Anne sagte: »Was schreiben Sie?« Auf der gegenüberliegenden Wand präsentierte sich, dezent über dem Sideboard (wo die Teller für den Nachtisch und eine Glasschale mit Waffeln bereitstanden), eine Auswahl englischer Kathedralen, verkleinert und goldgerahmt, die dritte von links mußte Gloucester sein. Am anderen Ende des Tischs diskutiert Don mit Joan Thwaites Lokalpolitisches.

»Sybil schreibt bezaubernde Reiseartikel für den ›Countryman‹«, sagte Jim.

»Inzwischen mehr für ›Country Life‹«, warf sie ein. »Und ›Vogue‹ und dergleichen.«

»Aha. Mir hat der Artikel über die archäologischen Reisen ans östliche Mittelmeer außerordentlich gut gefallen, Joan hat ihn mir gezeigt. Ich muß schon sagen, man bekam richtig Appetit.«

»Man kriegt auch eine Menge geboten. Die Archäologie«, lächelte sie Anne wieder über den Tisch an, »gehört zu meinen bevorzugten Interessen. Nächsten Monat habe ich einen Lekkerbissen vor mir – ich fahre zum erstenmal nach Ephesus, das war immer so etwas wie ein Lebenstraum von mir.«

»Ah«, sagte Jim Thwaites, »darüber wollen wir dann alles hören, Sybil. Dann hast du mir etwas voraus.«

»Aber ihr wart in Knossos, Jim, nicht wahr?«

»O ja. Wunderbares Erlebnis.«

»Natürlich«, sagte Sybil, »sind diese Orte im Zeitalter des Pauschaltourismus auch nicht mehr, was sie einmal waren. Vor dem Krieg hatte man wirklich das Gefühl, an einem seit Jahrtausenden unberührten Ort zu sein, und die Menschen waren so unverdorben. Als junges Mädchen«, wandte sie sich über Jim Thwaites' bewundernde Aufmerksamkeit hinweg an Anne, »habe ich Ausgrabungen in Palästina mitgemacht. An einer der Grabungsstätten am Toten Meer.«

Anne sagte: »Das muß interessant gewesen sein.«

»Phantastisch. Ich kann es immer noch riechen – die Hitze, wissen Sie, und diese außerordentliche Atmosphäre des Nahen Ostens, einmalig.«

Mit dem zartesten Glockengeläut verkündete die Thwaitessche Wanduhr die neunte Stunde. Noch zwei Stunden bis elf

Uhr, und bis zur nächsten Woche noch unzählige hundert. Anne sagte: »Don und ich waren letzten Monat am Belas Knap.«

Nach einer winzigen Pause sagte Jim Thwaites: »Moment mal, das müßte ich wissen ... in der Türkei, oder?«

»In den Cotswolds. In der Nähe von Winchcombe. Es ist ein langes Hügelgrab aus der Jungsteinzeit.«

»Leider bin ich in englischer Archäologie schrecklich wenig bewandert«, sagte Sybil. »Sie scheint einfach nicht so reizvoll, was?« Sie lachte. »O je, ich weiß noch, wie wir vor ein paar Jahren in Fishbourne waren – Hut ab vor all den armen Seelen, die dort im Schlamm herumbuddelten.«

»Und ein paar Meilen von hier«, sagte Anne, »in den Downs, ist eine Wallanlage, ungefähr vier, fünf Meilen lang – sehr gut erkennbar, man hält sie für die Grenzen einer keltischen Siedlung. Und dann gibt es natürlich noch den Ridgeway und Uffington. Ich persönlich mache mir nicht soviel aus tipptopp hergerichteten römischen Stätten wie Chedworth, aber für North Leigh, finde ich, spricht eine ganze Menge. Und dann die Rollright Stones.«

»Man sollte sich wirklich der Mühe unterziehen«, sagte Jim Thwaites, »und das anschauen, was direkt vor der eigenen Haustür liegt. Was meinst du, Sybil?«

»Wenn nicht das elende Wetter wäre ...«

»Ja, du sagst es, wenn einem nur nicht das elende Wetter die Sache vermiesen würde.«

Vom anderen Ende des Tischs reichte Joan Thwaites die Zitronenmousse herum und sagte: »Ich habe Ihr Foto in der Zeitung gesehen, Anne. Wie Sie wegen dieses Cottage demonstrieren.«

Aha. Ja. In Reih und Glied mit Sandra, den Pickerings *et al.*

In Hosen und warmem Pullover, Tuch um den Kopf, der Gesichtsausdruck noch undurchdringlicher wegen des grob gerasterten, grauen Zeitungsdrucks; eine engagierte, verantwortungsbewußte Person, die ihren Überzeugungen entsprechend handelte.

»Es ist noch alles in der Schwebe, glaube ich – ob es abgerissen wird oder nicht?«

»Ja«, sagte Anne, »ich glaube auch.«

»Es wäre wirklich eine Schande. Hat denn jeder? Bitte fangen Sie doch an.«

Löffel klimperten auf Glas; hinter Jim Thwaites' linkem Ohr patrouillierte draußen vor dem Fenster eine Amsel über den hellen Mairasen; in Staffordshire sind die Landstraßen jetzt von Wiesenkerbel gesäumt und die Bäume üppiger grün, als man je für möglich gehalten hätte, der Gesang der Vögel wunderbar, die Morgendämmerung ein einziger Schwall von Klängen; auf dem Fluß der Hahnenfuß wie Schneeflocken.

Sybil gegenüber am Tisch sagte, daß man sich heutzutage gefangen fühle, regelrecht gefangen beim gegenwärtigen Stand des Pfundes, wo Reisen im Grunde unerschwinglich sei. »Sagen Sie«, fragte Anne, »ist das Klima am Toten Meer nicht ziemlich unangenehm? Ich bin natürlich nie dort gewesen, aber ich dachte immer, es sei abscheulich.«

Nun schwand das liebenswürdige Lächeln »ältere Frau zu jüngerer Frau«; nach links zu Jim Thwaites wurde ein Blick abgeschossen (»Bitte, kümmere dich um deinen Gast«), mit rosalackierten Fingernägeln die Serviette gefaltet. »O je, sind wir wieder bei der Archäologie? Hm, es war natürlich ein wenig schwül, aber man war so eifrig bei der Sache, daß es letztlich keine Rolle spielte.«

»Aha.«

Jim Thwaites räusperte sich und scharrte mit dem Stuhl. »So, ich glaube, Joan möchte, daß wir uns zum Kaffee ins andere Zimmer begeben. Soll ich vorausgehen?«

Viertel vor zehn.

Die Gesellschaft gruppierte sich um; Sybil war nun wohlverwahrt auf der anderen Seite des Zimmers, Don zwei Stühle weiter weg bei Jim Thwaites, Anne wurde ein junger Steuerberater aus Henley zugeteilt, der emsig nach gemeinsamen Interessen suchte.

Zehn Uhr.

Das gemeinsame Interesse, für das der arme Mann sich abrackern muß (Verzeihung, ich bin sonst gar nicht so passiv, und ich habe auch gar keinen Grund, Sie nicht zu mögen, es ist nur: Ich bin gar nicht richtig hier), ist endlich gefunden. Die Eltern seiner Frau wohnen in Lichfield.

Und wie sind wir in Lichfield gelandet, ohne daß ich (soweit ich weiß) das Geringste dazu getan oder es überhaupt mitbekommen habe?

»Wo wohnt denn Ihr Vater?«

Und natürlich kennt er Starbridge, ist an einem Sommerabend dort hinausgefahren (den Schwiegereltern entflohen?), zum Fluß spaziert, hat ein Bier im Barley Mow getrunken.

Ja, ein-, zweimal bin ich in dem Pub gewesen.

Und wenn man was wirklich Hübsches zum Essen sucht, es gibt ein neues Restaurant – in einem Dorf drei, vier Meilen entfernt an der Straße nach Tamworth –, der Besitzer ist ein Russe, ein ehemaliger Ringer. Ach, wirklich? Danke, ja, das merke ich mir. Oh, ich sehe, es geht auf elf Uhr zu, da glaube ich, ich versuche mal meinem Mann einen Blick zuzuwerfen, wir müssen allmählich …

Übrigens, sagt der nette junge Mann, sind Susan und ich jetzt für zehn Tage dort oben. Meine Schwiegereltern sind eine Woche weg, und wir verbinden das Haushüten für sie mit ein bißchen Angelurlaub. Ich hatte Glück, sagt er – ein Freund hat mir angeboten, ein paar Tage am Dove zu angeln, er besitzt dort Angelerlaubnis.

Zu dem Klirren der Kaffeetassen kommen nun das Surren einer Angelrolle und das Rauschen des Flusses. Man muß versuchen, interessiert auszusehen, nicht abgelenkt.

Also, fährt er fort, wenn wir irgend etwas tun können – Sie haben erwähnt, daß Sie sich um das Haus Ihres Vaters kümmern müssen und so weiter –, wie ich schon sagte, abends gibt's dort ohnehin nicht viel zu tun, da würden wir mit Vergnügen mal vorbeischauen ...

Und, dem Himmel sei Dank, da reagiert Don endlich, und sie kann sich unter Dankesbezeugungen entfernen, ohne sich irgendwie festzulegen. (Es tut mir leid, Sie können ja nicht wissen, wo Sie da hineingetappt sind, wie könnten Sie auch, wie kann überhaupt jemand?) Und dann muß man nur noch mit Joan und Jim Thwaites fertig werden und kann endlich auf den Beifahrersitz des Autos taumeln.

Viertel nach elf.

Es muß in dieser Jahreszeit, dachte sie, so etwas wie einen unmerklichen Höhepunkt geben, an dem das Wachstum in Verfall übergeht. Es kann nicht mehr lange dauern. Diese Reihe Bäume an diesem Abschnitt der A 446 zeigte vor zwei Wochen das erste Grün; jetzt sind die Blätter vollständig da. Und treten sie in die nächste Phase des Zyklus ein, sobald sie vollständig sind? Oder gibt es eine Periode des Stillstands, in der sie nichts tun, in der sie einfach nur sind? Könnte ein Botaniker, der ein

Blatt untersucht, einem sagen, in welchem Monat oder in welcher Woche es gepflückt worden ist? Kann man den genauen Augenblick feststellen, in dem ein Zustand in den anderen hinübergleitet?

Aber das ist jetzt alles unwichtig. Wichtig ist nur, wie das Licht schräg durch die Pappeln an der zweispurigen Landstraße fällt; die Form der Ulmengruppe am Horizont, der Wiesenkerbel auf dem Seitenstreifen, während man hinter dem Auto eines Vertreters hockt (Mantel am Haken zwischen den Seitenfenstern, Warenproben auf dem Rücksitz) und darauf wartet, nach rechts, nach Lichfield abzubiegen.

»Mein Bild ist in der Zeitung«, sagte sie zu David. »Damit du's weißt.«

»Nein, so was.«

»Und was hast du die ganze Zeit gemacht?«

»Gewartet.«

»Ich auch.«

Die Sämlinge waren fast drei Zentimeter hoch; Jungfer im Grünen, Ringelblumen, Lavatera. Sie wuchsen, trotzig auf ihre Verschiedenheit bedacht, mit runden Blättern oder langen Blättern oder fedrigen wie Karottengrün. Bewundernd beugte sie sich über sie und dachte: Warum habe ich schon so lange nichts mehr gesät? Ich habe ganz vergessen, was für einen Spaß es macht, was für ein Triumph es ist. Sie zupfte ein paar aus, es tat ihr leid, die einen zu zerstören, damit die anderen Ellenbogenfreiheit hatten. So, sagte sie zu ihnen, daß ihr mir auch ja im Juli blüht!

David sagte: »Es lohnt sich überhaupt nicht, jetzt wegzufahren, wenn wir morgen um halb zehn los wollen.«

»Kannst du …?«

»Nein«, sagte er betrübt, »eigentlich nicht. Heute nacht nicht. So schön es auch wäre.«

»Nicht nur *schön*.«

»Nein. Du hast recht. Aber mir fällt kein passendes Wort ein.«

»Ich liebe dich«, sagte sie.

»Ich komme zum Frühstück wieder. Und dann können wir in aller Herrgottsfrühe los.«

Als sie allein im Bett lag, dachte sie: Was, wenn sie gar nicht da ist, diese Frau? Es wäre doch vernünftig, morgen früh ihre Nummer bei der Auskunft zu besorgen, sie anzurufen, ihr alles zu erklären und zu fragen, ob ich heute vorbeikommen kann. Aber natürlich steht das nicht zur Debatte, denn es geht jetzt nur noch halb um sie, und wenn sie nicht da ist, nur mal kurz weggegangen oder verreist, oder nicht besucht werden will, gäbe es keinen triftigen Grund mehr, daß wir zusammen nach Gloucester führen, den ganzen Tag, nur wir beide. Und den Tag lasse ich mir nicht nehmen – den werden wir haben, koste es, was es wolle. Wenn sie also da ist, ist sie da, und wenn nicht, dann nicht. Und aus genau dem Grund habe ich das Taktvolle, das Vernünftige nicht getan: ihr geschrieben und einen Besuch vorgeschlagen. Für den Fall, daß sie nein sagt.

»Über die Autobahn?« fragte sie. »Müssen wir?«

»Es geht am schnellsten.«

»Aber wir haben den ganzen Tag«, sagte sie, »zumindest einen Großteil. Und wir wollen doch etwas sehen. Autobahnen befördern einen einfach in Windeseile irgendwohin wie ein Fließband, und man merkt gar nicht, daß man reist.«

»Gut«, sagte David, »wie du willst. Aber in dem Fall tippe ich auf drei Stunden und mehr. Mal sehen ... ich glaube, diese Straße, über Evesham.«

»Nein, du hast recht – es würde Ewigkeiten dauern. Tut mir leid, ich habe nicht richtig nachgedacht. Wir haben dann mehr Zeit dort – wir schauen uns Gloucester in aller Ruhe an, nachdem ich Mrs. Barron besucht habe oder vorher.«

Aber die Autobahn war für eine Autobahn gar nicht übel. Sie glitt durch und über Birmingham hinweg, auf Überführungen und Abzweigungen, auf derselben Höhe mit Hochhäusern und Strommasten, in sicherer Distanz von dem Häuser- und Fabrikgewirr darunter. Hoch oben strömten die Autos stetig auf Dachebene dahin; drehten an den entsprechenden Punkten nach Norden, Süden, Osten und Westen ab. Die Hochhäuser glitzerten im Sonnenlicht wie futuristische Illustrationen in einer Architekturzeitschrift; und unter ihnen immer wieder Straßen mit roten Backsteinreihenhäusern und verrußten Fabrikgebäuden aus dem neunzehnten Jahrhundert, die sich schamhaft duckten. »Was ist das für ein Kanal?« sagte Anne. »Der Grand Union natürlich«, sagte David. »Du liebe Güte, hast du nie die industrielle Revolution unterrichtet?« »Ich habe immer versucht, mich davor zu drücken.« »Eskapistin«, sagte er. »Gar nicht, es geht nur darum, daß ich nicht genug darüber weiß.«

Und die Autobahn, dachte sie, umging Birmingham auch sehr geschickt. Um hindurch- und hinauszukommen, mußte man das Tempo kaum verlangsamen. Eine Großstadt mit einer Million Einwohnern gab einen interessanten Hintergrund ab, ein Stück Szenerie, die man über die Straßenbrüstung studieren konnte, während sie mit fünfzig Meilen pro Stunde vorüberglitt, so viele Quadratkilometer Ziegelstein und Beton und Stahl, Schicht auf Schicht, nun von den langgezogenen Kurven des Straßengeflechts gekrönt, das sich unerschütterlich über allem erhob. Sie erblickte Kähne voller Gras, die man einfach im Schlamm des Kanals liegengelassen hatte.

»So«, sagte David, »Birmingham hätten wir hinter uns. Jetzt geht's nur noch geradeaus gen Süden.«

Wirklich keine üble Autobahn. Die Cotswolds lagen nun zur Linken, eine lange blaue Hügelkette; zur Rechten ragten die Malvern Hills aus der weiten, flachen Landschaft. Anne sagte: »Elgar, rechts von uns. Gleich kommt die Schlacht von Evesham. Haben wir Zeit für einen Kaffee?«

»Ich bin mal in Norwegen gewesen«, sagte David, als sie im Autobahncafé saßen. »Ich weiß absolut nichts über Skandinavien. Ich kann dir gar nicht sagen, wie erholsam es war, in einer Gegend zu sein, in der man keine Assoziationen hat.«

»Oh«, sagte sie, »ich glaube, das würde mir gar nicht gefallen, ich käme mir wie verbannt vor. Und ich hätte gedacht, du auch. Du würdest mehr herausfinden wollen.«

»Nein, ich habe mir nur alles voller Bewunderung angeschaut.«

Warst du allein? wollte sie fragen und konnte nicht. Sie saß da und sah ihn an, versetzte ihn in Gedanken in das Postkartennorwegen der Wälder und Fjorde, eine gesichtslose Mary an seiner Seite (groß? klein? dunkel? blond?). »Noch einen Kaffee?« sagte er, »oder fahren wir weiter?«

Als sie Gloucester erreichten, sagte Anne: »Bist du schon mal hiergewesen?«, und als er antwortete, nie, soweit er sich erinnern könne, empfand sie eine eigentümliche Genugtuung.

Wie schön, dachte sie, einen Tag zusammen an einem Ort zu verbringen, der für uns beide nichts bedeutet. »Wo sollen wir hingehen?« fragte sie, und er griff in die vordere Ablage des Autos und reichte ihr ein Buch. »Ich dachte, wir bewaffnen uns mit dem Pevsner und führen uns die architektonischen Herrlichkeiten Gloucesters gründlich zu Gemüte. Jetzt brauchen wir nur noch einen Parkplatz.«

Aber irgend etwas schien mit den architektonischen Herrlichkeiten der Stadt geschehen zu sein. Nordtor, Südtor, Osttor und Westtor klangen verheißungsvoll, hielten aber nicht, was sie versprachen. Während sie an »Woolworth«, »Marks & Spencer« und den »British Home Stores« vorbeiliefen, sagte David: »Vermutlich zerbombt. Nachkriegs-Wiederaufbau.« »Ach nein, das glaube ich nicht«, sagte sie, »warum denn? Ich meine, hier gab es doch keine Industrie, oder?« »Hm, wahrscheinlich doch. Sollen wir in die Richtung gehen?« »Da ist nicht viel«, sagte sie, »jedenfalls nicht nach dem Buch.« »Es ist nur – es soll hier irgendwo einen sehr guten Laden für Anglerbedarf geben, und ich habe Tom ein paar Fliegen versprochen. Ich habe den starken Verdacht, daß er in dieser Straße ist.«

Tom soll mich gern haben, dachte sie, als sie eine völlig uninteressante Straße mit Fleischereien und Gemüseläden entlanggingen. Über Bürogebäuden dahinter erhob sich der Turm der Kathedrale. »Weißt du«, sagte sie, »es ist schon fast ein Uhr.« »Entschuldige. Aber ich habe es ihm versprochen. Stört es dich, wenn wir schnell hier schauen?« »Nein«, sagte sie, »natürlich nicht.«

»Was hast du gesagt?« schrie er gegen einen vorbeidonnernden Lastwagen an.

»Ich meine, es sieht nicht so aus, als sei es zerbombt worden. Laut Pevsner hat man es einfach abgerissen – ›... nicht weniger als etwa fünfundzwanzig Gebäude in der Westgate Street, die nach dem Zweiten Weltkrieg entsprechend dem Gesetz über den Stadt- und Landentwicklungsplan als architektonisch und historisch wertvoll aufgelistet waren, sind nun zerstört.‹ Ist das nicht schrecklich?«

»Ah! Da ist er, an der Ecke. Verzeihung, Anne, ich bin gleich wieder da.«

»Ich dachte ja bloß«, sagte sie, »es interessiert dich vielleicht.« Aber er war schon in dem Laden verschwunden. Sie stand auf dem Bürgersteig, las verärgert von einem zweistöckigen roten Backsteinhaus aus dem achtzehnten Jahrhundert mit Steinornamenten und der National Provincial Bank, die ein Stück römischer Straßenpflasterung in der Eingangshalle bewahrte. Als ob man nicht überall Fliegen kaufen könnte, dachte sie, ich habe schon welche bei Woolworth gesehen.

Beim Lunch sagte sie: »Ich muß Mrs. Barron anrufen.« »Jetzt schon? Dann müssen wir den Besuch der Kathedrale abkürzen. Mir war nicht klar, daß es schon so spät ist.« »Wir haben ziemlich lange gebraucht«, sagte sie, »bis wir diesen Laden gefunden haben.« Einen Moment begegneten sich ihre Augen, und sie dachte: Wir sind böse aufeinander, und ich weiß nicht, was ich dagegen tun soll. Sie ging ein Telefon suchen.

»Glück gehabt?«

»Ja. Sie hat gesagt, am besten sollte ich so um drei kommen.«

»Was hattest du für einen Eindruck von ihr?«

»Schwer zu sagen. Sie war, glaube ich, ein bißchen perplex. Ich hätte ihr doch vorher schreiben sollen.«

»Ich dachte, das hättest du.«

»Nein«, sagte sie, »habe ich nicht.« Einen Augenblick lang schwiegen sie. »David …«

»Hm?«

»Hast du schon einmal darüber nachgedacht – denkst du manchmal daran, was wird, wenn mein Vater tot ist?«

Er schaute sie an und rasch wieder weg. »Oh, aber du kommst doch immer mal wieder, oder? Aus dem einen oder anderen Grund.«

»So?«

»Anne«, sagte er, »wenn ich eins im Leben gelernt habe, dann, daß man sich nicht einbilden soll, man könne viel, wenn überhaupt etwas, im voraus planen.«

»Ich habe nichts geplant. Ich habe nur überlegt.«

»Lassen wir das lieber«, sagte er. »Jedenfalls für heute.« Er streckte die Hand aus und legte sie einen Moment lang auf ihren Arm. »Also, was nun, wie wär's mit noch einem bißchen Gloucester vor deinem Besuch bei Mrs. B.?«

Planen? dachte sie, als sie in der Kathedrale herumwanderten, nein, ich habe auch nie viel geplant, außer Kindern, was natürlich mit am absurdesten ist. Ein anderes Leben planen, wo man sein eigenes schon so wenig unter Kontrolle hat. Sie schaute David an, der im Regenbogenlicht eines Buntglasfensters stand, und dachte: Wenn je etwas ungeplant war, dann du. Vor einem Jahr hast du noch nicht existiert, und nun bewege ich mich mit größter Vorsicht von einem Tag zum nächsten. Vor ungefähr einem Jahr habe ich mit Vater einen Ausflug nach Ludlow gemacht, und Mrs. Barron existierte auch nicht; wir sind am Wenlock Edge entlanggefahren, und die Burg und das Abendessen in einem Hotel haben ihm sehr gefallen. Das wird es nie wieder geben, dachte sie bitter. Der östliche Kreuzgang, las sie, besitzt das älteste bekannte Fächergewölbe. Ich habe vergessen, Paul das Geld für die Anzahlung für die Ferienreise mit der Schule zu geben. Mein ganzes Leben lang werde ich nun

David sehen, wie er da steht, etwas anschaut, das ich nicht sehen kann, und die Sonne scheint auf die eine Seite seines Gesichts.

Vor Mrs. Barrons Haus sagte er: »Wann, meinst du, soll ich dich abholen?« »Ich weiß nicht. In einer Stunde? Vielleicht früher. Angenommen, es wird peinlich. Jetzt habe ich doch kalte Füße.«

»Es wird schon gutgehen.« Er lächelte in plötzlicher Vertrautheit. »Keine Bange. Also, wahrscheinlich ist es am besten, wenn wir uns irgendwo treffen. Vor der Kathedrale – zwischen halb fünf und fünf?«

»Ja«, sagte sie dankbar. »Ja, das wäre besser.«

Das Haus befand sich in einer Straße mit bescheidenen Einzelhäusern; baumgesäumt, ruhig, anständig. Anne klingelte und dachte plötzlich bestürzt, daß ihr Vater vermutlich irgendwann genau das gleiche getan hatte, auf dieser saubergefegten Schwelle gestanden und auf die Milchglasscheibe geschaut hatte, die denjenigen, der auf der anderen Seite an Riegel und Klinke hantierte, halb verbarg.

Sie war älter, als Anne erwartet hatte – näher an fünfzig als an vierzig. Sorgfältig, wenn auch bieder gekleidet. Und in ihrer Haltung lag eine Reserviertheit, eine Steifheit, die nicht dieser besonderen Gelegenheit zu entspringen schien. Während sie erklärte, daß sie an jedem anderen Tag zur Arbeit in der öffentlichen Bücherei gewesen wäre, aber heute freigenommen habe, um ihre Tochter morgens ins Krankenhaus zu begleiten, folgte Anne ihr in ein ordentliches, irgendwie trübsinnig wirkendes Wohnzimmer. Anne sagte: »Hoffentlich nichts Ernstes.«

»Sie hat Heuschnupfen. Da kriegt man ja heutzutage diese

Spritzen. Sie macht bald Abitur, hoffentlich hilft es was – meistens ist sie zu dieser Jahreszeit wirklich arm dran. Wie ich also gesagt habe, normalerweise hätten Sie mich gar nicht zu Hause angetroffen.« Verstohlen erwiderte sie Annes prüfenden Blick. »Es tut mir leid, was Sie da von Ihrem Vater erzählen. Ich habe mich schon gefragt, wie es ihm wohl geht. Ist es schlimm?«

Anne erzählte es ihr. Als sie fertig war, sagte sie: »Ich habe überlegt – ich habe keine Ahnung, wann Sie ihn zuletzt gesehen haben.«

»Schon lange her. Zwei oder drei Jahre. Als er noch aktiver war, ist er ab und zu vorbeigekommen. Ich wäre gern mal rübergefahren – aber ich wollte nicht aufdringlich sein.«

Anne sagte: »Also, ich glaube, ich sollte Ihnen sagen – bis vor kurzem wußte ich nichts von Ihnen oder – oder Ihrer Mutter. Es war schon irgendwie ein Schock.«

Mrs. Barron schwieg einen Moment. Als sie wieder sprach, schwang ein neuer Ton in ihrer Stimme mit. »Aha, ach so. Das habe ich nicht gedacht. Ja, ich kann mir vorstellen, daß Sie überrascht waren – wäre jeder.« Nun schaute sie Anne freundlich und immer noch ein wenig befangen an. »Ich weiß nicht recht, was ich sagen soll. Außer, daß es mir leid tut, daß er so krank ist. Er war immer gut zu mir – hat mich unterstützt, wissen Sie, als mein Mann mich verlassen hat. Er ist sehr gut zu mir gewesen.«

Anne sagte: »Wie haben Sie ihn genannt?«

»Onkel James.«

Nach einer Pause sagte Mrs. Barron: »Ich hätte ihn gern besucht. Aber wenn er, wie Sie sagen, nicht ... Hm, dann hat es wohl keinen großen Zweck.«

»Das glaube ich beinahe auch.«

»Da ist Janice. Jan, komm doch mal einen Moment her.«

Während ihre Mutter sie vorstellte, starrte das Mädchen Anne mißmutig an. Sie sagte »Tag« und dann sofort zu ihrer Mutter: »Ich sehe nicht ein, warum ich bei diesem Schulkonzert helfen soll. Immer hängen sie es der 12 B an, und das ist scheißungerecht.« Sie putzte sich mit einem zerfledderten Papiertaschentuch die Nase und schaute ihre Mutter wütend an.

»Und was erwartest du von mir?«

»Nichts. Aber ich kann nicht das tun und gleichzeitig mit einkaufen gehen, oder?«

»Es hat dich ja auch keiner gebeten. Und ich habe dir doch gesagt, du sollst diesen alten Rock nicht mehr anziehen. Im Krankenhaus habe ich mich geschämt, so wie du aussiehst.«

Anne drehte sich um und schaute sich die Fotos auf dem Kaminsims an. Mrs. Barron mit einer jüngeren Janice; eine ältere Frau; Janice als Baby. Hinter ihr stritten sich Mutter und Tochter weiter, bis Janice sagte: »Gut, aber was ich dazu meine, weißt du.« Ohne Anne noch eines Blickes zu würdigen, stürmte sie geräuschvoll aus dem Zimmer.

Mrs. Barron sagte: »Ich hätte sie gern auf eine Privatschule geschickt, aber das stand außer Frage. Intelligent ist sie, das mit Sicherheit.« Sie ließ sich durch die Unhöflichkeit ihrer Tochter nicht stören, vielleicht nahm sie sie auch gar nicht wahr. Sie zeigte kein erkennbares Interesse, als Anne eine Weile über ihre eigenen Kinder sprach, sondern saß da und beobachtete Jan, die an der Haustür stand und sich mit einem Mädchen unterhielt. Als Anne innehielt, sagte sie: »Ich mag diese Linda nicht, sie ist nicht der richtige Umgang für sie.«

Anne sagte: »Dürfte ich Sie wohl ein paar Dinge fragen – über Ihre Mutter?«

»Warum nicht? Komische Situation, meinen Sie nicht? Aber warten Sie, ich mache uns eine Tasse Kaffee.« An der Tür drehte sie sich um und sagte: »Sie hätten Ihren Mann ruhig mitbringen können – Sie hätten ihn nicht wegschicken müssen, er hätte mich nicht gestört.«

Als sie mit dem Kaffee zurückkam, begann sie offener zu reden. »So um 1940, da müssen sie sich kennengelernt haben. Mein Vater ist gleich zu Beginn des Krieges gefallen, und Mutter hat damals im Ministerium gearbeitet, wo Ihr Vater auch war, nicht in derselben Abteilung, aber sie sahen sich bei Sitzungen und so, und da muß es angefangen haben. Ich wurde mit der Schule nach Wales evakuiert, deshalb habe ich Mutter damals nicht so oft gesehen, aber in den Ferien mietete sie immer ein Cottage in der Nähe, wo wir zusammensein konnten, und da kam er dann auch. Ich erinnere mich, daß ich ihn da zum erstenmal gesehen habe. Ich war natürlich ein Einzelkind, meine Mutter und ich waren allein. Komisch, nicht wahr, wie die Dinge sich wiederholen – jetzt ist es bei Jan und mir genauso. Manchmal frage ich mich ...« Einen Moment hielt sie inne. »Man schottet sich ein bißchen ab, aber so geht's, da kann niemand was dran ändern.« Sie sah auf. »Mein Mann ist mit einer anderen auf und davon, als Jan vier war.«

»Tut mir leid.«

»Egal, Sie sind ja nicht hier, weil Sie etwas über mich erfahren wollen. Ich bin meiner Mutter nicht sehr ähnlich. Hier.« Sie ging zu einem Schreibtisch und brachte ein Foto zum Vorschein. »Das ist im Krieg aufgenommen worden.«

Kein hübsches Gesicht, aber eines, an das man sich erinnerte. Dunkles Haar, dunkle, etwas dichte Augenbrauen, offene Züge, ein distanzierter Ausdruck, der vielleicht nur die Reaktion auf die Kamera war. Anne legte die Fotografie hin und sagte: »Was hat sie ... Wie war sie? Entschuldigung – die Frage können Sie unmöglich beantworten.«

»Sie war ein netter Mensch, das kann ich Ihnen sagen. Alle mochten sie – sie hatte viele Freunde. Sie war immer beschäftigt, sie hatte viele Interessen, engagierte sich für alles mögliche. Lebhaft, wissen Sie ... Und ein fröhlicher Mensch – sie brachte einen zum Lachen, selbst zum Schluß noch, als sie so krank war, brachte sie einen zum Lachen. Ihren Vater auch – sie hat ihn immer geneckt. Sich über ihn lustig gemacht – aber auf nette Weise, wissen Sie.«

Anne sagte: »Das kann ich mir gar nicht vorstellen. Wann ist sie gestorben?«

»Vor neun Jahren schon. Sie fehlt mir sehr. Aber so geht's ... Noch Kaffee?«

»Danke schön. Worüber haben sie geredet?«

Einen Augenblick sah Mrs. Barron sie überrascht an. »Ach, Sie meinen, sie und Ihr Vater. Du liebe Güte, schwer, sich dran zu erinnern. Aber sie redeten dauernd, das kann ich Ihnen sagen. Sie haben sich auch gestritten – Mutter, die hatte starke Prinzipien. Über Politik haben sie gesprochen. Bilder und so was. Musik – Mutter liebte Musik; als sie klein war, spielte sie sehr gut Klavier, später hat sie es leider ziemlich vernachlässigt, und Ihr Vater hörte ja gern Musik.«

»Das hätte ich nicht gedacht«, sagte Anne. »Aber offenbar habe ich unrecht.«

Mrs. Barron sagte: »Komisch, wenn man so redet, kommen die Erinnerungen zurück. Ich seh sie richtig vor mir, wie sie im Garten des Hauses saßen, das wir kurz nach dem Krieg in Twickenham hatten, und im Radio ein Konzert aus London von den Proms hörten. Ich hatte gerade mit der höheren Schule angefangen – dabei hat mir Ihr Vater auch sehr geholfen, die richtigen Fächer auszusuchen und so. Das fehlt Jan, und ich kann Ihnen sagen, die Schule ist auch nicht sehr hilfreich.« Düster sah sie einen Moment zum Fenster hinaus. »Sind Sie berufstätig, Mrs. Linton?«

»Bitte, nennen Sie mich doch Anne. Bis vor kurzem habe ich unterrichtet, und ich glaube, das mache ich auch wieder.«

»Ich heiße Shirley. Ich dränge darauf, daß Jan das Abitur macht – ich hacke wahrscheinlich zuviel auf ihr herum –, aber sie muß sich selbst ernähren können, es ist falsch zu glauben, es kommt anders. Das ist ihnen in dem Alter nicht klar, meinen Sie nicht auch?«

»Es wird schon klappen – wenn sie, wie Sie sagen, hart arbeitet.«

»Hoffentlich.«

»Wann haben Sie ... Sie sagen, Sie haben meinen Vater in letzter Zeit nicht mehr so oft gesehen?«

»Nein, eigentlich nicht. Wir sind aber immer in Kontakt geblieben, nachdem Mutter gestorben war – ab und zu rief er an oder kam sonntags mal her. Sie waren Freunde geblieben, selbst nachdem – hm, nachdem sie nicht mehr so eng zusammen waren. Als ich älter war, fand ich das immer komisch, daß ein Mann und eine Frau Freunde bleiben so wie sie. Glauben Sie, das gibt es oft?«

Anne sagte: »Ich weiß nicht. Ich weiß es wirklich nicht.«

»Hm, mir kommt es komisch vor. Aber man wird unweigerlich neidisch – nein, nicht neidisch, man bewundert es irgendwie. Mutter konnte sich immer an ihn wenden, alles mit ihm bereden – lange nachdem, also, auch lange nachdem sonst nicht mehr viel war. Das finde ich schön.« Sie musterte Anne. »Manchmal habe ich mich gefragt, wie Sie sind. Sie und Ihr Bruder.«

»Dann wußten Sie ...«

»O ja, wir wußten von Ihnen. Mutter hat Sie allerdings nie

erwähnt. Ich glaube, sie fühlte sich – hm, Sie wissen schon – schuldig.«

»Ja, das verstehe ich.«

»Aber ich habe mir oft Gedanken über Sie gemacht. Ich glaube, ich war ein bißchen eifersüchtig. Ich hatte Ihren Vater gern – ach, ich glaube, man könnte sagen, als Kind hätte ich mir gewünscht, er wäre mein Vater gewesen.« Zögernd fuhr sie fort: »Mir wäre nie in den Sinn gekommen, daß Sie von uns nichts wußten. Das ist schon hart. Und für Sie ist es sicher auch schlimm – hm, wegen Ihrer Mutter.«

Eine kurze, verlegene Pause entstand. Anne sagte: »Ich glaube wirklich nicht, daß es sehr sinnvoll ist, wenn Sie oder ich jetzt Gefühle dazu entwickeln – zumindest nicht stellvertretend für jemand anderen. Ja, es ist nicht ganz einfach für mich. Aber sie hat es nie erfahren, soviel scheint festzustehen.«

Shirley Barron sagte: »Hm, da bin ich aber auch froh.« Und fügte nach einem Augenblick hinzu: »Man kann nicht über andere Menschen urteilen, was? Man weiß nicht, was in ihnen vorgeht.« Im Flur hielt das Mädchen am Telefon einen kaum hörbaren Monolog. Ihre Mutter sagte: »Wie oft habe ich ihr gesagt, sie soll abends telefonieren, wenn es billiger ist ... Entschuldigen Sie mich einen Moment.« Hinter der halb offenen Tür stritten sie sich, ohne die Stimmen sehr zu senken. »Du brauchst keine fünf Minuten, um zu Hilary rüberzulaufen, statt dessen verschwendest du Geld für einen Anruf.« »Ich muß schließlich meine Matheaufgaben machen, oder etwa nicht?« »Was du da besprichst, hat alles bis morgen Zeit.« »Warum darf ich nicht mit meinen Freundinnen reden – das machst du doch auch.« Das öde kleine Haus isolierte sie, schnitt sie selbst vom Leben der Vorstadtstraße ab – kleinen Kindern auf Fahrrädern, Frauen mit Kinderwagen und Einkaufstaschen. Schwer vorstellbar, daß die angeblich extrovertierte, allseits beliebte Frau auf der Fotografie diese verdrossene kleine Familie hervorgebracht hatte. Anne versuchte, nicht auf den Disput hinter der Tür zu hören, und leere Klischees gingen ihr durch den Kopf: Einer ist immer der Leidtragende. Wo gehobelt wird, fallen Späne. Als Shirley Barron zurückkam, sagte Anne hastig: »Ich sollte Sie nicht länger aufhalten. Und ich hoffe, es hat Ihnen nichts ausgemacht, daß ich gekommen bin.«

»Nein, keineswegs. Ich kann nicht behaupten, daß ich nicht überrascht bin – aber es stört mich nicht. Im Grunde konnte ich nie richtig mit jemandem darüber reden – sie interessiert sich nicht dafür« – sie deutete heftig mit dem Kopf Richtung Tür – »und meinem Mann war es völlig gleichgültig. Mutter mochte ihn nie, sie hat schon damals immer gesagt, ich beginge einen Fehler. Ich war natürlich sehr jung, neunzehn. Wissen Sie, manchmal habe ich Angst, sie – Jan – macht es eines Tages genauso. Versucht mir zu zeigen, daß sie erwachsen ist und mich nicht braucht.«

Etwas verlegen sagte Anne: »Ich glaube nicht, daß Sie befürchten müssen, daß die Dinge sich so genau wiederholen.«

»Na, wollen wir's nicht hoffen.«

»Wieviel Zeit haben sie miteinander verbracht?«

»Mutter und Onkel James? Eigentlich nicht viel, wenn man es zusammenzählt – während der zehn und mehr Jahre –, gelegentlich eine Nacht, wenn er es einrichten konnte. Manchmal hat sie ihn bestimmt einen oder zwei Monate gar nicht gesehen. Aber ich habe Ihnen ja gesagt, sie saß nicht herum und jammerte, dazu war sie nicht der Typ. Trotzdem ist es komisch, daß sie nie wieder geheiratet hat; ich glaube, sie wollte nicht. Sie hätte durchaus heiraten können. Doch ich bin überzeugt, es war auch nicht seinetwegen, also wegen Ihres Vaters. Sie kam allein zurecht, und so gefiel es ihr am besten.«

Anne sagte: »Wie hieß sie?«

»Mutter? Wie komisch – daß Sie das nicht wissen. Aber woher denn auch? Mansell. Betty Mansell.«

Sie sind alle, dachte Anne, entweder tot oder nicht mehr fähig, sich an das Geschehene zu erinnern. Mutter. Mrs. Mansell. Vater. Aber ihretwegen sitzen wir hier. Zwei Menschen, die ansonsten nichts miteinander zu tun hätten, reden über etwas, das nur indirekt ihre Angelegenheit und beiden doch sehr wichtig ist. Plötzlich war sie bedrückt. Shirley Barron wischte mit dem Taschentuch über einen feuchten Ring, den die Tasse auf der glänzenden Tischplatte hinterlassen hatte, und redete wieder über ihre Tochter; die Uhr auf dem Kaminsims läutete halb vier; eine Regenbö schlug gegen das Fenster. Anne erklärte, daß sie gehen müsse, und Shirley Barron begleitete sie zur Tür.

»Ich bin froh, daß wir uns kennengelernt haben«, sagte sie. »Und – hm, wenn er es überhaupt mitkriegt, bestellen Sie ihm schöne Grüße. Und bitte, sagen Sie seiner Bank, daß sie dieses Geld nicht mehr schicken soll. Er hat wirklich genug für mich getan, und jetzt kann man es besser verwenden.«

Anne begann: »Ich bin sicher, er ...«

»Nicht doch. Bitte. Und ich wüßte gern, wie es ihm weiterhin geht – wenn ... wenn es Ihnen nichts ausmacht.«

»Natürlich sage ich Ihnen Bescheid.«

Als Anne die Straße entlangging, merkte sie, daß sie keine Ahnung hatte, in welche Richtung sie mußte. Beim Herkommen war sie zu sehr in Gedanken gewesen, um auf ihre Umgebung zu achten. Nun wanderte sie ein paar Minuten lang orientierungslos von Straße zu Straße, bis plötzlich hinter einer Lücke zwischen den Häusern die Kathedrale aufragte und sie einen Weg dorthin fand. Wolken verdüsterten den Himmel, ein bleierner Hintergrund zu dem flammenden Grün der Bäume und dem leuchtenden Stein der Kathedrale; sie fühlte sich immer noch wie erstickt von Shirley Barrons lebloser Wohnung. Als sie den Vorplatz der Kathedrale erreichte, stand David am Portal, und einen Augenblick lang rief sein Anblick kein Gefühl hervor, als sei er ein Fremder unter Fremden.

10

Teilnahmslos saß Judy im Auto. Einmal sagte sie: »Ich verpasse Französisch und Sport und zweimal Englisch und zweimal Mathe.«

»Das macht doch nichts.«

»Ich weiß. Sind wir bald da?«

Anne sagte: »Es ist nicht mehr weit. Sollen wir eine Pause machen? Willst du ein bißchen Limonade?« Sie fuhren von der Straße ab und setzten sich an eine Böschung, die über und über mit Blumen bedeckt war. »Schau«, sagte sie. »Schau dir die an – rote Lichtnelken und Sternmiere und Wiesenstorchschnabel und die kleinen gelben da – wie heißen die, Judy? Erinnerst du dich an damals im Lake District, als du acht oder neun warst? Du warst ganz versessen auf wilde Blumen, wir haben alles gesammelt, und du hast sie nachgeschlagen und Listen angelegt.«

»Ja? Das weiß ich gar nicht mehr.«

»Wirklich nicht? Du bist immer böse geworden, wenn ich die Namen vergessen habe. Daran mußt du dich doch erinnern.«

»Schon möglich«, sagte Judy, »dunkel.« Sie betrachtete die Blumen. »Kann ich nächstes Jahr mit Mary und den anderen eine Fahrradtour machen und in Jugendherbergen übernachten?«

Als sie ins Heim gingen, sagte Anne: »Großvater wird vielleicht nicht wissen, wer du bist – daraus darfst du dir aber nichts machen. Auch nicht daraus, wie er aussieht. Er ist anders als früher.« Und als sie das Zimmer ihres Vaters betraten und sie das plötzliche Erschrecken auf dem Gesicht des Mädchens sah, bekam sie ein schlechtes Gewissen, weil sie sie mitgebracht hatte. Aber es war richtig, dachte sie, sie soll ihn noch einmal sehen, und es wäre falsch, Kindern irgend etwas vorzumachen. Und ihm bedeutet es vielleicht auch etwas. Sie sagte zu dem alten Mann: »Hier ist Judy, Vater – du weißt, wer Judy ist. Deine Enkelin.«

Der alte Mann drehte den Kopf und sah eine Frau mit einem Mädchen auf sich zukommen. Er machte sich Sorgen um das Kind. Er war nicht verantwortlich für sie und war es dennoch. Er hatte sie nicht in die Welt gesetzt, aber trotzdem das Gefühl, daß ihre Situation sehr wohl von ihm verursacht war. Er warf der Frau einen fragenden Blick zu: Ärger? Und Betty nickte, verzog kurz das Gesicht und antwortete: Ja, wieder mal Krach. »Weißt du was«, sagte er zu dem Mädchen, »warum machen wir beide nicht einen Ausflug, du und ich? Deine Mutter hat sicher nichts dagegen, wenn wir sie mal allein lassen. Wie wär's mit einem Nachmittag am Strand?« Und das Mädchen strahlte ihn an, all ihr Unmut war verflogen, so daß er dachte: Armes Ding, sie hat's nicht leicht, keiner von uns hat es leicht, man kann nur zusehen, daß der Schaden sich in Grenzen hält. An der Küste wehte ein steifer Frühlingswind, und er schwamm mit dem Mädchen und sah ihr später zu, wie sie in einem verräucherten Café eine Riesenportion verputzte und endlich einmal, dachte er, richtig plapperte wie andere Kinder auch. Wie zum Beispiel seine Anne. Es tut mir leid, wollte er ihr sagen, ich möchte mich entschuldigen für den Teil, der meine Schuld ist – wenn ich mehr tun könnte, würde ich es tun. Statt dessen redete er mit ihr über die Schule, die sie haßte, und die Freundin, die mit einer anderen abgezogen war, und indirekt über die Mutter und daß sie es nicht schaffte, so zu sein wie sie. Gut, sagte er, ich rede mal mit deiner Mutter, mal sehen, ob du nicht mit Latein aufhören und dich auf die Naturwissenschaften konzentrieren kannst, darin bist du besser, nicht wahr? Und abends fuhren sie nach Hause, das Mädchen war müde und zufrieden, und er war in Gedanken schon bei Betty, die erste Möglichkeit seit Wochen, er freute sich, war glücklich.

Judy sagte: »Er wußte nicht, wer ich war, oder?«

»Leider nicht. Ich glaube sogar, er hat dich mit jemandem verwechselt, den er vor langer Zeit gekannt hat. Das passiert alten Menschen manchmal. Man erinnert sich leichter an lange Vergangenes als an Dinge, die sich kürzlich ereignet haben.«

»Ich wünschte, er wäre nicht krank. Ich mag Großvater.« Die Tränen standen ihr in den Augen.

»Ach, Schatz ... Nimm's dir nicht so zu Herzen, an und für sich ist er nicht unglücklich.«

»Nicht? Weißt du das genau?«

Nein, dachte Anne, das weiß ich nicht genau, ich sage es bloß so; wie die Heimleiterin und die Schwester tische ich verführerische, leere Beteuerungen auf. Zur Begleitmusik von Rasenmähern und Krähen stieg sie ins Auto, und wie das Geräusch des Flusses in Starbridge schien sie ihr realer in der Erinnerung, als wenn sie sie wirklich wieder hörte. Sie drehte das Fenster hoch, schloß den Lärm aus und betrachtete die nun stumm kreisenden Vögel. Judy sagte: »Warum beißt du dir so auf die Lippen? Das machst du neuerdings immer, du hast schon eine rote Stelle. Wo fahren wir jetzt hin?«

»Nach Starbridge. Ach, und ich habe vergessen, dir zu sagen – wahrscheinlich kommt jemand vorbei. Ein alter Freund von Großvater. Ein Mr. Fielding. Er kommt zum Angeln – er hat Großvaters Angelrute. Er bringt bestimmt seinen Sohn mit – Tom ist ein bißchen älter als du.«

Flankiert von ihren Kindern gingen sie zum Fluß. Auf fünf von Davids Fragen – Gesprächsangeboten – hatte Judy mit »Nein« geantwortet und auf zwei mit »Ja«. Nun schwiegen sie, bis auf Tom, der falsch vor sich hin pfiff und demonstrativ Wissen und Tüchtigkeit und vielleicht auch die Kameradschaft mit seinem Vater herauskehrte. Judy setzte sich und zupfte Butterblumen in Stücke. »Halt«, sagte David, »da hat sich was verknotet – oho! Moment.« Er stand neben seinem Sohn, ihre Köpfe beugten sich dicht nebeneinander über die Schnur, und Anne, ein festgefrorenes Lächeln auf dem Gesicht, wandte sich ab und schaute, ob sie einen steigenden Fisch sah. Oder Wasseramseln. Oder Spiegelbilder.

»Möchten Sie nicht auch mal?« fragte Tom (ein aufmerksamer Junge – oder eine Spur herablassend?), und sie sagte: »Ja, bitte – aber ich bin ein hoffnungsloser Fall, war ich schon immer.« Als sie in dem kalten Fluß stand und kraftlos die Angelschnur auswarf, spürte sie seine schweigende Verachtung (seine Belustigung?) und dachte ärgerlich: Ich möchte wissen, ob deine Mutter es besser könnte oder ob sie es überhaupt versuchen würde? Und dann schämte sie sich.

»Judy«, rief sie, »jetzt bist du dran. Weißt du noch, wie Großvater es dir beigebracht hat?«

Aber Judy, die am Ufer vor sich hin brütete, schüttelte den Kopf und rieb sich das Bein.

»Was ist?«

»Eine Bremse hat mich gestochen. Gehen wir bald rein?«

»Gleich. Judy, du könntest doch mal versuchen, ein kleines bißchen geselliger zu sein. Bitte.«

»Es tut aber weh. Wahrscheinlich entzündet es sich.«

Anne ging die Böschung weiter hinunter, setzte sich und beobachtete, wie der Nebel von den Feldern auf der anderen Seite hochstieg. Auf dem Fluß zischte die Schnur nach vorn, trieb mit der Strömung zurück, zischte wieder hinaus. Anne zerklatschte Mücken auf ihren Knöcheln, dachte an Graham, der angerufen und deprimiert geklungen hatte, beobachtete Tom und David und bemerkte traurig und beunruhigt, daß beider Haar im Nacken identisch wuchs und einen dicken Wirbel über ihrem Pulloverkragen bildete. »He, Dad«, rief Tom, »weiter unten springt einer – siehst du?« David, der sich in den Anglerstiefeln wie ein Raumfahrer bewegte, ging mit knirschenden Schritten durch das Flußbett an ihr vorbei, ohne in ihre Richtung zu schauen, und verschwand hinter einer Kurve. Nun sah sie ihn nicht mehr, hörte aber von Zeit zu Zeit seine und Toms Stimme. Der Nebel wurde dichter; es wurde kalt, zehn Meter weiter saß Judy und schmollte.

Sie stand auf und ging am Fluß entlang. »Wie wär's mit Kaffee?« sagte sie. »Im Haus? Es wird ein bißchen kühl.«

David sagte: »Oh, wollen Sie reingehen? Gut. Tom – pack zusammen. Wir gehen.«

Der Junge drehte sich um, wollte etwas sagen und fuhr dann wieder herum, als David rief: »Da! Bei dir hat einer angebissen!« Der Fisch zuckte durchs Wasser, Tom zog zu spät an, der leere Haken flog zurück und verfing sich in einer überhängenden Erle. Wütend riß er ihn los und kletterte zu ihnen hoch. David sagte: »Pech, Tommie.« »So nah bin ich noch nie dran gewesen, daß ich einen gefangen hätte. Was hast du vorher gerufen?«

»Den Damen wird ein bißchen kalt.«

»Tut mir leid«, sagte Anne, »ich wollte nicht ...«

Tom sagte: »Schon gut. Macht nichts.«

»Wir können aber ruhig noch ein bißchen draußen bleiben.«

»Nein, ehrlich«, sagte Tom, »es macht mir nichts. Könntest du mal eben die Rute halten, Dad?«

Als sie die Wiese überquerten, sagte Tom: »Können wir morgen wieder herkommen?«

»Ja«, sagte David. »Ja, natürlich.«

Als sie wieder im Haus waren und Anne Kaffee kochte, sagte sie: »Was ist los, Judy?«

»Mir geht's nicht so gut.«

Sie war heiß und rot, um den Stich war ihr Bein geschwollen und pochte. Anne suchte nach einem Fieberthermometer und maß ihr die Temperatur; sie hatte über achtunddreißig. Anne brachte sie ins Bett, während David und Tom schweigend Kaffee tranken. Als sie zurückkam, sagte David: »Ich glaube, wir lassen Sie jetzt besser allein.«

An der Tür sagte Tom: »Vielen Dank, daß Sie uns die Angelrute leihen, Mrs. Linton. Sehr nett von Ihnen. Sie ist viel besser als unsere.«

»Mein Vater würde sich bestimmt freuen, wenn er wüßte, daß jemand Spaß damit hat.«

»Ja«, sagte David. »Also, ich hoffe, ihr geht's bald wieder gut ...«

»Ach, sicher.«

»Meinen Sie, daß sie sich erkältet hat?«

»Ich glaube nicht. Sie ist ein wenig allergisch gegen Insektenstiche. Ich gehe morgen mit ihr zum Arzt.«

»Na, sagen Sie mir trotzdem Bescheid, wie es ihr geht. Gute Nacht.«

»Gute Nacht.«

In allzu bekannter und eintöniger Länge führte die Straße sie zurück nach Cuxing. Judy sagte: »Ich bin froh, daß es mir wieder gutgeht, weil ich doch morgen mit Susie reite. Warum fährst du so schnell, Mum?«

Eine Hitzewelle kam. Anne bewegte sich durch bleierne Tage und war mit allen einer Meinung, daß das Wetter herrlich sei. In den Gärten von Cuxing erblühten Sonnenschirme und Gartenliegen, die Kletterrose sproß leuchtend an der Hauswand hoch; Paul und Judy kamen ständig in die Küche getrottet und tranken literweise Limonade. Vom Vogelgekreisch in der Morgendämmerung bis Mitternacht, wenn Anne müde die Uhr ticken hörte, waren die Tage achtundvierzig Stunden lang. In normalen Sommern wartete man um diese Zeit auf die Ferien – freute sich darauf, machte Pläne –, und dahinter zeichnete sich, im natürlichen Verlauf der Dinge durchaus angenehm, der Herbst ab, der ja eigentlich eher der Beginn des Zyklus ist als das Ende.

Dieses Jahr war alles anders.

Das Problem mit der Vergangenheit ist, daß sie auch umgewandelte Zeit ist. Es gibt Tage, an denen wir uns bewegen, aber auch bewegt werden, manchmal so weit von unserem festgefügten Ich weg, daß es kein Zurück gibt. Die Tage vergehen, können aber nie wieder leer werden. Und ich bin nicht mehr dieselbe, dachte Anne, nun nie mehr. Es gibt keine Rückkehr zum Juni letzten Jahres, als ich neununddreißig, unschuldig und, glaube ich, glücklich war. Dies ist der Prozeß, den man Erfahrung nennt, und er sorgt dafür, daß wir ungefähr so stabil wie eine Amöbe sind. Wir bilden uns ein, wir hätten eine feste Meinung, eine Haltung, eine Antwort gefunden – nur um feststellen zu müssen, daß sie von den beiläufigen und willkürlichen Aktivitäten der Zeit in der Luft zerfetzt werden. Von dem, was in einer Minute, einer Stunde oder einem Tag passiert, der ein glattes Spiegelbild zerstören und es anders wieder zusammensetzen kann. Letztes Jahr war mein Garten mehr oder weniger so wie heute – von ein paar Zentimetern Wachstum, der einen oder anderen Blume abgesehen –, aber wenn ich ihn nun anschaue, sind die Formen und Farben, die die des letzten Jahres wiederholen, mit den Bildern der Monate dazwischen erfüllt. Den gleichgültigen Rasen überlagert das Bild meines Vaters in der Umklammerung seiner Heimkissen; Davids Gesicht schaut mich aus den wenig mitfühlenden Blättern der Kastanie an.

Don sagte: »Hier ist ein Brief von dem Hotel in Schottland. Sie bestätigen die Buchung. Und eine Karte für dich.« Er drehte sie um. »Doktor Johnsons Geburtshaus.«

»Ach, wirklich?«

Ob Sie mich wohl mal anrufen können, stand darauf. Ich habe gesehen, daß im Haus Ihres Vaters ein Fenster zerbrochen ist, und dachte, daß ich mich vielleicht darum kümmern könnte. Sie erreichen mich unter 57698, hieß es weiter, Ihr David F.

»Stimmt was nicht?« fragte Don.

»Nein, nein. Sie ist von dem Lehrer, dem früheren Nachbarn von Vater – er will, daß ich ihn anrufe, irgendwas mit einem kaputten Fenster im Haus. Kein Problem.«

»Ich komme heute abend ein bißchen später.«

»So?« sagte sie. »Was willst du essen? Was Besonderes?«
»Eigentlich nicht.«
»Ein Steak – das wär doch mal was Gutes.«
»Was du willst, Annie.«
»Ich hole Steaks.«

David sagte: »Entschuldige, aber ich war ziemlich niedergeschlagen nach diesem reichlich unbefriedigenden Abend. Wie geht's Judy?« »Gut. Am nächsten Tag war sie wieder munter und fidel. Ja, das war wirklich unbefriedigend.« »Wann sehe ich dich?« »Nächste Woche. Dienstag. Dienstag abend.«

Auf der zweispurigen A 46 (Warwick und Kenilworth waren vor ein paar Minuten vorbeigezogen, verbargen sich rechts und links in den Kulissen) knatterte und stotterte das Auto, und der Motor erstarb. Sie fuhr an die Seite, öffnete die Motorhaube und starrte hinein, die Landschaft kam plötzlich zum Stillstand, und der Verkehr rauschte vorbei. Lichfield war nun nicht mehr fünfzig Minuten entfernt, sondern etwa dreißig Meilen, das Auto kein zuverlässiges, sicheres Gefährt, sondern ein unlösbares Problem. Als hinter ihr ein Mann in einem Lieferwagen hielt, nahm sie dankbar sein Hilfsangebot an. Er werde in der Werkstatt weiter vorn an der Straße Bescheid sagen, damit jemand käme. Sie saß im Sonnenschein auf der Straßenböschung und fragte sich, wie lange das wohl alles dauern würde. Als der Abschleppwagen schließlich kam, warf der Mechaniker einen Blick auf den Motor und sagte, das Zündkabel sei kaputt. Er könne es, sagte er, bis etwa fünf fertighaben. Es war kurz vor zwölf. Er schleppte den Wagen in eine Werkstatt in einem öden Vorort ab, während Anne überlegte, was sie tun sollte. Sollte sie einen Bus nach Lichfield nehmen und abends mit David zurückkommen? In dieser trostlosen Umgebung warten? Aber Busse nach Lichfield waren nicht zu kriegen. Ja, nach Coventry, sagte der Mechaniker hilfsbereit, nach Coventry fährt alle halbe Stunde ein Bus, und sie dachte: Ja, warum nicht? Dort ist die Kathedrale, und ich war das letztemal ... damals vor Jahren mit Vater da. Ich kann leicht vier Stunden in Coventry verbringen und um fünf wieder hier sein.

Sie meinte sich zu erinnern, daß es 1963 gewesen sei, Weihnachten. Ihre Mutter war in Starbridge geblieben und hatte auf Paul, damals zwei, und Judy, ein paar Monate alt, aufgepaßt. Und sie hatte sowieso keine Lust, mitzukommen, dachte Anne, ich schon; das Arrangement war allen genehm – Mutter entkam einem Nachmittag mit Besichtigungen, und ich gewann einen. Und es war ein guter Tag, irgendwie bleibt er mir im Kopf – er hebt sich vom Rest dieser Zeit ab. Es störte mich gar nicht, daß Vater nicht derselben Meinung über die Kathedrale war wie ich, ich genoß den Streit, ich hatte ja niemanden zum Streiten, Don stritt sich nie ...

Graham war dabeigewesen (gelangweilt, unfähig, seine Ungeduld zu verbergen, zurück in London und im wirklichen Leben zu sein – er hatte gerade seinen ersten richtigen Auftrag als Produzent bekommen und war ruhelos vor Ehrgeiz), sie, Don (vielleicht auch gelangweilt) und ihr Vater. Ihr Vater hatte die Idee gehabt. Wird Zeit, hatte er gesagt, daß wir uns mal das Spencesche Machwerk anschauen, mein Geschmack ist es wahrscheinlich nicht. Sie waren vom Parkplatz durch das neue Einkaufszentrum gegangen (wo Anne nun an Brunnen inmitten üppiger Bäume und Büsche vorbeilief, war damals nur müllübersäte Erde gewesen), und beim Heraustreten hatte er gesagt: Nun schaut euch das an! Eine Ungeheuerlichkeit! Könnte genausogut ein Kino sein, diese riesigen kahlen Wände, daran ist nichts Vergeistigtes, als hätten sie eine Scheune hierhergeknallt. Und was für ein Gegensatz – Seite an Seite mit den Ruinen der alten. Merkt der Mann nicht, wie er sich damit blamiert?

Aber darum geht es doch gerade, Vater, hatte sie gesagt, als sie neben ihm die Stufen hinaufgegangen war (die sie nun gemeinsam mit Scharen von Touristen erklomm), es geht darum, die Vergangenheit zu bewahren und ihr etwas hinzuzufügen – sie zu respektieren, aber gleichzeitig auch etwas Eigenes beizusteuern. Und ich bin nicht deiner Meinung – ich finde sie schön. Der Stein ist wunderbar. Und die massige Form ist ja gerade so eindrucksvoll. Natürlich ist sie anders als Kathedralen, wie wir sie gewöhnt sind – aber worin läge der Sinn einer hirnlosen architektonischen Reproduktion? Gotische Kathedralen haben wir schon. Die hier soll etwas anderes sein.

Weiß Gott, das ist sie, hatte er gebrummt, war in die Vorhalle gegangen, hatte sich unter dem großen Lettner aus graviertem Glas (zu dem sich Anne nun einen Augenblick lang umdrehte und dachte: Ja, der ist immer noch schön, der gefällt mir) nach rechts gewandt: Aber schau dir das an, Anne – kein Hauptschiff, das den Namen verdient, keine Seitenschiffe, nur Säulen, die sie sich auch hätten sparen können. Und darf man fragen, was das Ding da am anderen Ende ist? Das ist der Gobelin von Sutherland, Vater, jetzt hetz doch nicht so, zu dem kommen wir gleich. Du mußt zugeben, daß hier Licht und Raum eine wunderbare Atmosphäre erzeugen. Und das Chorgestühl ist herrlich, wie ein Vogelschwarm.

Und wo waren bei der ganzen Angelegenheit Don und Graham gewesen, fragte sie sich nun und blieb vor dem Fenster im

Baptisterium, vor diesem Findling aus Bethlehem, stehen. Waren die Farben vielleicht doch ein wenig grell? Und während sie darüber nachdachte, war es wieder 1963, Don stand neben ihr, und ihr Vater drehte sich zu ihm um und sagte: Also, was meinst du denn dazu, Don? Anne ist dafür, und ich bin, alles in allem, dagegen, wenn ich auch zustimmen würde, es spricht einiges für den Stein selbst. Aber soll das etwa ein Buntglasfenster sein? Wo sind die Bilder? Buntglasfenster erzählen Geschichten, soweit ich weiß. Wie zum Beispiel in Canterbury.

Es ist abstrakt, Vater, hatte sie ärgerlich gesagt. Es ist die Weiterentwicklung einer Tradition, keine einfache Wiederholung des Alten. Es ist auch nicht der Versuch, Canterbury zu imitieren, es soll überhaupt nichts imitieren.

Und als sie sich nun von dem Fenster abwandte (ja, die Farben wirken aggressiv) und durch das Hauptschiff ging, versuchte sie sich an Dons Antwort zu erinnern. Was hatte er geantwortet? Was hatte er gesagt? Aber sie sah nur ihren Vater vor sich, der den Gobelin mit einem Ausdruck des Widerwillens betrachtete und sagte, er finde ihn schreiend bunt. Und viel zu viele winzige Details, all die Kreaturen in den kleinen Schachteln. Und warum hockt diese Figur da so verkrampft? Und warum hält er die Hände so?

Es ist die Maiestas Domini, Vater. Ich finde sie sehr beeindruckend.

Nicht weit her mit der Majestät, finde ich.

Dreh dich um und schau zurück, Vater. Von hier aus kannst du die Fenster richtig sehen – darauf ist das ganze Bauwerk angelegt –, wenn man sich vom Altar zurückwendet, sieht man sie, weil sie zickzackförmig in den Wänden sind. Ist das nicht phantastisch?

Und das ist es immer noch, dachte sie nun, drehte sich um

und hatte die volle Länge der Kathedrale vor sich. Plötzlich sieht man, wo das Licht herkommt – die Wände bekommen etwas Fließendes. Und in der Erinnerung sieht sie, wie Graham, die Hände in den Taschen eines teuren Anzugs, zu einer grünblauen Farbsäule hinaufblickt und sie zu ihm geht, neben ihm stehenbleibt und sagt: Sind die Fenster nicht herrlich? Hm, hatte er gesagt, umwerfend – und sie merkte, daß er mit den Gedanken woanders war, wie schon während der gesamten Weihnachtstage; gelangweilt von den kleinen Kindern und dem Aufhebens, das um sie gemacht wurde, hatte er das Familienleben über sich ergehen lassen, sie, Anne, ab und zu geneckt, Don herablassend behandelt und darauf gebrannt, sofort am siebenundzwanzigsten frühmorgens nach London zurückzufahren.

Ich weiß nicht, dachte sie nun, es scheint alles so anders zu sein, überhaupt nicht so, wie ich es in Erinnerung habe. Mir gefällt das Glas – aber das übrige, hm, ich kann gar nicht mehr verstehen, wie ich den Gobelin je schön fand, nun sieht er scheußlich aus, und das Mobiliar ist so veraltet. *Festival of Britain*-Stil, fünfziger Jahre. Das Chorgestühl sieht zu schick aus, wie von Heals – soviel Messing und Teak. Und ja, jetzt weiß ich, was Vater meinte – das Ganze wirkt wie eine Scheune. Es gibt keine Überraschungen. Nichts entfaltet sich, das sollte eine Kathedrale aber. Komisch, alles ist so anders – wirklich, nichts ist mehr so, wie ich es in Erinnerung habe.

Sie ging hinaus zu den Ruinen der alten Kathedrale. Es war ein heißer Nachmittag. Sie setzte sich auf eine Bank (drei indische Mädchen mit Birminghamer Akzent, der klang, als sei er Generationen alt, gesellten sich zu ihr) und beobachtete, wie ein Spatz seinen Jungen in einem Nest hoch oben in dem zerbrochenen Maßwerk eines spätgotischen Fensters Futter brachte. Aber natürlich hat sich nicht die Kathedrale verändert, dachte sie. Orte ändern sich nicht, außer nolens-volens durch die Zeit – oder Zerstörung, wie hier. *Ich* muß mich verändert haben, und wenn es so aussieht, als sei die Kathedrale nicht mehr das, was sie einmal war, dann irrt sich das Gedächtnis, nicht die Kathedrale. Die Kathedrale ist so, wie sie 1963 war, ich aber nicht, und irgendwann im Laufe der Zeit scheine ich den Gefallen an ihr verloren zu haben. Sie hörte zu, wie sich die jungen Mädchen über eine Fußballmannschaft, ihre Schulprüfungen und wo wohl der Bahnhof sei unterhielten. Unermüdlich schleppten die Spatzen ihre Krumenlast zu den zerborstenen Fenstern hoch. Zwei mit Einkaufstüten – Marks & Spencer, Boots, Mac-Fisheries – beladene Frauen ließen sich auf einer Bank in der Nähe nieder. Die Mädchen hatten ein Transistorradio angestellt, aus dem der leise Kommentar zu einem Cricketspiel ertönte. Anne dachte an ihren Vater, ihre Kinder, David.

Bald darauf ging sie noch einmal in die Kathedrale, kaufte ein paar Postkarten und schlenderte dann durch das Einkaufszentrum zurück zum Busbahnhof. Um halb fünf war sie wieder in der Werkstatt, um acht auf ihrem Bett in Starbridge, mit David.

»Ich könnte sogar bleiben«, sagte er. »Die Jungs sind heute abend weg und – ich habe gesagt, daß ich vielleicht über Nacht wegbleibe.«

Zu Mary. Ich habe nur zweimal gehört, dachte Anne, wie er ihren Namen ausgesprochen hat. »Gut«, sagte sie, »wunderbar. Was für eine hübsche Überraschung.«

Als sie erwachte, lag sie allein im Bett und hörte draußen ein Auto anhalten und wieder losfahren. Einen Moment lang überfiel sie Angst. »David …«, rief sie. Seine Stimme antwortete aus dem Badezimmer, und eine Welle der Erleichterung durchlief sie. »Was machst du? Ich habe ein Auto gehört – ich dachte, du wärst weggefahren.« »Nein, ich rasiere mich nur. Das war jemand auf der Straße. Soll ich Kaffee machen?«

»Nein«, sagte sie, »komm zurück. Kaffee will ich nicht. Noch nicht.«

»Ich habe dir eine Postkarte von der Kathedrale in Coventry mitgebracht, Vater. Weißt du noch, wie wir sie Weihnachten einmal besichtigt haben? Gestern war ich dort und mußte wieder daran denken, auch daran, daß sie dir nicht sonderlich gefiel. Ich muß sagen, diesmal hat sie mir auch nicht so gut gefallen.«

Die Hand, die die Tasse Tee an seine Lippen gehalten hat (nicht süß genug, aber das kann man ihnen nicht klarmachen), hält nun ein kleines hellglänzendes Rechteck aus Karton hoch und drückt es ihm in die Hand. Sie reden über Kathedralen. Er hält sich die glänzende Karte dichter vor die Augen, und nun ordnen sich die Farben zu einem rosafarbenen Klotz und ein paar Bäumen. Ein Kino? Eine Schule? Anne, über die er sich von Zeit zu Zeit Sorgen macht, redet über Kirchenfenster und einen Gobelin, und plötzlich verbinden sich die Sorgen und das Bild in seiner Hand, und er weiß, wo er ist, er geht neben ihr die Stufen dieses abstoßenden Gebäudes hoch und wirft einen Blick zur Seite, um zu sehen, ob sein Schwiegersohn, dieser griesgrämige Bursche, noch bei ihnen oder schon ausgebüxt ist.

Mit Anne ist irgend etwas geschehen. Seit einem Jahr oder so hat sie ihre Lebendigkeit verloren, der Funken ist fort. Das liegt natürlich zum Teil an den Kindern, aber trotzdem ... Sie hat sich dieses Weihnachten nicht mal ordentlich mit ihrem Bruder in die Haare gekriegt, auf eine Anzahl seiner schamlos provokativen Behauptungen hat sie gar nicht reagiert. Und Graham ist wirklich sehr provokativ, das war er schon immer, aber jetzt vielleicht noch mehr, wo er sich mit seiner dubiosen Karriere brüstet – nun ja, zugegeben, nicht alles im Flimmerkasten ist unseriös, aber trotzdem hätte man sich etwas anderes für Graham gewünscht. Doch Graham kann auf sich selbst aufpassen und wird es ohne Zweifel tun. Bei Anne liegt die Sache anders. Mal sehen, sagt ihr Vater zu sich, ob wir nicht den alten Funken wieder zum Sprühen bringen können. Und als sie die Kathedrale betreten, macht er aus seiner Meinung über das Ding kein Hehl. Und der Köder wird geschluckt, da scheint die alte, streitbare Anne doch nicht allzuweit entfernt zu lauern, sie hält vielleicht nur Winterschlaf, bis bessere Zeiten anbrechen. Aber werden die Zeiten besser? Na, Don, sagt er zu ihrem Ehemann, was meinst du dazu? Aber Don hat anscheinend keine Meinung. Er hat bereits die ökumenische Kapelle, den Lettner aus graviertem Glas und nun das Baptisterium mit jeweils demselben Aufwand an Zeit und Aufmerksamkeit beäugt und schaut jetzt immer wieder verstohlen auf seine Uhr. Hm, sagt Don, ich glaube, du hast recht, die Farben sind ein bißchen stark, aber ich finde es insgesamt doch recht schön. Das reicht nicht, denkt James Stanway, das reicht beileibe nicht. Und er geht das Hauptschiff (das heißt, was als solches ausgegeben wird) hinunter und fragt sich, wie das alles so gekommen ist und wo es hinführen mag. Er versucht sich an den Namen des Burschen zu erinnern, den Anne als Studentin mit nach Hause gebracht hat – einen dunklen, redseligen jungen Mann. Warum hat sie ihn nicht geheiratet? Sie redet gern, und zwar kein dummes Zeug, und denkt gern, vermutet er – viel mehr als ihr Bruder im übrigen –, und Don hier, der ist schweigsam wie ein Grab. Man kann natürlich immer noch mit sich selbst reden. Aber es ist besser, wenn man es nicht muß. Viel besser. Ach, Anne, denkt er, ich könnte dir das eine oder andere erzählen. Doch ich kann es nicht. Leider läßt sich vieles nicht ändern.

So, sagt er zu der versammelten Gesellschaft, während sie wieder unter dem Lettner aus graviertem Glas vorbeigehen, wie wär's mit einem Kaffee irgendwo? Dieses neue Einkaufszentrum hat doch sicher ein Lyons oder so was zu bieten.

Graham hob die Postkarte zusammen mit einem Brief vom Finanzamt und einem braunen Umschlag aus dem Charing Cross Hospital von der Fußmatte auf und nahm alles mit in die Küche. Er las, während er wartete, daß der Kaffee durchlief. Anne hatte auf dem Weg nach Lichfield einen Motorschaden gehabt und sich ein, zwei Stunden hier umgesehen. Erinnerst Du Dich an das eine Weihnachten, schrieb sie, vor Jahren? »Hier« war die Kathedrale von Coventry, stellte er fest, als er die Karte umdrehte; der heilige Michael war wie ein Schmetterling an die hochaufragende Wand gepinnt.

Witzigerweise erinnere ich mich sogar sehr gut, dachte er. Anfang der Sechziger, kurz nachdem ich den Job bei Thames TV bekommen habe. Die Fanny-Zeit. Und als er mit der Karte in der Hand dasteht (der Kaffee blubbert nun unbemerkt vor sich hin), kehrt er nach Coventry zurück, und Fannys Gesicht schwebt einen Augenblick lang in den grünen und blauen Farben eines großen hohen Fensters wie damals auch. O Gott, denkt er, ich will sie, wirklich. Ich kann nicht bis nächste Woche warten – verdammt, wie soll ich noch drei Tage überstehen, ich vermodere hier. Anne redet über das Glas oder sonstwas, und er reißt sich von Fannys Gesicht los und geht mit seiner

Schwester durch die Kathedrale und denkt: Diesmal ist es anders; Fanny, das ist kein Mädchen wie die anderen, mit so einer spielt man nicht.

Sie könnte mich verlassen, denkt er, und kalte Furcht ergreift ihn. Mädchen wie sie lassen sich nicht jeden Blödsinn bieten. Vielleicht will ich sie deshalb so sehr.

Und als er mit den anderen über einen Platz in ein gräßliches hypermodernes Einkaufszentrum geht, denkt er: Ich könnte sie fragen, ob sie mich heiratet.

Bei Kaffee und Gebäck schaut er dann seine Schwester an und denkt, daß die Ehe sie ganz schön geschafft hat. Die Ehe oder die Kinder. Man muß natürlich keine Kinder kriegen, räsoniert er vor sich hin, und er würde schon dafür sorgen, daß sie keine kriegten. Und warum Annie sich ausgerechnet Don aussuchen mußte, wird er nie begreifen. Man sollte nicht meinen, daß sie einander mehr als zwei Worte zu sagen hätten, aber vielleicht ist das gar nicht so wichtig. Würde Fanny mich heiraten? Ich weiß nicht, denkt er kläglich und fragt sich, ob er den Mut hat, es herauszufinden. Er stellt sich Fanny vor, wie sie ihm ihr hübsches Gesicht auf dem Kissen zuwendet und liebenswürdig sagt: Nein, Graham, tut mir schrecklich leid, aber nein, danke. Und er weiß, das erträgt er nicht. Und er stellt sich vor, wie sie verheiratet sind, aneinandergefesselt in einem engen, kleinen Reihenhaus in Notting Hill wohnen und oben sich vielleicht noch ein Baby die Seele aus dem Leib schreit (denn wie die Erfahrung lehrt, hat man so was nicht immer ganz unter Kontrolle), und er fragt sich, ob er *das* ertragen könnte … Ach, Fanny … denkt er, löffelt sich Zucker in die Tasse und schaut über den Tisch, wo sich Anne und sein Vater immer noch über das Für und Wider der Kathedrale streiten.

Graham steckte die Postkarte an das Küchenregal und nahm den Kaffee vom Herd. Er öffnete den Brief vom Charing Cross Hospital und las, daß er am achtzehnten Juli einen Termin dort habe. Er möge die beiliegenden Anweisungen sorgfältig beachten und sich um neun Uhr dreißig in der ambulanten Abteilung einfinden. Das Telefon klingelte (heute morgen schon zum zweitenmal – zuerst hatte seine Assistentin ihm mitgeteilt, daß die Schauspielerin, die sie für das neue Stück haben wollten, auf dem Anderthalbfachen der Gage bestand, die er bieten konnte, und nun kündigte das Studio einen bevorstehenden Streik der Bühnenarbeiter an; sein Magen meldete sich mit dem mahlenden Schmerz, der nun mit Unterbrechungen den ganzen Tag andauern würde). Er schenkte sich eine Tasse Kaffee ein, stellte sich damit vors Fenster und dachte an Anne, ihre Kinder (ein netter Junge, Paul, und das Mädchen würde in ein oder zwei Jahren hübsch sein) und an seinen Vater. Dieses Wochenende fahre ich nach Lichfield, dachte er.

»Du hast sie leider von ihrer schlechtesten Seite mitgekriegt«, sagte Anne zu David. »So ist sie eigentlich gar nicht. Sie ist … ach, seine eigenen Kinder zu beschreiben ist so schwierig.«

»Die Pubertät ist nicht die charmanteste Phase.«

Das weiß ich, dachte sie und spürte, wie Ärger in ihr aufflammte. Das brauchst du mir nicht zu erzählen. Und überhaupt, ich fand Tom … »Ich wünschte, du hättest sie vor ein paar Jahren erlebt – es hat so einen Spaß mit ihr gemacht. Sie war an allem interessiert und plapperte unaufhörlich. Natürlich ist das jetzt nur eine vorübergehende Phase. Du hast doch bestimmt auch Probleme mit Tom?«

»Ja, ab und zu«, sagte David. »Mädchen sind aber fremdes

Terrain für mich, da kenne ich mich weder beruflich noch privat aus. Was hast du in Coventry getrieben?«

»Na, was wohl? Die Kathedrale angeschaut.«

»Natürlich«, sagte er, »du kannst doch an keiner Kathedrale vorbeigehen.« Und als er lächelnd die Hand auf ihren Arm legte, wurden Judy und Tom heimlich, still und leise abgeschoben, so schien es jedenfalls, und die Gegenwart verschaffte sich mit drängenderen Problemen Geltung: wo man das Auto parken und was man unternehmen sollte.

Sie waren nach Tamworth gefahren. »Wir haben die Möglichkeiten dieser Gegend noch nicht erschöpft«, sagte David. »Aber es könnte bald der Fall sein.«

»Wir müssen doch nicht immer irgendwo hinfahren. Ich hätte dich dazu bringen sollen, mir beim Aufräumen in Starbridge zu helfen. Es gibt immer noch entsetzlich viel zu tun.«

»Nicht doch«, sagte er. »Es ist Juli. Es ist Sommer. Wir haben uns unsere Ferien verdient. Jetzt essen wir zu Mittag und legen ein kundiges Interesse für die Geschichte Tamworths an den Tag.«

Bei ihm hatte die Schule gestern aufgehört. Plötzlich war das Jahr an einem seiner natürlichen Wendepunkte. Von den Zinnen des Schlosses in Tamworth aus erblickten sie die Landschaft als ein Rund von schon heller werdenden Feldern und von Hecken, die die dunklen schweren Grüntöne des Hochsommers annahmen. Die Gräser an den Acker- und Straßenrändern blühten; die Bäume begannen sich zu neigen; der Sommer war über den Punkt hinaus, an dem Wachstum in Verfall übergeht.

David sagte: »Hm, der Urlaub rückt bedrohlich näher. Du fährst am dreiundzwanzigsten nach Schottland?«

»Ja.« Und du eine Woche zum Wandern nach Wales mit deinem Freund Jim Hilton, den ich nicht kenne (wie ich überhaupt keinen deiner Freunde kenne, und du meine auch nicht). Und mit deinen Söhnen.

»Ich muß sagen, ich freue mich richtig auf Wales. Wir haben schon eine Route ausgearbeitet, es muß eine phantastische Landschaft sein. Und die Jungen wollen ein paar Burgen besichtigen.«

»Ach, wirklich«, sagte sie. »Schön.« Von der Aussicht auf Schottland kann ich das nicht gerade behaupten.

Einen Moment hing Schweigen zwischen ihnen. »Was macht Mary?«

»Sie besucht ihre Mutter«, sagte David, »in London. Und sie hat eine alte Schulfreundin in Kent, bei der sie wahrscheinlich ein, zwei Tage verbringt.«

Aha. Natürlich kann man nicht fragen, wann mit gemeinsamen Ferien Schluß war oder was Jim Hilton von Mary hält (oder deine anderen Freunde). Oder wie sie aussieht oder wie du sie nennst oder ob, und wenn ja, wie oft, du mit ihr schläfst, das heißt, überhaupt nach irgend etwas fragen, das diesen verschlossenen Blick hervorrufen könnte, vor dem ich mich inzwischen richtig fürchte. Ich bin ausgeschlossen, so wie ich dich ausschließen muß.

David fragte: »Was sagen sie im Heim zu deinem Vater? Überhaupt etwas?«

Sie berichtete. Morgens war sie dort gewesen, und die Leiterin hatte ihr erklärt, daß sich sein Zustand nach Meinung des Arztes verschlechtert habe, obwohl er Anne in keiner Weise verändert vorgekommen war; nach wie vor wechselten Augenblicke beinahe vollständiger Klarheit mit halbkomatösen Phasen. Offenbar war sein Herz schwächer geworden. Er müsse, sagte die Leiterin, sehr robust sein. Sie deutete behutsam an, daß die meisten Menschen in seinem Zustand nicht so lange lebten; daß es nicht mehr lange dauern werde. Als sie sprach, hatte sich der alte Mann plötzlich zu ihnen umgewandt, sie angestarrt und etwas über Kaffee gesagt. »Wir sind vier«, sagte er und schaute zu der Leiterin. »Wir möchten viermal Kaffee.« Und die Leiterin hatte gelächelt und zu Anne gesagt: »Heute morgen ist er nicht recht bei uns, nicht wahr?« Und dann zu ihrem Patienten: »Sie haben gerade Tee getrunken, Mr. Stanway. Möchten Sie noch eine Tasse?« Aber er war wieder fort, seine Finger krochen auf der Bettdecke hin und her, seine Augen waren geschlossen.

Als habe die Apathie der Landschaft sie angesteckt, verbrachten sie einen schweigsamen Nachmittag in Tamworth. Anne hatte leichte Kopfschmerzen; David schien in sich gekehrt. Sie waren früh zurück in Starbridge und stellten dort fest, daß sie sich vor beider Urlaub nicht mehr sehen würden.

»Ich dachte, du kämst nächste Woche noch einmal her.«

»Ich habe es aber erwähnt, David. Du hast es bestimmt vergessen. Judy hat eine Freundin zu Besuch – ich kann die Mädchen ja nicht gut allein lassen. Mir war nicht klar, daß du jetzt weg mußt – ich dachte, du bliebst heute abend.«

»Tut mir leid, Anne. Ich habe den Jungen versprochen, mit ihnen nach Birmingham zu fahren. Ich wußte ja nicht, daß du hier sein würdest.« Er küßte sie und sagte: »Ich werde dich schrecklich vermissen.«

»Ich wünsche euch eine wunderschöne Wanderung in Wales.«

Sie stand um sechs Uhr auf und fuhr am frühen Morgen nach Cuxing zurück, abwechselnd durch Sonnenschein und düster bewölkten Himmel. Als sie ankam, verkündete Judy mit grimmiger Genugtuung (»Sandra Butterfield ist völlig durchgedreht, sie rast durch die Gegend und ruft alle an; als sie gestern abend gehört hat, daß du nicht da bist, hat sie sich sogar Dad geschnappt ...«), daß Splatt's Cottage während der letzten Nacht dem Erdboden gleichgemacht worden sei. Nachmittags ging Anne die Straße hinunter, um es sich anzuschauen, und sah, wie ein Bulldozer sich um einen Berg Mörtel, Lattenwerk und Ziegelsteine herummanövrierte, der viel größer schien als das Cottage selbst. Zersplitterte, von Schwamm und Holzwurm zerfressene Balken ragten aus dem Haufen zerbrochener Ziegel und Verputzbrocken hervor. Es war, als enthülle das Cottage in seinem zerstörten Zustand die Geheimnisse seiner Gebrechlichkeit und gewinne gleichzeitig an schierer Masse. Es war ein schreckliches Durcheinander. Es würde Tage dauern, alles fortzuschaffen und den Platz zum Bauen vorzubereiten. Der Bulldozer trug die Trümmer von den Rändern her ab, schaufelte sie unermüdlich in den Schlund eines wartenden Lastwagens. Anne blieb ein paar Minuten stehen und sah zu, wie ein halbes Porzellanwaschbecken, eine zerbrochene Tür und eine Ladung Dachbalken krachend in den Lastwagen fielen. Auf dem Grasstreifen der Weide parkte ein Mini. Am Tor blühte ein Rosenbusch, die Blüten waren staubüberzogen. Zur Straße hin befand sich das Schild eines Grundstücksmaklers und bot fünf hier entstehende seniorengerechte Bungalows zum Kauf an. Auf einer Seite des Schuttberges lehnte ein Stück unzerstörten Fachwerks gegen einen Haufen Dachstroh, seine Struktur von Balken, Latten und Mörtel war im Querschnitt zu sehen wie im Museum bei einem Demonstrationsobjekt ländlicher Handwerkskunst. Um es genauer zu betrachten, bahnte Anne sich vorsichtig einen Weg dorthin, während der Fahrer des Bulldozers das Fahrzeug auf den Weg fuhr und den Motor abstellte. Offenbar hatte er Feierabend. Sie zog an dem längsten

Stück Balken, und die ganze Wand kam ihr mit überraschender Leichtigkeit entgegen. Mörtel fiel ab und zeigte das skelettartige Lattengerippe, aus dessen Lücken leere Kornhülsen rieselten. Der Fahrer tauchte plötzlich ein paar Meter weiter auf und sagte: »Gibt ein paar schöne Stücke Holz hier – bedienen Sie sich, wenn Sie ein bißchen Feuerholz suchen.«

»Ich wollte nur sehen, wie es gebaut ist. Es scheint ja von Mäusen verseucht gewesen zu sein.« Sie zeigte auf die Spelzen.

Der Mann lachte. »Sieht so aus. Aber es ist die Isolierung – keine Mäuse. Früher, da haben sie die Wände vollgepackt, um die Wärme drin zu halten. Mit allem, was zur Hand war – Erbsenschoten, Stroh. Ich hab in so einem Haus sogar schon mal Hühnerknochen gesehen.«

Anne sagte: »Ach so.« Sie kam sich ein wenig dumm vor. Der Mann wandte sich zum Gehen und sagte: »Sehen Sie sich bei den Glasscherben vor.«

Sie zog ein paar Nägel aus den Balken und steckte sie in die Tasche. Vielleicht Nägel aus dem fünfzehnten Jahrhundert? Sie sahen allerdings extrem modern aus. Der Mann war in den Mini gestiegen und weggefahren. Der Bulldozer hockte neben den Überresten von Splatt's Cottage. Als Anne den Weg hochging, drehte sie sich noch einmal um und sah den gelben Rumpf in der Sonne leuchten. Sie war erstaunt, wie emotionslos sie auf die ganze Sache reagierte. Es mußte so kommen, dachte sie. Die Chance, es zu verhindern, war nie gegeben, obwohl sie natürlich völlig recht hatten, es zu versuchen, und ich wahrscheinlich nur mit halbem Herzen dabeigewesen bin, was falsch war. Die Bulldozerschaufel warf einen langen gezahnten Schatten, der aussah wie ein urgeschichtliches Monster, über den Schutt. Oben drauf, sah Anne nun, funkelte einer der Glaslampenschirme, die sich in einem der Schlafzimmer befunden hatten.

Für ein kleines Cottage machte es wirklich einen erstaunlichen Haufen Abfall. Aber als sie versuchte, sich daran zu erinnern, wie das Haus innen aufgeteilt war, stellte sie ärgerlich fest, daß sie es nicht mehr wußte, obwohl sie erst vor wenigen Monaten darin gewesen war. Hatte es zwei oder drei Schlafzimmer gehabt? Türen hinten und vorn, oder nur vorn? Man hätte einen Plan davon zeichnen oder ein Foto machen sollen, dachte sie. Man hätte es zumindest in irgendeiner Weise bewahren sollen, bevor es zerstört wurde.

11

In Schottland waren die Entfernungen auf den Straßenschildern stets mit zweistelligen Zahlen angegeben: Inverness 31, Fort William 48, Edinburgh 70. Nichts war jemals in der Nähe. In einer braun-lilafarbenen Bergschlucht, in die eine Straße hinein- und auch wieder hinausführte und die nur durch eine Reihe zum Horizont wegmarschierender Telegrafenmasten mit der realen Welt verbunden war, fragte Don: »So, was habt ihr vor? Fahren wir nach Norden oder Westen?«

Normalerweise, dachte Anne, hätte ich das in die Hand genommen, hätte gesagt, heute machen wir dies oder das und wäre es denn nicht nett, dorthin zu fahren, und das wollte ich mir schon immer mal anschauen. Statt dessen sitze ich hier wie in Trance, und die Dinge ziehen zu beiden Seiten an mir vorüber. Hügel und Flüsse und Dörfer und dramatische Landschaften, die mich kaum berühren. Jeder andere als Don würde sich, glaube ich, fragen, warum. Jedem anderen würde es ein wenig die Laune verderben, eine Ehefrau und eine Tochter durch die Gegend zu kutschieren, die beide eisern schweigen.

Sie sagte zu Judy: »Du bist so still. Findest du es hier nicht wunderschön? Schau mal die Farbe des Heidekrauts dort oben.« Und Judy, die sich in ihrer Ecke auf dem Rücksitz verschanzt hat, nickt und schenkt Glen Soundso einen kurzen finsteren Blick und kehrt in ihre eigene unergründliche Gedankenwelt zurück.

»Woran denkst du?«

»Nichts.«

Die Berge in Wales sind natürlich sanfter. Irgendwo dort sucht sich ein fröhlicher Männertrupp, zwei jung, zwei mittleren Alters, mit Generalstabskarte und einfacher Mehrheitsentscheidung den Weg von einem Ort zum anderen. Wer sagt was zu wem? Was sehen sie? Ist der Wind dort unten auf dem Gesicht kühl wie hier und streift einen mit einem zarten Nebel und dem Geruch nach Torf? Vor ihnen liegt die Aussicht auf ein Bier und Gespräche (worüber?) in einem Pub und gegen Ende der Woche der Besuch der einen oder anderen Burg.

»Warum«, sagte sie zu Don, »suchen wir uns nicht was anderes als Landschaft zum Anschauen? Man kann auch zuviel davon bekommen.«

»Schottland hat's nicht so mit alten Adelssitzen.«

Aber der hilfreiche Anhang im Führer des Britischen Automobilverbandes hat unter »Sehenswürdigkeiten« Vorschläge parat. »Das wäre doch was. Ich habe noch nie Brochs gesehen, diese Steintürme. Hier steht, die in dieser Gegend sind die am besten erhaltenen. Außer dem auf den Shetlands. Los, die schauen wir uns an.«

Die Reise zu den Brochs dauerte Stunden (das heißt, in diesem Zustand, in dem die Zeit stillzustehen schien, womöglich Tage); bedeutete stundenlanges Fahren oder Gefahrenwerden durch Meile um Meile einer urtümlichen Landschaft von Geröllhängen und Heideland, in der Tankstellen und Campingplätze wie Eindringlinge wirkten. Manchmal hing in einer Prozession langsam dahinfahrender Ferienreisender ein Stück See oder Gebirge wie im Kino hinter den Insassen der Autos – Fahrer in Hemdsärmeln, krabbelnde Kinder, dazwischen Thermoskannen, Jacken und Kissen –, als sei es lediglich als Hintergrund für die Aktivitäten der Urlauber entworfen. Als sie in der

Schlange auf eine Fährte warteten, starrte Anne apathisch durchs Autofenster. Nur wenige Meter entfernt hatten sich Schafe am Rand des Asphalts niedergelassen. Wilde Blumen wuchsen einen leuchtenden Berghang hoch wie in einem Steingarten. Durch die Scheibe betrachtet, erweckten sie sachliches Interesse wie ein Naturfilm. Es wäre zuviel Mühe gewesen, die Autotür zu öffnen, auszusteigen und sie genauer in Augenschein zu nehmen. Aber auf den Zuschauer, der sie durch das Glas anschaute, hatten sie eine therapeutische Wirkung wie der Blick aus dem Fenster für einen Kranken; interessant, aber keine Ansprüche stellend. Die wilden Blumen wurden von Scharen sehr kleiner Bienen besucht; die Schafe hatten unentzifferbare Farbmale in tiefem Rotbraun; die rosafarbenen Steine waren grau marmoriert von Flechten, die so lang und verwoben wie Seetang waren. So schlimm, dachte sie, ist es doch gar nicht, hier zu sitzen und an nichts zu denken; solange es so weitergeht, gibt es kein Problem, absolut keines.

Sie erreichten die Brochs, und die wirkten wie strenge, zu klein geratene Fabrikschlote (oder die Kühltürme, die sich über einem Abschnitt der A 446 erheben, kurz nach dem Kreisverkehr bei Brownhills auf der Straße nach Lichfield ...). »Wir sind am Ziel, was?« sagte Don. »Haben wir einen Reiseführer oder so etwas?« Aber hier in diesem schweigenden, zwischen Meer und Himmel und Bergen eingeschlossenen Tal wird ein solcher nicht angeboten. Von dem Heidekrautstück, an dem sie das Auto parken (vorsichtig, damit sie nicht steckenbleiben), oder der Kieferngruppe hinter den Brochs oder dem großen schwarzen Vogel, der hoch oben kreist (und ein Rabe sein kann oder auch nicht), sind keine Erklärungen erhältlich (und Anne kann sich an nichts über die Brochs erinnern – wann oder wer oder warum). Die Brochs müssen ohne Reiseführer begutachtet werden; man kann nur mutmaßen. Judy sitzt auf einem Felsen hundert Meter weit weg, liest das Buch, das sie sich in Oban gekauft hat, und hat keine Vermutung. Anne hat eine oder zwei, sagt aber nichts. Don mutmaßt, sie sind mittelalterlich oder womöglich noch älter. Er geht zum Auto zurück und öffnet die Motorhaube, damit sich der Motor abkühlt; die Berge sind steil gewesen.

Von der Spitze eines Brochs konnte man ins Tal hinunter bis zum Meer sehen. Und darum, dachte Anne, sind sie natürlich hier. Einen Moment blieb sie stehen, schaute mit leichtem Schwindelgefühl hinunter und sah Judy, perspektivisch verkürzt, eine Seite in ihrem Buch umblättern. Don, die Hände in den Taschen, blickte auf und rief: »Sei vorsichtig.« »Ja«, sagte sie, »bin ich.« Er sah ihr zu, wie sie herunterkam, und gesellte sich unten zu ihr. »Alles in Ordnung?« fragte er.

»Ja. Bestens.«

»Wirklich ein schönes Fleckchen.«

»Ja, wunderschön.«

»Anne?« sagte er.

»Hm ...?«

»Ich wollte mit dir über etwas reden.«

Auch vom Fuß des Brochs kann man ins Tal hinuntersehen, bis zum Meer, einem graublauen Bogen zwischen purpurfarbenen Berghängen. Ja, ein sehr hübsches Fleckchen. Außer daß die Berge, die bisher ruhig und friedlich dagelegen haben, auf einmal mächtig ins Schlingern geraten. Und die Wolke dort droht mit Regen.

»Ja?«

»Wenn das der richtige Augenblick ist.«

»Ach, ich glaube, es kann genausogut jetzt sein wie irgendwann anders.«

»Du bist dieser Tage ein wenig abwesend.«

»Ja«, sagte sie. »Ich fürchte, ja. Tut mir leid, Don, weißt du, ich …«

»Hast du gestern abend im Heim angerufen?«

»Nein«, sagte sie. »Ich dachte, ich warte bis morgen. Ich dachte, vielleicht …«

»Der Sommer«, sagte Don, »ist ziemlich anstrengend für dich gewesen, stimmt's?«

Don neigt nicht zu Gefühlsausbrüchen. Er läßt die Bemerkung in einem kühlen, gelassenen Ton fallen, als wolle er nicht unnötig Angst oder Panik auslösen, aber darauf hinweisen, daß das Nachbarhaus brennt oder ein Krieg bevorsteht. Es kann alles bedeuten und nichts. Der Berg in der Ferne bebt immer noch, und man ist immer noch außer Atem, was natürlich daher kommen kann, daß es einen gewissen Kraftaufwand erforderte, auf den Broch zu steigen.

»Ein bißchen.«

»Annie, du weißt, die Dinge müssen ihren Lauf nehmen.«

Und genau das, dachte sie, tun sie wohl gerade, und deshalb krampft sich mein Magen so zusammen. Und sie verlaufen unterschiedlich, die verschiedenen Dinge. Und während sie abwesend auf einen bienenbehangenen Heidekrautstrauch starrte, erinnerte sie sich ganz plötzlich an die Blumen, die sie in Starbridge gesät hatte, im Garten ihres Vaters – »Blütezeit Juli bis Aug.« –, und stellte sich Jungfer im Grünen, Ringelblumen und Lavatera vor, die artig dort vor sich hin blühen, ohne daß jemand sie bemerkt.

»Worüber ich eigentlich reden wollte«, sagte Don, »ist die Sache mit dem Haus. Ich habe es dir noch nicht erzählt, aber Jim Thwaites hat sich entschieden, früher in Pension zu gehen, was bedeutet, daß meine Seniorpartnerschaft doch eher, als wir erwartet haben, ansteht und wir daran denken können, jetzt schon anstatt in ein paar Jahren in irgendwas Größeres zu ziehen, vielleicht außerhalb des Dorfes. Was meinst du, Annie?«

»Oh«, sagte sie, »ich glaube, das ist eine gute Idee. Ja, gut, Liebling, wenn du es gern willst. Ja, natürlich.«

Nun steht der Berg wieder ganz fest, und die schwarze Wolke von der Größe einer Männerfaust, die doch so sicher mit Regen drohte, hat sich verzogen. Das Wetter ist wieder, wie es war; indifferent.

Don klang, für seine Verhältnisse, überrascht. »Ich dachte, du wärst nicht so erpicht darauf. Bisher warst du nicht sehr begeistert – aber wenn du einverstanden bist, fangen wir an, etwas zu suchen, sobald wir zurück sind. Ich dachte, so um die fünfunddreißigtausend. Wenn du es wirklich möchtest.«

»Ich möchte es sehr gern«, sagte sie. »Wirklich.«

»Vielleicht ist es gerade jetzt gut, nach vorn zu schauen.«

Und was bedeutet das? Alles oder nichts? Begleitet dieser Blick den Satz nur, weil sie wieder zum Auto gehen und Don sich ihr zuwenden muß, da sie zwischen ihm und der Fahrertür steht, oder will er sehen, wie sie reagiert? »Ja«, sagt sie. »Du hast bestimmt recht«, steigt ins Auto, dreht sich um und öffnet Judy die hintere Tür. Judy hat einen Zweig Heidekraut als Lesezeichen zwischen die Seiten gelegt (der Jahre später herausfallen und einen Augenblick lang den Nachmittag an den Brochs zurückholen wird, denen sie nicht viel Aufmerksamkeit geschenkt hat). »Sicher hast du recht«, sagt Anne. »Ich neige immer dazu, zu vergessen, daß die Dinge sich in zwei Richtungen bewegen – vorwärts und rückwärts. Ich glaube, die Beschäftigung mit Geschichte hat mir nie besonders gutgetan.« Und Don, der die Ironie mitkriegt, tätschelt ihr Knie und sagt: »Aber, aber, auf die eine oder andere Weise hast du doch viel davon gehabt.«

Sie fahren durch das Tal zurück und überlassen die Brochs, die ihren Zweck erfüllt haben, ihren eigenen unergründlichen Angelegenheiten, den vergangenen und denen, die noch kommen.

Graham lag auf einer plastikbezogenen Liege in einem verdunkelten Raum und starrte an die Decke, von der Kabel, Flaschenzüge und Vorrichtungen für alles mögliche hingen. Ein Mann im weißen Kittel sagte: »Nun ganz ruhig bitte, Mr. Stanway. Atmen Sie tief ein und halten Sie den Atem an.« Apparate surrten und klickten. »Ausatmen, bitte«, sagte der Arzt. »Entspannen Sie sich«, und Graham entspannte sich folgsam und warf einen verstohlenen Blick auf die Uhr. Kurz nach zwölf; wenn er Glück hatte, war er um zwei wieder im Studio. »Jetzt kippe ich die Liege ein wenig«, sagte der Arzt. »Wenn Sie den Kopf nach rechts drehen, können Sie den Bildschirm sehen; das Kontrastmittel macht die inneren Organe sichtbar.« Und Graham wurde sanft nach vorn gekippt und dann wieder zurück und starrte fasziniert seinen eigenen hell leuchtenden Magen an, der auf einem Fünfundzwanzig-Zentimeter-Fernsehschirm präsentiert wurde. Herr im Himmel, kein schöner Anblick, gut, daß wir das normalerweise für uns behalten. »Noch einmal einen Moment lang ganz ruhig«, sagte der Arzt und wieder neigte sich die Liege; der Bildschirm, voll pulsierender Schlingen, schimmerte in fröhlichen Farben. »Gleich fertig, Mr. Stanway, wir haben ein paar schöne klare Bilder.« »Prima«, murmelte Graham, ihm war übel, und er fragte sich, ob man auch das auf dem Bildschirm sehen konnte. Und was nun? überlegte er. Ab in den Schneideraum mit den Bildern, und dort was Hübsches zusammenmontiert? Die Untertitel waren bestimmt interessant. Unser heutiges Fernsehspiel: Die Innenwelt von Graham Stanway. Oder vielleicht wären sie besser beraten, es in einem Dokumentarfilm zu verwenden. Wir sind mit unseren Kameras tief in Stanway vorgedrungen und mit einer Menge erstaunlichen Materials über die geheimen Rituale und bizarren Gebräuche einer unbekannten Region zurückgekehrt. Verdammt, so witzig ist es nun auch wieder nicht, dachte er, was war zum Beispiel das Schwarze da oben rechts? Und der Arzt brachte die Liege behutsam zurück in die Waagerechte und sagte: »Das war's, Mr. Stanway. Vielen Dank. Die Schwester bringt Sie zurück in den Umkleideraum, und Mr. Hicks möchte noch kurz mit Ihnen sprechen, bevor Sie gehen.«

Schottland hatte viel zu bieten. Wie alle Orte, in denen man Ferien macht, schien es sinnreich dazu erdacht, den Betrachter zu erfreuen und zu unterhalten. Wenn man der Landschaft überdrüssig wurde, konnte man am Strand sitzen, und Judy konnte ein kaltes Meer ausprobieren und ungnädig ablehnen. In Edinburgh gab es Kunstgalerien und Museen, Konzerte und Theaterstücke. Was die Fülle an dramatischen Ereignissen betraf, zeigte sich auch die Geschichte von ihrer zuvorkommendsten Seite. Selbst wenn die Eintrittspreise heutzutage exorbitant waren, wie sich Don beschwerte, waren ein paar Pfund wenig genug dafür, daß man anderer Menschen katastrophenreiches Leben mühelos inspizieren konnte. Und wenn einem achtzig Pence pro Person für eine Burg oder Abtei zuviel erschienen, konnte man immer noch nach Glencoe weiterziehen, das gratis zu haben war und obendrein einen hübschen Ort für ein Picknick abgab. Die Jahrhundertwendehotels strotzten vor Schottenstoffen und Geweihen und waren wie aus einer anderen Welt; nur die Störenfriede Zeitung und Fernsehen beharrten auf dem Weitermarschieren der Zeit. Und auch die Ereignisse, von denen sie berichteten, waren nicht ganz real, als fänden sie woanders statt. Glasgow mußte man natürlich meiden, wie es überhaupt möglich war, die meisten Hinweise darauf zu ignorieren, daß Menschen in diesen Gegenden lebten und arbeiteten, persönliche Probleme hatten und Kekse, Schiffe oder Autoteile fabrizierten. In zehn Tagen konnte man sich von Ort zu Ort bewegen und nichts als Dankbarkeit für einen so gut konstruierten Spielplatz empfinden. Man sollte nie Urlaub an realen Orten machen.

Einmal dachte Anne, als ich in Judys Alter und garantiert so wenig umgänglich war wie sie, sind wir in ein mitteleuropäisches Land gefahren, und ich muß gestehen, ich weiß nicht einmal mehr, welches Land es war. Es gab Berge und Seen, was die Möglichkeiten nicht sehr reduziert. Die Schweiz? Österreich? Italien? Ich kann mich an kein einziges Wort erinnern, das jemand gesagt hat, also liefert mir die Sprache auch keinen Hinweis. Auf einem Feld an der Straße war eine Ziege mit einem Paar reizender weißer Zicklein; ich strickte eifrig mit melierter Wolle, die von Rosa über Lila zu Blau überging; in dem riesigen Hotelrestaurant mit weißem Tischleinen und blankpolierten Gläsern redeten meine Eltern nur über das Essen und die Pläne für den nächsten Tag.

Es heißt, Reisen erweitert den Horizont.

Ich wartete, wie Judy vermutlich jetzt, darauf, erwachsen zu werden. Was machten Mutter und Vater? Mutter genoß in ihrer Art die Ferien, weil die ganze Familie zusammen war. (Aber wo war damals Graham? Irgendwohin abgehauen, vermute ich, damals halb flügge wie Paul jetzt, entlassen, um mit der Schule in Snowdonia zu zelten.) Vater genoß es auch, habe ich damals gedacht, nun bin ich mir dessen weniger sicher. Diese ruhige Gestalt vor meinem geistigen Auge, die auf einem Felsvorsprung an einem Bergpfad sitzt, scheinbar ganz von der Aussicht gefesselt, war vielleicht mit ganz anderen Dingen beschäftigt. Nun wird man es nie erfahren.

Sie lief über den Kieselstrand eines schottischen Loch. Ein langer schmaler Loch – auf der Karte eine klare, angenehme Form wie ein Bumerang, und nun, bei der Ankunft am späten Nachmittag, sah man ihn in perfekter Symmetrie zwischen den Bergen liegen, sein Bogen offenbar mit Bedacht darauf angelegt, den Blick so weiterzuführen, daß er auf ein Vorgebirge mit windgebeugten Bäumen und Berggipfeln dahinter traf. Das Wasser plätscherte in kleinen regelmäßigen Wellen an den Strand, was genau das richtige Maß an Bewegung zu einer stillen, nachdenklichen Szene beisteuerte. Die Treibholzstücke am Ufer waren ausgebleicht wie Knochen und standen wie Skulpturen neben Schilfbüscheln oder gleißenden Steinhaufen. Von Zeit zu Zeit flog eine Möwe über den Loch, hell und deutlich vor dem blassen, gleichmäßigen Grau von Himmel und Wasser. Nirgendwo Abfall, und kein Lärm außer Schafblöken und Vogelrufen; es war ein wenig besuchter Ort, er wurde nirgendwo wegen seiner Schönheit oder interessanten Vergangenheit empfohlen. Anne saß auf einem Felsbrocken (in bequemer Sitzhöhe und genau an einer Stelle plaziert, die einen höchst reizvollen Ausblick bot) und dachte, das muß die romantische Landschaft par excellence sein. Don, der am Wasser entlangwanderte, müßte links von der Bildmitte in der Kleidung des neunzehnten Jahrhunderts und mit der entsprechend bewundernden Geste auf die Szenerie posieren. »Don«, rief sie,

»könntest du eine romantische Gestalt sein ...« Aber Don war zu weit weg, um es zu hören, grinste und winkte und zog Schuhe und Socken aus und trat vorsichtig in die kalten Wasser des Loch.

Mutter hätte es hier nicht gefallen, dachte sie. Als trist hätte sie es bezeichnet. Sie mochte fröhliche Orte – gepflegte, blumenreiche Vororte oder lächelnde Strände, auf denen Kinder herumtollten, oder den wohlgeplanten weißen Glanz von Regency-Badeorten. Sie wurde von ihrer Umgebung beeinflußt wie vom Wetter. Ein düsterer Ort; ein düsterer Tag. Laßt uns woanders hinfahren; hoffentlich wird's morgen schöner. Einmal wollte sie, daß sie sich im Alter in die Sonne zurückzogen – nach Spanien oder so. Sie dachte, dort würde es ihnen viel besser gehen; eine Freundin von ihr wohnte jetzt auf Malta und fühlte sich dort als vollkommen anderer Mensch.

Ich fühle mich nicht anders, dachte Anne. Nichts von alledem bewirkt etwas in mir. Ich schaue es mir an und sehe, wie es ist, und mache weiter mit dem, was ich tue. Ich streiche weiter die Tage ab, einen nach dem anderen, überprüfe, was geschehen ist und was nicht, was er gesagt hat und was nicht. Jedesmal, wenn ich Don anschaue, zucke ich innerlich zusammen. Alle zwei, drei Abende rufe ich im Heim an, und sie sagen, alles unverändert. Morgen ist August.

»Wie spät ist es?« fragte James Stanway die Person, die sich über ihn beugte und sich ärgerlicherweise an seiner Decke zu schaffen machte. Er schob störrisch ihre Hand zurück, doch sie legte seine Hände bestimmt beiseite. »Spät, mein Lieber. Sie sollten jetzt schlafen. Möchten Sie noch etwas zu trinken?«

»Ich trinke nicht viel«, sagte er zu Betty, »wie du genau

weißt. Aber ja, danach möchte ich gern etwas. Einen Whisky. Warum?« fragte er. »Warum nach so langer Zeit? Warum jetzt?«

Betty in ihrem blau-weißen Kleid ging vom Sessel zum Sideboard und stellte mit ihren flinken, gepflegten Händen Glas, Flasche und Sodawasser zurecht. Seit er sie das letztemal gesehen hatte, hatte sie sich die Haare schneiden lassen, so daß sie plötzlich jünger wirkte, mehr wie die Frau, die er kennengelernt hatte – vor fünfzehn Jahren. Fünfzehn Jahre. »Warum jetzt?«

Und da saß sie, strich über den geblümten Chintzbezug der Sessellehne und redete über Veränderungen. »Ich habe mich nicht verändert«, sagte er. »Du auch nicht, finde ich. Und ja, es ist alles reichlich verzwickt, soweit stimme ich dir zu, aber das war es immer. Das hat sich auch nicht geändert.« Und während sie sich das Haar um die Finger wand wie immer, lächelte sie und redete und sprach jetzt über Freundschaft. »Ach, Betty«, sagte er, »was ist in dich gefahren? Freundschaft ...« Aber schon, als er es aussprach, schien sie sich ein wenig weiter zu entfernen, aus vertrauter Nähe wurde bloße Bekanntschaft, aus einem Menschen, den man kennt, ein Mensch, den man einmal gekannt hat. »Vielleicht hast du recht«, sagte er, »daß die Dinge ihren Lauf nehmen, aber bei Gott, ich wünschte, es wäre nicht so.«

Der Whisky schmeckte nach Milch, heißer Milch. Er schob ihn weg, und über und neben ihm redeten Stimmen von jemandem, der heute abend ein wenig unruhig sei und dem ein Beruhigungsmittel nicht schaden würde. Er drehte den Kopf auf dem Kissen zur Seite und sah Fische, die auf einem Vorhang hin und her schwammen, vielleicht auch in den Untiefen eines Flusses.

Irgendwo an der Abfahrt nach Sheffield sagte Don noch einmal: »Sollen wir wirklich nicht über Lichfield fahren? Dir die Fahrt nächste Woche ersparen?«

Und wieder sagte Anne, nein, besser nicht, es ist schon ein bißchen spät, und Paul ist um sechs zurück, und ich müßte sowieso länger hin, ich muß mich um einiges kümmern, mit dem Bankmenschen reden, und ein Mann kommt wegen des undichten Rohrs in Starbridge …

»Gut«, sagte er, »gut, wie du willst. Ich dachte nur, es wäre vielleicht eine gute Idee.«

Besteht er darauf? Ist er böse? Oder liegt es nur an der langen Fahrt, dem vielen Verkehr auf der Autobahn und der Aussicht aufs Büro morgen um halb zehn?

Im Garten in Cuxing stand das Gras hoch, und die Blumen trugen Samen. Anne ging am Montagmorgen nach dem Frühstück durch, knipste die welken Köpfe von ein paar Stiefmütterchen ab und bemerkte, daß die alte Strauchrose an der Mauer wahrhaftig während des Sommers abgestorben war und heraus mußte. Vielleicht wäre statt dessen ein Fliederbusch schön. Aber lange wohnen wir ja gar nicht mehr hier, dachte sie. Das hätte ich fast vergessen. Jemand anders muß entscheiden, was mit der Rose zu geschehen hat. Bald muß ich anfangen, Schränke auszuräumen, Sachen wegzuwerfen, zu überlegen, was wir behalten und was unwichtig ist. Was ich wohl alles finden werde?

Ihr Schlafzimmerfenster ging auf, und Paul rief heraus: »Sandra ist am Telefon.«

»Ich komme«, sagte sie, ging ins Haus und dachte an die vielen Schränke, die eine bedrohliche Ladung alter Kleider, Schulhefte, Puppen, Bausteine, kleiner Autos, Maschinengewehre, Postkarten und Fotografien bargen. Wenn ich soweit bin, nehme ich sie in Angriff, dachte sie, vorher nicht. Wenn es mir paßt, erst dann.

»Hallo«, sagte Sandra. »Wieder zurück! Euer Urlaub war sicher herrlich? Paß auf, ich kann nicht lange reden – ich bin gerade schrecklich beschäftigt mit der Krankenhaus-Sache, wir gründen eine Interessengemeinschaft der Patienten, in der Kreisklinik sind die Dinge keineswegs so, wie sie sein sollten, ich glaube, auf eine Weise war es ein Segen, daß ich die paar Tage dort mit meinem Bein liegen mußte, da hat man es wenigstens einmal selbst erlebt – aber egal. Ich wollte dir Bescheid sagen, daß am Donnerstag die Abschlußsitzung zur Splatt's-Cottage-Kampagne ist. Bei den Pickerings. Soll ich dich mitnehmen?«

»Abschlußsitzung?«

»Mehr können wir ja wohl nicht tun, was? In der Kasse ist noch ein bißchen Geld – wir haben doch damals für die Transparente und die Anzeigen in der Zeitung den Hut rumgehen lassen –, das müssen wir noch regeln. Übrigens ist Hugh Sidey sehr aktiv bei der Krankenhausgeschichte. Ich muß sagen, er wird einer unserer besten Leute im Dorf.«

»Donnerstag geht, glaube ich«, sagte Anne. »Ja, bitte, nimm mich mit. Haben sie es nun ganz abgerissen?«

»Na ja, klar. Obwohl ich natürlich nicht mehr glaube, daß sie an der Stelle jetzt was bauen. Ich meine, ich kann mir nicht vorstellen, daß da noch jemand wohnen will. Du?«

»Warum nicht?«

Sandra sagte: »Ach so, du weißt natürlich noch gar nichts. Es sind nämlich ein paar gräßliche Sachen herausgekommen. Als sie angefangen haben, im Garten Gräben zu ziehen – für die

Kanalisation oder was weiß ich –, haben sie Skelette gefunden. Genau vor der Küchentür. Kinderskelette – zwei. Die Polizei hat sie mitgenommen und untersuchen lassen. Angeblich stammen sie aus dem frühen neunzehnten Jahrhundert, aber das Scheußliche ist, daß eins mißhandelt worden ist, es hatte die Knochen gebrochen oder so was. Und sie waren schrecklich unterernährt, offenbar halb verhungert. In der Zeitung stand, daß sie anhand der Knochen und dergleichen etwas über die Ernährung sagen können, und ein Historiker von der Universität hat in einem Artikel geschrieben, daß es Kindestötung gewesen sein kann, als der Kornpreis furchtbar hoch war oder so was Ähnliches und die Landbevölkerung hungerte und ihre Kinder nicht mehr ernähren konnte und so. Es war ein ziemlich komplizierter Artikel, es ging um fluktuierende Brotpreise und was es mit den Armengesetzen auf sich hatte, ich habe ihn nicht richtig gelesen, muß ich zugeben – das meiste war ziemlich langweilig. Aber ist es nicht gruselig? Das Cottage war so wahnsinnig attraktiv, oder wäre es zumindest gewesen, wenn man es in Schuß gehalten hätte, und dann, wenn man bedenkt ... Na, egal, nach alldem ist natürlich keiner mehr scharf darauf, an der Stelle zu wohnen, wenigstens niemand von hier, wo es alle wissen. Die Leute meinen sogar, der alte Pym muß deshalb mit seinem Preis für diese dämlichen Bungalows runtergehen, also wahrscheinlich hat die ganze Sache auch ihr Gutes. Geschieht ihm recht. Also dann bis Donnerstag, ich muß los.«

Hm, dachte Anne, wer hätte das gedacht? Wie schlau von Splatt's Cottage. Da könnte man beinahe sagen, es hätte am Ende gewonnen. Ich muß mir den Artikel besorgen. »Hast du das gehört?« fragte sie Judy, die plötzlich in der Küchentür stand, »von Splatt's Cottage?«

»Von den Skeletten? Ja – Susie hat es mir erzählt. Ich hatte doch recht, was?«

»Ich dachte, du hättest gesagt, da wären Aale drin.«

»Was Ekliges eben – das kommt aufs gleiche raus. Wo gehst du hin?«

»Ins Dorf. Ich bin bald zurück.«

Anne ging die High Street von Cuxing entlang, vorbei an dem Marktkreuz, das in seiner eisernen Umzäunung gefangen war, der makellos restaurierten Fachwerkfassade von Barclay's Bank und der weniger gepflegten Backsteinvorderfront (achtzehntes Jahrhundert) des Gemüseladens, in den sie hineinging, um Gemüse zu kaufen. Am Kriegerdenkmal, wo die Toten von Cuxing, derer man mehr gedachte, in der Rangfolge ihrer gesellschaftlichen Stellung aufgelistet waren, traf sie Mary Pickering, die einen Augenblick stehenblieb, um über ihren Campingurlaub in Frankreich lebhaft Bericht zu erstatten. »Bis Donnerstag«, sagte sie. »Bringen Sie Ihren Mann mit, wenn er will – wir dachten, wir machen eine kleine Party daraus, denn soviel Geschäftliches ist ja nun nicht mehr zu diskutieren.«

Anne ging weiter die Straße entlang. Das altmodische Textilgeschäft an der Ecke, dessen Ausverkauf sich über Monate hingezogen hatte, war nun ein Antiquitätenladen. Sie blieb am Eingang stehen und sah abgebeizte Kiefernkommoden, Eckschränke, viktorianische Küchentische. An den Seiten des Raums waren Regale voll kupferner Jagdhörner und Wasserkrüge und Wärmpfannen und Zaumzeugbeschlägen, die einmal die Balken von Pubs und Restaurants zieren würden. Neue Messinggriffe im Stil des achtzehnten Jahrhunderts hatte man an alten Holztruhen und robusten, praktischen kleinen Küchenschränken angebracht, das bemalte Gehäuse eines Kinderwagens aus dem neunzehnten Jahrhundert zu einem Blumenständer umfunktioniert; ein aufpoliertes Eichenholzbutterfaß stand auf einer Marmorwaschkommode, die ebenfalls abgebeizt und mit neuen Porzellangriffen an den Schubladen versehen war. Jeder Gegenstand war seiner eigenen Vergangenheit entrissen. Es war, als zerstöre man die Kraft des Vergangenen, indem man es zur Dekoration herabwürdigte. Weniger weit entwickelte Gesellschaften versuchen, ihre Vorfahren versöhnlich zu stimmen; diese stellt sie zur Schau und nimmt ihnen ihre Autorität, so wie wir die Ermahnungen unserer Eltern nun, da wir wissen, daß man von nassen Füßen keinen Schnupfen kriegt, ungestraft ignorieren dürfen.

Sie spürte, daß jemand neben ihr stand, drehte sich um und sah Mr. Jewkes vom Bauamt. »Sündhaft teuer, nehme ich an«, sagte er.

»Bestimmt. Ich mochte Hapgood's gern – den alten Laden. Es war das letzte Geschäft, das ich kannte, das Baumwollzwirn auf Spulen und die einzelnen Artikel in diesen Schubladenvitrinen mit Glasscheiben hatte.«

»Und Verkäuferinnen in schwarzen Kitteln«, sagte Mr. Jewkes unvermutet. Sie lächelten einander an. »Das letztemal haben wir uns wegen Splatt's Cottage gesehen«, sprach er weiter. »So ein Zufall – erst gestern habe ich an den Fall gedacht. In der Zeitung stand ein interessanter Artikel über die Gräber, die dort entdeckt wurden.«

Anne sagte: »Den habe ich verpaßt. Wir waren in Urlaub.«

»Ich muß mal nachschauen, ob ich ihn noch habe. Er hätte Sie interessiert.« Sie gingen zusammen die Straße hinunter. Mr. Jewkes erklärte, daß er in Cuxing ein Gelände besichtigen müsse, für das eine Baugenehmigung für eine Siedlung von vierzig Häusern beantragt worden sei.

»Werden Sie sie erteilen?« fragte Anne.

»Im Vertrauen, Mrs. Linton, ich bezweifle es. Das geplante Bauvorhaben verträgt sich nicht mit dem übrigen Dorf, und die Vorstellung, die Straße nach Reading noch weiter zuzubauen, behagt mir gar nicht. Ich muß sagen«, fuhr er fort, »Cuxing gefällt mir. Mir kommt es immer wie eins der glücklicheren Dörfer in Berkshire vor – insofern glücklich, als es von zuviel Gebäuden aus den Zwanzigern und Dreißigern verschont geblieben ist. Sie haben vielleicht das Gefühl, die Bebauungsgesetze würden manchmal nicht korrekt angewendet – aber ich bin sicher, Sie würden auch nicht gern zu der Anarchie der Vorkriegsjahre zurückkehren.« Mit leicht ironischem Lächeln schaute er sie über seine goldgerahmte Brille an.

»Nein«, sagte sie, »bestimmt nicht.« Sie lächelte ihn auch an; keine Frage, er war wirklich nett, dieser Mr. Jewkes. »Aber«, fuhr sie fort, »wir ziehen wahrscheinlich sowieso weg. Mein Mann will irgendwo ein größeres Haus kaufen.«

»Hm, so, so«, sagte Mr. Jewkes, »an was hat er denn gedacht ...? Ich komme gerade von einem Haus, das Sie vielleicht interessiert. Pym's in Wallingford – ein Bruder, wissen Sie, von Ihrem Pym hier – hat beantragt, eine alte Remise gleich unten am Fluß umzubauen. Ich habe sie mir angeschaut und sehe keinen Grund, der dagegen spricht. Seit anno dazumal nicht mehr benutzt – wunderbare Lage, mit Blick über die Downs. Sie haben einen ästhetisch sehr ansprechenden Ansichtsplan vorgelegt – bewahren das Äußere größtenteils so, wie es ist. Vielleicht würde Ihr Mann sich gern an die Bauherren direkt wenden, bevor sie es annoncieren – solche Sachen werden heutzutage ziemlich schnell aufgekauft.«

»Ja, das glaube ich auch. Ich sage es ihm. Danke, Mr. Jewkes.«

»Keine Ursache. Übrigens – nachdem Sie bei mir waren,

habe ich zwei und zwei zusammengezählt und festgestellt, daß Sie irgendwann meinen Ältesten unterrichtet haben, in der Gesamtschule. Ihr Unterricht hat ihm Spaß gemacht – er interessiert sich sehr für Geschichte.«

Anne sagte: »Schön. Ich unterrichte allerdings nicht mehr dort.« Sie erklärte die Umstände ihrer Kündigung, woraufhin Mr. Jewkes Mißbilligung und Bedauern äußerte. »Und heißt das, daß Sie sich nach etwas Neuem umsehen, Mrs. Linton?«

»Ich glaube, ja. Im Grunde habe ich noch gar nicht darüber nachgedacht. In letzter Zeit war ich sehr viel mit anderen Dingen beschäftigt. Mein Vater ist sehr krank – bis das vorüber ist, fällt es mir schwer, mich auf irgend etwas anderes zu konzentrieren.« Was für ein Euphemismus, dachte sie. Was für ein dummer, selbsttäuschender Euphemismus, in jeder Hinsicht.

»Aha«, sagte Mr. Jewkes nur. »Darf ich Ihnen mein Mitgefühl ausdrücken. Ihr Vater ist sicher recht betagt?«

»Ja. Er ist ziemlich alt.«

An der Abbiegung zum Parkplatz blieben sie stehen. »Sehr nett, daß ich Sie einmal wiedergetroffen habe«, sagte Mr. Jewkes und zögerte einen Moment, als wisse er nicht, wie er sich verabschieden solle, er klimperte mit den Autoschlüsseln in der Tasche. »Sie haben doch gewiß einmal Geschichte studiert, Mrs. Linton. Entschuldigen Sie – ich will nicht aufdringlich sein.«

»Doch, ja«, sagte sie überrascht. »Ich habe in Geschichte Examen gemacht.« Etwas ließ sie hinzufügen: »Natürlich vor Ewigkeiten«, was albern klang. Mr. Jewkes nickte. Sie gaben sich in aller Förmlichkeit die Hand, und er ging zu seinem Auto.

Anne wanderte nach Hause. An der Straßenecke sah sie, wie der Briefträger, auf der zweiten Zustellungsrunde, an ihrem

Gartentor stehenblieb, den Stoß Briefe in seiner Hand durchblätterte und zur Haustür marschierte. Den Rest des Weges ging sie sehr langsam, blieb stehen, um einen Zettel an einem Laternenpfahl zu studieren und mit dem kleinen Nachbarsjungen zu reden. Im Haus auf der Fußmatte glänzte eine Ansichtskarte. Sie hob sie auf, ohne sie anzuschauen, und trug sie in die Küche. Dort las sie, daß Dons Mutter in Devon ein paar Tage am Meer verbrachte und sich darauf freute, sie alle im September zu sehen.

Anne wurde gleichzeitig von Sehnsucht und tiefer Niedergeschlagenheit ergriffen. Sie stand am Tisch, die Postkarte in der Hand, und dachte an die unermeßliche Entfernung zwischen Cuxing und Lichfield. Sie hörte Davids Stimme, konnte sich aber nicht erinnern, wie er aussah.

12

In der vierten Augustwoche fuhr Anne nach Lichfield. Siebenundzwanzig Tage waren vergangen, seit sie die Strecke zum letztenmal gefahren war, in umgekehrter Richtung. Nun waren die Felder abgeerntet; an den Obstbäumen hingen Äpfel; die Vorgärten waren voller Herbstastern und Chrysanthemen. Sie hielt an der Tankstelle, an der sie bei der allerersten Fahrt und seitdem immer getankt hatte (so bilden sich unbewußt Gewohnheiten), und als der Tankwart ihr das Wechselgeld durchs Fenster reichte und sagte: »Jetzt geht's wohl wieder los, nach dem Urlaub. Viel zu tun?«, fragte sie verwirrt: »Wie bitte?«, und er fuhr fort: »Sind Sie nicht beruflich unterwegs?« »O nein«, sagte sie. »Mir ist nur aufgefallen, daß Sie in diesem Jahr regelmäßig hin- und hergefahren sind – ich dachte, Sie hätten hier oben geschäftlich zu tun.« »Nein«, sagte sie. »Ich besuche meinen Vater. Er ist krank.« »Ach, tut mir leid. Hoffentlich nichts Ernstes. Macht vierneunzig, danke schön.«

Ihr Vater lag mit geschlossenen Augen im Bett und atmete laut. Die Schwester bewegte sich zwischen Bett und Waschbecken hin und her und sagte: »Ich glaube nicht, daß wir es schaffen, ihn aufzuwecken, meine Liebe.« Sie beugte sich über ihn, redete mit ihm und schüttelte dann den Kopf. »Die Leiterin möchte Sie gern sprechen, bevor Sie gehen.«

Die Leiterin sagte: »Der Arzt hat ihn heute morgen untersucht und glaubt, er hat sich noch einmal ein wenig erholt. Heute nacht hatte er eine Krise, da dachten wir, es ist vorbei.

Ich hätte Sie angerufen, Mrs. Linton, aber es schien kaum sinnvoll zu sein. Er hätte Sie nicht erkannt, und da Sie heute sowieso kommen wollten ... Erstaunlich, wie er durchhält, für Sie ist es leider alles sehr belastend, doch ich kann mir nicht vorstellen, daß es noch lange dauert, der arme alte Mann.«

Anne ging durch den Park, an den alten Menschen vorbei, die auf Sessel und Bänke gesetzt worden waren wie damals im Aprilsonnenschein, als sie zum erstenmal hiergewesen war. Sie erkannte eine Frau und lächelte sie an. Die meisten sahen ganz anonym aus; vielleicht waren sie schon immer dagewesen oder gerade erst angekommen. Ich sehe nichts von dem, was um mich her vorgeht, dachte sie, ich sehe nichts und begreife nichts. Die Leiterin ist erschöpft, sie hat Ringe unter den Augen, womöglich war sie die ganze Nacht auf, während ich in Cuxing wachlag. Beinahe wäre es heute nacht vorbei gewesen ... Wieviel weiß er? Überhaupt etwas? Nichts?

Sie schlenderte durch den Garten in Starbridge und wartete auf David. Es hatte Dürre geherrscht, und ihre Blumen waren verwelkt und beinahe abgestorben, so daß sich die Farbenpracht, die sie sich vorgestellt hatte, in einem braunen, welken Gewirr erschöpfte. All die Arbeit, und dann habe ich sie doch nie gesehen, dachte sie. Das Auto hielt vor dem Tor, ihr wurde eiskalt vor Erwartung, und sie ging mit einem so steifen Lächeln auf ihn zu, daß er sagte: »Was ist los? Bin ich nicht mehr willkommen?« »O David ...«, sagte sie, spürte, wie ihr fast die Tränen kamen, und drehte sich weg, damit er es nicht sah.

Sie gingen nachmittags ins Bett wie an dem Nachmittag damals im Mai, und das Sonnenlicht fiel schräg über Annes nackten Oberschenkel und Davids Arm. Als sie an ihrem Körper hinunterblickte, sah sie, daß Lichtflecken auf seinem Haar tanzten, und dachte sogar in diesem Moment: Die Septembersonne ist anders, ganz anders, man kann sie nicht mit irgendeiner anderen verwechseln, man kann an der Sonne erkennen, welche Zeit im Jahr ist. Später erzählte sie das David, und er sagte, noch sei nicht September.

»Fast! Am Sonntag.«

»Na gut, wir wollen ihn nicht herbeireden. Und die Schule und alles andere noch dazu. Wie war Schottland?«

»Ich weiß nicht«, sagte sie. »Ich habe es kaum bemerkt.«

Er saß auf der Bettkante und zog sich das Hemd an. »Den Jungs hat es in Wales prächtig gefallen. Ich muß sagen, sie laufen mir mittlerweile auf und davon. Einmal ist Tom mehr als dreißig Kilometer gewandert.« Er schaute zu ihr hinunter, sah ihr Gesicht und legte die Hand auf ihren Arm. »Ich habe dich vermißt. Ich habe – ach, an allen möglichen komischen Orten – an dich gedacht. Ich habe mir gewünscht, du wärst bei uns.« Er starrte aus dem Fenster und sagte dann plötzlich: »Ich weiß nicht, ich weiß nicht, Anne, du ...?«

»Weißt nicht was, David?«

»Ach, nichts. Ich glaube, ich bin in letzter Zeit ein wenig niedergeschlagen. Aber ich will dich nicht damit belasten. Warst du schon im Heim?«

»Sie haben gesagt, es kann nicht mehr lange dauern.«

Er nickte und starrte wieder aus dem Fenster.

Ich lüge, dachte er. Ich verzerre die Dinge. Ich weiche aus. Zuerst gegenüber meinen Söhnen. Jetzt gegenüber Anne. Aus irgendeinem Grunde kann ich nicht ehrlich sein. Lügen – ausweichen – ist immer so viel einfacher, so viel weniger schmerzhaft, als die Wahrheit zu sagen. Wenn es um mich persönlich geht, bin ich immer feige gewesen. Nicht im öffentlichen Leben – der Schule oder was die Jungen betrifft – da funktioniere ich bestens. Aber ansonsten, nein.

Er fuhr das Auto auf das Betonstück vor der Garage und blieb darin sitzen, vor seinem dunklen Haus, er wollte nicht hineingehen. Ich hasse dieses Haus, dachte er, ich habe es immer gehaßt. Nun schlafe und esse ich seit ungefähr fünf Jahren darin und habe es nie so genau angeschaut, daß ich, ohne auf die Hausnummer zu achten, wüßte, welches es ist. Jetzt merke ich es nur an Toms Fahrrad an der Hecke. Wahrscheinlich ist sie zurück, dachte er, und ins Bett gegangen. Morgen wird sie mich über den Frühstückstisch hinweg anschauen, um zu sehen, ob ich es auch intus habe. Ob ich alles gelesen, angestrichen, gelernt und auch ja richtig begriffen habe.

Unglücklich saß er da, Sätze aus ihrem Brief gingen ihm durch den Kopf: »... wahrscheinlich besser, wenn ich das hier aufschreibe, bevor ich zurückkomme. Ich will mich ganz deutlich ausdrücken, was einem nicht unbedingt immer von Angesicht zu Angesicht gelingt ... ist wohl nicht das erstemal, aber sonst hattest Du mehr Glück, und niemand war so freundlich (oder so unfreundlich), mich zu informieren ... habe ein bißchen was herausgefunden, hauptsächlich, daß sie auch Kinder hat ... aus ganz persönlichen Gründen will ich keine Scheidung, wir kommen seit achtzehn Jahren zurecht und können das auch weiterhin.«

Achtzehneinhalb, dachte er, im Dezember neunzehn. Egal.

»... kann Dich unter diesem neuen Gesetz offensichtlich nicht davon abhalten, falls Du die Scheidung willst ... da kann ich Dich auch gleich ein- für allemal warnen ... Tom und Alan ... ihre Kinder auch ... ihr Mann ... Verachtung ... werden wenig Verständnis haben ... die Dinge so unangenehm gestalten wie möglich, und ich glaube, du weißt ...«

Ja, ich weiß.

»... schuldest für die Arbeit von achtzehn Jahren und einiges andere außerdem ... nicht immer ein großer Erfolg, aber ich sehe nicht ein, warum ich die ganze Schuld auf mich nehmen soll ... möglich, zuviel Wert auf die körperliche Seite zu legen, und ich persönlich ... und darüber hinaus sehe ich nicht ein, warum ich mir die Demütigung gefallen lassen soll ... offen und direkt mit Tom und Alan reden und bezweifle nicht, daß sie meiner Meinung sind ... würde ich mich in gewisser Weise verpflichtet fühlen, mich mit ihrem Mann in Verbindung zu setzen ... sehe nicht ein, warum er in seliger Ahnungslosigkeit bleiben soll ... auch ihre Kinder ... wenn Du andererseits ... gewillt bist, reinen Tisch und so weiterzumachen wie bisher ... entscheide Dich in den nächsten Wochen, was Du willst.«

Weitermachen wie bisher. Was war denn bisher, dachte er. Seit April weiß ich das nicht mehr, weil ich völlig durcheinander bin. Ich kann mich nicht daran erinnern, wie ich vorher war. Wie ich mich gefühlt habe. War ich unglücklich? Ich glaube nicht. Man hat seinen Kram erledigt: die Arbeit, alles übrige, mit dem man beschäftigt war, die Jungen. Ein Tag war mehr oder weniger wie der andere; es gab wenig Hochs und Tiefs. War es so schlimm?

Sicher nicht, sagte er zu sich, sicher nicht. Er starrte die dunklen Fenster seines Hauses an, hinter zweien schliefen seine Söhne. Ich weiß nicht, dachte er, ich weiß nicht ...

»Ach, Graham«, sagte Anne, »das tut mir aber leid. Mein armer Alter. Aber wenigstens weißt du jetzt, was es ist. Und es hätte schlimmer kommen können. Viel schlimmer. Und es bedeutet keine Operation, oder?«

In London sagte Graham, daß seiner Ansicht nach eine spezielle Diät aus einer Art Babynahrung und ein absolutes Alkoholverbot beträchtlich schlimmer klangen als eine Operation.

»Komm doch dieses Wochenende zu uns – bitte.«

Aber da waren die Dreharbeiten in Suffolk, und dann mußte er für irgendeinen europäischen Fernsehauftrieb drei Tage nach Berlin und danach für eine neue Serie ununterbrochen in London sein. »Komm du her, und wir gehen zusammen essen, Annie«, sagte er. »Ich spendier dir ein Essen mit allen Schikanen. Wirklich, komm doch – das wär schön.«

»Gut«, sagte sie. »Gut, ich komme. Übernächste Woche. Und sei vorsichtig, Graham. Sei vernünftig mit dem Essen und so.«

»Ja, Tantchen«, sagte er, und als sie den Hörer auflegte, dachte sie: Das klingt schon besser, jetzt klingt er wieder ein bißchen mehr wie er selbst.

Armer Graham, allein krank zu sein ist kein Spaß.

Tags zuvor war sie aus Lichfield zurückgekommen. David hatte angerufen und gesagt, er könne sie nicht, wie verabredet, zum Lunch in Lichfield treffen. »Tut mir leid«, sagte er. »Jemand muß Tom und Alan nach Birmingham bringen, und Mary kann nicht. Tut mir leid, Anne.« »Ach, nicht so tragisch«, sagte sie, und nach einer winzigen Pause fuhr er fort: »Wann kommst du wieder?« »Ich weiß nicht«, sagte sie. »Ich sage dir Bescheid – ich rufe dich in der Schule an oder hinterlasse eine Nachricht.« Sie fuhr schnell zurück, sah wenig oder nichts und war überrascht, als sie sich plötzlich vor ihrem eigenen Tor in Cuxing wiederfand.

Als Sandra sie abends abholte, um sie mit zu den Pickerings zu nehmen, sagte Anne: »Dieses Jahr hat es jemand auf uns abgesehen – auf meine Familie. Graham hat ein Magengeschwür – mein Bruder Graham.«

Sandra sagte: »Nein, so ein Pech. Ich muß sagen, ich hätte nicht gedacht, daß er der Typ ist, der krank wird.«

»Gibt es da Typen?«

»Hm, ich meine, bei manchen Leuten ist man gar nicht überrascht, wenn sie sich was einfangen – irgendwie scheint es typisch zu sein. Wie der Mann der armen kleinen Mrs. Hedges, kriegt mit vierzig einen Herzinfarkt, als sie gerade wieder ein Baby bekommen und er seinen Job verloren hat – ich meine, es paßt alles zusammen. Oder Kinder, die immer zu Unfällen neigen. Eigentlich«, fuhr sie fort, »hätte ich dich eher für den Typ gehalten als deinen Bruder, nimm es mir nicht übel.«

»Ich glaube, mir fehlt nichts«, sagte Anne. »Jedenfalls nichts, das der Rede wert wäre.«

»Ach, ich meine nicht, daß du ungesund aussiehst. Es ist nur, du hast immer etwas irgendwie Geheimnisvolles. Ich meine, du bist irgendwie einfach nicht so zu durchschauen wie andere Menschen. Ach, und jetzt kann ich es dir ja sagen, als ich dich kennengelernt habe, hatte ich ein bißchen Angst vor dir. Du hast so schrecklich klug gewirkt.«

»Tut mir leid«, sagte Anne. »Wollte ich nicht. Jetzt hoffentlich nicht mehr.«

Sandra sagte: »O nein. Und man ändert sich ja auch selbst in der Art, wie man auf Menschen reagiert. Du meine Güte, hoffentlich wirke ich nicht wahnsinnig unhöflich.«

»Kein bißchen«, sagte Anne. »Mir gefällt die Vorstellung, geheimnisvoll zu sein – solange das nicht von einer geheimnisvollen Krankheit kommt.«

Sandra sagte: »Aber an so was habe ich doch gar nicht gedacht.« Sie bog in die Pickeringsche Einfahrt ein, der Kies spritzte unter den Reifen. »Schau, sie haben die Maschine aufgebaut, ist das nicht toll?«

Im Scheinwerferlicht einer an die Hauswand montierten Lampe stand ein massives Teil Industriemaschinerie. Es thronte auf einem Sockel aus Beton, den man sorgfältig mit Töpfen und Kübeln voller Sommerblumen verdeckt hatte. Die weißgekalkte Wand eines Nebengebäudes gab den Hintergrund zu der glänzend geölten, angestrichenen und polierten Maschine ab, deren Kolben und Räder im Scheinwerferlicht harte schwarze Schatten warfen. Als sie ausstiegen, kam Brian Pickering aus der offenen Haustür, und Sandra sagte: »Eine irre Wirkung, muß ich sagen, Brian – das haben Sie wunderbar hingekriegt, finde ich.«

»Wirklich schön, nicht wahr?« sagte er.

Anne sagte: »Was ist es?«

»Eine Balancierdampfmaschine. Frühe industrielle Revolution. In der Nähe von Wolverhampton haben sie eine Fabrik demontiert, und ein Kumpel von mir hat davon gehört, ist hingefahren, um nach Kleinteilen für seine Skulpturen zu stöbern, und hat mir davon erzählt. Also bin ich natürlich auch hin, und sie haben sie mir für schlappe hundert Pfund überlassen. Ein paar Teile fehlen, sonst wäre sie viel mehr wert gewesen, für ein Museum oder eine Sammlung oder sonst was.«

»Wie hat sie denn funktioniert?«

»Oh«, sagte Brian. »Da bin ich leider überfragt. Technik ist nicht meine starke Seite. Die Dinger hier gehen natürlich rauf und runter und drehen das da. Wofür dieses Teil ist, ist mir nicht ganz klar. Ehrlich gesagt, ist mir schon das Innere meines eigenen Autos ein Mysterium. Aber ich konnte nicht widerstehen.« Liebevoll fuhr er mit der Hand über die schimmernde Oberfläche der Maschine.

»Das verstehe ich gut«, sagte Sandra. »Hm, wir fangen wohl besser an. Sind alle da?«

Sie gingen hinein. Mary Pickering sagte: »Ich dachte, Ihr Mann käme mit, Anne?«

»Er hat's leider nicht geschafft.«

»Miss Standish kommt auch nicht. Sie meint, sie könne sich ja nun nicht mehr nützlich machen, und läßt sich entschuldigen.«

»Man hat sie ja auch eigentlich nur aus Taktgefühl miteinbezogen«, sagte Sandra. »Ein bißchen weltfremd, die Gute. Trotzdem sollten wir sie informieren, was wir mit dem Geld machen. Hugh, gehen Sie die Sachen rasch durch?«

Bei Brian Pickerings nicht üblem selbstgebrautem Bier vernahm die Bürgerinitiative zur Erhaltung von Splatt's Cottage, daß noch vier Pfund fünfundsiebzig Pence in der Kasse waren. Ohne Debatte beschloß man, sie dem Verband zur Bewahrung des ländlichen England zu stiften. In seiner Eigenschaft als Vorsitzender bedauerte der Professor, daß die Bürgerinitiative ihr Ziel nicht erreicht habe. Dennoch, meinte er, könne sie sich beglückwünschen, weil ihre Mitglieder ihren Standpunkt deutlich gemacht und ein Prinzip verteidigt hätten, von dem sie zutiefst überzeugt seien. Wir haben gezeigt, sagte er, daß es in Cuxing Menschen gibt, die nicht tatenlos zusehen, wenn man sich an der Vergangenheit vergreift oder sie zerstört. Wir setzen uns zur Wehr (zustimmendes Gemurmel im Raum), und selbst wenn wir diesmal in gewissem Sinne verloren haben, weiß man, daß in Zukunft mit uns zu rechnen ist. (»Und ob«, sagte Mary Pickering mit Nachdruck, den Kopf über ihre Patchworkarbeit gebeugt.) Diesmal haben wir vielleicht unsere Kräfte nicht früh genug gesammelt; beim nächstenmal müssen wir in der Lage sein, in die Offensive zu gehen, bevor der Feind den ersten Zug macht. Sein Vorschlag sei, daß sich die Bürgerinitiative nicht auflöse, sondern neu gründe oder transformiere, egal, wie man es nennen wolle, in eine Überwachungsgruppe für Cuxing und Umgebung: Man würde alles, was alt war und irgendwann einmal gefährdet sein könne, registrieren und aufzeichnen, und dann jederzeit aktiv werden können. »Superidee«, murmelte Sandra, »aber kommen wir da nicht dem Verband zur Bewahrung des Ländlichen England in die Quere? Man will anderen ja nicht auf die Füße treten.« Aber nein, der Meinung war der Professor ganz und gar nicht, er hatte etwas, offen gestanden, Militanteres im Sinn als diese doch bisweilen eher schlappe Organisation (hier nickte Sandra weise). Recht bedacht, sollten sie vielleicht die vier Pfund fünfundsiebzig behalten (wieder nickte Sandra). Und, sagte er, ich finde, wir sollten überhaupt eine mehr erzieherische Rolle übernehmen. Ich habe den Verdacht, daß hinter dieser weitverbreiteten Gleichgültigkeit und dem Vandalismus nur Unwissenheit steckt. Dieser Pym zum Beispiel – der typische Junge von nebenan, der es zu was gebracht hat, der hat jede Menge Elan und Initiative. Solche Burschen brauchen wir auf unserer Seite, die wollen wir nicht bekämpfen. Es geht darum, den Leuten die Augen zu öffnen – ihnen die Welt zu zeigen, in der sie leben. Sie lehren, die eigene Vergangenheit zu schätzen, anstatt sie zu ignorieren. Wir müssen Vorträge und Ausstellungen organisieren. Wir müssen den Menschen die Geschichte nahebringen, deutlich machen, wie relevant sie für ihr eigenes Leben ist. (»Will jemand noch was zu trinken?« fragte Brian Pickering leise und öffnete die Glasscheibe des Brotbackofens, wobei er den Blick auf Flaschen und Gläser freigab. »Hier ist auch Whisky, wenn jemand lieber Whisky trinkt.«) Wir müssen Cuxing langsam mit modernen Vorstellungen vertraut machen.

»In den modernen Vorstellungen, die ich erlebt habe«, sagte Anne, »gilt Geschichte als veraltetes Konzept.«

»Und der Meinung sind Sie auch?« fragte Hugh Sidey streng.

»Nein, natürlich nicht. Es hat nur den Anschein, daß leichte Unklarheit hinsichtlich dessen besteht, was sie leisten sollte und was nicht. Oder wie man sie angehen sollte.«

»Da kann ich nicht ganz folgen.«

»Also«, sagte Anne, »ich habe meinen Job an der Gesamtschule verloren, weil offenbar meine Art, Geschichte zu unterrichten, nicht mehr akzeptiert wird. Sie chronologisch zu betrachten gehört sich nicht – das ist zu abstrakt für Kinder und Jugendliche. Also werden sie überhaupt nicht mehr in Geschichte unterrichtet oder bekommen sie in leichtverdaulichen Häppchen verabreicht, immer nur einzelne Themen, Revolutionen oder Bürgerkriege oder sonstwas.«

»Natürlich«, sagte Sandra, »war die alte Form des Unterrichts todlangweilig, nichts als Jahreszahlen und so. Ich meine, deshalb habe ich ja keinen blassen Schimmer – wenn ich so einen Unterricht wie meine Kinder gehabt hätte, hätte ich mich vielleicht auch dafür interessiert.« Zustimmung heischend schaute sie sich im Zimmer um.

Anne sagte ärgerlich: »Ich spreche nicht von Jahreszahlen oder dem Für und Wider verschiedener Unterrichtsmethoden. Ich spreche davon, daß man sich mit dem befaßt, was wirklich geschehen ist.«

»Ich glaube, wir kommen ein wenig vom eigentlichen Thema ab«, sagte Hugh Sidey. »Ich darf doch davon ausgehen, Mrs. Linton, daß Sie bei der Stange bleiben?«

Anne schaute sich im Zimmer um, von Brian Pickering, der mit seinen Getränken neben dem Schmiedeamboß herumhantierte, zu seiner Frau, die im Schneidersitz auf einem Kissen saß und nähte, von dem Professor (Englisch hatte er wohl gelehrt) zu Sandra. Wieder fielen ihr die Sammlung viktorianischer Porträtfotos auf, Verwandte anderer Menschen als gefällige Dekoration, und die landwirtschaftlichen Geräte nebst der Kollektion Porzellanbecher und -teller, auf denen in schnörkeliger Schrift aus dem neunzehnten Jahrhundert »Zur Erinnerung an ...« stand. Sie sagte: »Was haben Sie mit den Gebäuden, die Sie retten wollen, vor?«

»Nun, das kommt natürlich darauf an«, sagte der Professor. »Die meisten können vermutlich einer modernen Nutzung zugeführt werden. Das wird man sehen. Was schlagen Sie vor?«

Nun sahen alle sie an. O je, dachte sie, ich habe an ihrem netten gemütlichen Abend Zwietracht gesät. Das hatte ich eigentlich nicht vor. Halb entschuldigend sagte sie: »Ich glaube, ich habe gar keine bestimmte Meinung dazu. Ich weiß es selbst nicht genau. Ich habe nur Bedenken, daß wir zu unkritisch an der Vergangenheit festhalten – sei es an Gebäuden oder – oder anderen Dingen. Manchmal wissen wir doch selbst nicht so genau, warum – und möglicherweise haben wir nicht einmal eine klare Vorstellung von dem, woran wir da festhalten. Ich glaube aber, es ist sehr wichtig, etwas darüber zu wissen – und zwar richtig Bescheid zu wissen, nicht nur eine vage Vorstellung zu haben oder Dinge so zu verändern, daß sie den eigenen Zwecken dienen.« O Gott, dachte sie, das letzte hätte ich nicht sagen sollen, schuldbewußt warf sie einen Blick auf Brian Pickering, doch der sah eher perplex als ärgerlich aus.

»Ich muß schon sagen, heute abend bist du wahnsinnig ernst, Anne«, sagte Sandra.

»Stimmt. Entschuldigung. Und ich hoffe, Sie sind mir nicht allzu böse, wenn ich nicht in der Bürgerinitiative bleibe. Wir ziehen nämlich ohnehin bald um, so daß ich gar nicht mal weiß, ob ich Mitglied bleiben kann.« Sie stand auf und lächelte besänftigend. »Und wenn Sie nichts dagegen haben, würde ich jetzt gern gehen – ich habe Don gesagt, ich bliebe nicht lange. Schon gut, Sandra – ich laufe zurück, es ist nicht weit, und ein bißchen frische Luft tut mir gut.«

Es war noch nicht richtig dunkel, die schmalen Straßen lagen düster im Zwielicht des nun abnehmenden Mondes (als sie ihn vor fünf Tagen in Starbridge aus dem Schlafzimmerfenster gesehen hatte, war er voll gewesen ...). Anne ging schnell, wich Pfützen aus und trat ein-, zweimal zurück in die Hecken, um Autos vorbeizulassen. Als sie sich Cuxing näherte, ragte die unansehnliche, aber unbestreitbar alte Vorderfront eines Lagerhauses aus dem neunzehnten Jahrhundert am Wegrand auf, die Fensterscheiben waren zerbrochen oder mit Brettern vernagelt, sicher ein bedrohtes Objekt. Hier sollten sie anfangen, dachte sie, das kann Numero eins auf ihrer Liste werden; Lagerhaus, circa 1840, aus Backstein, drei Stockwerke, Schieferdach und Betonanbau mit Wellblech aus dem zwanzigsten Jahrhundert an der Westseite. Und dann die Baptistenkirche, verriegelt und unbenutzt, im Dorf kann es eigentlich keine Baptisten mehr geben, die sollte doch gut in etwas Relevanteres für hier und jetzt verwandelbar sein. Als sie in die Hauptstraße einbog, kam sie an der viktorianischen Schule vorbei, deren hohe Fenster hell erleuchtet waren; nicht notwendig, die zu retten, während des Grundstücksbooms hatte sie zu einem horrenden Preis den Besitzer gewechselt. Nun wohnte dort ein Architekt mit vielen Kindern, deren dunkle, wohlbehütete Gestalten durch ein Fenster ohne Gardinen im blauen Flackerlicht eines Fernsehgeräts zu sehen waren. Vielleicht hatten die weniger wohlbehüteten Kinder aus Splatt's Cottage diese Schule vor langer Zeit einmal besucht (oder waren sie zu klein dazu gewesen?). Ach, die Vergangenheit ist nicht angenehm, dachte sie, kein Wunder, daß wir lieber nichts von ihr wissen wollen. Und sie hat so eine Art, aus einer dunklen Ecke hervorzuspringen und einen zu überfallen, wenn man es am wenigsten erwartet, so daß man Zeit und Energie darauf verwenden muß, sich auf sie einzustellen, sie noch einmal zu verarbeiten. Oder sie hängt einem am Hals wie ein Mühlstein, man kann sie nie zur Seite schieben, selbst wenn man wollte. Selbst wenn man wüßte, daß man es wollte, oder daß David es wollte. Will er es? Wollte er es je? Ich fahre eine Weile nicht nach Lichfield, dachte sie, nicht, solange sich bei Vater nichts ändert. Ich bleibe hier. Oder versuche es zumindest.

Sie kam nach Hause, in der Küche füllte Don den Heizkessel, drehte sich um und sagte: »Ach, Annie, leider haben sie aus dem Heim angerufen, es steht nicht zum besten, sie möchten, daß du zurückrufst.«

Heute stand der Fluß hoch, es herrschte Hochwasser. Als James Stanway die Leine auswarf, dröhnte er ihm wie eine tropische Sturzflut in den Ohren, nicht wie ein stiller englischer Forellenbach, und die Strömung trug die Leine weg, bis er sie nicht mehr sehen konnte, weiter und weiter, sie entrollte sich rasend schnell, es konnte doch nichts mehr übrigsein, die Rolle mußte leer sein ... Und jetzt hatte er Rolle und Angelrute fallen gelassen und kraxelte am Ufer hoch, um dem Lärm zu entfliehen und dem Wasser, das schon um seine Knie spülte und ihn, wenn er nicht aufpaßte, umreißen und den Fluß hinunterwirbeln würde wie ein Stück Treibholz. Aber er war schneller, war ihm entkommen, aufs Ufer geklettert, und da saß seine Frau mit einem Buch im Schoß, was ihn überraschte, weil er sie nie zur Anglerwitwe gemacht und sie, wie es manche Männer taten, irgendwo hingesetzt hatte, wo sie den lieben langen Tag auf ihn warten sollte. Er setzte sich neben sie, nahm seine Pfeife heraus und begann zu reden, versuchte zu erklären. Schau, ich erwarte nicht, daß du mir verzeihst, vielleicht nicht einmal, daß du mich verstehst. Aber um die Dinge in Ordnung zu bringen, das heißt, so weit in Ordnung, wie ich es billigerweise erwarten kann, will ich dir erzählen, warum. Es ist nicht so, sagte er, daß ich dich nicht liebe. Oder sie mehr liebe. Ich glaube, ich fand es schöner, mit ihr ins Bett zu gehen, aber das ist nicht alles, nein, nicht einmal der wichtigste Teil. Ich konnte mit ihr mehr reden, als ich je mit dir geredet habe, aber ich glaube, ich habe ihr nie etwas erzählt, das ich dir nicht auch erzählt habe oder erzählt hätte, wenn du gefragt hättest. Es ist nicht deine Schuld, keineswegs. Es geht nicht darum, daß du mir nicht genügt hast oder ich mit dir unglücklich war. Ich habe, sagte er, ein eher normales Leben geführt: Meine Arbeit war interessant, oft sogar anstrengend, aber bisweilen reichte sie mir nicht aus. Nein, nein, ich halte mich nicht für ein verkanntes Genie. Ich kenne meine Grenzen. Im ganzen bin ich damit, wie die Dinge liefen, durchaus zufrieden gewesen. Aber laß mich versuchen zu erklären.

Als Junge habe ich einmal einen Hund aus einem Fluß gerettet. Das habe ich noch nie jemandem erzählt, weil es mir damals dumm vorkam, und heute nicht minder. Der Fluß war tief und die Strömung stark, und ich war kein guter Schwimmer; das Risiko, zu ertrinken, war beträchtlich, und mein Leben war wertvoller als das des Hundes. Ich mochte Tiere nicht einmal besonders. Ich dachte einfach, es sei interessant, das Risiko einzugehen, und daß ich andernfalls vielleicht etwas verpaßte. Manche Leute würden das Mut nennen, ich nicht. Ich erzähle dir das, sagte er, weil es eine Seite von mir zeigt, die du vermutlich nie erkannt hast. Ich glaube, du hast mich nie anders denn als vernünftigen, vorsichtigen Mann betrachtet. Und im großen und ganzen bin ich das ja auch. Nur ein-, zweimal in meinem Leben hat dieser andere Teil von mir die Oberhand gewonnen, hat darauf bestanden, daß ich so weit ging wie möglich und mir holte, was ich bekommen konnte. Der Hund ist vielleicht keine gute Analogie für Betty; bei ihr ging es weder um Risiko noch um Rettung. Aber der Vorfall macht diese andere Seite meines Wesens deutlich, Betty und der Hund sind in gewissem Sinne beide irrelevant.

Er drehte sich um und sah seine Frau an, die dort am Flußufer saß und las und schwieg. Es tut mir sehr leid, sagte er, daß ich dir etwas von mir vorenthalten habe; das ist vielleicht der schäbigste Verrat.

13

Einmal dachte Anne, er habe etwas gesagt. Sie beugte sich vor und sprach mit ihm, aber das Murmeln, wenn er denn etwas gemurmelt hatte, war verstummt. Sein Mund öffnete sich, und er atmete laut. Es ging auf elf Uhr zu; sie war um sechs aufgestanden und über frühmorgendlich leere Straßen gefahren. Nun saß sie am Bett ihres Vaters, hielt seine Hand und sah den Krähen zu, die über dem Park dahinsegelten. Die Bäume waren in den Farben des Herbstes gefleckt.

Im Korbstuhl sitzend schlief sie ein und träumte, daß sie und ihr Vater Hand in Hand an einem weiten Strand entlangliefen. Sie war zehn. Sie kamen an einen Wellenbrecher, und sie wollte herunterspringen, hatte aber Angst. Sie hüpfte oben auf den Steinen von einem Fuß auf den anderen, und unten sagte ihr Vater: »Jetzt mal los, Anne, entscheide dich – entweder du springst oder du springst nicht.« »Fängst du mich?« rief sie. »Versprich mir, daß du mich auffängst!«, und er sagte in seinem vernünftigen, sachlichen Ton, daß er das nicht versprechen könne, wie denn auch? Wenn sie springen wolle, solle sie springen, das sei ihr Entschluß, entweder – oder, sie müsse sich entscheiden. Sie zappelte auf dem Wellenbrecher herum, während die Möwen sie aus dem klaren salzigen Himmel verhöhnten und weit weg die Wellen am Rand des schimmernden Sandes weiß schäumten.

Als sie erwachte, wußte sie nicht, ob sie es geträumt oder sich erinnert hatte. Die Tür ging auf, und die Leiterin kam mit einem Arzt herein. Anne ging zum Fenster und blieb dort stehen, während der Arzt ihren Vater untersuchte und dann sagte, der Puls sei stärker, aber seine Atmung sehr schwach. Die Leiterin sagte: »Warum gehen Sie nicht und ruhen sich ein bißchen aus, Mrs. Linton, und kommen später wieder? Wir haben Ihre Telefonnummer in Starbridge, nicht wahr?« Ja, sagte sie, ja, ich glaube, das tue ich.

Im Haus lag eine Nachricht von David, ohne Datum. Könntest du mich in der Schule anrufen, stand da – hinterlaß eine Nachricht, wenn ich nicht da bin.

Er war da. »Oh, Anne«, sagte er, »du bist da ... Ich habe mich schon gefragt – du hast nicht Bescheid gesagt. Ich dachte, daß du vielleicht erst nächste Woche kommst.« Sie fing an zu erklären. Im Hintergrund öffnete sich eine Tür und schloß sich wieder; Stimmen waren zu hören; David sagte leise »Moment noch« zu jemandem. Wieder zu ihr gewandt, sagte er: »Ich komme heute abend zum Haus – gegen acht. Paßt dir das, Anne?« »Ja«, sagte sie. »Wenn ich nicht hier sein kann, lasse ich einen Zettel da.«

Sie setzte sich in den Garten vor das Arbeitszimmerfenster, in Hörweite des Telefons. Sie hatte sich eigentlich mit den Unterlagen ihres Vaters beschäftigen wollen, aber die Schachteln blieben unberührt neben ihr liegen. Dafür ist immer noch Zeit, dachte sie, später. Oder vielleicht mache ich am Ende doch, was Graham ja gleich gesagt hat – das ganze Zeug wegwerfen.

Der Rasen war lang gewachsen und voller Samen. Er war nun fahlbraun. Die Rosen hatten geblüht und noch einmal geblüht und riesige, wilde Triebe hervorgebracht. Die Ränder der Beete waren von Unkraut und Gras überwuchert und nun nur mit großer Mühe wieder herzurichten. Der betonierte Schacht vor dem Kohlenkeller war halb zugewachsen, in Massen rankten sich Winden hinunter, begruben einen Mülleimer unter sich und krochen in den kleinen Hinterhof. Wie viel in einem Sommer wächst, dachte Anne. So viel Pfund Gras und Blätter und Blumen und Samen, alles drängt nach draußen, komme, was mag. Einen Moment lang sah sie ihre Mutter zwischen den Dahlien in dem hinteren Beet, wie sie Stöcke in die Erde steckte und die Blumen daran festband. Die Dahlien blühten immer noch, sie lagen schwer auf dem Unkrautgestrüpp. Ein Garten ist eigensinnig, kaum hat man ihm den Rücken zugekehrt, verschafft sich sein anarchisches Temperament wieder Geltung. Wir erfinden Gärten, dachte sie und stellte sich die Gärten in mittelalterlichen Stundenbüchern vor, steife formale elisabethanische Gärten, Kräutergärten, orientalische Gärten. Ein Garten ist ein Phantasiegebilde – ein Arrangement von Pflanzen, so wie sie unserer Ansicht nach sein sollen, nicht wie sie wirklich sind. Und die Zeit rückt alles wieder an seinen Platz. Sie fragte sich, ob sie je wieder einen Garten anlegen würde. Ich glaube, dazu habe ich nicht mehr das Herz, dachte sie, nicht noch einmal.

Später fuhr sie wieder nach Lichfield. Am Bett ihres Vaters saß eine Schwester. »Er hat einen leichten Schlaganfall gehabt, Mrs. Linton«, sagte sie. »Der Arzt meint, jetzt ist es nur noch eine Angelegenheit von Stunden.« Das Gesicht des alten Mannes war dunkel, er schien kaum zu atmen. Anne sagte: »Nun besteht wohl keine Möglichkeit mehr, daß er – noch etwas erkennt?« Die Schwester sagte: »O nein, meine Liebe, jetzt nicht mehr. Ich fürchte, er weiß überhaupt nicht, daß Sie hier sind.«

Eine Weile saß sie in dem Korbstuhl, in einem seltsamen Frieden, jenseits von Zeit und Leiden. Nun glaubte sie der Behauptung der Schwester, daß ihr Vater nichts mitbekam. Als mit dem Geklapper von Essenswagen und Bettpfannen die Abendroutine im Heim begann, fuhr sie nach Starbridge zurück.

Sie gingen zum Fluß hinunter. David sagte: »Übrigens, ich habe die Angelrute in die Kammer deines Vaters gestellt.«

»Angelsaison zu Ende?«

»Ja, für dieses Jahr.«

Als Anne neben ihm am Ufer stand wie schon einmal, sah sie sein Spiegelbild im Wasser, zusammen mit dem der Bäume, die mit den Wipfeln nach unten hingen; sie mußte an Bäume auf einem dunkel gewordenen Ölgemälde aus dem neunzehnten Jahrhundert denken. David war durch einen Rahmen aus Gras und Schilf mit einem anderen undeutlicheren David verbunden, der vom Fluß fortgetragen wurde, sein Gesicht und sein Ausdruck waren verschwommen, von winzigen Veränderungen in der Oberfläche des Wassers zerteilt. Er hatte sich zu ihr umgedreht und lächelte, aber als ihr Blick nach unten zu dem Spiegelbild wanderte, hatte irgend etwas sein Lächeln aufgelöst. Verzerrt schaute er sie von weit unten aus dem Wasser an, wies sie zurück, ein Fremder, den sie vielleicht nie gekannt hatte.

Sie sagte: »Verzeihung – was hast du gesagt?«

»Ich habe gefragt, ob du etwas wegen eines neuen Jobs unternommen hast?«

»Bisher nicht. Mir war nicht danach zumute.«

»Hat das Heim wieder angerufen?«

»Noch nicht.«

Sie folgten dem Flußufer, an der Stelle vorbei, wo sie einmal gesessen, aus Davids Flasche Tee getrunken und eine Wasseramsel gesehen hatten. »Ich glaube nicht, daß ich weiter unterrichte«, sagte sie. »Jedenfalls nicht Geschichte.«

»Ach, komm«, sagte er, »du kannst doch jetzt nicht abtrünnig werden. Was stimmt daran nicht?«

»Nichts. Wenn was nicht stimmt, dann ich.« Sie blieb stehen, riß Blätter von einer Weide ab (gelbgesprenkelt, Septemberblätter) und ließ sie eines nach dem anderen ins Wasser fallen. »Ich weiß wirklich nicht«, fuhr sie fort, »ob ich überhaupt noch eine klare Vorstellung von der Vergangenheit habe. Was ich dazu meine. Ich fühle mich zumindest nicht kompetent, Kinder zu unterrichten. Ich weiß nicht, ob sie etwas ist, das die Leute wie eine Last mit sich herumschleppen oder etwas, worauf sie sich stützen. Manchmal glaube ich, daß nur Gebäude die Vergangenheit erfolgreich verarbeiten. Kathedralen. Menschen wie du und ich scheinen sie hinter sich herzuschleppen, in vielerlei Hinsicht.«

»Ich dachte, wir reden über Geschichte, nicht über uns.«

»Ich würde lieber über Menschen reden. Uns vielleicht.«

»Schau, Anne«, sagte er, »ich finde, das ist nicht der richtige Zeitpunkt ...«

»Weil mein Vater im Sterben liegt? Mein Vater liegt im Sterben, seit wir uns kennen.«

»Ja, das stimmt.«

»Und wenn er gestorben ist«, sagte sie, »um es brutal auszudrücken, und warum nicht, alles andere ist auch brutal – wenn er tot ist, sehen wir uns nicht mehr, oder, David?«

Nach einem Augenblick sagte er: »Glaubst du, daß je etwas anderes möglich war?«

»Keine Ahnung.«

»Ich habe dir gesagt, ich bin feige.«

»Du bist nicht feige«, sagte sie. »Nicht feiger als andere auch.«

Über die Wiese gingen sie zum Haus zurück. David sagte: »Letzte Woche war ein Junge mit einem Luftgewehr hier und hat auf die Kiebitze gefeuert, was meiner Meinung nach verboten ist.«

»Das glaube ich auch.«

»Ich habe ihm gesagt, er soll es unterlassen.«

»Gut.«

»Also«, sagte er am Gartenzaun, »bis bald … Wann?«

»Das kommt ganz darauf an.«

»Sagst du mir wegen deines Vaters Bescheid?«

»Wahrscheinlich.«

»Anne«, sagte er, »ich will mich eigentlich nicht darüber auslassen – es nützt niemandem – irgendwoher hat Mary es erfahren.«

»Ich habe mir schon gedacht, daß es so etwas war. Du brauchst nichts zu erklären, David – ich will es letztendlich auch gar nicht wissen.« Sie legte die Hand auf seinen Arm und nahm sie sofort wieder weg. »Ich gebe dir Bescheid, wie es ihm geht.«

Als sie sich kurz darauf eine Dose Suppe zum Abendessen warm machte, rief die Leiterin an, um ihr zu sagen, daß ihr Vater vor wenigen Minuten ganz friedlich verstorben sei, ohne noch einmal das Bewußtsein wiederzuerlangen.

Eine Weile lang saß sie neben der kalt werdenden Suppe. Dann ging sie zum Telefon und wählte Grahams Nummer.

Die Straße zurück nach Cuxing verlief in genau abgesteckten Teilstrecken; von Staffordshire durch Warwickshire nach Oxfordshire. Keine Überraschungen, keine Stadt, die unerwartet zur Rechten oder Linken auftauchte, keine sich verschiebenden

Berge oder wandernden Flüsse. Wenigstens die Landschaft bleibt konstant. Orte ändern sich nicht. Dort waren die Kühltürme und hier die Ampel in Banbury, wo man einst zwischen Lastwagen die ›Hochzeit des Figaro‹ summte, und dort die Stelle, wo Mitte Juni auf einmal der Klatschmohn blühte. Du mußt die Strecke kennen wie deine Westentasche, hatte Don einmal bemerkt; allerdings, dachte sie nun, und ob. Nun wird man sie nie mehr los, und einiges andere auch nicht. Nun ruft sie, komme, was wolle, ihre Assoziationen hervor, so wie Lichfield für immer mit Samuel Johnson verbunden ist. Orte sind nicht ganz so seelenlos, wie man meinen könnte.

Bar aller Gefühle, aufmerksam, ohne etwas zu sehen, fuhr sie von der A 446 zur A 41 zur A 423.

Komm nach London, hatte Graham gesagt. Sitz nicht niedergeschlagen herum, Annie, du bist doch bestimmt ganz schön mitgenommen, in mehr als einer Hinsicht. Das hätte er auch nicht gewollt. Was soll das Theater, weißt du noch? Das hätte er gesagt. Paß auf – komm hierher, wir treffen uns im Studio, und dann essen wir irgendwo gut zu Mittag und muntern uns gegenseitig auf. Das wäre ganz in seinem Sinne gewesen. Also, was ist?

Und so ging sie nun durch Glastüren in eine große Eingangshalle, wo die Leute gekleidet waren wie Graham, auf Ledersesseln herumsaßen oder durch Schwingtüren mit Leuchtanzeigen darüber in unsichtbares Hinterland verschwanden, wo vermutlich gearbeitet wurde. Graham Stanway? sagte das Mädchen am Empfangstresen, erwartet er Sie? Heute wird nämlich den ganzen Tag im Studio gedreht – ach so. Der Pförtner wird Sie nach oben führen. Es ist Studio Eins. Der Tower von London. Der was? fragte Anne verwirrt. Der Tower von London, sagte das Mädchen – der Titel der Serie. Jim, würden Sie die Dame zu Graham Stanway in Studio Eins bringen?

Was für ein unwirklicher Ort, dachte Anne, als sie dem Mann durch Korridore, Treppenflure, an blinkenden Lichtern vorbei, über Kabel folgte. Wie eigenartig, an einem solchen Ort zu arbeiten, den ganzen Tag lang Dinge vorzutäuschen, eine Welt zu erfinden, die es nicht gibt. Hinter einer geschlossenen Tür klapperte eine Schreibmaschine, verband den Ort kurzzeitig mit der wirklichen Welt der Buchstaben und Zahlen. Hierher, Miss, sagte der Mann, und nun betraten sie einen höhlenartigen Raum, wo Scheinwerfer eine Bühne mit Steinwänden aus bemaltem Pappkarton, *trompe l'œil*-Fenstern, vergittert, und einer historisierenden Einrichtung erhellten und ein Mann in Jeans und T-Shirt sich an einem Kerzenständer zu schaffen machte; dahinter verschwand der Raum in Dunkelheit, Stromkabel hingen von einer unsichtbaren Decke herunter, Leute waren mit Kameras und Kabeln zugange. Er ist nicht auf dem Set, sagte jemand, bring sie besser in den Kontrollraum, und plötzlich tauchte Graham am Fuß einer Wendeltreppe auf und sagte: Hallo, Annie, tut mir leid, ich hab schon nach dir Ausschau gehalten, aber bis zum Empfang hab ich's nicht geschafft. Da hätte sie am liebsten losgeweint.

Komm und schau zu, sagte er, wir machen in einer halben Stunde Pause, und dann können wir los und was essen. Wie geht's dir, Annie, alles in Ordnung? Mir geht's gut, sagte sie, was ist mit dir, wie geht's deinen Innereien? Ein verdammtes Ärgernis, sagte er, reden wir nicht darüber – ach, alles im Griff, nur keine Panik.

Und nun befanden sie sich in einem kühlen dunklen Goldfischglas von Raum mit Reihen von Bildschirmen und einer

Menge Leuten auf Drehstühlen vor Skalen und Schaltern. Hinter Glas zur Rechten und Linken waren noch mehr Leute, Jeans und Hemdsärmel überall, aus der Dunkelheit kamen knisternde Stimmen. Hier, sagte Graham, setz dich hierher, Vorsicht Stufe, das da ist der maßgebliche Monitor, der in der Mitte, dieses Bild kommt letztendlich ins Fernsehen, der Rest zeigt die anderen Kameraeinstellungen. Wir sitzen weiter hinten und sprechen mit dem Studioset unten, das heißt, Maggie besorgt das meiste Reden – sie ist die Regisseurin, ich mache euch später bekannt, aber jetzt muß ich gehen. Okay, Mädchen? Es dauert nicht lang – und es soll außerdem ganz amüsant sein, wenn man es nicht tagaus, tagein sieht.

Was ist es denn, fragte sie, was ist es für ein Film? Eine historische Serie, sagte Graham, Leben und Sterben im Tower von London in acht Episoden. In der hier sind wir im sechzehnten Jahrhundert, Kamera Zwei zeigt gerade Sir Walter Raleigh – es wird übrigens ganz hübsch, wir haben schon gutes Material im Kasten, das wir letzte Woche im Epping Forest geschossen haben. Dann spielt es nicht nur im Tower? fragte sie. Ach Gott, nein – überall, der Tower ist nur ganz praktisch als Zentralthema – du weißt schon, ein solider Ort, um den herum die Geschichte brodelt, es ist ein guter Trick, damit können wir so ungefähr alles reinbringen. Ein guter alter Historienschinken, der die Kohle bringt und wie ihn alle lieben. Also, bis in einer halben Stunde, Annie, okay?

Gut, sagte sie, und das gebogene Ledersofading erwies sich nach Eisenbahn und U-Bahn als sehr bequem, und die Dunkelheit war beruhigend, man brauchte nur dazusitzen und nichts zu fühlen, nur zuzusehen, wie sich diese Phantasiewelt auf den numerierten Bildschirmen aus den verschiedensten Blickwinkeln heraus entfaltete. Wie ›Rashomon‹, dachte sie, dasselbe

Ereignis aus unterschiedlichen Perspektiven, mehrdimensional, sehr symbolisch. Oder wie die Vergangenheit selbst, um den Vergleich ein bißchen zu strapazieren, wovon wir aber im großen und ganzen, glaube ich, absehen wollen. Ich will nur hier sitzen, dachte sie, und an gar nichts denken. Das ist wunderbar für eine halbe Stunde, länger wäre auch recht, meinetwegen den ganzen Tag und morgen auch noch.

Ein Hinterteil in Bluejeans nimmt nun in voller Breitseite Monitor 1 ein. Monitor 2 zeigt zwei riesige Männer, die ein Stück Papptreppe über den Studioboden rollen. Auf den anderen sieht man die Ecke eines Brettertischs und den oberen Teil eines Vorhangs, über den wie ein neugieriges Insekt rechts oben ein Mikrofon hineinlugt, und Sir Walter Raleigh redet mit einem Mann, der einen Skripthalter in der Hand und Kopfhörer auf die Ohren geklemmt hat. Von der Reihe Stühle hinter ihr unaufhörliches Reden. Grahams Stimme sagt, das ist vierzehn, Take eins, oder? Ich blick nicht mehr ganz durch, und eine andere Stimme sagt, kann ich sie bitte eine Sekunde lang im Bild haben, gut, nein, durch die offene Tür gibt es einen leichten Reflex, okay, so ist es gut. Machen wir einen Take? sagt eine andere Stimme. Gut, Jungs, sagt die Frauenstimme, machen wir einen, Ken, paß auf, das Mikro ist im Bild, okay, alles klar. Und nun zählt jemand: Los geht's in zwanzig Sekunden, fünfzehn, zehn, neun, acht, sieben ... auf dem großen zentralen Monitor sehen wir nun Sir Walter Raleigh, er sitzt an einem Tisch und schreibt, und dann eine Nahaufnahme dessen, was er schreibt beziehungsweise in authentischer kringeliger elisabethanischer Schrift geschrieben hat, und nun Schnitt zu der Aufnahme von Kamera Eins, die Tür öffnet sich, und der Kerkermeister tritt ein. Die Stimmen der Schauspieler kommen laut und klar durch das Schwatzen von hinten – Take achtundzwanzig auf Drei, neunundzwanzig auf Eins, dreißig auf Zwei, das gefällt mir nicht, überhaupt nicht, er ist zu weit weg, einunddreißig auf Eins, die Tonangel macht Ärger, sie macht verdammten Ärger, gut, das war's, wir müssen es wiederholen, Schnitt, aus. Der Bildschirm in der Mitte wird schwarz, auf den anderen sieht man wieder die unruhigen Ausschnitte einer verborgenen größeren Szene: Der Mann mit dem Skripthalter gibt einem Schauspieler im Kostüm Anweisungen, ein Hinterkopf, ein Stilleben mit einer Jacke, die über einer Sessellehne hängt.

Ein kleiner Tip für Lady Agnes, sagt die Frauenstimme von hinten, kann sie wohl bei ihrem Eintritt noch einen halben Schritt nach vorn gehen, sonst ist sie aus dem Bild. Und ich will eine Nahaufnahme haben von ihrer Reaktion, ja, Liz? Grahams Stimme sagt, da hatten wir einen Lichteinfall, oder? ein ganz kleines bißchen?, und andere Stimmen fragen einander, ob es einen Reflex gab, hat jemand einen Reflex gesehen? Und so geht das Gerede in der Dunkelheit weiter, wie die Toten, die in den Gassen schreien und wimmern oder wie immer es heißt, denkt Anne. Aber auch das ist ein Trugschluß, eine Projektion oder sonstwas, die Toten schreien und wimmern nicht, sie sind tot, und damit basta.

Auf dem Hauptbildschirm sitzt nun ihr Vater an einem Berghang in den Alpen, der Pfeifenqualm zieht mit dem Wind davon, und daneben, jedoch eine Nummer kleiner, zeigt Kamera Drei ihre Mutter, aber was sie tut, ist völlig unklar, es ist alles ein wenig verschwommen, vielleicht passiert das, wenn Licht einfällt. Kamera Eins zeigt Betty Mansell wie auf der Fotografie auf dem Kaminsims ihrer Tochter in Gloucester, eine Frau mit ausgeprägten Gesichtszügen, die nachdenklich vom Bildschirm schaut. Und da sind Graham und Anne selbst, auf Fahrrädern radeln sie über eine Straße, Teenager mit pummeligen Oberschenkeln, und zu ihrer Rechten ist Shirley Barron, sie aber in mittlerem Alter, nicht jung, sie wischt grämlich feuchte Tassenabdrücke vom Kaffeetisch. Und am Ende jeder Reihe sind mehrere Bildschirme leer. Wozu sind die? überlegt Anne und meint sich zu erinnern, daß Graham gesagt hat, sie brauchen heute nicht alle Kameras.

Etwas ist geschehen, das sie nicht mitbekommen hat. Okay, sagt die Stimme hinter ihr, gestorben. Danke, Studio, das war ein guter Take. Jetzt die Schlafzimmerszene, alles klar? Los geht's. Und dann ein wildes Wirbeln und Blitzen auf den Monitoren, eine Welt der Unsicherheit, bis sich alles wieder beruhigt, und nun haben wir ein Himmelbett, um das Leute mit Leitern herumturnen, und ein Mädchen im Nachthemd sitzt auf der Bettkante, während die Kameras sie aus verschiedenen Blickwinkeln betrachten.

Mehrere Mädchen mit Nachtgewändern, ja, auch welche ohne, und Frauen. Da ist das klaustrophobisch enge Mansardenzimmer, in dem sie Patrick liebte und mit ihm stritt, und da ist das Zimmer in der Leckford Road, und Don, nackt, bückt sich, um sich auch noch Schuhe und Strümpfe auszuziehen, was eine Erinnerung nicht an Begehren, sondern an Ärger hervorruft. Er merkt es nicht, und man kann ihm ja auch nicht sagen, daß er es andersherum machen soll. Und dann das Schlafzimmer in den Langdale Villas in London und daneben das in Cuxing, doch Don ist nicht darin zu sehen, oder vielleicht wird er von der Tonangel oder dem Lichteinfall ausgelöscht oder von einem anderen Problem, das sie hier haben. Und nun ist trotz ihres Widerstands David auf dem Bett in Starbridge und wendet sich ihr zu. Dann ist er auf allen Bildschirmen, einem nach dem anderen, Reihe um Reihe nur mit seinem Gesicht, schwarzweiß und bunt. Sie sitzt da, und die Tränen strömen ihr übers Gesicht, und plötzlich beugt sich Graham über sie und sagt, alles klar, Annie, laß uns abhauen, hoffentlich hast du dich nicht zu sehr gelangweilt.

Er bestellte Wein. »Graham … ich dachte, du sollst nicht trinken.« »Ein Glas kann doch nicht schaden. Und außerdem darf ich nicht zulassen, daß du dich allein besäufst, das geziemt sich nicht für einen Gentleman.« »Ich besaufe mich nicht.« »Kannst du aber ruhig, Annie – du hast dagesessen und geweint, stimmt's? – da kannst du es auch durchziehen. Na komm«, sagte er, streckte plötzlich die Hand aus und tätschelte ihre. »Los, Kopf hoch, kein Theater, darauf hätte er keinen Wert gelegt, stimmt's?«

»Weißt du was?« sagte sie eine halbe Stunde später. »Du bist wirklich richtig nett. Das habe ich früher nie gedacht. Aber es stimmt.«

»Oh, besten Dank. Gut zu wissen, daß man schließlich doch noch geschätzt wird.« Er grinste sie über die Reste der Mahlzeit an. »Oder meinst du, daß ich mich im Lauf der Zeit gebessert habe?«

»Ich glaube nicht, daß Menschen das tun. Zumindest – ach, ich weiß nicht, ob oder ob nicht. Erzähl mir was – erzähl mir, wie Mutter war.«

»Mutter? Himmel, Annie, du hast sie doch genausogut gekannt wie ich.«

»Ich frage mich«, sagte sie, »ob ich sie je zur Kenntnis genommen habe. Das hört sich wahrscheinlich ziemlich unmöglich an.«

»Nicht unbedingt.« Einen Moment lang schwieg er. »Ich

verstehe, was du meinst. Du warst immer sehr beschäftigt, stimmt's – schon als Kind bist du immer völlig in den Dingen aufgegangen, die du tatest, und dann bist du mit achtzehn zur Uni abgeschwirrt, dann Arbeit, Heirat und so weiter ...«

»Oh«, sagte sie, »das ist ungerecht. Ich bin immer ...«

»... zu ihnen gefahren, um zu sehen, wie es ihnen ging? Natürlich – ich kritisiere dich doch nicht, Annie, du hast dich viel mehr um sie gekümmert als ich.«

»Du warst immer Mutters Liebling.«

»Wahrscheinlich meinte sie, daß sie sich um mich mehr Sorgen machen müßte. Sie hatte ein bißchen Angst vor dir – du warst so was von blitzgescheit.«

»Wirklich? Das habe ich nie so empfunden.«

»Die Leute empfinden sich nie, wie sie sind«, sagte Graham. »Habe ich jedenfalls gehört. Ach komm, wir trinken noch eine halbe Flasche.«

»Worüber haben sie und Vater geredet? Davon habe ich keine Vorstellung. Ich sehe sie nicht einmal vor mir«, sagte sie, »wenn ich zurückblicke. Reden.«

»Das Haus? Ferien? Dich und mich? Sind das nicht die Dinge, über die Ehegatten miteinander reden?«

»Nein.«

»Aha. Na gut, darüber weißt du mehr als ich. Meine Kenntnisse sind ein bißchen stereotyp – hauptsächlich aus Drehbüchern aufgeschnappt, plus vereinzelten eigenen Beobachtungen, sicher überwiegend falsch interpretiert. Darüber wird also nicht geredet?«

»Das wird vielleicht *be*redet. Aber es ist nicht alles.«

»Aha.« Er goß ihnen beiden noch einmal ein, nahm die letzte Zigarette aus der Schachtel und schaute sie über den Tisch hin an.

»Mutter …«, sagte sie. »Erzähl weiter.«

»Eins kann ich dir sagen. Ich glaube, daß sie glücklich war, soweit Menschen glücklich sind.«

»Wirklich? Ja, vielleicht. Ich erinnere mich, daß sie mal obenauf, mal niedergeschlagen war, aber nicht, daß das sehr tief gegangen ist.«

»Ging es vielleicht auch nicht. Mutter absorbierte irgendwie alles. Lebensläufe, Menschen. Mag sein, daß du deshalb das Gefühl hast, sie nicht gekannt zu haben. Sie hatte regelrecht die Angewohnheit zu verschwinden.«

»Ja, wahrhaftig, so war es. Du hast recht. Sie war immer da, bestimmte die Dinge aber nicht. Sie wurde bestimmt. Scheußliches Wetter deprimierte sie, und an schönen Orten war sie fröhlich.«

»Negativ«, sagte Graham. »Dad dagegen war positiv.«

»War er glücklich, was meinst du?«

»Das weiß ich nicht. Da erschöpft sich mein Wissen. Ich glaube, *ihn* habe *ich* nie genug zur Kenntnis genommen. Was glaubst du?«

»Ich bin froh, daß er diese Betty Mansell hatte.«

»Froh?« Nun war er überrascht. »Ich dachte, du hättest dich ziemlich aufgeregt darüber.«

»Zuerst ja. Mittlerweile sehe ich es ein bißchen anders.«

»Warum, Annie?«

»Ach, ich weiß nicht. Aus verschiedenen Gründen. Ich habe übrigens die Tochter besucht, das habe ich dir noch gar nicht erzählt, Shirley Barron.«

»Wie war sie?«

»Ganz nett. Ein bißchen deprimierend. Ich glaube, sie würde gern zur Beerdigung kommen. Zumindest benachrichtigt werden.«

»O Himmel«, sagte Graham. »Wirklich?« Er spielte mit seinem Glas, zog die Stirn in Falten.

»Wir sind wieder von Mutter abgekommen.«

»Ja, allerdings. Ich kann dir noch was sagen – sie hat nie von Dads Lady erfahren, und das wäre auch unmöglich gewesen.«

»Unmöglich?«

»Sie hätte es nie im Leben geglaubt. So etwas kam in ihrer Welt nicht vor; das passierte vielleicht in Büchern oder im Leben anderer Menschen. Und Dad gehörte ganz in ihre Welt. Er hätte sich also keine Sorgen zu machen brauchen, wirklich nicht. Seine Schuldgefühle waren ganz umsonst – wenn er welche hatte, aber wie ich ihn kenne, glaube ich das schon.«

»Können Gefühle umsonst sein?«

»Meine Güte, du nimmst die Dinge immer noch so genau wie mit siebzehn, Annie. Das ertrag ich nicht noch einmal – hab ein Herz. Damals war es schon anstrengend genug.«

»Ich hatte unrecht«, sagte sie. »Du bist doch nicht nett.«

»Na, das Warten hat sich gelohnt. Du hast gelächelt. Heute zum erstenmal.«

»Ach, Graham ...«

»Um Gottes willen – jetzt werd' nicht schon wieder weinerlich. Hier, trink noch was.«

»Ich habe eigentlich genug. Entschuldigung. So, jetzt geht's wieder.«

»Wir müssen wohl den Freitag planen. Don fährt vermutlich mit dir rauf.«

»Ja.«

»Dann treffen wir uns im Haus, oder? Ich fahre ganz früh hin. Müssen wir sonst noch was organisieren – eine Anzeige in die Zeitung setzen, Leuten schreiben und so?«

»Nein«, sagte sie. »Das habe ich alles erledigt.«

»Und irgendwann müssen wir uns über das Haus Gedanken machen. Ob wir es verkaufen. Oder willst du es erst mal behalten, Annie?«

»Nein. Wir verkaufen es besser.«

»Bist du sicher? Ich dachte, vielleicht ...«

»Nein«, sagte sie, »ich brauche es nicht.«

Das Restaurant war leer. In einer Ecke rechnete der Kellner Zahlen zusammen und schaute von Zeit zu Zeit zu ihnen hinüber. Graham sagte: »Ich muß gehen – es ist nach drei. Nicht, daß die Mühle sich nicht auch ohne mich weiterdreht. Kommst du klar?«

»Ja«, sagte sie. »Ich komme klar.«

»Also dann bis Freitag.« Er zögerte, fuhr dann fort: »Und mit dem Haus bist du dir ganz sicher? Ich dachte, wenn du vielleicht ...«

»Denk nicht. Bitte, Graham.«

»Okay, Annie, genug der hehren Worte. Du weißt es selbst am besten. Bis Freitag dann.«

»Paß auf dich auf«, sagte sie. »Und danke fürs Essen.«

Sie sah ihm nach, wie er auf weichbesohlten Schuhen die Straße entlangging, die Hände in den Taschen einer ausgeblichenen blauen Baumwollhose, sein Haar wurde hinten ein wenig dünn, er ging ganz leicht gebückt. Er hat einen Gang wie Vater, dachte sie, ein ganz kleines bißchen, das ist mir noch nie aufgefallen. Der Gedanke wärmte sie ein wenig, gab ihr Kraft für die Fahrt zurück nach Cuxing.

14

Das Nachspiel zum Tode enthält ein Element der Gnade. Wie die Trauerrituale in primitiven Gesellschaften nehmen die offiziellen Pflichten Zeit und Energie in Anspruch und stellen das Geschehene in einen Kontext. Anne war vollauf beschäftigt mit Briefeformulieren, Telefonanrufen, Benachrichtigungen aller möglichen Leute und stellte am Freitag morgen um sieben Uhr beim Frühstück in der Küche in Cuxing fest, daß sie die Zeit beinahe schmerzlos überstanden hatte. Der Regen strömte an den Fensterscheiben herunter, Don im ungewohnten schwarzen Anzug studierte die Straßenkarte.

»Die brauchen wir nicht. Ich kenne den Weg.«

»Ich dachte nur gerade, daß es vielleicht eine Möglichkeit gibt, Banbury zu umfahren. So, wollen wir?«

Sie ging aus dem Haus, trug ein unbequemes, wenig schmeichelhaftes graues Kleid, das ihr als das einzig angemessene Kleidungsstück erschienen war und seit Jahren unbenutzt hinten im Schrank gehangen hatte, als habe es nur auf diese Gelegenheit gewartet. Der Tag stand vor ihr wie eine Leiter, die es hochzuklettern galt. Es sollte ein Medikament für solche Tage geben, dachte sie; eine Medizin, die einen so betäubt, daß man alles Notwendige zu tun vermag, aber nichts dabei fühlt, und zwölf Stunden später wacht man auf, und alles ist vorbei, wie nach einer Operation, freundliche Gesichter schauen auf einen hernieder und sagen, so, das wäre überstanden, jetzt hast du Ruhe.

»Kommst du?« rief Don vom Auto aus. »Es ist schon nach acht, Annie.« Sie hob einen braunen, an sie adressierten Umschlag von der Fußmatte und stopfte ihn ungeöffnet in die Handtasche.

Der Regen prasselte gegen die Windschutzscheibe. Irgendwo links von Oxford sagte Don: »Das Wetter bemüht sich auch nicht gerade, die Situation aufzuheitern.« »Nein«, sagte sie, »es paßt alles zusammen.« »Ich habe uns für heute abend auf dem Rückweg einen Tisch in einem Restaurant in Warwick bestellt. Ich dachte, das muntert dich ein wenig auf.« »Ja, Liebling?« sagte sie gerührt. »Wie lieb, danke.« Sie schaute ihn von der Seite an, wie er sich ein wenig vorbeugte, um durch die regenüberströmte Scheibe sehen zu können, und sich auf die Straße konzentrierte, und spürte, wie sich alles in ihr zusammenzog vor Schuldgefühl, als sei zu Zahnschmerzen noch ein heftiger Arthritisanfall gekommen. Gibt es eine Grenze, dachte sie, bis zu der sich Gefühle aufeinandertürmen können? Schwächt denn niemals eins ein anderes ab? Auf Oxfordshire folgte Warwickshire, und die Landschaft hob und senkte sich unter Regen und Windböen.

In Starbridge warteten sie im Wohnzimmer auf Graham, beklommen, als schaffe die Eigentümlichkeit des Tages und ihr eigenes Aussehen eine Distanz zwischen ihnen. Anne sagte: »Liebe Güte, wann hast du den Anzug zum letztenmal getragen? Das ist doch nicht etwa der, den du schon in Oxford hattest?« Und Don erwiderte, nein, erst in London, soweit er sich erinnern könne, er habe ihn nie sehr gemocht. Und als sie an Graham dachte und überlegte, welche Kleidung er wohl für diesen Tag als angemessen erachtete, war sein Auto plötzlich da, und er stieg aus und trug einen dunkelgrünen Anzug, mit dem Unbehagen eines kleinen Jungen, den man zum erstenmal in die Schuluniform gesteckt hat. »Oh«, sagte sie, »du siehst schon seltsam aus.« Und Graham zerrte an dem zu engen Bund, murmelte, er habe ihn von einem Freund borgen müssen, und sie fing an zu lachen: »Ach, wie idiotisch«, sagte sie. »Warum glauben wir nur, wir müßten uns so verkleiden ...?« Da standen sie vor der Haustür, Don sagte etwas von alle in seinem Auto fahren, keine zwei Autos nehmen, und einen Moment lang sah sie dieselbe Gruppe vor siebzehn Jahren, an derselben Stelle, ebenfalls zur Feier des Tages in Schale geworfen, aber hochzeitlich, festlich, und zu beiden Seiten standen ihre Eltern, ihr Vater hatte den grauen Zylinder in der Hand und schaute (zumindest in der Erinnerung) Don nachdenklich an. Hochzeiten und Beerdigungen, dachte sie (und Taufen, aber darauf haben wir nie soviel Wert gelegt), warum macht man die Angelegenheit kompliziert, indem man die Leute veranlaßt, Kostüme zu tragen? Oder sollen die Leute dadurch die Ungeheuerlichkeit dessen, was geschehen ist, vergessen ... Die Erkenntnis, daß sie nie wieder mit ihrem Vater reden würde, von Mensch zu Mensch, Tochter zu Vater, ergriff sie plötzlich in einer Weise wie nie zuvor während all der Wochen seiner Krankheit und seines Verfalls. Sie stieg neben Don ins Auto, blieb untröstlich schweigend sitzen und starrte auf die windzerzausten Bäume und Hecken. Graham war ins Haus gegangen, um das Beerdigungsinstitut anzurufen. Sie sollten den Leichenwagen an der Kirche treffen.

»Wer genau«, hatte Don am Vorabend gefragt, »wird dort sein?« Und sie hatte geantwortet, hm, außer uns dreien kaum jemand. Wir wußten, er wollte kein großes Brimborium, keine große Affäre ... Ich habe unserem Cousin Edward geschrieben, er kommt aus Stafford, und dann kommen ein paar Leute aus dem Dorf, mit denen er befreundet war, ich habe Mr. Hammond Bescheid gesagt, mit ihm war Vater in den letzten Jahren viel zusammen, und er hat alle informiert, die es wissen sollten. Mrs. Ransome, die Zugehfrau, hat offenbar Blumen geschickt, war das nicht nett? Mehr kommen, glaube ich, nicht – ach doch, dann noch eine Mrs. Barron, ihre Mutter war eine Freundin der Familie, sie ist aber schon tot, die Mutter. Und jemand namens David Fielding – ein Lehrer, mit dem Vater immer angeln gegangen ist.

Und Don hatte »Ah ja« gesagt und sich wieder dem Kreuzworträtsel gewidmet.

Der Leichenwagen stand schwarz und behäbig in der Gasse, die zur Kirche führte. »Wenn Sie soweit sind, Sir«, sagte der Mann zu Don (so offensichtlich die verantwortliche Gestalt, das Familienoberhaupt), »wollen Sie vielleicht hinter uns her zur Kirche vorangehen.« Und Don nickt und sagt zu Graham, ich glaube, ihr beide solltet als erste gehen, und nun sieht Anne die Trauergäste befangen am Kirchenportal stehen, Cousin Edward und die übrigen, und Shirley Barron mit Hut und dunkelblauem Kleid. Und David. »Gut«, sagt Graham und nimmt sie am Arm, und gemeinsam folgen sie dem Sarg den Kirchhofweg hinauf (wie bei der Hochzeit, denkt sie wieder, absurd, ich habe das alles schon einmal durchexerziert ...) in die Kirche hinein, an Edward und den anderen vorbei, ohne hinzusehen oder zu sprechen.

Die Kirche ist hochgotisch, mit spätgotischem Fenster im nördlichen Seitenschiff und Überresten eines normannischen Rundbogens an der Vierung, verschandelt von viktorianischen Restaurationsarbeiten und einer Anhebung der Mittelschiffdecke zu einem nicht näher genannten Zeitpunkt. Das Taufbecken, das Anne sieht, als sie sich umwendet, um durch das Seitenschiff zu gehen, stammt aus dem fünfzehnten Jahrhundert, die sieben Sakramente sind darin eingemeißelt, in der Zeit Cromwells hat man die Figuren rituell verstümmelt. Das Kissen, auf dem Anne niederknien müßte, wenn sie die Gewohnheit hätte, zu beten, ist in eher abstoßenden Farben von einem Mitglied des Müttervereins bestickt, und der schwere Eichenholzlettner, den sie nun, da sie sitzt, betrachtet, damit sie nicht zu den seitlichen Bänken schauen muß, wo jetzt der Rest der Trauergemeinde leise einer nach dem anderen Platz nimmt, ist ein weiterer Eindringling aus dem neunzehnten Jahrhundert.

Den Sarg hat man vorn im Hauptschiff unmittelbar unter dem Chorgestühl aufgestellt. Er wirkt einsam dort und irgendwie kleiner, als man gedacht hätte. Blumen liegen darauf.

Sie haben alle einen Zettel mit dem Ablauf des Trauergottesdienstes bekommen. Es wird nicht von einem erwartet, daß man sich auskennt, wie zum Beispiel beim Frühoder Abendgottesdienst. Sie und Graham haben sich zusammengesetzt und besorgt versucht, sich zu erinnern, was Vater mochte, und dann die Lieder ausgewählt. Das war nicht einfach. Da sie beide, wie Graham bemerkte, der Anglikanischen Hochkirche schon in jungen Jahren den Rücken gekehrt haben, sind sie nie mit ihm in der Kirche gewesen und haben auch seinen Geschmack nicht mit ihm diskutiert. Er hatte kommentarlos und ohne erkennbaren Kummer akzeptiert, daß sie vom Glauben abfielen. Er selbst ging ziemlich regelmäßig zur Kirche, aber ohne viel Aufhebens, so wie man in die Stadtbücherei geht oder Vereinsversammlungen im Dorf besucht: Seine Gefühle dabei waren nicht zu erkennen. In seinem Testament hatte er dem Wunsch, auf diesem Friedhof begraben zu werden, Ausdruck verliehen.

Sie stehen auf beim Singen, lauschen sitzend dem Pfarrer und stehen wieder auf. Der Gottesdienst verläuft geordnet und ruhig, und obwohl nicht langweilig, dauert er lange: lange genug, daß die Gedanken von den Worten des Pfarrers abschweifen können (»... den als Nachbarn und Mensch viele von uns hier in Starbridge vermissen werden, einen Mann, dessen natürliche Bescheidenheit und Zurückhaltung nicht ahnen ließen, daß er ...«), hin zu dem widersinnigen Fenster in der Kapelle für die im Krieg Gefallenen (Bajonette und Blechhelme in khakifarbenem Glas) und zu dem Sarg unter seinem Teppich aus Dahlien und Chrysanthemen; seine Form wird im Verlauf der halben Stunde weniger verstörend. Den nicht zur Familie gehörenden Teil der Gemeinde kann man, da er sich auf der anderen Seite des Mittelgangs befindet, nicht sehen, ohne den Kopf zu drehen, was Anne unterläßt.

Es ist gar nicht traurig, denkt sie, jedenfalls nicht in diesem Augenblick. Es ist, als stehe die Zeit still, als sei dem Hier und Jetzt weder etwas vorausgegangen, noch werde etwas folgen, sondern als existiere es nur für sich selbst, um seiner selbst willen, und das ist völlig schmerzlos.

Die Sonne wirft ihre Strahlen durch das Nordfenster, spätgotisch (es muß aufgehört haben zu regnen), und die Gemeinde singt etwas unsicher, weil sie so wenige sind und man die einzelnen Stimmen heraushören kann, antwortet dem Pfarrer, sitzt und steht. Shirley Barron hat einen hübschen tiefen Alt; andere Stimmen sind schwer einer bestimmten Person zuzuordnen. Nun erlebe ich einmal, denkt Anne, daß die Religion Trost spenden kann, nicht, daß ich meine, ich hätte je etwas davon gehabt. Und sie denkt über ihren Vater nach: Was hat er hier gefunden, nur ein Stillstehen der Zeit und der Sorgen, oder etwas Größeres?

Aber das Stillstehen der Zeit ist, wie so vieles andere, illusorisch. Auf einmal dreht sich der Pfarrer zum Altar und sagt das

Schlußgebet, und die Männer im Gehrock, die so unauffällig im Seitengestühl gesessen haben, sind nach vorn gegangen und haben den Sarg aufgenommen. Graham schaut Anne an, um zu sehen, ob sie soweit ist, und wieder gehen sie hinter dem Sarg das Hauptschiff hinunter, Don taktvoll ein, zwei Schritte hinter ihnen, hinaus auf den sonnigen Friedhof und durch das hohe Gras zwischen den Gräbern zu einer Stelle am anderen Ende, wo ein mit einem Leinentuch bedecktes Loch vorbereitet ist. Im Gras wachsen violette Wicken und über der Hecke am Rand blasse zarte Waldreben; ein Rotkehlchen singt in einem Busch. Der Pfarrer ist schon an der Grabstelle und verteilt sie alle mit einem Lächeln und einer Geste auf dem Rasen darum herum, Anne und Graham vorn und die anderen irgendwo dahinter. Ein Büschel blauer Storchschnabel in voller Blüte ist von dem Spaten, mit dem das Grab ausgehoben worden ist, zweigeteilt worden, schade. Der Pfarrer faltet die Hände über seinem weißen Chorgewand und betet, und währenddessen verrichten die Männer im Gehrock ruhig und kompetent mit langen Segeltuchgurten ihren Dienst, und der Sarg ist verschwunden, ehe man es begreift. Die Sonne ist sehr warm auf dem Rücken wie eine liebevolle Hand, und von der windgeschüttelten Reihe Pappeln hinter der Friedhofsmauer kommt ein grün-silbernes Blitzen, das einen beinahe ablenkt. Nun ziehen die Männer die Gurte hoch, bücken sich, um sie aufzurollen, und der Pfarrer streut Erde auf den Sarg.

Anne muß an die Beerdigungen in Filmen denken (lächerlicherweise kommt ihr Hamlet in den Sinn). Sie ist überrascht, wie dicht Realität und Vortäuschung von Realität beieinanderliegen. Es läuft ab wie im Film. Der Pfarrer verweilt einen Augenblick lang in stillem Gebet und entfernt sich dann durch das Gras, und nachdem sie alle ein, zwei Augenblicke stehengeblieben sind, drehen sie sich um und gehen hinter ihm her. Das Rotkehlchen singt immer noch im Busch, und der Wind raschelt im Efeu auf den älteren Grabsteinen dort an der Mauer, deren Inschriften fast verwittert sind.

Es ist vorbei. Das war's. Nun stehen sie wieder alle am Kirchenportal, und der Pfarrer schüttelt ihnen die Hand, aber es bleibt Don vorbehalten, einen Dank zu murmeln, Anne und Graham scheinen der Situation immer noch nicht gewachsen zu sein. Und dann kommen die Freunde aus dem Dorf und sagen ein paar Worte, bevor sie sich diskret zurückziehen. Und Shirley Barron. Anne sagt: »Sehr nett, daß Sie gekommen sind. Das ist mein Bruder Graham«, und Shirley und Graham lächeln sich an und reden einen Moment miteinander, bis ein verlegenes Schweigen entsteht und Shirley Barron sagt, sie müsse jetzt gehen, und das auch tut.

Und nun ist nur noch David übrig. »Oh«, sagt Anne, »das ist David Fielding, Don, der hier in der Nähe von Vater gewohnt hat. Graham kennen Sie ja schon, nicht wahr, David?« Und David sagt, ja, natürlich, und sie bleiben alle vier stehen und sind übereinstimmend der Meinung, daß es ein schöner Gottesdienst war. Auf dem Friedhof wird es ruhig, ganz still, nur eine Drossel raschelt durch die Blätter; der Ort vermittelt einem das Gefühl, als wolle er nun allein bleiben. David sagt etwas über einen der Nachbarn, der zur Beerdigung gekommen ist, und als er die Augen mit der Hand vor der Sonne abschirmt, sieht Anne die Narbe auf seinem Daumen von dem Tag, als er den Rosenbusch herausziehen wollte und sich geschnitten hat. Der Rosenbusch, ist ihr letzte Woche aufgefallen, hat zwei sehr kräftige neue Sprossen getrieben; die Wurzeln tief in der Erde müssen überlebt haben. Plötzlich ist sie sehr müde und wünscht, sie würden alle gehen. Sie laufen zusammen zum Friedhofstor und verabschieden sich voneinander, und David steigt ins Auto und fährt weg, und Anne, Don und Graham steigen in Dons Auto. Don sagt, sie könnten jetzt wohl alle Lunch vertragen, und wie wär's mit dem Hotel in Lichfield?

»Du hast mir gar nicht erzählt, daß ihr umzieht, Anne«, sagte Graham beim Lunch, und sie erwiderte schuldbewußt, daß sie das vergessen haben müsse, weil so vieles andere passiert sei.

»Schönes Haus?« fragte Graham, und Don beschrieb die konvertierte Remise mit ihren mehr als fünftausend Quadratmetern Land, dem Blick auf die Berge und den Möglichkeiten zum Anbauen, wenn man will. »Da habe ich Glück gehabt«, sagte er. »Anne hat einen Tip von jemandem bei der Baubehörde bekommen, und ich konnte es kaufen, bevor es überhaupt auf den Markt kam.« Und während er sprach, erinnerte sich Anne an den braunen Umschlag, den sie beim Verlassen des Hauses von der Fußmatte aufgehoben hatte. Als sie ihn aus der Tasche holte, sah sie, daß »Berkshire County Council« darauf stand – was die Gedankenassoziation erklärte.

»Entschuldigung«, sagte sie, »ich habe meine Post von heute morgen noch gar nicht gelesen.«

Beim Lesen begann sie zu lächeln. O nein, dachte sie, das ist absurd, wirklich, was wird Sandra sagen … »Was ist so lustig?« fragte Don.

»Man bietet mir einen Job an. Ihr glaubt es nicht! Mr. Jewkes. Offenbar wollen sie jemanden einstellen, der sich Berater für den Baureferenten nennt und dessen Aufgabe darin besteht, sich Gebäude vom historischen Gesichtspunkt aus anzusehen – etwas herauszufinden über die Entstehung und so weiter – und ergänzende Informationen über Gebäude zu liefern, die vielleicht unter Denkmalschutz gehören, so daß die Baubehörde sozusagen immer einen Schritt voraus ist und Informationen bereit hat über alte Gebäude, die nicht geschützt, aber vielleicht von Bauvorhaben und ähnlichem bedroht sind.«

»Das klingt ja, als ob es genau dein Fall wäre«, sagte Don.

»Was für ein netter Brief. Ja – ja, stimmt.«

»Kreisverwaltung – viel lukrativer als Unterrichten.«

»Ich würde Gehaltsgruppe III kriegen«, sagte sie und schaute noch einmal auf den Brief. »Was immer das ist.«

»Das Geld ist doch ganz egal«, sagte Graham. »Die Befriedigung in der Arbeit ist es, die zählt. Nimm den Job an – ehe du dich versiehst, bist du Bürgermeisterin.«

»Ja, ich glaube, ich nehme an«, sagte sie. »Wißt ihr, ich glaube wirklich, ich nehme an.«

Nachdem sie bei der größten Maklerfirma der Stadt gewesen waren, fuhren sie zurück nach Starbridge. »Bist du ganz sicher?« hatte Graham noch einmal gefragt, als sie aus dem Hotel kamen, »sicher, daß wir es nicht noch ein paar Monate aufschieben sollen?« Und sie hatte erwidert, nein, wir können es genausogut gleich hinter uns bringen, es hat keinen Sinn, das Haus den ganzen Winter über leerstehen zu lassen. Und ohne einen Anlaß schaffen wir es nie, dort mal auszuräumen, oder? Wenn du noch Zeit hast, kommst du am besten gleich mit rein und entscheidest, was du haben willst. Wir fahren erst später nach Hause, Don und ich.

Es ging ihr besser. Nun war beides vorüber: die Beerdigung und David zu sehen. Nun bewegte sich die Zeit wieder vorwärts. Es ist alles zu ertragen, dachte sie, wenn es nicht schlimmer wird als so. Jetzt wollen wir uns ranhalten und was tun. Und ich habe einen Job, wer hätte das gedacht?

Sie gingen durchs Haus. »O Gott«, sagte Graham hilflos.

»Was machen wir mit dem ganzen Plunder?« »Wir gucken, was wir gern behalten würden«, sagte sie, »und geben den Rest weg. An Wohltätigkeitsbasare und so was.« Graham öffnete einen Schrank, und angesichts der Reihe Anzüge, Schuhe und Hemden wurden sie still. »Paßt auf«, sagte Don, »warum überlaßt ihr beiden es nicht mir, all die Kleider in Kisten zu packen und sie zu Oxfam oder sonstwohin zu bringen – dann könnt ihr schon mal das Porzellan und so anschauen.« Wie taktvoll, dachte sie, wie aufmerksam. Heute scheinen wir uns alle bestens zu benehmen, vielleicht liegt es an der Kleidung, die wir tragen.

Das Aufteilen der Gegenstände dauerte nicht lange; das für ihn, das für mich. Aber ich brauche nichts, sagte Graham immer wieder, meine Wohnung ist sowieso schon vollgestopft mit Zeug, das ich nie benutze.

»Es geht nicht darum, ob du etwas brauchst. Hier, ich meine, du solltest seinen Schreibtisch haben. Weißt du noch, wie faszinierend wir ihn immer fanden, als wir Kinder waren – all die kleinen Schubladen.«

»Der Tintenklecks war dein Werk, stimmt's? Ich erinnere mich an den Aufruhr.«

Sie standen nebeneinander und sahen aus dem Fenster; draußen kam Don von Oxfam zurück, stieg aus dem Auto und ging ins Haus. Anne sagte: »Laß uns weitermachen – wir müssen noch das ganze Porzellan sortieren.«

»Wie wär's«, sagte Don und kam mit der Angelrute ins Zimmer, »wenn wir die hier dem Mann geben, mit dem wir uns heute morgen unterhalten haben – hast du nicht gesagt, er war ein Anglerfreund von eurem Vater? Von uns hat doch keiner Verwendung dafür.«

Der Schreibtisch ihres Vaters, schon einmal mit dem übelkeiterregenden Heraufkriechen von Schuld assoziiert, beginnt zu schwanken; ein paar Sekunden lang bebt der Raum, dann ist sie in der Lage zu sagen: »Ach, ich weiß nicht ... vielleicht, aber ich glaube, er hat selbst eine, und sie hat wohl auch einen ziemlichen Wert.«

»Ganz, wie du willst«, sagt Don und stellt die Angelrute in eine Ecke, und Graham sagt: »Wie wär's, wenn ich uns eine Tasse Tee mache?«

»Wunderbar«, sagt Anne zutiefst dankbar.

»Sind wir hier nicht schon einmal gewesen?« fragte sie, als sie ins Hotel gingen. »Oder sehen alle Red Lions oder Black Swans gleich aus?« Die Bar war üppig mit Balken versehen, erstrahlte in Messing und Kupfer, die Wände strotzten von Jagddrucken und Szenen von Pferderennen aus der Regency-Zeit, und über den gemauerten Kamin ergossen sich Blumen, die in dieser Jahreszeit eigentlich gar nicht blühten.

»Wenn ich es jetzt bedenke«, sagte Don, »kannst du recht haben. Ich erinnere mich vage an einen Ausflug nach Stratford – vor Jahren. Aber wir haben hier nicht gegessen; wir wollten, aber es war voll. Am Ende haben wir uns was gekauft und am Fluß gegessen. Sherry?«

»Natürlich«, sagte sie, als er vom Tresen zurückkam, »es war, als wir ›Viel Lärm um nichts‹ gesehen haben. Und ja, du hast recht, sie haben uns weggeschickt, und wir haben ein Picknick gemacht.«

»Schön, daß wir es jetzt endlich geschafft haben. Hunger?«

»Ein bißchen. Damals haben wir uns entschlossen, Judy zu kriegen.«

»Hm, daran erinnere ich mich nicht. Bei manchen Dingen

habe ich nicht dein phänomenales Gedächtnis. Wie wär's mit Fisch? Forelle mit Mandeln?«

»Prima«, sagte sie. »Stell dir mal vor, wenn wir uns anders entschieden hätten. Keine Judy.«

»Na ja, wir haben uns aber nicht anders entschieden, was? Da ist sie nun, ob wir wollen oder nicht. Ich glaube, ich probier' die Ente.«

»Stellst du dir nie vor«, sagte sie, »wie es wäre, wenn die Dinge anders wären? Oder anders gewesen wären?«

»Das führt doch zu nichts.«

»Nein, zu absolut nichts, das glaube ich auch. Aber es ist interessant. Einerlei, ich bin froh, daß wir beschlossen haben, Judy zu produzieren. Du nicht?«

»Natürlich. Alles in allem ist sie gar nicht übel. Was mich erinnert, erfüllen wir ihr den Wunsch nach einem Pony? Einmal die Forelle«, sagte er zu dem Ober, »und einmal Ente. Wie wär's mit einer Vorspeise, Annie?«

»Melone vielleicht. Na gut, ein Pony muß wohl sein. Vergiß aber nicht, daß ich arbeite.«

»Nein, wie werd' ich. Und könnten Sie wohl«, fuhr er, an den Ober gewandt, fort, »die Küche bitten, sich ein wenig zu beeilen? Wir haben noch eine lange Fahrt vor uns.«

»War das nicht nett von meinem Mr. Jewkes«, sagte sie bei der Melone, »daran zu denken, mich zu fragen. Und ich dachte, am Anfang hätten wir eher die Klingen gekreuzt.«

»Sehr nett.«

»Mir gefällt der Gedanke, daß es eine Art Neubeginn ist. Wie das neue Haus – ich bin richtig angetan, Liebling. Ich weiß überhaupt nicht, wie ich vergessen konnte, es Graham zu erzählen. Einen anderen Lebensabschnitt beginnen – schon gut, du findest, das klingt albern, aber ich finde, es ist eine schöne

Idee. Irgendwie paßt es dazu, daß Vater gestorben ist. Und Herbst ist.«

»Die übliche Zeit für Neuanfänge ist aber eigentlich der Frühling«, sagte Don. »Trotzdem, du hast bestimmt recht. Ein Wechsel hat noch nie jemandem geschadet.«

»Und für dich auch. Der Posten von Jim Thwaites. Für dich ist es auch ein neuer Beginn.«

»Wahrscheinlich. Apropos«, er hielt inne und studierte offenbar die Anordnung des Bestecks, »ich habe zufällig den jungen Steuerberater getroffen, den wir damals an dem Abend bei ihnen kennengelernt haben. Herr Ober ... Ich glaube, wir können ein paar Brötchen oder so was vertragen.«

»O ja, ich erinnere mich dunkel.«

»Er schien sich ganz gut an dich zu erinnern. Er ist sogar einmal zum Haus deines Vaters gefahren, um zu sehen, ob du zufällig da warst und Unterstützung brauchen könntest.«

»Oh, da war ich wahrscheinlich nicht da.«

»Doch. Aber er hat dann nicht geklingelt. Offenbar war es sehr früh morgens – er war auf dem Weg nach Derbyshire zu einem Angelausflug. Er hat ein Auto, nein, zwei gesehen, sagte er, und ...«

Die Forelle und die Ente wurden gebracht. »... Nein, der Fisch ist für meine Frau. Und ich glaube, wir hatten auch Salat bestellt ... Ja, an der Stelle haben wir ein wenig aneinander vorbeigeredet, er schien den Eindruck zu haben, daß ich auch dort war, jedenfalls hat er mich am Badezimmerfenster gesehen, wie ich mich rasiert habe, und fand dann, daß es zu früh war, einfach so hereinzuschneien ...«

»Aber«, sagte sie ganz dumm, »du warst doch gar nicht da.«

»So ist es.«

Der Schock, der Sturzflug ihres Magens, ist – wenn es überhaupt mit etwas zu vergleichen ist – wie die Erkenntnis, daß plötzlich auf dem Scheitelpunkt der Straße schon ein Auto ist, das direkt auf einen zukommt. Aber das Gefühl schwindet nicht, als man bremst und aus der Gefahrenzone schwingt. Statt dessen steckt es in der Kehle wie ein kalter harter Stein, und der Speisesaal des Hotels wird sehr hell und markant, wie eine Traumlandschaft, und die Stimmen der anderen Menschen werden unnatürlich laut. Der Mann am Nachbartisch sagt, angesichts der gegenwärtigen Situation müsse man eben den Gürtel enger schnallen, und eine Frau am anderen Ende des Raums meint, es sei ein Fehler, Dahlien und Herbstastern zusammenzubinden. Die Forelle, die man essen sollte, sieht aus, als wäre sie aus Gips, ein Requisit für ein Theaterstück.

»So ist es«, sagte Don. »Was mich in eine etwas peinliche Situation brachte. Aber Gott sei Dank tauchte jemand auf – es war irgendwann mittags in einem Pub –, und wir ließen das Thema fallen.«

»Don«, sagte sie, »ich ...«

»Ich nehme an, es war der Lehrer?«

Sie nickte.

»Zufrieden, Sir?« sagte die dunkle Gestalt, die hinter Dons rechter Schulter auftauchte, und Don probierte einen Bissen Ente und sagte, ja, sehr gut, danke schön.

»Madam?«

Sie nickte.

Mir ist schlecht, dachte sie. Ich kann das nicht essen. Don, ihr gegenüber, aß unerschütterlich. Der Mann am Nachbartisch meinte, vieles hänge von den nächsten Wahlen ab; die Frau am anderen Ende des Raumes machte sich persönlich nicht viel aus Löwenmäulchen.

»Seit wann?« sagte Don. »Wenn ich fragen darf.«

»Seit April.«

»Und er ist«, sagte er, »verheiratet?«

»Ja.«

»Kinder?«

»Zwei.«

»Aha«, sagte Don. Über den Tisch warf er ihr einen Blick zu. »Du hast noch gar keinen Salat gegessen.«

Sie nahm Salat, arrangierte ihn auf ihrem Teller und schaute Don an. »Es tut mir sehr leid«, sagte sie.

Wieder sagte Don: »Aha ...« Der Ober hielt in seinem Flug von Tisch zu Tisch inne, ergriff schwungvoll die Weinflasche, füllte beide Gläser und eilte weiter.

»Seit wann«, sagte sie, »hast du ...? Nein, ich habe kein Recht zu fragen.«

»Laß mich nachdenken. Ich muß Sheldon ungefähr im Juni in dem Pub getroffen haben. Ende Juni.«

Juni. Juli. Schottland.

Kein Wort.

Die ganze Zeit.

»Ißt du die Forelle nicht?« fragte Don.

Sie nahm Messer und Gabel zur Hand.

»Sheldon«, sagte Don, »arbeitet ab und zu für uns, was es potentiell peinlicher machte.«

Peinlich?

In alten Zeiten bezahlte man in manchen Kreisen für Untreue mit dem Tod, was gar nicht so unvernünftig zu sein scheint.

Peinlich.

»Warum hast du nichts gesagt?« fragte sie.

»Gesagt?«

»Gesagt, daß du es wußtest.«

Nun schaute er sie über seinen leeren und ihren vollen Teller hinweg an. »Ich bin davon ausgegangen«, sagte er, »daß es sich von selbst erledigen würde.«

Erledigen?

»Und«, sagte er nach einer Minute, »habe ich recht?«

»Ja«, sagte sie. »Ja, es hat sich erledigt.«

Der Ober, der darauf wartete, die Teller abräumen zu können, schaute ostentativ auf die Forelle, die erst zu einem Viertel gegessen war.

»Entschuldigung«, sagte sie. »Ich habe keinen großen Appetit.«

»Nachtisch, Sir? Käse?«

»Ich glaube, wir trinken nur einen Kaffee.«

Sie gehen, Anne vorn, Don hinter ihr, zur Bar, wo man den Kaffee einnimmt. Unbeachtet von den anderen Gästen. Sie setzen sich in die Bar, zwischen Messing und Kupfer und die kläffende Hundemeute, und trinken Kaffee. Don überprüft die Rechnung. Ein Posten ist ihm unklar, er erkundigt sich beim Ober und erhält eine Erklärung, die ihn zufriedenstellt. Er nimmt zehn Pfund aus der Brieftasche, die Rechnung wird beglichen. Das war eine teure Forelle. »Vielleicht«, sagt er, »sollten wir uns wieder auf den Weg machen.«

Sie sagte: »Willst du noch weiter darüber reden?«

»Ich sehe keinen großen Sinn darin. Du?«

»Wenn ich du wäre«, sagte sie, »wollte ich ... dächte ich ...«

»Aber du bist nicht ich«, sagte Don. »Und so unerfreulich wie das Ganze ist, lassen wir es jetzt am besten ruhen. Ich verlasse mich auf deine Aussage, daß es sich erledigt hat. Es wäre zwecklos, immer wieder auf etwas herumzureiten, was vorbei ist. Ich will nicht sagen, daß es keine Rolle spielt, denn das tut es schon. Ich glaube«, sagte er, »daß dieses Jahr wegen der Krankheit deines Vaters sehr belastend für dich war; ich würde es lieber, zum Teil wenigstens, diesem Tatbestand zuschreiben, und betrachte damit den Fall als abgeschlossen. Ich will keine große Sache daraus machen, was manche Männer wahrscheinlich tun würden.«

Anne sagte: »Ja, wahrscheinlich.«

»Und ich nehme an, es wird nicht zur Gewohnheit?«

Ist das ein Scherz? Sie sucht sein Gesicht ab, aber im allgemeinen hat Don nicht die Angewohnheit zu scherzen, wenngleich ihm Sarkasmus nicht fremd ist. Nein, er stellt eine Frage und will vermutlich eine Antwort darauf hören, und sie erwidert, daß sie nicht vorhat, es sich anzugewöhnen. Don nickt und sieht sie über den Tisch an; eine Sekunde begegnen sich ihre Augen, dann schauen sie beide weg. Der Ober bringt das Wechselgeld für Dons zehn Pfund, und Don wirft einen kurzen Blick darauf, bevor er ein angemessenes Trinkgeld auf die Untertasse legt und den Rest in die Tasche steckt. »Fertig?« fragt er und steht auf. Er geht zur Tür, und als Anne ihren Mantel nimmt und ihm folgt, merkt sie, daß sie am ganzen Körper so krampfhaft zittert, daß sie es nicht schafft, sich den Mantel anzuziehen. Sie muß ihn über dem Arm tragen.

Die Straße nach Cuxing entfaltete sich vor dem Auto, die Scheinwerfer rissen die Dunkelheit Stück für Stück auf – bis zur nächsten Ecke, dem Gipfel des Hügels, dem Ende einer Baumreihe. Die kurz beleuchteten Straßenschilder entsprachen der Erwartung: Edgehill, Aynho, Abingdon. Die Landschaft selbst, reduziert auf den Lichtfleck vor dem Auto, wartete immer wieder mit Überraschungen auf; eine Brücke, ein Haus, ein Baum, auf anderen Fahrten nicht bemerkt. Die Nacht verhüllte und enthüllte. Anne dachte: Ich habe diese Straße gekannt beziehungsweise geglaubt, sie zu kennen. Doch jetzt kommt sie mir anders vor – natürlich bin ich noch nie nachts hier gefahren. Sie hatte aufgehört zu zittern. Don fuhr schweigend, nur einmal, an der Ampel in Deddington, sagte er, daß er nachts lieber fahre. »Wirklich?« sagte sie tonlos. »Ich nicht. Man sieht nichts als Straße.« »Das ist es ja gerade. Man braucht ja auch nur die Straße zu sehen. Es geht auch schneller. Obwohl ich zugeben muß, es kommt mir weiter vor, als ich gedacht habe.« Ja, wollte sie sagen, Orte sind nicht verläßlich, nie so beständig, wie man denkt. Man meint, man hätte sie unter Kontrolle, und stellt dann fest, daß dem nicht so ist. Aber nun sahen sie einen Wegweiser, er schwebte an dem Kreisverkehr vor Oxford in ihr Blickfeld, und Don fuhr langsamer, weil er abbiegen wollte, und sagte: »Noch zweiunddreißig Meilen, über den Daumen gepeilt, da wissen wir, woran wir sind.« »Ja. Wir sind nicht allzu spät zurück.« Das Auto glitt weiter, als werde es von Straßenbahnschienen geführt, sie saß da, schaute nach vorn, sah nichts, und dachte nach rückwärts durch den Tag, das Jahr.

Eveline Hasler im dtv

»Eveline Haslers Figuren sind so prall voll Leben, so anschaulich und differenziert gezeichnet, als handle es sich samt und sonders um gute Bekannte.«
Klara Obermüller

Anna Göldin
Letzte Hexe
Roman · dtv 10457
Die erschütternde Geschichte des letzten Hexenprozesses in Europa im Jahre 1782.

Novemberinsel
Erzählung · dtv 10667
Eine junge Frau zieht sich mit ihrem jüngsten Kind im November auf eine Mittelmeerinsel zurück in der Hoffnung, aus einer psychischen Krise herauszufinden.

Ibicaba
Das Paradies in den Köpfen
Roman · dtv 10891
Im 19. Jahrhundert sind Hunger und Elend in einigen Kantonen der Schweiz so groß, daß es zu einer riesigen Auswanderungswelle ins »gelobte Land« Brasilien kommt. Doch das vermeintliche Paradies entpuppt sich für die meisten als finstere Hölle.

Der Riese im Baum
Roman · dtv 11555
Die Geschichte Melchior Thuts (1736–1784), des größten Schweizers aller Zeiten. Ein historischer Roman, der das 18. Jahrhundert in seiner ganzen Gegensätzlichkeit zeigt: als Epoche, in der die Wurzeln unseres modernen Denkens, aber auch der modernen Fehlentwicklungen liegen.

Die Wachsflügelfrau
Roman · dtv 12087
1899 bewirbt sich Emily Kempin-Spyri, die erste Juristin im deutschsprachigen Raum, um eine Stelle als Magd bei einem Pfarrer. Vorausgegangen ist ihr einzigartiger Aufstieg als Kämpferin für die Frauenrechte in der Schweiz und in New York, ihre Ehe mit dem Pfarrer Walter Kempin, Geldnöte, Auseinandersetzungen, schließlich der Ruin.